Claudia Brendler

Dösende Möwen

KNAUR

Claudia Brendler

Dösende Möwen

Roman

KNAUR

Besuchen Sie uns im Internet:
www.knaur.de

Wenn Ihnen dieser Roman gefallen hat und Sie auf der Suche sind nach ähnlichen Büchern, schreiben Sie uns unter Angabe des Titels »Dösende Möwen« an: frauen@droemer-knaur.de

FSC
www.fsc.org
MIX
Papier aus verantwortungsvollen Quellen
FSC® C083411

Redaktion: Regine Weisbrod
Umschlaggestaltung: ZERO Werbeagentur, München
Umschlagabbildung: FinePic®, München
Satz: Daniela Schulz, Puchheim
Druck und Bindung: CPI books GmbH, Leck
ISBN 978-3-426-51514-3

2 4 5 3 1

1.

Lümmelchen möchte unartig sein!«

Dr. Adrian Steinhöfer kauerte auf dem Parkettboden zu Claras Füßen. Im Hintergrund lief Vivaldi. Der Rotwein in der Karaffe schimmerte vornehm, nahezu arrogant. Clara füllte ihr Glas bis zum Rand und wünschte, sie könnte den Regisseur anrufen, der für diese Szene in ihrem Leben verantwortlich war. Nur zwei Stunden zuvor hatte sie noch mit Dr. Adrian Steinhöfer über das Drama im achtzehnten Jahrhundert gesprochen, in seiner bevorzugten Trattoria, bei phantastischen Pasta Tartufo und eben jenem Barbera Gran Riserva, der jetzt nicht gegen das hilflose Kichern half, das in ihr aufstieg. Es wäre ganz einfach gewesen, in die Restaurantszene einen kleinen Gang zur Toilette einzubauen. Und in die Toilette ein Fenster zum Hof. Aber wahrscheinlich hätte sie die Gelegenheit nicht genutzt: Sie steckte schon zu tief in dieser Affäre, mit allen Konsequenzen.

Angefangen hatte es an jenem Vormittag vor zwei Wochen. Als Dr. Adrian Steinhöfer, ihr Dozent für Sprecherziehung und Theaterwissenschaft, sie mit diesem verschleierten Blick angesehen hatte, den alle Studentinnen der Schauspielschule betörend fanden. Auch Clara Tümmler, nach eigener Einschätzung eher unauffällige Studentin im fünften Semester, war seiner Ausstrahlung verfallen. Er geisterte durch ihre Tagträume, sie dachte an ihn, wenn sie

Liebesmonologe einstudierte, fand sich selbst albern, konnte es aber nicht verhindern.

»Das O, Frau Tümmler«, sagte Adrian – und sie atmete ein, tiefer, als die Übung aus *Der kleine Hey,* der Bibel der Sprecherziehung, es verlangte.

»Oh Sonne, thronst so wolkenlos«, fing sie an, und Adrian trat einen Schritt näher, betrachtete sie wie einen delikaten Happen, den er auf dem üppig bestückten Buffet bisher übersehen hatte.

»Schon flog der Vogel hoch empor«, fuhr sie fort, bemüht, die O vollendet zu runden. Sie konnte sein Aftershave riechen, seinen Duft nach teuren Restaurants, Bildung, Einfluss, Macht.

»Wohl knospen Rosen schon, wo Moos«, hauchte sie, und Adrians Nasenflügel bebten; er öffnete die Lippen, als ob er ihre Doppel-O in sich hineinschlürfen wollte. Sie konnte sehen, wie sein Adamsapfel hinter dem gestärkten Kragen seines italienischen Seidenhemds Aufzug fuhr.

Die ersten Nächte waren noch halbwegs normal verlaufen. Kein Wort von Lümmelchen, und alle sonstigen Seltsamkeiten überzuckerte der rosafarbene Hauch der Verliebtheit und die Erregung, mit Adrian in einem Bett zu liegen. Beziehungsweise auf dem Sofa zu sitzen. Und ihm noch einmal das arglose O vorzusprechen, den Archetyp des Staunens, wie Adrian ihr ins Ohr flüsterte. Seiner Bitte, ihm auch das scheue E zu machen, war sie kichernd gefolgt. An den Rest wollte sie nicht denken. Sie musste sich zusammennehmen. Sie wusste, was das unartige Lümmelchen jetzt von ihr wollte: das ordinäre Ö. Hier wichen sie vom *Kleinen Hey* ab, weil darin seine Lieblingswörter Möwe, Schnösel und Mörser nicht vorkamen. Am schärfsten machte ihn das I. Und noch schärfer machte es Lümmelchen, wenn sie ihm das I verweigerte. Für das I versprach

Adrian ihr den Himmel auf Erden. Und genau das war der Grund, weshalb sie jetzt durchhalten musste. Sie schloss die Augen, stellte sich Dr. Adrian Steinhöfer vor, wie er tagsüber war – überlegen, distinguiert, intellektuell –, ein Eindruck, den Lümmelchen gerade zunichtemachte, indem er nach ihrem etwas unbeholfen hervorgestoßenen »Blöde Götter flöten schnöde« wimmernd ihre Waden umklammerte und um mehr bettelte. Sie wusste, dass sie Möwen, Mörser und Schnösel noch hinauszögern musste, stammelte etwas von tönernen Kröten und dachte dabei über das überraschende Angebot nach, das Adrian ihr nach ihrer I-Verweigerung gemacht hatte: Er werde einen Vorsprechtermin für sie organisieren, in einem renommierten Theater. »Was hältst du von Wien?«, hatte er geflüstert, tonlos vor Leidenschaft, und sie hatte nur stammeln können: »W… *wie? Wi*en? *Wi*rklich?«, eine Wortfolge, die auf Lümmelchen den gleichen Effekt hatte wie ein Tanz in Strapsen und mit Bunny-Ohren auf andere Männer. Nicht, dass sie sich damit auskannte. Die Männer, mit denen sie bisher zusammen gewesen war, hatten nie etwas Außergewöhnliches von ihr verlangt. Aber sie hatten auch keine Kontakte zum Wiener Burgtheater. Er werde ihr, hatte Adrian später lässig angeboten, bei den Vorbereitungen mit seinem Wissen zur Seite stehen, auch in den Semesterferien. Eine Vorstellung, die sie einerseits mit großer Freude, andererseits mit Gruseln erfüllte. Denn Lümmelchen wurde von Nacht zu Nacht unartiger, und einmal war sie schon aus dem Zimmer gestürzt und hatte in Adrians Zwanzig-Quadratmeter-Bad mit römischem Flair in ein Handtuch aus dickem Frotteestoff gebissen, bei voll aufgedrehten Wasserhähnen. Irgendwann würde sie die Fassung verlieren, egal, welche todernsten Dinge sie sich ausmalte, sie würde ihm ins Gesicht wiehern, grölen, brüllen, und dies wäre das Ende ihrer Träume

vom Burgtheater und auch von ihrem Abschluss. Denn Adrian saß in der Prüfungskommission.
Wie könnte sie ihm charmant andeuten, dass sie eine klitzekleine Pause brauchte? Sollte sie eine Urlaubsreise vorschützen? Aber sie konnte sich keine Reise leisten, und was war, wenn Adrian auf die Idee kam, sie im Urlaub zu besuchen? In ihrer zunehmenden Verzweiflung zog sie sogar einen Alibi-Besuch bei ihren Eltern in Erwägung, verwarf die Idee jedoch sofort wieder. In ihrem Heimatdorf in Rheinhessen stand ihr Name nicht für hohe Schauspielkunst, sondern für Fleisch. Ihre Eltern besaßen eine Metzgerei, und ihre ersten dramatischen Monologe hatte sie in der elterlichen Wurstkammer geprobt. »Freund, Gatte! Trauter! Bist du mir entrissen!«, hatte sie einer ergriffenen Salami entgegengeschmettert, um gleich darauf Bierschinken und Mortadella mit einem wehen »O Gott, ich hab ein Unglück ahnend Herz« zu stummem Erschauern zu bringen. Vielleicht war sie, zum Entsetzen und blanken Unverständnis ihrer Eltern, deshalb Vegetarierin geworden. Wer verspeiste schon seine Fans. Und wer Würste begeistern konnte, würde auch Intendanten und Regisseure des Wiener Burgtheaters beeindrucken.
Lümmelchen, zu ihren Füßen, bettelte um weitere Ö, und sie befeuerte seine Leidenschaft mit geföhnten Möpsen und höhnischen Schöffen. Sollte sie Goethe ins Spiel bringen? Wie stand Lümmelchen zum OE? Und wie lange würde sie das alles noch aushalten? Sie nahm einen großen Schluck Wein, blickte aus dem Fenster von Adrians Zweihundert-Quadratmeter-Altbauwohnung, hoch zu den wenigen, verlorenen Sternen über funkelnden Hochhausfassaden, als könnte von dort eine Lösung ihres Dilemmas kommen. *Bitte,* flüsterte etwas in ihr, etwas, das so kindlich arglos, offen und staunend war wie das O, *bitte, bitte, hol mich*

hier raus! Sie glaubte nicht an schnöde flötende Götter oder sonstige kosmische Kräfte, trotzdem schickte sie das Gebet in den Himmel über den Hochhäusern, und irgendwo, in der Weite des Universums, schaltete eine unbekannte Gottheit auf Empfang.

Der rettende Anruf kam ausgerechnet in Adrians Stunde. Sie stand auf der Bühne der Schauspielschule, zwischen ergriffen lauschenden Kommilitoninnen. Adrian dozierte über die perfekte Zungenhaltung bei der Artikulation des A. Ein Vokal, zu dem er, wie sie wusste, ein eher neutrales Verhältnis hatte; das A schien für ihn ein Kumpel zu sein, mit dem er um die Häuser zog. Und genau bei diesem Gedanken spielte ihr Handy die ersten Takte von *Get what I want.*

»Beginnen Sie bitte, Frau Tümmler«, sagte Adrian, betont förmlich, und sie brachte ihre Zunge in Position, locker dümpelnd am Rand der Schneidezähne, damit sie nicht die anrollenden Vokale dämpfte: »Barbara saß nah am Abhang, sprach gar sangbar, zaghaft langsam.« Adrian hatte sich umgedreht, ging im Saal auf und ab, und sie fischte das Smartphone aus der Tasche. Eine unbekannte Nummer. Aufleuchtend auf dem Display, in dringlichem Orange. Dazu die Wiederholung des Klingeltons, wieder und wieder, mit beinahe schicksalhafter Penetranz.

»Mannhaft naht alsdann am Waldrand« – wie von selbst hob sich die Hand, ihr Daumen drückte scheinbar ohne ihr Zutun den Knopf – »Abraham a Sancta Clara!«, schmetterte sie volltönend ins Telefon.

»Abraham?«, sagte der Anrufer. »Ich dachte, ich spreche mit Clara Tümmler …?«

»Ja, natürlich! Ich bin Clara! Clara … äh … Tümmler-Abraham!«

»Ach so. Hier ist Valentin Lübers. Kennst du mich noch?«
Valentin, kannte sie einen Valentin? Hastig durchstöberte sie die zerfledderten Akten ihres Personengedächtnisses, ergebnislos. Um sie herum wisperten und kicherten ihre Kommilitonen, und Adrian starrte sie an. *Not amused.*
»Entschuldige, Lümm… äh … Adrian, äh … Herr Steinhöfer, es … ich glaube, es ist wichtig!«
Das Gekicher hinter ihr wurde animierter. Ob sie vielleicht zurückrufen könne, fragte sie diesen Valentin, sie sei gleich … »Nein, tut mir leid. Schottland ist schon außer Sicht.«
Es knisterte in der Leitung, und für einen Moment glaubte Clara, Dudelsackmusik zu hören. Wer war dieser Valentin? Ein Perverser, der im Schottenrock Frauen anrief und behauptete, sie zu kennen?
»Wahnsinnsangebot«, hörte sie ihn sagen, durch Geknister und Gedudel. »Fünfhundert Zuschauer!«
Worauf sie eine weitere Entschuldigung stammelte, das Telefon fest ans Ohr presste und eilig den Saal verließ.
»… nach dir gegoogelt«, verstand sie, dann wieder Musik, dazu der Lärm auf dem Gang der Schauspielschule: Text memorierende, sich unterhaltende, Fechtübungen absolvierende Kommilitonen.
»Dein Giftmonolog der Julia«, sagte Valentin, jetzt wieder deutlicher. »Einfach phantastisch, top, spitze!«
Offensichtlich meinte er die Romeo-und-Julia-Aufführung im Hinterhoftheater Bruchköbel, die der Theaterleiter gefilmt und aus unerfindlichen Gründen ins Internet gestellt hatte. Im Publikum saßen ausschließlich Verwandte der Darsteller, und die Mutter des Romeo, der eigentlich Harald hieß, feuerte ihren Sohn ständig an und gab ihm in breitestem Hessisch Tipps: »Trink des net! Ja, so eine Drecksau! Des kann mer doch net mache! Mer muss sisch

doch vertraache!« Clara hatte nicht nur dagegen anspielen müssen, auch gegen die Reaktionen der anderen Verwandten, ein Soundtrack aus unterdrücktem Prusten, Schnauben, fassungslosem Winseln und energischen Zurechtweisungen. Würste waren ein entschieden würdigeres Publikum. Aber sie wollte jetzt nicht an Würste denken, sie musste sich konzentrieren.

Sie fragte Valentin nach dem Stück und nach den Proben und ob es ein Casting gebe. Mit einem Schlag stellte die gesamte Gangbevölkerung alle Aktivitäten ein und witterte in ihre Richtung. Clara biss sich auf die Lippe. Zu spät. Das Wort CASTING, das auf Schauspieler ähnlich wirkte wie FROLIC oder GASSI auf einen Hund, war ihr bereits entschlüpft. Das mit dem Casting sei … nun ja … Valentin verstummte kurz, ein klitzekleines Problem. Eigentlich werde in Hamburg geprobt, aber dafür sei keine Zeit mehr. Er suche nämlich Ersatz für eine – er räusperte sich – plötzlich erkrankte Darstellerin. Und, das sei ein weiteres, winziges Problemchen, er befände sich gerade an Bord eines Schiffes. Nicht irgendein Schiff, sondern ein Luxusliner der *flotten Flotte*, für dessen Unterhaltungsprogramm er zuständig sei. Das Schiff kreuze zwischen Hamburg, Norwegen, dem Nordkap, Island und Schottland. Das könne natürlich ein minimales Problemchen … Ob Clara eigentlich verheiratet sei? Wegen dieses Doppelnamens?

»Nein, nein, im … äh … Gegenteil«, sagte Clara, »Abraham ist … mein Künstlername.« Sie schloss die Augen, versuchte, sich eine Schiffsbühne vorzustellen, vielleicht auf Deck, eine schwankende Bühne, dahinter Meer, Wellen, Himmel, vielleicht gar vorbeiziehende Eisberge. Wie lange dauerte eine solche Fahrt? Ein Teil ihrer Seelenbesatzung hatte schon zu schunkeln begonnen, im Takt eines Seemannslieds – *Heut geht's an Bord, heut segeln wir fort, oh-hone*

Lümmelchen –, während ihr Verstand noch zu begreifen versuchte, was dieser Valentin über das Stück erzählte: Nicht wirklich ein Theaterstück, sondern eher eine anspruchsvolle Revue mit Spielszenen, dafür suche er eine Schauspielerin, die auch gut singen könne, der Text sei angelehnt an Romeo und Julia. Sie könne doch den Text der Julia noch?

»Es gibt da ein weiteres, mikroskopisch kleines Problem, du hast … äh … nicht allzu viel Zeit, den Text zu lernen. Aber du kannst dich auf deinen Partner verlassen, ein Top-Entertainer. Peachy the Peacock, du kennst ihn bestimmt?«

Clara kannte ihn nicht, nickte aber vorsichtshalber, sogar mehrmals, vergaß vorübergehend, dass Valentin sie nicht sehen konnte. Aber Valentin redete sowieso schon weiter: Es gebe da noch ein Problem im Nanobereich, er könne ihr den Text nicht schicken, auch nicht per Mail zukommen lassen, sie seien schon zu weit vom Hafen entfernt, die Internetverbindung verabschiede sich gerade. Überhaupt sei es schwierig mit der Verbindung auf See, es könne sein, dass der Funk auch gleich gestört sei, und vorher müssten sie ein weiteres Problemchen, sozusagen den Wurmfortsatz eines Problemchens, klären, nämlich … »Keine Verbindung?«, unterbrach ihn Clara, verschluckte ein »Das ist ja super«, das ihr auf der Zunge lag, und stellte die nächste, drängende Frage: »Wann geht es überhaupt los?«

Stille. Sie hörte etwas rauschen, vielleicht die Wellen, dann hörte sie, wie Valentin tief einatmete und wieder ausatmete.

»Morgen«, sagte er.

Zehn Minuten später mischte sie sich unter geflüsterten Entschuldigungen wieder in die Gruppe der Studenten. Dr. Adrian Steinhöfer quittierte ihre Wiederkehr mit zusammengepressten Lippen und Nichtbeachtung bis zum Ende der Stunde. Um ihr später eine SMS zu schicken, die sie nicht verstand: Ich kinns kiem ibwirten bis hiet Nicht, di verrichtes Lider! Sie grübelte länger über dieser Botschaft. Was bedeutete das großgeschriebene Nicht? Und warum schrieb er Lieder nicht mit ie, ebenso wenig wie den dazugehörigen Artikel? Erst, als sie begriff, dass er ihr in den letzten drei Wörtern ein I für ein U vormachte, verstand sie auch den Rest der Botschaft. Oder der Bitschift. Die sie stillschwiegend lischte. Um gleich darauf mit ihrem Smartphone – inzwischen war sie beinahe froh, dass sie sich kein iPhone leisten konnte – nach merkwürdigen sexuellen Vorlieben zu googeln. Sie fand allerlei: sensible Naturfans, die lieber mit Bäumen kuschelten als mit Frauen; anlehnungsbedürftige Damen, die glatte, starke Mauern aufregender fanden als Männer; eine Frau, die Linienbussen ein gewisses Etwas zugestand und schwach wurde, wenn morgens der Vierunddreißiger, »dieser schmucke Doppeldecker-Bursche, OMG!«, in die Haltebucht einfuhr. Sie fand Männer, die zärtlich zu Luftballons waren, und ein japanisches Ehepaar, das nur miteinander konnte, wenn sich ihr Koi-Karpfen im Wert von zwanzig Millionen Yen im Raum befand. Aber nirgendwo entdeckte sie Hinweise auf Vokalfetischismus. Anscheinend war Lümmelchen ein Vorreiter. Was ihr auch nicht weiterhalf. Nur noch diese Nacht, sagte sie sich, während sie bereits Bühnengarderobe und Sportkleidung in ihren Koffer packte, auch den Bikini nicht vergaß – brauchte man ein Abendkleid? Gab es ein Käpt'nsdinner? –, nur noch diese eine Nacht, dann würde sie nach Hamburg fahren und am Schiffskai ihren Crew-Ausweis für die nächsten vier Wochen in Empfang nehmen. Sie müsse nicht gleich auf die Bühne, sie habe auf dem Schiff noch Zeit, den Text der Revue zu lernen, hatte Valentin gesagt.

Inzwischen wusste sie, woher sie ihn kannte. »Vielleicht hast du mich unter ›Alamo der Magier‹ abgespeichert«, hatte er ihrem Gedächtnis auf die Sprünge geholfen, und tatsächlich: In einer leicht verstaubten Ablage mit der Aufschrift *Zu Verdrängendes* fand Clara Erinnerungen an Zeltauftritte bei heimischen Weinfesten mit ihrer damaligen Band Claire & the Countryboys. In ihren Spielpausen pflegte Alamo mit allem zu jonglieren, was sich auf den Tischen befand, auch mit Wurstbrötchen der Metzgerei Tümmler, außerdem zersägte er eine Jungfrau, ein blasses Wesen, das nachher wiederauferstand, um eine öde Tanznummer mit Hula-Hoop-Reifen zu vollführen. Worauf Alamo das flüchtende Publikum mit einer Hypnosevorführung zu fesseln versuchte, eine Aktion, die er wieder aufgeben musste, nachdem die amtierende Weinkönigin Vanessa I. mit dem Ruf »Wo ist der Deinhard?« ins Schlagzeug gefallen war und darauf bestanden hatte, ein Solo zu spielen. Aber diese wilden Zeiten waren vorbei, inzwischen zersägte Alamo keine Jungfrauen mehr, er managte Kultur. Sie solle ihn Val nennen, hatte er mit dynamischer Managerstimme am Telefon gesagt, kurz bevor die Verbindung abbrach, und er freue sich auf sie, alles werde top, spitze.

Als sie den Reißverschluss ihres Rollkoffers zuzog, klingelte ihr Telefon. Dr. Adrian Steinhöfer. Der sich höflich, aber gestresst für den Abend entschuldigte: Er sei auf dem Weg in eine rasch einberufene, ärgerliche, jedoch unvermeidbare Konferenz. Sie lauschte seinen ausgewogenen Worten, jede Silbe so sorgsam poliert wie feinstes Tafelsilber, so klang der Adrian, in den sie sich verliebt hatte. Eine Weile saß sie danach tränenblind an ihrem Schreibtisch. Dann riss sie sich zusammen, tippte eine lange Mail an Adrian, beschrieb, wie wichtig das Engagement auf dem Schiff für sie war und wie sehr sie sich darauf freute, ihn danach wiederzusehen. Sie achtete auf die Ausgewogenheit aller Vokale, verwendete neben scheuen, rehhaften E auch einige arglose O, wie kleine gehauchte Küsse, vermied Ä, die Adrian als grobschlächtig bezeichnete – ein Wort, bei dem sie immer zusammenzuckte und an ihre Metzgerswurzeln dachte –, und setzte gezielt verlockende I ein: *Ich vermisse dich und bin begierig, mit dir bei Linguini und Ziegenbrie gewisse intellektuelle Gipfel zu erklimmen.* Sie unterschrieb mit: *Dein i-Tüpfelchen.* Eine Idee, auf die sie am nächsten Morgen immer noch stolz war. Sie schickte die Mail ab, die bis jetzt im Ordner Entwürfe ihres Mailprogramms geschlummert hatte, nahm Koffer und Tasche und verließ die Wohnung.

Logbuch von Simon

18.7.13
4.10 Uhr MEZ
kurz vor der Deutschen Bucht, geschätzte 53° 27′ N
9,5 Grad Celsius

Ausnahmsweise ist kein Passagier an Deck, ich bin allein in dieser geheimnisvollen Stunde zwischen Nacht und Morgen. Erste Möwen, in den Wind geworfen, kreisen über mir im Grau. Land ist zu ahnen.
Habe auf mein Ritual des letzten Reiseabends verzichtet und keine Schülerin verführt. Falls dieses Schiff auf einen Eisberg aufläuft und wie durch ein Wunder nur dieses Logbuch gerettet wird, möchte ich klarstellen: Es handelt sich hierbei nicht um Minderjährige. Eher im Gegenteil. Das Durchschnittsalter meines Bord-Zeichenkurses lag um einiges höher als die Höchsttemperaturen des südspanischen Sommers. Wenn es nicht uncharmant wäre, würde ich sagen, es ging eher in Richtung Death

Valley, Kalifornien. Für diejenigen, die jetzt Sexismus wittern: Dies war nicht der Grund meines Verzichts. Der Grund waren die Knoblauch-Köttbullar vom Abendessen. Das nordische Abschiedsbuffet ist immer eine Herausforderung für die Küche, weil wirkliche Spezialitäten des Nordens wie gedörrter Stockfisch oder vergammelter Hai nicht in Frage kommen. Unser Chefkoch rettet sich in eine unentschlossene skandinavische Küche mit kleinen italienischen Ausrutschern wie zum Beispiel Ricottafüllung in den Lachsröllchen. Und am Ende stürzen sich die Passagiere sowieso auf das, was sie schon kennen: Pølser und Köttbullar. Die wie ein Stein im Magen liegen und zu betäubenden Ausdünstungen führen, aus Poren, deren Existenz man bislang noch nicht einmal geahnt hatte. Habe selbst davon gegessen und es nachher – ich werde alt! – nicht einmal mehr geschafft, an Sex zu denken.

Jetzt ist es zu spät, die Dunkelhaarige, die ich im Auge hatte, schläft der baldigen Ankunft in Hamburg entgegen.

Die Reise verlief überraschend angenehm. Trotz der Anwesenheit unseres neuen Vorgesetzten. Valentin Lübers. Oder auf Coolsprech: Val. So möchte er genannt werden. Unser dynamischer *Kutur*manager. Keiner von uns hat ihn auf das fehlende *l* auf seinem Berufsbezeichnungsschild hingewiesen. In entscheidenden Dingen hält die Bespaßungscrew eben doch zusammen. Val trägt seine weiße Uniformjacke mit Stolz, und er gibt sich alle Mühe, auszusehen wie aus dem Ei gepellt, mit frisch gebügelten Hosen und sorgfältig gekämmten Haaren, glatt rasiert bis auf das nassforsche Oberlippenbärtchen, das er sich, so meine Vermutung, extra für seinen superwichtigen Job hat wachsen lassen.

Natürlich will er hier an Bord alles ändern. Okay, unsere jetzigen Flotte-Motto-Shows kommen nicht rasend gut an. Bei den *La Paloma Perlen* bleiben nur diejenigen bis zum Schluss sitzen, die es aus diversen Gründen (Sonnenstich, beim Abendessen mehr

gegessen, als man anheben konnte, Rollator geklaut) nicht schaffen, die Flucht zu ergreifen. Und die sogenannte Wikingershow lebt allein davon, dass unsere Sunny eine Elfe spielt. Und wie. Im Laufe der Aufführungen ist das ursprüngliche Konzept ein wenig in Vergessenheit geraten, man könnte das Ganze in *Sunnys Peepshow* umbenennen. Den wenigen männlichen Passagieren, denen der Besuch nicht von ihren Frauen verboten wird, gefällt's. Aber jetzt sind Sunnys Elfentage gezählt, Val hat eine neue Flotte-Motto-Show in Auftrag gegeben. Wenn ich hier Kuturmanager wäre – was Odin, Thor, Zeus und die internationale Göttergewerkschaft bitte verhüten möchten! –, würde ich first of all diese albernen Bezeichnungen für unsere Shows ändern. Es reicht schon, dass unsere Schiffe flotte Flotte heißen. Vom *flotten Motto* ist es nicht weit zur *flotten Motte.* Und zum *flotten Otto.* Unser Kuturmanager hat immerhin schon versucht, herauszufinden, auf welchem Weg diese nicht allzu schmeichelhaften internen Crew-Bezeichnungen auf jeder Fahrt zu den Passagieren gelangen. Er hat mich in dringendem Verdacht. Schließlich habe ich die besten Passagierkontakte. Falls es diejenigen interessiert, die im Falle eines Untergangs nach dem Schiffswrack tauchen und vielleicht dieses in Plastik eingeschweißte Logbuch finden: Ich bin es nicht, aber ich lasse ihn in dem Glauben. Sunny hat schon genug Probleme. Und die löst sie nicht dadurch, dass sie sich in der Crew-Bar auf Vals Schoß setzt, sich an seinem Schlips festhält, auch – ooops! – tiefer, und ihn »ihren Tarzan« nennt. Val bekommt dann immer diesen Fluchttierblick. Verdattertes Reh. Ich habe ihn schon gezeichnet.
Vals neue Flotte-Motto-Show stellt den Anfang eines ausgefuchsten Rationalisierungsprojekts dar. Er hat das gesamte Tanzensemble eingespart, auch die Chorsänger, und kommt mit zwei Schauspielern aus. Der Titel ist schon einmal beeindruckend: *Entflammt im ewigen Eis.* Die Proben in Hamburg würden top laufen, hat unser lieber Val uns versichert, einfach spit-

ze. Es ist rührend, wie er dabei die Arme hinter dem Rücken verschränkt und sich sein Mittelfinger wie von selbst über den Zeigefinger schiebt, sicher eine alte Angewohnheit aus Kindertagen, als irgendwer ihm eingeredet hat, dass er von einem schleimigen grünen Monster mit Augen so groß und schwarz wie Untertassen verschluckt wird, sobald er lügt. Val sieht aus wie jemand, der als Kind solche Geschichten geglaubt hat. Natürlich hat das Monster kleine Tittchen, man muss kein Freudianer sein, um zu vermuten, dass Vals Unbewusstes Lustangst-Erfahrungen mit übergriffigen Frauen gemacht haben muss.

Heute werden seine beiden neuen Stars (so bezeichnet sie Val) an Bord kommen. Diesen Peachy the Peacock habe ich im Internetcafé in Akureyri gegoogelt, aber allzu viel habe ich nicht gefunden, nur, dass er die Superstarshow 2008 vorzeitig verlassen musste und 2011 irgendeinen Salsa-Sommerhit hatte. Weiteres habe ich aus bestimmten Gründen nicht mehr in Erfahrung bringen können. (Kristin, meine Islandgöttin! Stand hinter mir, beugte sich über meine Schulter, ihre Haare an meinem Gesicht, ihre Brüste, gütiger Gott, in meinem Rücken, dies alles im Internetcafé, wo wir nicht blieben, hätte beinahe die Abfahrt verpasst!) Auch über die weibliche Darstellerin habe ich nichts herausgefunden. Irgendetwas muss passiert sein, was sie betrifft, unser wackerer Val war kurz hinter Island völlig von der Rolle, das Telefon war praktisch mit seinem Ohr verwachsen. Wie ich seinen hektischen, beinahe panischen, immer wieder von Funklöchern unterbrochenen Gesprächen entnommen zu haben glaube, ist die ursprüngliche weibliche Darstellerin einfach verschwunden, mitten in den Proben. Wie weggezaubert. Und passend dazu fing Val zu zaubern an. Vielleicht als Therapie, im homöopathischen Sinn: Ähnliches mit Ähnlichem bekämpfen. Als er sich einen Moment allein in der Crew-Kantine wähnte, ging es los, plötzlich waren Salz- und Pfefferstreuer in der Luft, dazu das Fässchen mit den Zahnstochern, jonglierend schaute er sich um, bemerkte mich nicht hinter dem noch halb geschlossenen Durchreichefenster zur Küche, wo ich mich aus persönlichen Gründen aufhielt, schwupp, kamen ein paar Lachsröllchen hinzu, samt Ricottafüllung, die sich in der Luft noch von den Röllchen verabschiedete. Er jongliert gut, zugegeben, er soll ja früher gezaubert haben, munkelt man. Als sich eine der Küchenpraktikantinnen vom Gang her näherte, fing er rasch alles wieder auf, auch Teile der Lachsröllchenfüllung, sogar einige der lose herumfliegenden Zahnstocher. (Der Deckel des Fässchens hatte sich gelöst, ein Zahnstocherpfeilhagel ging ausgerechnet über der Terrine mit der Thai-Suppe süßsauer nieder, mit der unser Koch immer die Crew beglückt und die allgemein für Spülwasser gehalten wird.)

Vermutlich hat noch kein psychiatrisches Lehrbuch dieses Krankheitsbild aufgelistet: Zwanghaftes Jonglieren. Auch später in der Crew-Bar konnte er die Hände nicht still halten, ruck, zuck hatte er herumliegende Bierdeckel gemischt und aufgefächert wie Spielkarten, dann kreuzte Sunny in der Bar auf, im Elfenkostüm, und er legte die Hände rasch in den Schoß.

Jetzt ist der Riss in der Nacht größer geworden. An Land würden Vögel zwitschern, hier kreischen die Möwen. Wir nähern uns der Elbmündung, dem Morgen und damit dem Ende friedlichen Alleinseins. Schon höre ich Schritte unter den Möwenschreien, der erste Frühaufsteher – ich tippe auf Rentner – kommt die Stahltreppe herauf.

Nachtrag
18.7.13
4.58 Uhr MEZ

Folgendes möchte ich für die Nachwelt festhalten. Für diejenigen, die vielleicht in Hunderten von Jahren dieses Logbuch finden, in einem ausgebrannten, völlig verkohlten Schiffswrack,

und wissen möchten, warum damals das Feuer ausgebrochen ist. Vielleicht fragen sie sich auch, warum man überhaupt Tausende von Menschen auf engstem Raum über die Ozeane geschippert und sie vier Mal täglich mit üppigen All-inclusive-Mahlzeiten vollgestopft hat, um die Verdauungsergebnisse dieser Orgien dann in den Häfen zu verklappen. Auf diese Frage weiß ich, ihr lieben Zukünftigen, keine Antwort, auf die Frage nach der Brandursache jedoch schon: Der Zauberer war's. Er übt heimlich Feuerschlucken. Er kam am frühen Morgen des 18.7.2013 an Deck, noch vor der Sonne, die zuerst die Stühle an der Reling küsst, mühte sich eine Weile mit Stabfeuerzeug und einer kleinen Flasche ab, stand dann breitbeinig, stemmte sich gegen das leichte Schlingern, den Kopf in den Nacken gelegt, und frühstückte eine brennende Fackel. Bei Windstärke fünf. Ungeachtet des möglichen Funkenflugs. Danach schlich er sich davon, mit angesengtem Oberlippenbärtchen.
Ich habe Fotos gemacht. Für alle Fälle.
Wer weiß, was sich noch damit anfangen lässt.

2.

Mit dem Duft nach Wasser, Salz und Tang hatte Clara gerechnet, auch mit herberen Gerüchen, nach Teer und nach Fisch. Den Duft nach Knoblauch hatte ihre Vorstellungskraft nicht eingeplant, und einen Moment blieb sie stehen, auf dem überraschend wackligen Eisensteg, der das Schiff mit dem Cruise-Center verband, aber Val nahm sie beim Ellenbogen und führte sie weiter, auf das offene Schiffsmaul zu. Im Cruise-Center war Val mit einem »Da bist du ja, Clara!« auf sie zugestürzt, und einen Moment hatte sie geglaubt, er wolle ihr um den Hals fallen. In ihrem Hirn wurde auf Hochtouren gearbeitet, um das abgespeicherte Bild von Alamo dem Magier mit diesem Mann in Einklang zu bringen, der mit hängenden Armen vor ihr stand. Die Ärmel seiner Uniformjacke waren zu lang; er sah aus, als müsste er erst in sie hineinwachsen. Über seiner Oberlippe behauptete sich ein angefressenes Bärtchen. Genauer gesagt: die Hälfte eines Bärtchens. Sie erkannte ihn nur an seinem intensiven, beinahe glühenden Blick, mit dem er sie ansah, bevor er sich verbeugte und einen winzigen Strauß Plastiknelken aus ihrem Jackenärmel zog. Um sich gleich darauf zu entschuldigen.

»Sorry, ich wollte nicht zaubern.«

»Ist doch nicht schlimm.«

»Doch.«

Hastig steckte er die Plastiknelken in die Hosentasche.

»Alamo ist Vergangenheit. An Bord bin ich Val Lübers, Kulturmanager, verstehst du?«
»Aber ja! Clara Tümmler ist nämlich auch Vergangenheit. An Bord bin ich Clara Abraham. Nur Abraham. Ohne Tümmler, ohne Wurst, verstehst du?«
»Wurst? Wie viele … äh … Namen hast du eigentlich?«
Val nahm ihr den Koffer ab, stellte ihn auf ein Laufband, und über Claras innere Leinwand flackerte ein Satz in fleischfarbenen Buchstaben: *In der grobschlächtigen Hauptrolle Clara Brüh-Wurst.* Schaudernd beschloss sie, nicht weiter auf das Wurst-Problem einzugehen. Am Ende erinnerte sich Val gar nicht daran, dass die Wurstbrötchen, mit denen er jongliert hatte, aus der Metzgerei ihrer Eltern stammten. Umso besser.
Val leckte über eine leuchtend rote Stelle oberhalb seiner Lippe, nahm Claras Handgepäck und schob sie in Richtung Sperre.
Gemeinsam hatten sie die leicht schwankende Eisenbrücke zwischen den Welten betreten, und jetzt lotste Val sie durch die offene Tür in ein freundliches, teppichbelegtes Foyer mit Rezeption, das sich in nichts von einem Hotel unterschied. Außer durch den wahrhaft überwältigenden Knoblauchdunst.
Er zeige ihr am besten gleich ihre Kabine, dann das Theater, wenn es ihr recht sei, brüllte Val gegen das Dröhnen unzähliger Staubsauger und ohne ihren Ellenbogen loszulassen, als fürchtete er, sie würde umfallen. Oder ausbüxen. Natürlich sei es ihr recht, versicherte sie, sie wolle sofort anfangen, den Text zu lernen, und wann sie denn spielbereit sein müsse, in wie vielen …
»Hier entlang!« Val dirigierte sie auf eine Stahltür zu, deren warngelbe Aufschrift *Crew-Bereich* Unbefugten den Eintritt verbot. Hinter der Tür endete der flauschige Teppich-

boden. Und jede Flauschigkeit überhaupt. Über enge Stahltreppen bewegten sie sich nach unten, weg von Staubsaugerlärm und Knoblauchdunst, ins tiefste Innere des Schiffs. Val eilte voraus, durchschritt immer engere, niedrigere Gänge, die in noch schmalere Korridore mündeten, und einen Moment fühlte sich Clara wie in einem U-Boot-Film, einer anspruchsvollen, dramatischen Kinoproduktion, in der sie die einzige Frauenrolle spielte, allein unter Männern, die zischende Ventile öffneten und dabei abgebrühte Bemerkungen austauschten. Sätze, die von Drehbuchautoren, Regisseuren und Produzenten so lange gefeilt und poliert worden waren, bis nur noch ein »Verdammt ... verdammt!« übrig blieb.

»Voilà! Kabine eintausenddreihundertdreizehn!« Val war stehen geblieben, steckte eine Chipkarte in den Schlitz eines Türschlosses. Worauf sich nichts tat. Auch nicht, als Val fluchte, am Knauf rüttelte und etwas murmelte, das Clara sicher falsch verstand, es hörte sich an wie: »Verdammtes Elfenluder, dein Tarzan wird es dir schon zeigen.« Zu ihr sagte er: »Nur einen Moment, diese Winzigkeit eines Problemchens hat Alamo sofort gelöst«, und beugte sich über das Schloss. Mit Hilfe seines Plastikausweises und einer Nadel, wie Clara zu erkennen glaubte, hantierte er eine Weile daran herum, dann öffnete er mit einem »Abrakadabra!« die Tür und knipste das Licht an.

Auf engstem, fensterlosem Raum kämpften ein Doppelstockbett, ein kleiner Tisch, ein Spind, unzählige Haarspraydosen, Lippenstifte, ineinander verknäulte Strumpfhosen, Nagelfeilen, Zangen, Pinsel, Wattebäuschchen, Farbfläschchen, aufklebbare Kunstnägel und Behälter mit allen Arten von Nadeln um etwas Platz. Val murmelte irgendwas von längst fälliger Kabinenkontrolle, während Clara, stumm auf das Ensemble schauend, sich von der Vorstellung einer

Einzelkabine mit romantischem Bullauge, französischem Bett und Sitzgruppe verabschiedete, die ihr Unbewusstes ohne ihr Zutun konstruiert hatte. Anscheinend war ihr Unbewusstes ein Fan der Traumschiff-Serie. Und wie sollte sie ohne Lageplan und Kompass diese Kabine jemals wiederfinden? Ihr Orientierungssinn war mehr als schwach, er war katastrophal; als Kind war sie schluchzend durch Freibäder geirrt und in Maisfeldlabyrinthen gescheitert, auch in Adrians Wohnung hatte sie am Ende ihres ersten Besuchs mit einem »Ciao!« die Tür zur Toilette aufgerissen.

Einen Moment fragte Clara sich, ob sie nicht einen schrecklichen Fehler beging. Adrian hatte schon zweimal auf ihre Mailbox gesprochen, offenbar bestürzt über die Abreise seines i-Tüpfelchens. Wie lange würde er warten, bevor er der nächsten Studentin für perfekte I die große Karriere versprach? Warum hatte sie nicht sofort zurückgerufen und ihrerseits ihre Sehnsucht beteuert, vielleicht verknüpft mit einer gewagten neuen Kombination von Vokalen: Eule, Diode, Äonen, Baikal oder, ganz reißerisch, Hyäne?

Vals gepresstes »Lass dein Handgepäck hier, den Rest klären wir gleich!« unterbrach ihre Meditation. Entschlossen stieg sie über ein Gerät, das aussah wie eine kleine Bohrmaschine, bahnte sich ihren Weg, vorbei an Kistchen mit Gummiringen, Nähgarn und Scheren, und stellte ihre Tasche auf der einzigen freien Stelle des unteren Bettes ab. Wem, um Himmels willen, gehörte diese Kabine? Val war schon vorausgeeilt, und sie wandte sich um und folgte ihm, bemüht, sich wenigstens einige markante Punkte einzuprägen, auf dem Weg zurück ins Licht.

»Na, Val, alles *hot* bei dir?«

Der Mann, der am Tresen der Rezeption lehnte und ihnen neugierig entgegenblickte, wäre von jeder Schauspieler-

agentur sofort als eleganter Schurke gecastet worden. Er trug ein vermutlich absichtlich nachlässig zugeknöpftes Hemd mit Manschettenknöpfen, dazu ausgefranste Jeans und Turnschuhe.
»Wo ist Sunny?« Vals Hände zuckten in seinen Hosentaschen.
»Keine Ahnung. Ich bin übrigens Simon.«
Der Mann lächelte. Seine Augen waren dunkelblau und dicht bewimpert, als hätte sein Blick eine Pelzkapuze auf.
»Ich bin Clara. Clara Abraham.«
»Oh! Wow! Unser neuer Star, oder nicht? Willkommen in der Anstalt! Du liebe Güte, Val, schau nicht so, das war Ironie. Willkommen bei der Unterhaltungscrew, unserer großen, bunten Familie!«
»Komm!« Val wandte sich um, stieg die teppichbelegte Treppe hoch, und sie folgte ihm.
»By the way, hast du eigentlich in letzter Zeit mal in den Spiegel geschaut, lieber Val?« Simon überholte sie mühelos mit langen Schritten, und gemeinsam erreichten sie eine große Glastür. Die Val wortlos aufriss.
»Hier ist unser Theater, Clara, und ich bin sicher, du wirst … Das glaub ich jetzt nicht! Das glaub ich einfach nicht!«
Clara glaubte es auch nicht. Der Theatersaal war riesig. Ein imposanter Kronleuchter, der Platz für ganze Vogelschwärme geboten hätte, beschien die ansteigenden Zuschauertribünen – unfassbar viele Reihen! Fünfhundert Zuschauer! Die gemeinsam den Atem anhalten würden, wenn das Licht des Kronleuchters erlöschen und Scheinwerferstrahlen die halbrunde Bühne erhellen würden, wo … Clara zwinkerte, sah noch einmal hin, aber es blieb bei dem Bild: Auf der Bühne wiegten sich Palmen. Im Wind einer leise fauchenden Maschine. Palmen in allen Größen, in Kübeln, Töpfen,

auf Hockern, Rollwagen, besprüht von einem Sprinkler, der sich drehte und nicht nur die Palmen auf der Bühne, sondern auch die vorderen Sitzreihen benetzte.
»Was … wer … was soll das?«, fragte Val, wie es sich anhörte, mit letzter Kraft.
»Du hast doch Palmen als Bühnenbild bestellt, oder nicht?« In Simons Augen blitzte es, eine Sekunde schien er sich an Vals Anblick zu weiden, dann wandte er sich Clara zu. »Wir sind alle schon so gespannt auf heute Abend!«
Er schien sich bestens zu amüsieren, dieser Simon. Auch wenn sie nicht genau verstand, worüber. Was meinte er mit heute Abend, würden sie und dieser Peachy the Peacock offiziell vorgestellt werden? Vielleicht würde es eine Eröffnungsshow geben? Schon lieferte ihr kitschorientiertes Unbewusstes Traumschiffbilder: weiß gekleidete Offiziere, eine strahlende Chefhostess, sprühende Wunderkerzen auf Torten, hereingetragen von Köchen mit hohen Mützen, dazu ein Kapitän mit meerblauen Augen und erotisch-autoritärer Ausstrahlung. Von der Diskussion zwischen Simon und Val verstand sie wenig. Es ging um die Palmen, einen gewissen »Blauwal«, der anscheinend für die Palmen verantwortlich war und sie auf der Stelle, wie Val mehrmals betonte, wieder wegzuschaffen hatte, um diese Sunny und die vollgestopfte Kabine.
»Ich werde das melden«, sagte Val. »Es ist verboten, das weiß sie ganz genau.«
»Ebenso wie offenes Feuer.« Simon lächelte. Val verstummte. Und Clara stellte endlich die Frage, die ihr auf der Zunge lag: »Was findet heute Abend eigentlich statt?«
Einen Moment war nur das Zischen der Sprinkleranlage zu hören; Simon schaute von ihr zu Val, und wieder zu ihr, die Lippen zu einem perfekten O geformt, dem Archetyp des Staunens, an dem Dr. Adrian Steinhöfer sicher seine Freude

gehabt hätte. Dann sagte Val: »Der Text liegt hinten, ich zeig dir mal alles, ja?«
Clara glaubte zu spüren, wie dieser Simon ihr nachsah, als sie Val folgte, den Gang hinunter, über schwach beleuchtete, flache Stufen. Val redete, schnell und mit hoher Stimme: Der Text sei wirklich kinderleicht zu lernen, die entscheidenden Stellen aus Romeo und Julia, nur ein wenig bearbeitet für das Schiffspublikum, ein wenig Landeskunde, auch Wissenswertes über Flora und Fauna der Reiseziele, Infotainment mit Emotion und flotter Musik sozusagen, es gebe übrigens noch ein Partikelchen eines Problems, wegen des Aufführungster… »Oh, sorry, Moment!«
Val fischte sein Handy aus der Hosentasche, »Peachy? Na endlich! Bist du am Bahnhof? Ja, alles top, super! Einfach spitze! Das Bühnenbild wird der Traum! Im Moment sind nur ein bisschen viel Palmen … aber ich hab das im Griff … Du wirst aus einem Eisberg heraustreten, auf deine eigene Showtreppe, ja, natürlich ist das auch richtig ausgeleuchtet … Rosen? Wieso jetzt Rosen und keine Pal… Na klar, beschaffen wir Rosen, kein Problem, aber nicht die Spur eines Problemchens! Deine neue Partnerin ist auch schon hier, eben sind wir an der Bühne, alles spitze, ihr habt noch ein paar Stunden zum … was? *Wo* bist du? Wie willst du das … Ja, natürlich bezahlen wir das Taxi, egal von wo, um achtzehn Uhr legen wir ab, achtzehn Uhr, hast du verstanden, Peachy? Und um zwanzig Uhr ist … Peachy? Verdammt! Funkloch!«
»Ist irgendwas?«
»Nein, nein, nichts, alles top.« Val erklomm die Bühnentreppe, duckte sich vor dem Sprinklerstrahl und riss einen Vorhang an der Seite auf. Dahinter stapelten sich Stühle zwischen Pappmachébergen und Stoffbahnen.
»Weißt du, er … ich meine Peachy, ist vielleicht manchmal

ein bisschen eigen, aber er ist ein Spitzen-Entertainer, einfach top, er bringt den Saal in null Komma nichts zum Kochen mit seinen Songs, du brauchst nur eine zweite Stimme zu improvisieren, das kannst du doch, ah, hier ist er ja!«

Er klaubte zusammengeheftete DIN-A4-Blätter von einem Stuhl, drückte sie ihr in die Hand, murmelte etwas von: »Schrifttyp 16, und dazu die Zwischenräume und die Ränder, der ganze Text besteht fast nur aus Zwischenräumen und Rändern, eine Kleinigkeit.« Sie hörte nicht mehr zu, überflog die erste Seite.

Die Möwe war's und nicht die Trottellumme, die grad durchdrang dein banges Ohr …, las sie, dann Peachys vorgegebene Antwort. Und ließ das Heft sinken. Val, der es nicht mehr geschafft hatte, sich vor dem Sprinkler zu ducken, stand vor ihr, mit tropfender Krawatte. Was hatte er eben gesagt: Es gebe da noch ein Atömchen eines Koordinationsproblemchens, ein Teil des Show-Ensembles werde nämlich heute Abend bei der Poolparty gebraucht, und deshalb … Es sei doch sicher möglich, dieses winzige bisschen von einem Text bis zwanzig Uhr …

»Was für ein Atömchen eines Problemchens?«

»Die Premiere«, sagte Val und schlenkerte seinen nassen Schlips, »ist … äh ja … heute.«

3.

Ruhe. Sie brauchte Ruhe. Einen stillen Ort, an dem sie lernen konnte. Aber selbst der vermeintlich stille Ort, die Schiffstoilette im Foyer des Theaters, war nicht still, seit die Passagiere an Bord waren. Überall liefen sie herum, erforschten das Schiff, bedachten auch den Theatersaal mit bewundernden Ausrufen. Zuerst hatte sich Clara in den Kostümfundus zurückgezogen, einen mit Requisiten und Kleidungsstücken vollgepferchten Raum. Aber auch dort fand sie keine Ruhe, ständig stürmten Ensemblemitglieder herein, grüßten Clara – mit einer gewissen Zurückhaltung, wie ihr auffiel –, suchten etwas und verschwanden wieder. Dieser Simon war zwar gegangen, dafür telefonierte Val, säuselte in sein Handy und brüllte in eins der Wandtelefone, die überall im Saal hingen und in kritischen Momenten vielleicht dafür genutzt wurden, Meldungen weiterzugeben wie: Eisberg voraus, Sir. Als er zur Bühne stürzte, um eine weitere Palmenlieferung zu stoppen, stellte er einen Moment zu spät fest, dass er das Telefon an der Wand nicht mitnehmen konnte.

Clara hatte den Saal verlassen, einen Salon durchquert und ein Selbstbedienungscafé, aber überall war es voll und laut, selbst auf den Decks. Die Toilette fiel als Rückzugsort aus, nicht nur wegen eindringender Passagiere – »nü gügge, sö'n prünkvolles Glö«, hörte sie in ehrfürchtigstem Sächsisch –, sondern auch wegen der Raumbeschallung, Meeresrauschen und Möwenschreie. Gemeinsam mit einer Traube Menschen war sie in einen Aufzug gestiegen, der sie zwei Decks höher wieder ausgespien hatte, hinein in eine scheinbar unendliche Ladengalerie.

»Nü gügge, Judda, sö schöne Düdi-frie-Shöps!«

Sachsen. Schon wieder. Direkt hinter ihr. Sie hastete weiter, vorbei an überdimensionalen Whiskyflaschen und riesigen Schokoladentafeln, vorbei an der Reklame eines Friseurgeschäfts: *Mit unserer Duty-free-Föhnwelle sitzt Ihre Frisur auch bei Windstärke zwölf.* Einen Moment verschnaufte sie vor einem Schaufenster eines extravaganten Schuhladens. Im Fenster waren Schwimmflossen ausgestellt, in Pink und Giftgrün, mit mindestens zehn Zentimeter hohen Absätzen, daneben Overknee-Fischerstiefel aus geschupptem Lack.

»Üwe, sollsch mir die Lackstiefel gööfen?«

»Judda, isch weeß nisch, nimm lieber die Schwimmflössen …«

Die Sachsen! Weiter. Sie drängte sich an entgegenkommenden Passagieren vorbei, an Frauen in Fleecejacken und Männern mit Bauchtaschen, Fotoapparaten und Ferngläsern, mit denen sie wahrscheinlich die Flora und Fauna der Reiseziele studieren wollten. Mit ihren grauen Haarkränzen hatten sie selbst etwas von Polareulen. Kam die Polareule auch in ihrem Text vor? Wie zum Teufel sollte sie den Inhalt dieser vier Seiten bis zwanzig Uhr in ihr Gedächtnis bringen? Sie hatte Val erklärt, dass ein Schauspieler viel mehr tun musste, als nur Text abzusondern, dass jeder Satz eine Haltung verlangte, dass es Wahnsinn war, ein solches Stück ohne Regie zu spielen. Vals Hände hatten gezuckt, er hatte eine Münze aus der Luft gefangen, sie ratlos angeschaut und schnell in die Hosentasche gesteckt. Alles sei top, spitze, sie müsse sich nur von Peachy mitreißen lassen, außerdem werde er, Val, persönlich soufflieren, es gebe einen Souffleurkasten. Vielleicht konnte Peachy ihr ja erklären, wie der Regisseur mit der anderen Schauspielerin gearbeitet hatte. Falls Peachy jemals auftauchte. Sollte sie lieber gleich flüchten, das Schiff verlassen? Falls sie aus dieser Ladengalerie jemals wieder herauskam. Endlich erreichte sie das letzte Geschäft, stieg eine Treppe nach unten und folgte dem Hinweis auf eine *Wellness-Oase.* Ein Flur, mit hellem Holz getäfelt. Leer. An seinem Ende eine Milchglastür mit der Aufschrift: *Erst nach Abfahrt geöffnet.* Aber als Clara zögernd darauf zuging, glitten die beiden Türhälften auseinander, und sie trat in eine Landschaft aus Saunahütten und Duschgrotten. Von irgendwoher plätscherte es. Als sie um eine Ecke bog, sah sie Farne, gruppiert um einen Teich mit künstlichem Wasserfall. Gegenüber eine kleine Bar, Hocker, Tischchen, Liegestühle. Tatsächlich, eine Oase! Still, leicht nach Chlor duftend und vollkommen passagierfrei.

Sie ließ sich auf einen Stuhl sinken, breitete ihre Textblätter aus und vertiefte sich in die Seite drei. Ein nur leicht verändertes Zitat aus der fünften Szene von Romeo und Julia: *Stets hell und heller wird's! Wir müssen paddeln!* Auf Paddeln hätte vermutlich selbst Shakespeare keinen Reim gefunden. Auch der Autor von *Entflammt im ewigen Eis* hatte sich, wie es aussah, vergeblich bemüht und Peachy einen Halbsatz untergeschoben, der mit »Seepferd saddeln« endete und beim besten Willen …

»So, Jane, jetzt gibt es was Gesundes!« Sie schreckte hoch. Schritte. Eine Männerstimme. Jane antwortete nicht oder nur sehr leise, der Mann redete schon weiter, teilte Jane in zärtlichem Tonfall mit, ohne Vitaminpulver gebe es keine Nacktschnecken. Was um Himmels willen hatten die beiden hier vor? Sollte sie lieber gehen? Und wo hatte sie diese

Stimme schon mal gehört? Sie hatte anders geklungen, nicht so weich.
»Und außerdem hab ich Gurke für dich. Aber zuallererst gibt's Badi-Badi, wie immer!«
Simon. Es war dieser Simon. Der jetzt um die Ecke bog. Und erstarrte, als er sie sah.
»Was machst du denn hier?« Es klang nicht unbedingt freundlich.
»Ich wollte lernen. Ich …«
Sie verstummte, starrte auf seine Tasche. Eine Umhängetasche, die er vorhin nicht getragen hatte, aus olivgrünem Stoff. In der sich etwas – bewegte. Etwa *Jane?*
»Hier ist noch geschlossen, sie haben wohl wieder vergessen, die Lichtschranke auszuschalten.«
Er legte eine Hand auf seine Tasche. Zauberte dieser Simon etwa auch? Und wie? Schrumpfte er Frauen?
»Vielleicht ist die Bücherei offen. Sie liegt etwas versteckt, aber du findest sie schon, pass auf: Du gehst hoch auf Deck 10, läufst durch den Tanzsalon und die Spielbar, dann biegst du rechts ab und hinter der Diele gleich wieder …« Aus den Lautsprechern an der Decke quäkten Signaltöne, kurz und eindringlich, gefolgt von einem langen Brummen, und Simon hörte auf, Abzweigungen, Durchgänge und Glastüren zu beschreiben, lauschte mit gerunzelter Stirn.
»Warum kann ich nicht hierbleiben?« Sie strich über die Zettel in ihrem Schoß.
»Weil … verdammt! Was soll das denn jetzt schon?«
Aus den Lautsprechern wieder die Töne, dann das Brummen. Etwa ein SOS, regte sich dieser Simon deshalb so auf? Wie ging gleich SOS, dreimal lang, dreimal kurz? Und konnte ein Schiff denn untergehen, während es noch im Hafen lag? Eine scheppernde Stimme aus den Boxen for-

derte die Passagiere auf, sich so schnell wie möglich zu den Sammelstellen zu begeben, dies sei die angekündigte Seenotrettungsübung, und Simon schaute sich um, zischte ein weiteres: »Verdammt!«

»Was ist los?«

»Welche Kabine hast du?«

»Äh … Kabine?«

»Die Nummer deiner Ka… Ach, verflucht, du kommst jetzt sowieso nirgendwo mehr durch. Komm mit.«

Der Gang hinter dem Saunabereich war schon voller Menschen, sie kamen von allen Seiten und stauten sich auf der Treppe nach unten. Die meisten trugen Schwimmwesten, es roch nach Gummi und leicht nach Schweiß. Inmitten der Masse fiel ihr die Kabinennummer wieder ein: Eintausenddreihundertdreizehn, sie sagte es Simon, der sie mit einem »Oh, dann viel Vergnügen« weiterschob, treppabwärts. Hörte sie nicht schon wieder Sächsisch, irgendwo aus der wogenden Schwimmwestenmenge vor ihr? Und wie lange dauerte solch eine Übung? Sie standen in einem Foyer mit Panoramafenstern. Ein blonder Riese drückte ihr und Simon Schwimmwesten in die Hände. Stärker der Gummigeruch jetzt, ein penetrantes Aroma, das sie für Sekunden zurück ins Freibad ihrer Kindheit katapultierte. Zu jenem ernüchternden Moment, in dem sie erkannte, dass ihr prunkvoller, rosaroter Schwimmreifen ein Werbeträger der elterlichen Metzgerei war: ein Ring Fleischwurst mit der Werbeaufschrift: *Weck? Worscht? Tümmler!*

»Herrgott, dann halt ihm eben eine Pistole an die Schläfe!« Der Satz riss sie aus ihren Schwimmbaderinnerungen, und sie blickte auf. Sie mussten auf dem Deck des Theaters sein, vielleicht an einem Hintereingang. Val, schon in einer Schwimmweste, lehnte an einer Stahltür, sein Handy am Ohr.

»Dann lass dir was einfallen!«, brüllte er. »Lass dich zum nächsten Flughafen fahren!«
»Unser Val, heute so *feurig*«, sagte Simon neben ihr. Welche Probleme er und Val auch immer miteinander hatten, sie wollte es nicht wissen. Sie hatte einen Text zu lernen. Sie beugte sich wieder über ihre Blätter und versuchte, die Stimmen um sie herum auszublenden.
»Kabine 6655! Sechs sechs fünf fünf!«, rief ein Mann über ein Megaphon.
»Anwesend!«
»Kabine 6656! Sechs sechs fünf sechs!«
»Anwesend!«
Aus dem Augenwinkel sah sie, wie Simon seine bebende Tasche streichelte.
»Kabine sechs sechs fünf sieben!«
»Huhu! Hier!«
Anscheinend handelte es sich um Kabinen mit Sechser-Ziffern, bestimmt würde Kabine eintausenddreihundertdreizehn hier nicht aufgerufen werden. Und dann? Würde sie als vermisst gemeldet werden? Egal, sie musste lernen.
»Kabine sechs sechs fünf acht!«
»Aye, aye, Käpt'n!«
Aufbrandendes Gelächter, dann ein entzücktes: »Aber Dieter, sei doch nicht wieder so vorlaut!«
»Kabine sechs sechs fünf neun!«
»Alles im Lot auf'm Boot!«
Warum, zum Teufel, hatte sie kein Ohropax mitgebracht?
»Kabine sechs sechs sechs null!«
Anerkennende Pfiffe. Clara schaute einen Moment auf, sah feixende, Bier trinkende Männer mit Bauchtaschen. »Wer ist denn hier so sexy?«, rief einer von ihnen, dann ein pikiertes: »Sind wir hier auf dem Ballermann? Anwesend!« aus den hinteren Reihen.

Einen Moment herrschte betroffene Stille, unterbrochen von Val: »Irgendwo muss doch ein Flughafen sein! Ja, wir bezahlen auch ein Privatflugzeug, wenn's nicht anders geht!«
»Kabine sechs sechs sechs eins!«
»Anwesend!«, rief Simon, dann spürte Clara, wie sich seine Hand schwer auf das aufgeblasene Gummi ihrer Schwimmweste legte.
»Und hier ist noch der eine Teil von Kabine dreizehn dreizehn! Wenn ihr sie bitte mit abhaken könntet, sie ist der neue Star der Unterhaltungscrew und schafft's nicht zur Sammelstelle nach unten.«
Simon nahm die Hand von ihrer Schulter. Wie es aussah, bekam diese Jane gerade einen Taschenkoller, der Stoff beulte sich aus, erst auf der einen, dann auf der anderen Seite.
»Okay. Sechs sechs sechs zwei!«
»Keine Panik auf der Titanic, hehehe!«
»Verdammt, auf diese Weise dauert's noch ewig!«
Simon steckte die Hand in seine tobende Tasche. Warum konnten sie jetzt nicht einfach gehen? Wie viele Passagiere sich hier wohl drängten? Zweihundert? Mehr? Der Megaphonmann rief weitere Nummern auf, und immer noch kamen neue Passagiere. Val hatte aufgehört zu telefonieren, starrte trübe vor sich hin und hing in seiner Schwimmweste, als triebe er schon auf dem Ozean.
»Sechs sechs sechs fünf!«
»Jau! Bei uns klemmt die Balkontür!«
»Tut mir leid, dafür bin ich nicht zuständig. Sechs sechs sechs sechs!«
Stille. Dann ein Pfiff und ein bewunderndes »Hohoho« von der Biertrinkerfraktion.
»Sechs sechs sechs sechs!«
»Sind bestimmt am Schnackseln, hehehe!«
»Nü! Ja! Sörry! Es gibt aber hier sö viel zum Güggen! Wir

sind dödal häbby mit ünserer Gabine, newahr, Üwe! Ünd über die Blümen hamwa üns ooch gefreut, soochen Sie, wann ist denn dieser Höneymüün-Empfang ...«

»Wenn Sie sich damit bitte an die Rezeption wenden wollen!«, übertönte der Mann mit dem Megaphon das einsetzende Gekicher und gewagte Wortspiele über sächsy Sachsen, und Clara versuchte, sich wieder in ihren Text zu vertiefen.

»Naaa? Simon? Ich bin's!«

Eine Parfümwolke. Vor ihrer Nase.

»Sag bloß, du erinnerst dich nicht an mich!«

»Oh! Aber natürlich! Du bist ... äh ... Du warst in meinem Zeichenkurs, nicht wahr?« Simon zuckte zusammen, als hätte ihn Jane, oder was immer sich in seiner Tasche bewegte, eben gebissen, und Clara blickte auf.

Die Parfümwolke hatte rotbraune Wallehaare und ziemlich viel Ausschnitt unter ihrer Schwimmweste. »Ja, da auch«, sagte sie, warf ihre Löwenmähne zurück und lachte. »Hast du immer noch diese Schildkröte in deiner Kabine? Diese ... wie hieß sie gleich ...«

»Schön, dass du wieder an Bord bist!« Simon zog die Hand aus der Tasche. »Darf ich dir Teile unserer brandneuen Unterhaltungscrew vorstellen? Clara, unser aufstrebender Schauspielstar! Und hier kommt gerade Val Lübers, der auf bewundernswerte und innovative Weise diesen Unterhaltungszirkus managt!«

»Schildkröte?«, fragte Val, und Clara sah aus dem Augenwinkel, wie Simon einen Finger auf die Lippen legte und lächelnd den Kopf schüttelte.

»Wir fiebern alle schon der Premiere entgegen«, sagte Simon. »Heute Abend, im Theater.«

»Ooch, ich wollte eigentlich mit dir zur Poolparty!« Die Frau mit der Löwenmähne rückte näher an Simon heran.

»Du hast eine *Schildkröte* in deiner Kabine?«, fragte Val.
»Mein lieber Val, wie kommst du denn darauf? Die Dame sprach von …«
»Vielen Dank für Ihre Aufmerksamkeit!«, schepperte es aus dem Megaphon. Endlich! »Die Seenotrettungsübung ist beendet. Legen Sie bitte Ihre Schwimmwesten hier ab oder übergeben Sie sie den Crewmitgliedern, wir führen eine Inspektion durch. Einen schönen ersten Tag an Bord!«
»Wünsche ich auch allerseits, bis nachher!« Damit drehte sich Simon um und eilte davon, noch in der Schwimmweste, die Hand auf der zuckenden Tasche.

Logbuch von Simon

18.7.13
18.42 Uhr MEZ
Hamburg, Hafen, 53° 33′ N, 10° O

Wir legen ab! Immer wieder ein großer Moment. Ich habe mich unter die Passagiere gemischt, flaniere auf Deck 12. Eine emsige Abendsonne sorgt für ein würdiges Abschiedsfunkeln, sowohl in den verspiegelten Riesenfenstern des Cruise-Centers als auch auf dem Wasser. Wer sein Handy nicht zum Fotografieren hochhält, telefoniert, überbringt den Lieben daheim so wichtige Nachrichten wie:
»Sodele, wir sind auf dem Schiff! Ja, alles guddi! Jetzt gibt's gleich Abendessen! Yummi-Yummi!«
Oder: »Der Dieter ist jetzt schon verstopft. Was? Ja, das Klo ist eben so klein! Da kann er nicht! Ja, wir haben uns schon beschwert!«
Das Auslaufen (des Schiffes, nicht das der Toilette oder das von

Dieter, der in der Tat recht verstopft wirkt) hat auch für mich etwas Erleichterndes. Schon allein wegen Jane. Ich werde noch einmal mit der Rothaarigen reden müssen. Vielleicht, wenn nötig, auch mehr. Und was Vals weiblicher Star, Clara, gesehen hat, weiß ich auch nicht. Für alle, die dieses Logbuch einmal finden, vielleicht zwischen verrotteten Resten alten Kabinenmobiliars, wenn dieses Schiff den Rationalisierungsmaßnahmen der Reederei zum Opfer gefallen ist: Ja, ich habe tatsächlich eine Schildkröte in meiner Kabine. Eine Wasserschildkröte. Jane. Sie hat ein ausreichend großes Aquarium, passt zur Not in meinen Kabinensafe und ist ganz vernarrt in den künstlichen Wasserfall im Wellness-Bereich. Also führe ich sie an dem einzigen Tag, wenn die Crew das Schiff für ein paar Stunden für sich hat, dorthin aus und verfüttere ihr dort ihre Lieblingsnacktschnecken mit ein wenig Gurke. (Ich bewahre die Nacktschnecken geschnetzelt im Kühlschrank der Tapasbar auf. Der Barmann hat sie erst einmal mit Hähnchentapas in Honig verwechselt.) Heute war ich wegen des Wirbels um Val und seine Premiere (okay: wegen meiner Neugier) zu spät dran. Außerdem hatte ich die neue Anweisung von oben vergessen: Seenotrettungsübung ab jetzt vor der Abfahrt. Dies bedeutete für Jane eine lange Zeit Taschi-Taschi (wie ich den Aufenthalt in der Umhängetasche euphemistisch zu umschreiben pflege, ähnlich wie ein Makler vielleicht von einer idyllischen Wohnung in bester Lage spricht). Für alle eventuellen Tierschützer der Zukunft, die jetzt entsetzt aufschreien: Wasserschildkröten können eine lange Zeit im Trockenen überleben, wenn die Temperatur stimmt.
Jane hatte wie immer ihr Handtuch, ihre kleine Heizung und sogar meine Post zum Zerfetzen zur Verfügung, aber sie wurde im Laufe der Übung dennoch recht ungeduldig. Bis zum Ende hatte sie meine gesamte Post vollgekackt und vermutlich etliche ausgefuchste Ausbruchsversuche geplant. Zum Glück ist Jane nicht nachtragend. Was daran liegt, dass ihr Langzeitgedächtnis nicht

unbedingt hervorragend ist. Ehrlich gesagt: Ihr Kurzzeitgedächtnis auch nicht. Zum Beispiel liebt sie es, ihr Köpfchen aus dem Loch des Blumentopfes zu stecken, der halb eingegraben im Sand des Aquariums liegt, und das Geschehen im Aquarium in aller meditativen Schildkrötenbeschaulichkeit zu betrachten. Allerdings ist damit sofort Schluss, sobald Futter vor ihrem Fensterloch vorbeischwimmt. In diesem Moment vergisst sie: a) dass hinter dem zarten Köpfchen ein zehn Zentimeter breiter gepanzerter Körper folgt, b) dass es unmöglich ist, diesen gepanzerten Körper durch ein Löchlein von drei Zentimetern Durchmesser zu zwängen, c) dass der Blumentopf noch einen anderen Ausgang hat, durch den sie hineingeschwommen ist, und d) dass sie gestern in genau dem gleichen Dilemma steckte.

Und natürlich vergisst sie auch regelmäßig unseren Hochzeitstag. Ich hingegen erinnere mich in aller Deutlichkeit daran: dieser salbungsvolle Pfarrerton in der Stimme des Mannes auf der Schildkrötenfarm in Florida!

»Können Sie sich vorstellen, die nächsten hundert Jahre mit dieser Schildkröte zu verbringen?«

»Yes, I can!«

Das war am 22.7.2008. Jane war sieben Zentimeter groß. Dass der amerikanische Präsident diesen Satz nur Monate später leicht variiert nachsprechen würde, damit habe ich ebenso wenig gerechnet wie mit Janes ungeheurem Appetit und ihrem rasanten Wachstum. Bald werde ich Jane einen größeren Blumentopf besorgen müssen. Und ich sollte nicht vergessen, meine Kabinentür immer abzuschließen.

Unten löst jetzt ein Hafenbediensteter das Tau. Ist es nicht romantisch, dass sogar ein Kreuzfahrtschiff vertäut wird? Ich liebe diesen Moment: Leinen los! Wie bei Schiffsreisen vor Jahrhunderten. Als ob man die Segel setzen und in ein Abenteuer aufbrechen würde und nicht zu einer Fahrt in einem schwimmenden All-inclusive-Mutterleib.

Heute sind wir später dran als sonst. Das liegt an dem Nachzügler, auf den wir warten mussten, ein Giftzwerg in weißen Prolo-Trainingshosen, einem offenen Hawaiihemd und einer Sporttasche. Vals großer Star Peachy the Peacock.
Mit einem »Legen wir ab? Legen wir ab?« sprang er aus dem Taxi, stürmte an Bord und blaffte die Passagiere auf der Treppe an: »Weg da, ich muss ins Theater!« Wohin ich ihm lieber nicht gefolgt bin. Die Zustände dort sind schon desaströs genug. Ich weiß nicht, wie es jetzt aussieht, aber vorhin, als ich noch einmal nachsah, bot sich ein recht erbärmliches Bild. Ein aufgelöster, vom Strahl der Sprinkleranlage komplett durchnässter Val saß inmitten von Palmen, Stapeln von Schwimmwesten und den Resten des skandinavischen Buffets, die zwei der malaiischen Köche als »kleine Übellaschung von del Küche« angeschleppt hatten. Wer sie dazu angestiftet hat, konnte der arme Val nicht aus ihnen herausbekommen. Ebenso wenig gelang es ihm, herauszufinden, wer befohlen hat, die zurückgegebenen Schwimmwesten bis zur morgigen Inspektion im Saal aufzubewahren. Vals weiblicher Star Clara telefonierte. Wie es sich anhörte, mit ihrem Freund. Einem Adrian. Zuerst schien sie sehr erfreut zu sein, von ihm zu hören, stürmte zur Saaltür, ihr Handy ans Ohr gepresst. Im Rennen äußerte sie irgendetwas über »intime Imbisse«, und ich konnte nicht anders, ich stellte sie mir bei einem intimen Imbiss vor: in reizvoller Unterwäsche, inmitten von Früchten, Birnen, Pfirsichen und Bananen, ein aufregendes Bild, vermutlich bekam ich deshalb den Rest des Satzes nicht mehr richtig mit, verstand nur etwas von »biederen Bibern in Miedern«. Als sie zurückkam, waren ihre Haare zerzaust, und auch ihre Seele schien zerzaust zu sein. Sie hat insgesamt etwas rührend Zerrupftes, kleiner Vogel, weit weg vom Nest. Ich wollte gerade gehen, als die zweite Köttbullar-Lieferung aus der Küche kam, gefolgt von dem nächsten Stapel Schwimmwesten. Liebe zukünftige Logbuch-Leser, die ihr jetzt vielleicht staunend

vor diesen Seiten steht, nachdem unser geldgieriger Reeder das Schiff samt Besatzung an eine isländische Filmfirma verkauft und damit dem avantgardistisch-anspruchsvollen Piratenfilmgenre zu einem wichtigen Requisit verholfen hat – liebe zukünftige Cineasten also, glaubt mir: Der Mann, der die Schwimmwesten hereintrug, hat eine nähere Beschreibung verdient. Er ist Norddeutscher, blond, ungefähr eins neunzig groß. Soweit ich weiß, Exbademeister, bei uns zuständig für den Pool, die Sauna und alle Arbeiten im Freien, bei denen man Muskeln braucht. Außer beeindruckenden Muskeln und noch beeindruckenderen Seeschlangentattoos bietet er klischeeblaue Augen, ein Prachtexemplar eines Sixpacks und einen nahtlos durchgebräunten Oberkörper. Jede Mr.-Beach-Wahl würde er auf Anhieb gewinnen. Bei den Praktikantinnen an Bord sorgt er für gebrochene Herzen und auch den einen oder anderen Fauxpas. Besonders beim Küchenpersonal. Versalzene Suppen und angebrannte Omeletts pflastern seinen Weg, und vermutlich geht auch die Knoblauchdosis in den Köttbullar auf sein Konto.

»Wo um Himmels willen wollen Sie denn mit diesen Westen hin?«

Mit diesem entsetzten Aufschrei versuchte unser wackerer Val ihn davon abzuhalten, seinen Stapel Schwimmwesten mitten auf die Bühne zu knallen.

»Da man längs!« Mr. Beach zeigte zwischen die Palmendeko. Val, geschätzte zwanzig Zentimeter kleiner als Mr. Beach, baute sich vor ihm auf, blickte seinen Brustmuskeln sozusagen fest in die Augen.

»Aber das geht nicht! Heute Abend ist hier Premiere!«

»Schietegol«, gab Mr. Beach in norddeutscher Gelassenheit zurück.

»Wer hat das angeordnet? Ich möchte auf der Stelle Ihren Chef sprechen!«

»Denn man tau!«

Dies, unter uns, liebe Logbuch-Leser, sind auch alle drei Antwortmöglichkeiten, über die Mr. Beach verfügt. Danach übte er sich in würdevollem Schweigen und ließ seine Blicke wandern: zu Clara, die, an eine Säule gelehnt, von ihrem Textblatt aufsah. Er spannte die Oberarmmuskeln an und ließ seine Seeschlangentattoos für sie tanzen, während er sich vermutlich schon den weiteren Fortgang der Dinge vorstellte: Wie sie unter seinem Blick schwach wurde, auf ihn zutaumelte und sich von ihm mit einem beherzten »Denn man tau!« auffangen und sich (»da man längs!«) aus dem Saal tragen ließ, um sich anschließend (»schietegol!«) dringend erforderlichen Erste-Hilfe-Maßnahmen hinzugeben. Aber Clara verhielt sich anders als die Praktikantinnen, sie löste sich von der Säule, strich sich mit einer genervten Bewegung die Haare aus dem Gesicht und ging mit schnellen Schritten an Mr. Beach und Val vorbei nach hinten. Wo sie sich in einen Zuschauersessel sinken ließ und die Finger in die Ohren steckte.

Die Leinen sind los, und hier an Deck verteilt die neue Auszubildende mit den süßen Sommersprossen den ersehnten Gratissekt. Wildfremde Menschen stoßen miteinander an, alte Hasen erklären Neulingen die Highlights der Reise. Um mich herum viel Sächsisch und ein bisschen Hessisch. Die Sachsen erzählen von »phandasdischen Röbbenbeöbachdungen« und scheinen sich von den beobachteten Robben zumindest figürlich einiges abgeschaut zu haben. Die Hessen reden von Island, freuen sich auf Reykjavik und Ayurveda, worauf sie sich gegenseitig ins Wort fallen: »Ayurveda, nee, Loddosblütsche, des is doch des, wo de nach de Sushi-Meditation angefange hast.« Für alle zukünftigen Leser, die vielleicht noch schlechter Hessisch können als ich: Loddosblütsche hat meiner Meinung nach nichts mit Lotto zu tun, sondern mit Japan: Lotosblütchen, so würde ich es übersetzen. Auch wenn das Lotosblütchen eher an eine üppige Teichrose erinnert. Während ich mich noch an der schönen

Satzkonstruktion mit »wo« labe, verbessert man Ayurveda zu Anuraki – was prompt Assoziationen zum griechischen Raki weckt, der dieser billigen Ouzo-Plörre unbedingt vorzuziehen sei. Dieser Tipp stammt von einem Mann in Golfkleidung, vermutlich pensionierter Studienrat. Den Einwand, man fahre doch gar nicht nach Griechenland, ignoriert er naserümpfend. Seine Frau hat diesen Ich-hatte-vierzig-Jahre-schlechten-Sex-Blick, den ich gut kenne. Sie wird vermutlich in meinen Zeichenkurs kommen. Und jetzt erklingt das positive neue Aufbruchslied, das unser Val statt *Time to say goodbye* eingefordert hat. »Nach dem Ablegen ist vor dem Anlegen«, so seine nassforsche Behauptung. Zum Glück übertönt die mächtige Schiffshupe die schmissige Bigband-Version der *Polonäse Blankenese.*
Die Vorzeichen für diese Reise stehen nicht unbedingt günstig. Die Frau unseres Käpt'ns fährt jetzt doch nicht mit. Sie soll in ihrer mecklenburgischen Heimatstadt mit einem Busfahrer durchgebrannt sein. Die Schmach hat ihn schwer gebeutelt. Die Bemerkung, dass ein Rikschafahrer noch schlimmer gewesen wäre, ist sicher kein Trost. Auch die Wetteraussichten sind, wie ich gehört habe, nicht gerade ermutigend.
Die ersten Passagiere verschwinden schon ins Schiffsinnere. An den ersten Tagen neigen sie noch dazu, ihr Abendessen mit ihren Handys zu fotografieren. Ich glaube, ich esse heute in der Crew-Kantine. Bevor ich jenem Ereignis beiwohnen werde, das wir alle hier an Bord sehnlichst erwarten, liebe zukünftige, kulturbeflissene Logbuch-Leser: die Uraufführung von *Entflammt im ewigen Eis.*

4.

Es gab keine Gelegenheit mehr zur Flucht. Das Schiff fuhr, der Boden vibrierte unter Claras Füßen. Sie trug eine Schwimmweste. Über einem Nixenkostüm. Aus dem sie nur mit Hilfe einer Schere jemals wieder herauskommen würde. Vorhin, als sie festgestellt hatte, dass ihr Koffer irgendwo in den Massen des Passagiergepäcks verschollen war und mit ihm jegliche einigermaßen akzeptable Bühnenkleidung, hätte sie noch von Bord gehen können. Auch danach, als Val ihr die ganze Schrecklichkeit des Kostümfundus offenbarte, wäre es noch möglich gewesen, zu rennen, die Treppen hinunter zur Rezeption, über den wackligen Steg zum Kai, und weiter, zum Bahnhof. Stattdessen hatte sie stumm vor Entsetzen auf Wikingerhelme, Cowgirlklamotten, Baströckchen und Affenfelle gestarrt. Auf den ersten Blick schien das Nixenkostüm noch am wenigsten peinlich zu sein, vielleicht würde es ja wirken wie ein halbwegs elegantes Abendkleid? Wie sie feststellte, als sie in den Spiegel sah, hatte es eher etwas von einer Wurstpelle. Geradezu aufdringlich schmiegte es sich an jede Rundung ihres Körpers und endete in einer ausladenden Schwanzflosse, über die man nur stolpern konnte. Sie versuchte, es wieder auszuziehen, aber der Reißverschluss war eine unheilvolle Beziehung mit ihrem BH-Träger eingegangen. Sie rief nach Val, der nicht kam, stolperte schließlich auf ihrer Flosse aus der Garderobe, hinaus auf die Bühne. Und in diesem Moment, als die Saaltür aufflog und jemand mit einem »Waldi! Waldi! Bischt du doo?« hereinstürmte, hätte sie die Lage begreifen, auf ihrer Flosse hinaushoppeln und das Schiff verlassen müssen. Aber sie hoppelte nicht, sie schaute sich hilflos nach einem Waldi um. Kein Hund, nirgendwo. Nur ein kurz geratener, kräftiger Mann in Jogginghosen und offenem Hemd. Und Val, der zwischen Palmen hervorstürzte. Und in den Sprinklerstrahl geriet.

»Peachy! Gott sei Dank! Super, top, spitze, dass du hier bist, jetzt geht alles ganz relaxed, es gibt noch ein Milligrämmchen von einem Problemchen, was die Deko betrifft, aber deine Partnerin ist schon …« Er stockte, starrte Clara an. Sein Schlips tropfte. »Wow, du siehst top aus, super, spitze! Peachy, das ist Clara!«

»Des kann doch ned dei Ernscht soi, Waldi!«

Was oder wen Peachy the Peacock mit dieser Bemerkung meinte, wollte Clara lieber nicht näher ergründen, sie trat einen hoppelnden Schritt auf Val zu.

»Val, ich kann dieses Kostüm nicht anziehen, du musst mir helfen, es wieder …«

»Roseblädder hann isch gesacht, Waldi, koi Urwald! Unn wo is mei Showtrepp?«

»Das kriegen wir in den Griff, es ist alles nicht so schlimm, wie es aussieht!« Aus Vals Jackenärmel schoss ein Streichholzbriefchen, er fing es, betrachtete es einen Moment und steckte es in die Hosentasche.

»Die Abfahrt verschiebt sich um bestimmt eine halbe Stunde, und damit auch die Show, alles ganz easy, alles top. Mach dich doch erst mal frisch, ich hab dir eine Einzelkabine in Toplage reserviert. Die Technik kann ja vielleicht schon mit dem Soundcheck anfangen, erst Claras Mikro und das Licht, und inzwischen zeig ich dir deine …«

»Jetz hald emol die Gosch, Waldi. Soundchäck mach isch selbscht. Isch bin Proffi.«
»Einzelkabine? Er hat eine *Einzelkabine?*«
Auf ihre fassungslos geflüsterte Frage erging Val sich in einer Kaskade von Beteuerungen: Die Sache mit der Kabine sei blöd gelaufen, es liege an den beiden weiblichen Bekannten von diesem Simon, die überraschend noch gebucht hätten, obwohl das Schiff bereits voll gewesen sei, er habe alles getan, aber ... In diesem Moment dröhnte die Schiffshupe, es knarrte irgendwo unter ihnen, ein Ruck schien durch das ganze Schiff zu gehen, und Val hob die Hände: »Alles wird top, spitze! Wir haben gerade abgelegt.«
Die darauf folgende Verkabelung ihres Headsets ließ Clara stumm über sich ergehen. Peachy, ein klotziges Funkmikrofon in der Hand, musterte sie, sozusagen von Kopf bis Flosse.
»Alla gud, isch steh doo vorne, und du gehscht am beschde e bissi zurick, isch brauch Platz ferr die Show. Könne mer?«
Damit sprang er auf einen der kleineren Pappmachéberge, riss sein Mikrofon an die Lippen und schickte ein souliges und, wie Clara zugeben musste, gekonntes »Whhoooah!« über die Lautsprecher. Zu schrammelnden Playback-Gitarrenakkorden sang er die leere erste Reihe an, schmetterte den Stühlen ein »Move yor ass, shake your tonga, can't resist you any longa!« entgegen und sprang mit einem »Amorr! Amorr! Amorr!« gerade noch rechtzeitig vom Eisberg, um dem Sprinklerstrahl zu entgehen. Auch Clara duckte sich. Vor dem Strahl und vielleicht auch vor Peachy. Dessen rotierender Unterleib sich auf sie zuschob.
»Samba, Samba, in your Tanga«, raspelte Peachy, »so hot, so hot, so hot. Jetzt muscht ›Hossa Caramba‹ singe!«
Aber bevor sie auch nur den Mund aufbekam, schrammelte die Gitarre schon weiter. Erst bei der zweiten Strophe, die

den Text der ersten nur leicht variierte, löste sich Clara aus ihrer Starre. Wenn sie sich von dieser Rampensau – eher Rampeneber – nicht an die Wand spielen lassen wollte, musste sie handeln. Sie improvisierte eine zweite Stimme zu Peachys nächsten Zeilen: »Shake your tonga, shake it, whhooah, we're gonna rule, rule, ruuule the moonlight, Chica!«, fragte sich dabei, was ein Tonga wohl war, warum man ihn schütteln sollte und ob Peachy wirklich das Mondlicht regieren wollte.

»Subber, Clara, baila, baila, baila! Waldi! Waldi! Kannscht die Leit net abhalde, doo noizuglotze, mir sinn beim Soundchäck, net bei de Show!«

Schaulustige hatten sich an der offenen Tür versammelt, und Peachy, eben noch tänzelnd, schaltete von hüftschwingendem Salsa-Vulkan auf beleidigten Star in Jogginghosen um und schlappte von der Bühne. Zu einer Theaterprobe war er nicht mehr zu bewegen.

»Ach was, des probe mir live!« Peachy ließ seinen leicht schielenden Blick einmal an Claras Nixenkostüm herunterwandern und wieder hinauf bis zu ihrem Ausschnitt. Wo er hängen blieb. »Du babbelst dei Sätz, und isch babbel mei Zeug, und wenn nisch, isses auch okay, Hauptsach, mir mache die Leit heiß, verstehscht?« Damit riss er die Augen von ihrem Ausschnitt los und schlappte in die Garderobe. Deren Tür er hinter sich abschloss. Val diskutierte mit dem blonden Riesen über die Schwimmwesten, die sich überall im Saal stapelten, und auf der Bühne rückten die Techniker schon Peachys noch provisorische Plattform zurecht. Sollte sie sich von ihnen eine Schere oder Zange leihen, um ihr Nixenkostüm loszuwerden? Und was dann? Ihr T-Shirt und ihre Hosen befanden sich in der Garderobe. An deren Tür sie vergeblich klopfte. Von drinnen Rumpeln, Stampfen, Schnaufen, anscheinend war Peachy vertieft in

Gymnastikübungen oder Schlimmeres. Auf ihrer Flosse rutschte Clara zurück in den Kostümfundus. Es war höchste, wenn nicht allerhöchste Zeit, eine Haltung zum Text des Stückes zu entwickeln.

»Die Möwe war's und nicht die Trottellumme ...«, memorierte sie, dachte an das, was Dr. Adrian Steinhöfer immer gepredigt hatte: Ein guter Schauspieler könne auch grenzwertige Texte so sprechen, dass die Zuhörer jedes Wort von seinen Lippen aufnähmen, als wäre es purer Götternektar.

»Die Möwe war's und nicht die Trottellumme«, wiederholte sie, ließ eine Ahnung von Ausweglosigkeit mitschwingen, wie in der Rolle der Julia in der fünften Szene, »die grad durchdrang dein banges Ohr.« Sie bemühte sich um einen wissenden, erhabenen Blick. Was angesichts Peachys vorgegebener Antwort nicht allzu einfach war: »Nach Island ziehn wir und auch dort / gibt es Amorr! Amorr! Amorr!«

Immerhin reimte es sich auf Ohr. Es blieb ihr nichts anderes übrig, als alles gnadenlos positiv zu sehen.

»Oh Meer, ein jeder nennt dich unbeständig, besonders dann, wenn du ums Nordkap tost!« Welche Botschaft lag unter dieser Aussage verborgen? Angst vor Gefühlen? Und was war die passende Körperhaltung dazu? Probehalber verschränkte sie die Arme, sprach die nächste Zeile verhaltener: »Wo Wale schlagen mit den Flossen ...« Sie blinzelte hinunter zum Text, schaute nach Peachys Part: »Die Landschaft hier ist kaum zu fossen. Und Fossen heißt norwegisch Wasserfall. Die hat's am Fjord und überall.«

Wie sollte sie auf diese unrhythmischen Zeilen reagieren? Mit *Fossungs*losigkeit? Erschrecken? Rührung? So vertieft war sie in ihre mögliche Haltung, dass sie aufschrie, als Val ihr auf die Schulter tippte.

»Hier. Zieh das an.« Vals Stimme klang gepresst. In der Hand hielt er eine Schwimmweste.
»Aber ... aber ... wieso?«
Val blickte sich hastig um, mit zuckenden Händen.
»Befehl von ganz oben, ich kann nichts machen. Reine Schikane, du glaubst nicht, welche verdammten Schwierigkeiten man mir hier ... Ach, egal, schauen wir nach vorne, alles wird top, spitze. Wir werden es ihnen zeigen! Wir integrieren diese Westen eben in die Show! Das ist Kunst. Und passt zum Thema. Die Leute werden darauf abfahren.«
»Val, ich kann ... Ich ... kann das alles hier ...« Sie stockte.
»Du siehst ... toll aus, Clara, wirklich. Oh, sorry.« Er pflückte etwas aus der Luft, das aussah wie ein Stoffschmetterling, und rannte aus dem Fundus. Die Schwimmweste ließ er liegen.
Clara betrachtete sie eine Weile zaudernd. Um sie schließlich überzustreifen. Immerhin befand sie sich auf einem Schiff. Eingehüllt in das penetrante, aber beinahe tröstliche Gummiaroma prägte sie sich die letzte Seite des Textes ein, auf der das Drama verplätscherte, ohne nennenswerten Höhepunkt.

Jetzt stand sie hinter dem Vorhang, hörte das Gemurmel des Publikums, die zufallende Garderobentür und Peachys Schritte. Auch Peachy, sah sie, trug eine Schwimmweste. Darunter nur Oberkörper. Und einen Hauch von einem Satinhöschen. Val schlüpfte durch den Vorhang, blass, mit nervös zitterndem Halbbärtchen, beide Daumen erhoben: Ob sie fertig seien, dies alles werde top, spitze, super! Sie riss sich zusammen und verdrängte alle Ängste und verzagten Lampenfieber-Gedanken (was war eigentlich so schlimm daran, Betriebswirtschaft zu studieren, den Bäckerssohn zu

heiraten und ein Leben lang Weck mit Worscht zu belegen?).
»Vergess net, mir misse se heißmache!« Peachy klopfte ihr auf die Schulter und verschwand im Eingang seines von den Technikern rasch installierten Eisbergs.
»Ladies and Gentlemen, willkommen an Bord!« Vals Stimme, jetzt von der Bühne. »Ich hoffe, Sie haben Ihre erste Mahlzeit auf dem Schiff genossen. Freuen Sie sich nun auf die Premiere von *Entflammt im ewigen Eis,* mit dem grandiosen Peachy the Peacock!« Gerumpel, ein Fluch, etwas ächzte, brach zusammen, jemand kreischte, ob begeistert oder erschrocken, konnte Clara nicht ausmachen. Dann dünner Applaus, gemischt mit Rufen und Pfiffen, »... und der wunderbaren Clara ... äh ... Abraham!«, rief Val in die einsetzende Musik. Clara glättete ihr Nixenkleid, brachte die Schwanzflosse in Position und trat hinaus ins blendende Scheinwerferlicht.

Logbuch von Simon

18.7.13
22.23 Uhr MEZ
Elbmündung, geschätzte 53° 25′ N
12 Grad Celsius

Noch eine kleine Randbemerkung zu Tieren. Für alle Bewohner ferner Galaxien, die dieses Logbuch vielleicht finden, nachdem es nach Hunderten von Jahren aus den Resten dieses Schiffes geborgen, versehentlich auf eine Raumfähre gelangt und in einem Obskuritätenkabinett eines fernen Planeten wiederaufgetaucht ist: Natürlich waren Tiere an Bord eines irdischen Kreuzfahrtschiffs strengstens verboten. Wegen der Seuchengefahr. Und natürlich gilt dieses Verbot auch für Jane. Nur einige vertrauenswürdige Crewmitglieder wissen von ihr, der Küchenchef ist informiert, ebenso Gesine Schwärmling, unsere gute Fee im Wellness-Bereich, sowie der Mann von der Tapasbar. Und die Securitymänner der Hafenkontrolle bekommen regelmäßig ihren Obolus. Früher war ich vielleicht ein wenig unvorsichtig, was Passagierinnen betraf. Heute lasse ich keine meiner Bordbekanntschaften mehr in meine Kabine. Schon allein deshalb, weil Janes voyeuristische Macke mit den Jahren schlimmer geworden ist. Kaum liegt eine Frau in meinem Bett, klettert sie auf ihr Korkstück und benimmt sich, als wäre sie im Kino. Es fehlt nur noch der Riesenbecher Popcorn. Die letzten Male musste ich sie in den Kabinensafe sperren, wie sonst nur bei der Hafenkontrolle. Und was ist, wenn Jane weiter wächst wie bisher? Soll ich einen Antrag auf einen größeren Safe stellen?

Jetzt, hier an meinem Lieblingsplatz am Heck von Deck 10, um mich die sanfte, noch deutsche Nacht, vom Bug her die eher weniger sanfte Musik der Poolparty mit DJ Blauwal, mache ich mir ernsthafte Sorgen um unsere Zukunft.

Alle Bewohner ferner Planeten, die vielleicht das eine oder andere Lichtjährchen damit verbracht haben, die menschliche Schrift zu entschlüsseln, mögen meine sentimentale Stimmung bitte entschuldigen: Ich musste zweieinhalb Gläser Wein trinken, um diesen Abend zu überleben. *Entflammt im ewigen Eis* war ein wahrhaft erschütterndes Kunstereignis. Empfangen wurde das hereinströmende Publikum von unserem wackeren Val, der eine Schwimmweste trug. Und wiederum uns nötigte, ebenfalls in Schwimmwesten zu schlüpfen. Warum, war nicht ganz klar, vielleicht in der künstlerisch ehrenwerten Absicht, uns zur Einstimmung per Geruchsstimulation auf eine Suche nach der verlorenen Zeit zu schicken, frei nach Marcel Proust, zurück zu den Schlauchbooten und Luftmatratzen unserer Vergangenheit. In

meinem Fall eine babyrosa Luftmatratze in Italien, darauf der glänzende Rücken der Schwarzhaarigen, die Wärme ihrer Haut unter meinen ölgetränkten Fingerspitzen. Val sah eher aus, als ob er sich an die großen Jungs erinnerte, die Luft aus seinem Schwimmkrokodil ließen und ihn untertauchten. Und Teile des vom All-inclusive-Tischwein (Marke Glykol pur) beflügelten Rentnerpublikums reisten etwas zu weit in ihre Kindheit – gab es vor siebzig Jahren schon Schwimmtiere? – und animierten einander zu allerlei lustigen Aufblasspielchen. Allerdings erwiesen sich die Schwimmwesten als durchaus sinnvoll, denn niemand hatte daran gedacht, die Sprinkleranlage auszuschalten.
Ich suchte mir einen Platz an der Bartheke auf der Längsseite des Saals, auf einem extra hohen Barhocker, für den man eigentlich Steigbügel bräuchte. Von dort aus hat man den besten Blick auf Bühne und Publikum, das am heutigen Abend übrigens außergewöhnlich betagt war. Vermutlich befanden sich alle unter siebzig bei der Pool-Willkommensparty mit dem Bord-Tanzensemble. Unsere Party brachte Peachy the Peacock in Schwung. Zumindest versuchte er es. Wenn auch auf einem etwas unüblichen Weg. Er brach nämlich durch den Boden eines Eisbergs, und das Erste, was wir von ihm hörten, donnernd über die Boxen, zu einer etwas übermotivierten Trommelbegleitung, war ein: »Sauerei! Waldi, was soll'n der Scheiß!« Dann schien er zu begreifen, dass er sich bereits auf der Bühne befand, und arbeitete sich mit einem »Baila, baila, baila!« hinter der Treppe hervor, bahnte sich leicht humpelnd seinen Weg zwischen kleineren Eisbergen und Palmen hindurch, eroberte den Bühnenrand und verpasste mit einem »Let's sta-a-art this party, baila, baila, hey Chica!« den Palmen eine Föhnfrisur. Bei jedem »baila« ließ er die Hüften kreisen, bei »hey Chica!« warf er sich vor der Chica seiner Wahl auf die Knie und entging so dem Sprinklerstrahl. Die Achtzig-plus-Chica sah ihn an, als wäre er ein Trickbetrüger und wollte ihr an die Rente. Ihr Begleiter schien zu

überlegen, ob er diesem jungen Rotzlöffel eins mit dem Schirm überziehen sollte, den er – vielleicht als Stockersatz – dabeihatte, entschied sich jedoch dafür, ihn stattdessen aufzuspannen, wegen des Sprinklers. Peachy erhob sich mit einem unterdrückten, aber über das Mikrofon deutlich hörbaren Ächzen.
»Die Möwe war's und nicht die Trottellumme!« Mit diesem Satz brachte sich Clara ins Zentrum des Geschehens. Sie steckte in einem ebenso albernen wie atemberaubenden Nixenkostüm, wobei eine Schwimmweste die besten Aussichten verdeckte, und sie wirkte anmutig-verloren zwischen den Pappeisbergen und den Palmen. »Die Möwe war's und nicht die Trottellumme, die grad durchdrang dein banges Ohr!«, rief sie in Richtung eines sichtlich überrumpelten Peachy, der übrigens zu seiner Schwimmweste schwülrote Satinhöschen trug, an den Beinen weit, im Schritt der Superlativ des Superlativs von eng. Aus den hinteren Reihen ein Glucksen, das rasch zu einem Kichern anwuchs. »Island!«, zischte jemand, unverkennbar Val, aus dem Souffleurkasten: »Island!« Worauf Peachy ein Licht aufzugehen schien. Mit einem »Amorr! Amorr! Amorr!« riss er sich die Schwimmweste vom Körper, pfefferte sie auf den Boden und präsentierte uns seine auftoupierte Gorillabrust. Die folgende verblüffte Stille nutzte er für ein markiges: »Do you feel alright?« Claras Antwort darauf warf Rätsel auf: »Glaub, Lieber, mir, es war die Robbe, die auch das Nordkap sanft umflirrt!«
In diesem Moment hatte sie das Publikum, die Leute hingen an ihren Lippen, was Peachy offensichtlich nicht aushielt, er intensivierte seine Anfrage ans Publikum: »Do you really feel alright?« Nur eine Dame äußerte ein zittriges: »Yes!« So verhalten es auch ausfiel, es genügte, um Peachy komplett überkacken zu lassen.
»Everybody stand up and clap your hands!«, forderte er uns auf, riss das phallisch geformte Mikrofon an seine Lippen und stimmte das nächste Lied an. Vor männlichen Sexualhormonen

schien er kaum noch aus und ein zu wissen, man konnte seinen Gesang beinahe riechen. Man muss es ihm lassen, er stanzte die Salsa-Schritte auf die Schiffsbühne, als befände er sich in einem Tanzsaal mitten in Havanna und hätte rassige Kubanerinnen hinter sich statt einer paralysierten Nixe und einer plötzlich aus den Kulissen hervorbrechenden, nicht mehr ganz nüchternen Elfe, deren Auftritt, glaube ich wenigstens, nicht eingeplant war.

Sunny trippelte auf ihren Zehn-Zentimeter-Absätzen nach vorne und streckte ihre Twin Peaks ins Publikum, stolperte allerdings auf dem letzten Meter über Peachys Schwimmweste und stand eine Sekunde lang schwankend im Sprinklerstrahl, bis Peachy sie mit einem beherzten »Baila, baila, hossa!« zurückriss. Sein gleich darauf gezischtes »Bass doch uff, du bleede Nuss« war ebenfalls im ganzen Saal zu hören, anscheinend hatte er vergessen, dass er das Mikro noch an den Lippen hatte. Dies war der Beginn des Exodus der Rollatoren, Fleecejacken und Trekkinghosen. Der verletzte Star wandte dem fliehenden Publikum seinen Satinhintern zu, in seinem Wackeln lag jetzt etwas schwer Gekränktes. Von meinem Platz aus konnte ich sehen, wie er die um ihn herumtanzende Sunny anblitzte, die Augen zusammengekniffen, Unverständliches murmelnd zwischen zwei Amorrs. Unsere Bordelfe tanzte nur noch wilder, unterstützt von einem von der Technik eingeschalteten Stroboskop, dessen wild zuckendes Licht auch eine verlorene Nixe aufleuchten und wieder verlöschen ließ. Liedende. Äußerst sparsamer, beinahe furchtsamer Applaus aus dem schon beinahe leeren Saal. Dann die krähende Stimme des Chico mit dem Regenschirm aus der ersten Reihe: »Könnt ihr auch *An der Nordseeküste?*«

Was den Vulkan Peachy endgültig zur Eruption brachte: »Jetzt is Schluss! Isch werf kää Perle mehr vor die Säu!«, brüllte er, knallte das Mikrofon auf den Boden und stürmte von der Bühne.

Clara habe ich seitdem nicht mehr gesehen. Obwohl ich nach ihr

Ausschau gehalten habe. Weil sie, in diesem letzten Moment, bevor auch sie von der Bühne ging, so aussah, als müsste man sie dringend auf ein Pferd heben und aus diesem Geschehen entführen. Aber bevor ich mein Ritterpferd satteln konnte, sprach mich in der allgemeinen Aufregung die Rothaarige an: Ob das jetzt die grandiose Unterhaltung gewesen sei, die ich ihr versprochen hätte? Sie vermittelte recht deutlich den Eindruck, als erwarte sie einen Ersatz dafür, und ich brauchte eine Weile und zwei Prosecco, um sie charmant zu vertrösten. Danach erst ging ich hinter die Bühne, wo nur ein einsames Textblatt lag. Die Garderobe war leer, bis auf das übliche Chaos und einen raumfüllenden Duft nach Moschus, Mann und Aldi-Deo. Ich durchstreifte flüchtig die nahe gelegenen Decks, und im abgeteilten Crew-Bereich auf Deck 4 stieß ich auf unseren wackeren Val, der gerade damit beschäftigt war, seinen männlichen Star davon abzuhalten, über Bord zu springen.

»Wir ändern alles, was du willst!«, rief er, und ich gebe zu, ich wusste einen Moment nicht recht, was ich tun sollte. Rufen? Und damit den Verzweifelten erst recht zum Sprung treiben? Er wäre zwar nicht in den eiskalten Wogen der Nordsee gelandet, sondern vermutlich in der Hängematte des Kochs auf dem abgeteilten Bereich von Deck 3, dennoch trägt solch ein Sprung am ersten Abend nicht unbedingt zu einer entspannten Stimmung an Bord bei.

Für euch zur Erklärung, liebe Existenzen ferner Galaxien, die ihr dieses Logbuch dereinst in Händen, Tentakeln oder Krallen halten werdet: Unsere Decks verlaufen in Stufen. Etwas, woran auch Val in diesem Moment vermutlich nicht dachte. Als ich mich rettungsbereit heranpirschte, war Peachy bereits bei diversen Änderungsvorschlägen, die hauptsächlich darin bestanden, einfach sein Programm zu singen, »ohne des Gebabbel do dezwische«. »Es raddische Nixche do« – ich vermute, er meinte Clara – solle einfach die zweite Stimme singen »unn feddisch«.

»Das entspricht aber gar nicht dem Konzept …«, wagte Val tapfer einzuwenden, musste sich aber sofort in Peachys Rücken krallen, denn Peachy machte ernst, schwang ein Bein über die Reling. Liebe Zukünftige und Außerirdische, um eure Spannung nicht ins Unermessliche zu steigern: Der Vorfall ging gut aus. Es ist Val gelungen, seinen Star von der Reling wegzubringen, vielleicht half auch meine harmlose Frage, ob sie eigentlich wüssten, wie der 1. FC Kaiserslautern heute Abend gespielt habe. Irgendwo habe ich einmal gehört, dass man Verzweifelte mit einer absurden Frage aus ihrem Zustand reißen könne, wenigstens für Sekunden. Beide fuhren herum. Val starrte mich an, mit brennendem Blick. Ich bin sicher, auf den geheimen Decks seines Seelenschiffs wurde meine Leiche schon in Segeltuch genäht, um gleich darauf durch eine Luke dem dunklen Ozean übergeben zu werden.

Auch Peachy musterte mich, auf der Stirn eine steile Denkfalte, als beschäftigten ihn gerade drängende Probleme der Menschheit, Klimawandel, Bevölkerungsexplosion, Verwüstung des Planeten. Dann schien ihm die Lösung zu dämmern.

»Heit is doch gar kee Samschdag«, sagte er.

Bevor ich ihn in eine harmlose Unterhaltung verwickeln konnte, mit der beiläufigen Bemerkung, dass die Bundesligasaison ja ohnehin vorüber sei, hatte Val schon den Arm um die Schultern seines Stars gelegt und führte ihn in Richtung Besucherdeck. Kurz vor der Absperrung drehte er sich noch einmal um, mit einem eher kleinlauten: »Wo ist Clara?«

Genau das habe ich immer noch nicht herausgefunden. Ich habe einige Decks durchstreift, war im Wellness-Bereich und in der Tropical Bar. Ich muss sagen, dass die Bar ohne Palmen eher traurig als tropisch wirkt. Dies fanden übrigens auch die Passagiere.

Die Frau des verstopften Dieter hat vor, sich bei der Reederei zu beschweren. Auch über die Show, die nach ihren Angaben weit

unter dem Niveau von RTLII lag. Auf meine Frage, woher sie dies wüssten, gaben sie an, diesen Sender nur aus Forschungszwecken zu schauen. Dieter ist übrigens zufällig Anwalt.
Ich sehe jetzt noch einmal auf dem Crew-Deck nach. Und vielleicht auch in der Kabine.

5.

Auf ihrer Nixenflosse eierte Clara durch die engen Gänge, sah sich an Abzweigungen ratlos um und wünschte sich in die Maisfeldlabyrinthe ihrer Kindheit zurück. Wenigstens hatten in den Maisfeldern nur die Halme geschwankt, nicht der Boden, und man konnte den Himmel sehen. Hier sah sie Rohre und Kabinennummern, deren logische Abfolge sie nicht durchschaute. Warum folgte auf Kabine 1220 plötzlich 1217? Und warum konnte sie nicht einfach aus diesem Alptraum aufwachen? Oder wenigstens die letzten drei Stunden aus ihrem Gedächtnis löschen? Die niederschmetternde Show. Peachys plötzlicher Abgang. Die Rückkopplung, die durch den Saal jaulte, verursacht von seinem zurückgelassenen Mikrofon. Sie war allein auf der Bühne geblieben, eine ratlose Nixe unter Palmen. Aus dem Souffleurkasten fragte Val, was denn, verdammt noch mal, los sei. Der Sprinklerstrahl zischte über die erste Reihe und weckte den letzten noch sitzenden Zuschauer. Der ihr leutselig zunickte.
»Mädchen, jetzt lach doch mal«, sagte er. Und dies war der Augenblick, in dem sie aus ihrer Starre erwachte, sie stürzte auf den Vorhang zu, verhedderte sich darin. Unter ihr bollerte es, Val fluchte, hinter ihr die Stimmen der Zuschauer:
»Ist jetzt Pause?«
»Frechheit! Ich will mein Geld zurück!«
»Aber wir haben doch gar nichts bezahlt.«
»Dann erst recht!«

»Dieses Gejaule! Wir wollen eine Entschädigung! Das Hörgerät meiner Frau hat einen Hörsturz, stimmt's, Gerda?«

»WAS?«

Endlich erreichte sie die Hinterbühne. Peachy hatte sich anscheinend in der Garderobe verschanzt, die Tür war geschlossen. Von Val keine Spur. Sie riss ihre Handtasche an sich, flüchtete durch eine Tür mit der Aufschrift *Bühnenausgang* und merkte erst im Flur, dass sie noch ihr Nixenkostüm trug. Samt Flosse. Die Schiffstoilette war ihre Rettung, sie stürmte in die erste Kabine und setzte sich auf den geschlossenen Toilettendeckel. Bestimmt eine Viertelstunde saß sie so, wünschte sich zurück an die Schauspielschule, zu Adrian – was machten schon ein paar I oder Ö! –, sogar in die dämmrige Geborgenheit der elterlichen Wurstkammer. Vielleicht verlieh ihr der Gedanke an Wurst die nötige Kraft; sie erhob sich, verließ die Toilette und eierte auf ihrer Flosse zu den Aufzügen.

»A Meerjungfrau! Kommst ausm Wasser, ha?«

Der Aufzug war voller angeheiterter Bayern. Ausschließlich Männer, wie es aussah, eine Gruppe. Clara drückte sich an ihnen vorbei, begegnete ihren bewundernden Pfiffen mit einem so voreiligen wie törichten gezischten: »Ich bin keine Meerjungfrau.«

»No, was bist dann, a Nichtmehrjungfrau?«

»Hohoho, mei, Alex, der war suppa!«

Clara schloss die Augen und wünschte sich, Karate gelernt zu haben, nicht Gardetanz, was sie ohnehin gehasst hatte. Als ihr klar wurde, dass selbst ein Karateweltmeister in einem hautengen Nixenkostüm mit Schwanzflosse nicht viel hätte ausrichten können, war der Aufzug schon auf Deck 3 angekommen, und sie stieg aus, hastete an der Rezeption vorbei zur Stahltreppe und stieg mit gerafftem

Kleid hinunter in den Schiffsbauch. Wo sie sich jetzt immer noch befand, sämtliche Schutzheilige verwirrter Nixen anrufend, stolpernd, schwankend mit den ungewohnten Bewegungen des Schiffs. Als die Ziffern 1, 3, 1, 3 vor ihren Augen tanzten, einer Fata Morgana gleich und unerwartet nach den Kabinen 1318 und 1320, wäre sie beinahe auf die geschuppten Knie gefallen und hätte den Boden geküsst. Mit zitternder Hand schob sie ihre Karte in den Schlitz des Türschlosses. Sie passte. Als sie das Licht anknipste, stand nicht nur ihre Tasche auf dem Bett, auch ihr Koffer war angekommen. Das obere Bett war leer. Sie hielt sich nicht lange mit Versuchen auf, das Nixenkostüm durch bauchtanzähnliche Bewegungen abzustreifen, sie griff gleich zu einer Rasierklinge. Die in dieser Kabine in Mengen und allen Ausführungen von supersanft bis superscharf herumlagen. Was immer ihre Kabinengenossin damit vorhatte, in diesem Moment interessierte es Clara nicht; sie trennte die Nixenhülle vorsichtig an der Naht auf, anfangs in feineren, später in gröberen Schnitten. Die Ereignisse auf der Bühne und danach hatten sie zum Schwitzen gebracht, und das Ausziehen des Kostüms glich einer Häutung. Unter der Dusche, die sie überraschenderweise dort gefunden hatte, wo sie einen Schrank vermutete, spülte Clara roséfarbene Schuppen ab, die an den abenteuerlichsten Stellen ihres Körpers klebten, und genoss den Strahl heißen Wassers. Der genau in dem Moment versiegte, in dem sie ihren Beschluss, sich einzuseifen, in die Tat umgesetzt hatte.
»Geht nur drei Minuten in der Crew-Kabine«, erläuterte ihre Kabinengenossin später, als sie schon in den Betten lagen. In absoluter Dunkelheit. Und absoluter Glitschigkeit. Was Clara betraf. Auch der Wasserhahn hatte nur noch ein Rinnsal hervorgebracht. Die übermotivierte Klimaanlage knatterte mit dem Kühlschrank um die Wette, schien auch

in der Disziplin Minustemperaturen mit ihm wetteifern zu wollen und ließ sich nicht abstellen. Sagte Claras Kabinengenossin, jenes nuttig angezogene Wesen, das beim Auftritt plötzlich die Bühne gestürmt hatte. Sonst äußerte das Wesen nicht viel, außer einem missmutigen: »Und das sollte jetzt Kunst sein, oder was?« Dafür war ihre Kabinengenossin schlafend um so gesprächiger und gab die ganze Nacht Befehle wie: »Stellen Sie das Tablett bitte hier drüben ab! Nein, die Sandwichs erst um siebzehn Uhr, zum Tee.« Auf dem Rücken liegend ins Schwarz der fensterlosen Kabine starrend, schwor Clara sich, beim nächsten Halt das Schiff zu verlassen und nach Hause zu trampen. Oder zur Not zu schwimmen. Kaum hatte sie es gedacht, schwamm sie auch schon im Traum, hinein in das offene Maul eines Wals, durch dessen Schlund ein Aufzug fuhr, voller betrunkener Robben. An einer Rezeption musste sie sich als Mageninhalt registrieren lassen, ihre Behauptung, eine unverdauliche Nixe zu sein, nutzte ihr nichts, sie wurde durchgewinkt und fand sich im nächsten Moment mitten in einem Musical, hinter ihr steppte eine aus Krabben und Kraken bestehende Chorus Line einen Salsa-Rhythmus, »Amorr! Amorr! Amorr!«, sang ein hässlicher Tiefseefisch, dann eine andere Stimme, von fern: »Clara? Bist du dort drinnen?« Das rhythmische Steppen und Klopfen wurde lauter, sie wusste, sie musste antworten, aber was nur, schließlich rief sie: »Hossa Caramba!« Worauf der Anklopfer verschwand und Clara in angenehmere Träume von Matrosen mit nacktem Oberkörper versank.

Am Morgen – zumindest zeigte ihr Handy an, dass es Morgen sein musste, sieben Uhr zweiundvierzig – war sie sicher, dass sie sich alles nur eingebildet hatte, Klopfen und Rufen, auch ihre Antwort. Sie stand auf, nutzte die

schwache Beleuchtung des Handys, um ihre Schuhe auf dem Boden zu finden. Immer noch fühlte sie sich wie in einem Walfischbauch. Aber einem immerhin klimatisierten Walfischbauch, sagte sie sich, schlüpfte in die Pumps, die sie als Nixe getragen hatte, und tastete sich vor bis ins Bad, ohne auf das zu achten, was unter ihren Sohlen knirschte. Als sie wieder herauskam, sprach ihre Kabinengenossin im Schlaf mit einem Tarzan, in recht strengem Ton, wachte nicht auf, als Clara ihren Koffer durchwühlte, in ihre kurzen Sporthosen, Laufshirt und Joggingschuhe schlüpfte und die Kabine verließ. Hätte sie nicht schwören können, gestern auf der Tür nebenan 1318 gelesen zu haben und nicht 1309? Nachdem sie zweimal im Kreis gelaufen und wieder vor der Kabine 1313 gelandet war, hängte sie sich an die Fersen einer vorbeieilenden jungen Frau in weißer Küchenkluft und erreichte die Stahltür. Schon auf Deck 3 roch es nach Kaffee und Frittiertem, und je weiter sie nach oben gelangte, desto intensiver wurden die Düfte aus den verschiedenen Frühstücksparadiesen. Sie durchquerte ein Buffetrestaurant auf Deck 10. *Zum Seetag ein Seemannsfrühstück,* stand auf einer Tafel. Darunter ein fröhlicher Fisch. Der, wie es aussah, mittlerweile frittiert worden und auf Brötchenhälften gelandet war. *Frisch aus dem Meer,* verkündete das Pappschild daneben, und für einen Moment flackerte ein Ausschnitt eines Natur-Action-Films über Claras innere Leinwand, ein Meerdrama, in dem Taucher eine neue Spezies in der Tiefsee entdeckten: die gefährlichen Killer-Fischbrötchen. Sie selbst spielte eine junge Taucherin, die den Helden am Schluss vor einem Fischbrötchenangriff rettete, und alles, ohne eine einzige Zeile Text zu lernen, denn unter Wasser wurde selbstverständlich nicht …
»Na, angenehm geruht in dreizehn dreizehn?«
Simon. Heute ohne Umhängetasche. Er trug ein rostrotes

Hemd über gebügelten weißen Hosen. Und war umrahmt von Frauen. Die Clara neugierig musterten, von ihrem nachlässig gebundenen Pferdeschwanz über ihr Sportshirt, das keinen Tag jünger aussah, als es war, bis zu ihren verschlissenen Laufschuhen.

»Sehr geschmackvoll«, sagte eine von Simons Frauen. Gab es etwa einen Dresscode für die Restaurants?

»Clara, ich glaube, Gesine meint deine Aura.« Simon lächelte. »Darf ich vorstellen: Gesine Schwärmling, unsere Spezialistin für Reiki, Yoga, Feng-Shui, Wu wei, Oh wei und meditatives La-Paloma-Singen. Hab ich was vergessen, Gesine?«

»Hör einfach nicht auf ihn, meine Liebe. Er ist nur neidisch, seine Aura beißt sich nämlich schrecklich mit seinem Hemd.«

Gesine Schwärmling war rundlich und hatte einen Relaliku-Haarschnitt. Rechts lang, links ultrakurz. Auf der rasierten Seite ihres Kopfes baumelte ein riesiger Holzohrring. Sie trug eine Art Flattersari mit Blumenmuster und schaute Clara mit zusammengekniffenen Augen an, schien gleichzeitig auf etwas zu blicken, das hinter ihr lag. Was sah sie? Etwa eine fleischfarbene Worscht-Weck-Tümmler-Aura?

»Apricot, wirklich sehr hübsch. Und so modisch«, sagte Gesine.

»Wenn du Nahrung mit höher schwingender Energie suchst: Das Obst ist dort vorne.«

Sie zeigte auf eine Silberplatte neben der offenen Tür zum Sonnendeck, Clara bedankte sich verwirrt und ging auf die Tür zu. Draußen ein tiefblauer Himmel, am Horizont eine kleine Herde wolliger Wölkchen. Sie glaubte, die Blicke des Grüppchens zu spüren, vielleicht nahm sie sich deshalb einen Pfirsich, der zu ihrer apricotfarbenen Aura passte. Sie

aß ihn, an die Reling gelehnt, schaute ins Sonnenglitzern auf den kleinen, frechen Wellen. Dann trabte sie los, vorbei an Balkonkabinen mit Deckblick. Jetzt, im hoffnungsvollen Licht des Vormittags, war sie nicht mehr sicher, ob von Bord gehen und nach Hause schwimmen die richtige Lösung war. Sie war Schauspielerin. Mit geschmackvoller Aura. Und sie hatte sich alles, was sie konnte, zu hart erarbeitet, um wegen einer Trottellumme, einer Nixenflosse und ein paar Amorrs das Handtuch zu werfen.
Sie lief bis zum Bug, geschätzte zweihundertfünfzig Meter, und umrundete den Pool. Das Freideck umgab anscheinend das gesamte Schiff. Es war unmöglich, sich beim Joggen zu verirren. Dieser positive Gedanke trieb sie an; sie bahnte sich einen Slalomweg vorbei an Liegen, die bereits mit Büchern, Zeitschriften und Handtüchern belegt waren, und rannte auf der schattigen Seite des Schiffs entlang, in schnellen, zuversichtlichen Schritten. Warum sollte sie es nicht schaffen, sich gegen Peachy durchzusetzen? Sie musste nur das Beste aus ihrer Rolle herausholen. Wie vor beinahe zwanzig Jahren, bei der Aufführung des Krippenspiels im Kinderturnverein ihres Heimatorts. Alle großen und dramatischen Rollen waren an die Töchter des Arztes, des Sparkassenleiters und der größeren Winzer am Ort vergeben worden, Clara Tümmler war der Part eines tumben Hirten geblieben, der nur ein einziges Wort sagen durfte, die Antwort auf die Frage: »Balthasar, ziehst du mit uns?«
»Ja.«
Sonst nichts.
Sie hatte sich bei ihren Eltern beklagt, die als Trost ein »Clara, es is halt, wie es is« und ein Stück Fleischwurst anboten, aber sie wollte keine Fleischwurst, sie wollte Kunst. Bei der Aufführung hatte Clara es zum ersten Mal in sich gespürt. Das Große. In ihrem Inneren war eine Sonne aufgegangen,

und nach der eher lustlos gestellten Balthasar-Frage der Winzerstochter war sie in ihrem kratzigen Hirtenkostüm nach vorne geschritten wie eine Königin, vorbei an der pickligen Maria, die auch in ihrer wahrhaft dramatischen Rolle noch nach Sparkassenschalter aussah, vor, immer vor, bis zum Bühnenrand. Sie hatte gewartet, bis die Spannung im Publikum ihren Höhepunkt erreichte, dann hatte sie Luft geholt und alles, was sie war, wusste, hoffte, wünschte, ahnte und träumte, in dieses eine Wort gelegt: »Ja!«

Das Nächste, woran sie sich erinnerte, war der brandende Applaus. Unterbrochen von Nein-wie-süß-Rufen. Aber sie wusste, sie war nicht süß, sie war gut. Und sie war immer noch gut. Besser als dieser Peachy. Sie lief drei weitere Runden über die allmählich voller werdenden Seitendecks, um aufgestellte Liegestühle herum, bevölkert von Passagieren, die sich über das Frühstück beklagten. »… Auf der Aida gab's auch alles in glutenfrei!«, hörte sie im Vorbeisprinten.

»Aber Fisch hat doch gar kein Gluten!«

»Dann könnten sie ihn doch erst recht glutenfrei anbieten.«

Auch am Pool war es voller geworden. Im Wasser schwamm etwas Schwarzgraues, prustend und schnaubend, vielleicht Robbe, vielleicht Mensch, und die Schlacht um die freien Liegen tobte.

»Also, das ist doch eine Frechheit, wie manche sich hier ausbreiten! Halten hier ganze vier Liegen mit geschmacklosen Handtüchern frei! Ist das juristisch denn überhaupt haltbar, Dieter?«

Dieters Frau stand vor einer Liege mit Ampelmännchen-Handtuch, die Arme in die Hüften gestemmt, in einer autoritären Haltung, die Clara, auf der Stelle trabend, konzentriert studierte. So musste sie sich vor Peachy und Val aufbauen, wenn sie sich durchsetzen wollte! Aber was wollte sie ihnen eigentlich sagen? Genügte es denn, Peachys

Antworten einzufordern, um ihre Rolle so spielen zu können, wie es sich gehörte? Oder musste das Stück vollkommen neu interpretiert werden? War diese Revue oder Show oder was immer diese Mischung darstellen sollte, überhaupt zu retten? So vertieft war sie in ihre Überlegungen, dass sie von Dieters Antwort und dem folgenden erregten Durcheinanderreden nichts mitbekam, erst die spitze Reaktion von Dieters Frau brachte sie wieder in die hitzige Gegenwart des Pooldecks zurück.

»Was? Wir selbst? Seit sieben Uhr? Aber nein! Das Handtuch haben wir heute Morgen nach dem Schwimmen hier vergessen!«

Ein donnerndes »Guten Morgen, hier spricht Ihr Kapitän!« unterbrach die Kampfhandlungen, alles verstummte in vorübergehendem Waffenstillstand und wandte die Köpfe zu den kleinen Lautsprechern über dem Pool. Aus denen Informationen über Längen- und Breitengrad, Kurs und Geschwindigkeit schepperten.

»Wir fahren mit durchschnittlich achtzehn Knoten«, sagte der Kapitän, und die männlichen Liegenbesitzer nickten sachverständig, »direkt in ein Sturmtief über Skandinavien hinein.« Vom weiblichen Teil ein kollektiver Aufschrei, aus dem sich ein spitzes Solo von Dieters Frau abhob: »Und wozu habe ich mir extra drei neue Armani-Bikinis gekauft?«

»Nüü, Bigini is ooch nischt fürs Nordgabb! Newahr, Judda?«

Der Sachse. Der Clara schon gestern verfolgt hatte. Und der jetzt in einem beeindruckend seine Konturen betonenden Neoprenanzug dem Pool entstieg, um sich auf eine der Ampelmännchen-Liegen fallen zu lassen.

»Aber was sind Stürme auf See schon gegen die verheerenden Stürme der Liebe«, schepperte es aus den Boxen.

Von den Liegen her ein Raunen, jemand lachte.

»O Ödnis, o Dürre,
an den verwüsteten Küsten
des Herzens.«

Die Ansage dröhnte über das ganze Schiff, und das Raunen der Passagiere wurde zu erregtem Gemurmel.

»Der Garten unsrer Lüste
ist verwaist. Oh! Weißt du noch,
wie wir uns küssten?
Und ich einst lag an deinen …«

Ein dröhnendes Hardrock-Gitarrenriff würgte die Stimme des Kapitäns ab.

»Nüja, da hat er döch recht, der Gäbbdn! Bei Stürm eenfach gemüdlisch güscheln!«, rief die Sächsin, und im Vorüberrennen machte sich Clara eine geistige Notiz über die Feinheiten des sächsischen Dialekts: Alle harten Konsonanten wurden durch weiche ersetzt, die meisten U durch ihren verwandten Ümlaut. Genau genommen eine Sprache voller Ö und Ü. Ob es Lümmelchen anmachen würde, wenn sie sächsisch sprach? Wie kam sie jetzt auf Lümmelchen, sie musste über ihre Rolle nachdenken, musste sich *Entflammt im ewigen Eis* noch einmal in Ruhe durchlesen. Wo war eigentlich ihr Text? Hatte sie ihn im Theater gelassen? Warum hatte Val sie gestern Abend nach ihrer Flucht von der Bühne nicht gesucht? Oder war er der Anklopfer in ihrem Traum gewesen? Wollte er sich entschuldigen?

»Verehrteste Passagiere!« Eine neue Stimme, aus den Boxen, die Musik wurde leiser.

»Ihre Unterhaltungscrew ist selbstverständlich bei jedem Wetter für Sie da!« Die Stimme klang forciert fröhlich und kam Clara bekannt vor.

»Es erwarten Sie tägliche Sport- und Schlemmeraktivitäten, Riverdance mit Rollator, meditatives Minigolfspiel, die

Wahl der Miss Polarkreis sechzig plus, Verdauungs-Yoga und schamanistische Einzelberatungen bei unserem Crew-Mitglied Gesine Schwärmling, die Sie mit Ihrem inneren Tier bekannt machen wird, und unser täglicher Bord-Zeichenkurs bei Simon Weyden, der übrigens gerade zu Ihnen spricht.«

Applaus, durchmischt mit weiblichen Entzückensschreien.

»Freuen Sie sich auf die flotten Motto-Shows des Tanzensembles, auf besondere Einlagen unserer Bordelfe Sunny, und seien Sie gefasst auf Höhepunkte innovativer Unterhaltung mit reizenden Nixen, aufpeitschenden philosophischen Dialogen und unvorhergesehenen Ereignissen, präsentiert von unserem Kulturmanager Valentin Lübers, der für Ihre Unterhaltung förmlich *brennt!*«

»Ich krieg dich! Mit der verdammten Schildkröte krieg ich dich!«

Um ein Haar wäre Clara in ihn hineingerannt. Val. Er stand mitten in ihrer Bahn, blass, ein großes Pflaster auf der Stirn, und murmelte vor sich hin. Und in diesem Moment, schwer atmend von ihrem letzten Sprint, in Vals aufgerissene Augen blickend, fielen die letzten Nachwirkungen der Nixen-Schockstarre von ihr ab. Was hatte sie zu Val gesagt, gestern, im Cruise-Center? »Clara Tümmler ist Vergangenheit. Hier an Bord bin ich Clara Abraham.« Und Clara Abraham wusste, was sie zu tun hatte. Sie würde nicht nur ihre Rolle retten, sondern die gesamte Aufführung. Indem sie die Regie übernahm.

»Das hat Methode, glaub mir, das hat Methode.«

Val warf ein Zuckertütchen in die Luft, fing es auf und steckte es schnell in die Hosentasche. Sie standen am Buffet des gut gefüllten bayrischen Restaurants. Hinter den Panoramafenstern eine graue Nebelwand. Nur noch hartgesottene Polareulen-Rentner in Regenjacken hielten an Deck mit ihren Ferngläsern Ausschau. Vielleicht nach Eisbergen im Nebel. Der Rest der Passagiere suchte die Eisberge eher in den Restaurants. Auch Clara hatte Eis auf dem Tablett, Vanille, dazu ein Stück Apfelstrudel. Nach der fünfstündigen Probe im Schiffstheater brauchte sie Zucker. Sie wartete nicht auf Val, nahm ihren Teller und ging quer durch das Restaurant auf einen Tisch am Fenster zu. Der Boden unter ihren Füßen schwankte beträchtlich, der Seegang musste in den letzten Stunden stärker geworden sein. Während der Auseinandersetzungen im Theater hatte sie nichts davon gespürt. Die Probe hatte mit einer Arbeitsbesprechung begonnen. Val und sie saßen an einem Bistrotisch, während Peachy auf der Bühne auf und ab tigerte.

»So en Heggeschisser do in de erschte Reih geschtern, sach doch selbscht, Clara, war des e bleede Wildsau odder net?« Peachy besaß durchaus schauspielerisches Talent, wenn er auch etwas zu sehr übertrieb, mitten in seiner Raubtierunruhe, dem fieberhaften Gang über die Bühne, warf er sich herum, spielte Clara direkt an: Durchgegangen sei es mit ihm, geschtern Obend auf der Bühne, der ganze Stress, diese nervenaufreibende Herfahrt, erst mit dem Taxi aus Pirmasens, dann …

»Aber was hast du denn überhaupt gemacht in Pirmasens, ich dachte, du bist in Hamburg und probst!« Val, am Tisch, ließ einen Gummiring um seinen Zeigefinger kreisen.

»Ei, des hann isch dir doch geschtern schunn gesaat, Geschäfte!«

»Aber du hast mir hoch und heilig versprochen, in Hamburg zu proben, du warst doch ganz heiß auf den Job, alles wolltest du dafür tun, alles befolgen, was der Regisseur sagt …«

»Ei isch hann doch geprobt, do in Hamburg, mit der anne-

re Fregatt do, unn der Reschissör hat gesaat, des Gebabbel do von der Möwe, des is der letschte Bleedsinn!«
Worauf der Gummi um Vals Zeigefinger wie von selbst auf den Mittelfinger übersprang und über den Ringfinger weiterwanderte. Mit einem »oh, sorry« steckte er die Hand in die Hosentasche, und Clara nutzte die Gelegenheit, um die Führung zu übernehmen. Sie hatte sich entsprechend eingekleidet, trug den einzigen engen Rock, den sie besaß, vor Jahren gekauft, als sie in einer Sekretärinnen-Revue mitgespielt hatte. Dazu Feinstrumpfhosen und ihre brave weiße Bluse. Geschminkt hatte sie sich für die Rolle einer Chefin, und so, mit der Chefin-Attitüde aus allen Knallharte-Business-Frau-verliebt-sich-in-Untergebenen-Filmen, die sie kannte, baute sie sich vor der Bühne auf. Peachys Bemerkung, sie sehe – escht jetzt! – absolut raddisch aus in dene Klamodde, quittierte sie mit einer hochgezogenen Augenbraue. Ohne nachzufragen, was Peachy genau unter raddisch verstand.
»Exakt über dieses Gebabbel von der Möwe werden wir jetzt reden«, sagte sie im Ton einer Präsidentin, die gerade eine Konferenz eröffnete.
Wie sich herausstellte, stammte der Text von Val. Genauer: Aus einer Gemeinschaftsarbeit von Val und seiner Frau. Val war seit zwei Jahren verheiratet. Mit dem blassen Wesen, das er damals auf Bühnen zersägt hatte. Clara verschluckte die unpassende Bemerkung, die ihr auf der Zunge lag – »zersägt, verlobt, verheiratet« – und versuchte, sich auf Vals Bericht zu konzentrieren. In mühsamer Recherche, sagte Val, hätten seine Frau und er Abend für Abend im Internet die Show-Programme von Schiffen studiert. Bei den meisten Schiffen seien die Musical- und Tanzshows ebenso üppig wie die Mahlzeiten.
»Das ist aber das falsche Konzept!« Der Gummiring raste

von Vals Zeigefinger zum kleinen Finger und zurück, er schaute seine Hand an, als gehörte sie nicht zu ihm, dann verschränkte er beide Hände auf dem Rücken. »Wir brauchen nichts Aufgeblähtes, sondern verdauungsfördernde Kultur!«, rief er. »Feuriger Salsa, Sex, Bildung und Landeskunde, das sind Ballaststoffe, das ist Charme für Geist und Darm! Dazu verschlankte Besetzung, zwei Leute statt zehn. Minimierung bei gleichzeitiger Maximierung, Anspruch und Entschlackung …«

»Moooment emol!«

Peachy war an die Bühnenrampe getreten, schaute auf Val hinunter. »Du meenscht, isch soll uff der Bühn de ganze Obend de Aff mache, damit die Leit *kacke* könne?«

»So ungefähr«, sagte Val.

Danach brauchten Clara und Val eine Stunde, um Peachy davon abzubringen, sofort von Bord zu gehen, aber weder Vals etwas respektloses, vermutlich seiner Verzweiflung geschuldetes »Und dann? Willst du übers Wasser zurück nach Pirmasens laufen?« konnte ihn zurückhalten noch Claras Vorträge über Kunst. Sie breitete ihr gesamtes Wissen aus fünf Semestern Theaterwissenschaft aus, Kunst müsse auf jeder Ebene erschüttern, erklärte sie, und das Wichtigste sei, den Text zusammenzustreichen und durch ein anspruchsvolles Regiekonzept in mythisch wirkende und intellektuell anregende Bilder umzusetzen. Peachy sah sie nur an, von den Pumps bis zur Bluse, kopfschüttelnd und immer wieder »Des hascht doch gar net needisch, du siehscht doch so raddescharf aus, Mädsche« murmelnd. Erst Vals theatralisch hervorgestoßener Satz: »Dann hat er eben, was er will, ich bin meinen Job los, und meine Familie verhungert«, stoppte sein Dauerkopfschütteln.

»Alla guud.« Danach schien Peachy nicht weiterzuwissen, er kratzte sich am Kopf, und Clara wandte sich an Val.

»Wer hat, was er will?«
»Simon. Das hat doch alles Methode.«
Danach erläuterte ihnen Val seine Theorie: Simon sei seit Jahren auf den Schiffen der flotten Flotte, er kenne alles und jeden hier an Bord, nur jemand wie er sei in der Lage, ein solches Palmendesaster inklusive Schwimmwesteninspektion anzurichten, er habe Val von Anfang an nicht ausstehen können, was man ja schon daran erkenne, dass er jedes Mal auf diese blöde Art lache, wenn er das Wort Kulturmanager ausspreche, und er habe auch Grund dazu, schließlich sei Val eingestellt worden, um die zu umfangreiche Spaßcrew nicht nur zu optimieren, sondern auch zu dezimieren.
»Ei, wo isn des Problem, dann dezimierscht ihn halt zuerscht.« Peachy, auf der Treppe, kratzte sich nicht mehr am Kopf, sondern im Schritt.
»Das ist nicht so leicht. Er hat Einfluss auf dem Schiff, bei den Passagieren, vielleicht auch beim Reeder, ich kann ihn nicht so einfach wegrationalisieren …«
Peachys Angebot, Simon auf unauffällige Art entsorgen zu lassen, er kenne da einige Leute, hatte Val ausgeschlagen. Dann hatten sie geprobt. Fünf Stunden hintereinander, unter Claras Regie. Die vor allem aus schmerzhaftem, aber notwendigem Zusammenstreichen des Textes bestand, aus der Reduzierung von Dialogen zu Monologen, gesprochen von Clara Abraham. Dazwischen Peachys Lieder. Ein gutes Konzept, wenn auch, wie Clara fand, der emotionale Höhepunkt fehlte. Aber ihnen blieben noch der gesamte heutige und der morgige Tag, um zu tüfteln und zu proben. Val hatte kurzerhand das einzig machbare, eigentlich abgespielte Stück aufs Programm gesetzt, das mit dem jetzigen Ensemble möglich war: die Wikingershow mit Sunny.
Jetzt saßen Clara und Val, erschöpft von allen Diskussionen, im bayrischen Restaurant, vor Apfelstrudel mit Eis,

und Val nutzte die Gelegenheit, weitere Einzelheiten über Simon zu berichten.
»Ich kann's nicht beweisen, aber er steckt wahrscheinlich auch hinter dem Verschwinden deiner Vorgängerin.«
Er warf einen raschen Blick über seine Schulter und senkte die Stimme: »Eine Musicaldarstellerin, ich kenne sie genauso lang wie Peachy, aus dem Varieté. Ganz zuverlässig und hochprofessionell. Und dann, von einem Tag auf den anderen …« Val schnippte mit den Fingern, zwischen denen ein Päckchen Streichhölzer erschien. »Oh, sorry. Weg war sie. Einfach weg. Dabei war sie genauso spitz auf den Job wie Peachy. Das hat Methode, ich schwör es dir. Aber ich krieg ihn.«
Er deutete auf das Pflaster auf seiner Stirn. »Der Souffleurkasten. Auch präpariert. Ein Brett. Hat sich gelöst. Eine halbe Stunde hab ich da drinnen festgesteckt, eine verfluchte halbe Stunde! Alles Sabotage, alles! Clara, du musst mir glauben! Ich hatte wirklich vor, die Premiere nach hinten zu schieben, das Tanzensemble sollte im Theater auftreten, aber dann kam ein Befehl. Vom Kreuzfahrtdirektor persönlich: Das Ensemble muss auf der Poolparty tanzen! Was hätte ich machen sollen, dem Kreuzfahrtdirektor sagen, dass er sich nicht in die Kultur mischen soll? Und weißt du was? Auf den anderen Reisen hat DJ Blauwal die Poolparty immer allein bestritten! Hab ich gestern erfahren. Von einer Passagierin, die schon das dritte Mal dabei ist. Sie hat mich in der Tropical Bar erwischt und wollte mich verklagen wegen ihres Hörgeräts. Ich hab ihr drei Aperol ausgegeben. Oder vier. Sie hat darauf bestanden, dass ich mittrinke.«
Er massierte seine Stirn mit beiden Händen.
»Alles wird gut«, sagte Clara in ihrem neuen, bestimmten Chefinnen-Tonfall. Und mischte eine Prise Mütterlichkeit in ihre Darbietung: »Soll ich dir noch einen Kaffee holen?«

Val nickte dankbar, und sie begab sich über den schwankenden Boden zum Buffet. Es war noch voller geworden, und das graue Wetter zeigte erste Wirkungen auf die allgemeine Stimmung. Ein Rentner rammte ihr seinen Rollator in den Rücken und fragte in nörgelndem Ton, wo die angekündigte asiatische Spezialität bleibe.

»Fri We Lan Im Ha Fen! Das steht doch hier auf dem Schild!«

Clara beeilte sich, lud ein Stück Schwarzwälder Kirsch für Val auf ihr Tablett, dazu ein Stück Kokostorte, die »Leckerei auf der Bounty« hieß, für Peachy. Etwas Süßes würde der Stimmung guttun. Zuversichtlich nahm sie das volle Tablett und durchquerte den Raum auf ihren Chefinnenpumps. Was es auch immer war, was das Schiff in diesem Moment beutelte, eine besonders vorwitzige Woge, ein Ausweichmanöver des Käpt'ns vor einem Meeresungeheuer oder Sabotage von ganz oben, es brachte Clara zum Stolpern, kurz vor ihrem Tisch, das Tablett entglitt ihren Händen, und Kaffee, Kokostorte und Schwarzwälder Kirsch landeten auf Vals frisch gestärkter Uniformjacke.

Logbuch von Simon

20.7.13

8.15 Uhr MEZ

Bergen, Norwegen, 60° 23′ N, 5° 20′ O

14 Grad Celsius, strömender Regen

Ihr lieben Bewohner eines heute noch nicht vorhandenen Sonnensystems, die ihr durch eine einmalige Verkettung von Zufällen dieses Logbuch gefunden habt, das Logbuch eines Gefährts, das die Bewohner eines längst untergegangenen unbedeutenden Planeten namens Erde als »Kreuzfahrtschiff« bezeichneten – es ist an der Zeit, euch mit dem einen oder anderen Crewmitglied näher bekannt zu machen. Über wen wollt ihr zuerst mehr erfahren, über wessen Träume, Hoffnungen, intime Geheimnisse, sexuelle Vorlieben hören? Zur Auswahl stehen: DJ Blauwal, unsere Bordelfe Sunny und Gesine Schwärmling. Sowoh! DJ Blauwal als auch Sunny sind abgründige Charaktere, die mehr verbergen, als man ahnt, deshalb, verehrte Zukünftige, beginnen wir lieber mit einer strahlenderen Gestalt: Gesine Schwärmling, die gute Fee im Wellness-Bereich. Neben dem beliebten Verdauungs-Yoga und diversen Auramassagen gibt sie auch schamanistische Einzelberatung bei allem, was anfällt: Seekrankheit, Nagelpilz oder Ehekrise. Sie kennt sich aber auch mit Weichteilrheumatismus und diversen geriatrischen Beschwerden aus. Gesine war in ihrem früheren Leben Krankenschwester.

Zu ihrer jetzigen esoterischen Lebensanschauung kam sie durch Männer. Sie hat es mir selbst erzählt. Nach ihrem ersten Steinheiler, dessen sensible Hände vermutlich auch noch einem Quarzkristall einen Orgasmus entlockt hätten, wollte sie von ihren Berggorillas mit Bildung, also den Chefärzten, nichts mehr wissen. In ihrem Liebesleben gab es fortan nur noch softe Tantriker, Reiki-Meister und Lamas – nicht etwa spuckende Tiere, sondern attraktive tibetische Mönche, die unter ihren roten Gewändern Boxershorts tragen. Ihr letzter Freund, ein Aurastreichler, hat sie wegen eines Mediums verlassen. Kein Steak, sondern ein besonders sensibles Wesen mit Kontakten zu Engeln. Mit denen Gesines Ex jetzt wahrscheinlich Gruppensex-Orgien feiert. Verletzt von dieser Schmach kam sie an Bord, und wir fanden recht schnell zu einem so heilsamen wie praktischen Beischlafabkommen. Ich habe mir alle Mühe gegeben, als Liebhaber mit Vorgängern mitzuhalten, die Stellungen beherrschen wie *Der Bock, der sich vor dem aus dem Wald tretenden Reh verneigt* und für die Sex meditative Vollzeitbeschäftigung ist. Zum Glück fuhr Gesine auf die Farbe meiner Aura ab. Ein triebhaftes Wurzelchakra-Rot mit blauen und violetten Einsprengseln höherer Chakren.

Liebe zukünftige Lebensformen, wie immer ihr auch beschaffen seid, macht euch keine Sorgen: Ich glaube nicht an diesen esoterischen Kram. Aber ich achte Gesines Krankenschwestern-Menschenkenntnis, von der sie immer noch eine ordentliche Portion besitzt. Egal, was sie um andere Menschen herumflattern sieht, sogar noch bei Windstärke zwölf. Laut Gesines Urteil sieht die Aura unseres lieben Val übrigens nicht unbedingt gesund aus. Ein schmutziges Dunkelgelb. Die Farbe des Urins eines Leberkranken, sagt Gesine. Und ich denke schon, dass ihm hier das eine oder andere über die Leber läuft.

Natürlich wollte ich wissen, wie sich das Drama um die gestrige Aufführung von *Entflammt im ewigen Eis* weiterentwickelt, also startete ich gleich nach meinem Zeichenkurs einen Rundgang durchs Schiff. Im Theater saßen Val und Clara an einem Tisch der Bistro-Bar, die Köpfe dicht zusammengesteckt.

»Muss die Robbe denn das Nordkap ausgerechnet umflirren?«, hörte ich Clara fragen, als ich näher kam. »Kann sie es nicht einfach umschwimmen? Und was heißt denn: unpoetisch? Glaubst du etwa, eine Robbe kann fliegen?«

Clara war wie verwandelt. Keine Spur mehr von dieser Verlorenheit. Sie wirkte kühl und selbstsicher in ihrem aufregenden, engen Ich-bin-eigentlich-die-Büromaus-aber-scharf-wie-zehntausend-Radieschen-Rock, den ich fortan in praktischer Abkürzung Ibieidiebümaschawiezeradi-Rock nennen will. Nein, immer noch zu lang, was ist besser: I.b.e.d.B.a.s.w.z.R.Rock? Bümau-Radi-Rock? Oder einfach Bümauradi? Gut. Also: Clara, in ihrem Bümauradi, beugte sich über den Text, und Vals Blick saugte sich in ihrem Dekolleté fest.

»Wie wäre es mit umflösseln?«, schickte Clara ein weiteres Argument ins Feld. Und verstand anscheinend nicht, dass sich zwei weitaus überzeugendere Argumente in ihrer I.b.b.S.a.m.a.W.g.-Bluse befanden. (Okay, liebe extraterrestrische Lebensformen, hier die Auflösung: Ihre Ich-bin-brave-Schülerin-aber-mit-allen-Wassern-gewaschen-Bluse.) Eine Strähne aus dem Haar streichend, lächelte sie und verbesserte sich: »Aber was reimt sich schon auf umflösseln? Val, sei doch nicht so nervös, wir schaffen das schon.«

Dies war der Zeitpunkt, an dem ich beschloss, einzuschreiten, ich grüßte und fragte, ob ich eventuell reimtechnisch helfen könne, was sie von entschlösseln hielte? Oder gar entfösseln? Anscheinend bemerkten sie meine Gegenwart erst jetzt, und alles, was ich erntete, war ein zwiefacher feindseliger Blick aus jeweils zu zwei Schlitzen verengten Augenpaaren. Vals Aura schien zu glühen. Und Clara bat mich, in einer durchaus aufregenden Mischung aus Schulmädchen-Unschuld und eisiger Sekretärinnen-Höflichkeit, den Saal zu verlassen, sie müssten sich konzentrieren. Und strich – ich sah es, als ich mich umdrehte – beruhigend über Vals Hand. Sieht sie denn nicht, wie der Kerl mit seiner urinfarbenen Aura sie mit seinen Blicken abscannt?

Inzwischen haben wir angelegt. Ich sitze im Panorama-Café auf Deck 10, das um diese frühe Stunde noch ganz leer ist. Der Hafen wirkt heute recht unwirtlich, Regenböen peitschen über die Anlegestelle, auf der nur ein Troll-Empfangskomitee dem Wetter standhält. Die Regenschirme, die sie über ihre Trollperücken halten, schmälern ihre Trollwürde ein wenig, finde ich. Es sind fünf Männer, in Fellen. Sie müssen gut bezahlt worden sein, damit sie hier im Regen ausharren und warten. Oder haben sie andere Gründe? Jetzt kommen sie näher. Einer der Trolle trägt einen überdimensionalen Blumenstrauß. Natürlich könnte darin leicht eine Bombe versteckt sein

9.30 Uhr MEZ
Bergen, Norwegen, Hafen
strömender Regen

Ein Nachtrag zu den Trollen mit Blumenstrauß. In dem, liebe zukünftige Lebensformen, doch keine Bombe versteckt war, sonst würdet ihr diese Zeilen nicht lesen. Die Trolle traten also beherzt auf das Schiff zu und kamen unten bei der Security an. Erst in diesem Moment bemerkte ich, dass dem Blumenstraußtroll und seinen Begleittrollen ein weiterer Troll mit einem Schild folgte, einer Art Transparent, mit Plastik überzogen. Beschriftet war das Schild mit drei Wörtern auf Norwegisch, die mir bekannt vorkamen. Ich habe sie das eine oder andere Mal gehört. Jeg elsker deg. Später, als ich schon unten war – meine Neugier! –, sah ich, dass diese drei Wörter auch in anderen Sprachen darauf zu lesen waren. Und der deutschen Übersetzung war in rosafarbenen schwungvollen Lettern ein schmachtendes *Clara* beigefügt.
Die Trolle kamen exakt bis zu dem Securitymann, der sich in aller Breitbeinigkeit aufgebaut hatte. Den folgenden Streit habe ich nicht genau mitverfolgen können, denn ich brauchte einen Moment, bis ich unten war, aber auf der Eisentreppe zwischen Schiff und Land sah ich schon, dass der Securitymann unerbittlich blieb, obwohl der Wortführertroll gestikulierend auf ihn einredete. Aber der Securitymann schüttelte stur den Kopf. Vermutlich war ihm Argumentieren fremd, und er hielt ein Argument für den Markennamen einer Waffe. *Gummiknüppel »Argument«. In martialischem Schwarz. Überzeugt mit einem Schlag.*
Ich sah mich genötigt, einzugreifen, und erfuhr: Der Blumenstrauß stammte von einem gewissen Dr. Adrian Steinhöfer. Die Trolle hatten den Auftrag, Clara Tümmler – wieso Tümmler? Heißt sie nicht Abraham? Welches Geheimnis verbirgt sich hier wohl? – Blumen und Schild höchstpersönlich zu überreichen.

Und zwar unter Absingen eines norwegischen Liebeslieds. Eine Vorstellung, die ich mir natürlich nicht entgehen lassen konnte. Da ich weiß, wie heikel die Security mit Blumensträußen, Tieren und Lebensmitteln ist, machte ich einen Vorschlag, den man schließlich annahm: Clara wurde ausgerufen und erschien in einem verwaschenen, zu weiten T-Shirt, in dem sie verloren wirkte, und ihren kurzen Turnhosen, anscheinend hatte man sie vom Jogging geholt. Man ließ ihr kaum Zeit, mich mit einem feindseligen Blick zu mustern, der Haupttroll trat sogleich vor, sagte etwas auf Norwegisch, das ich leider nicht verstand – mit Liv, meiner Bekanntschaft aus Bergen, spreche ich immer englisch –, worauf er Clara den Blumenstrauß überreichte, seinen Mittrollen ein Zeichen gab und sie kunstvoll zu singen begannen. Mehrstimmig, soweit ich beurteilen kann, aber doch eintönig. Was meiner Meinung nach an der etwas brummigen, norwegisch-depressiven Melodieführung lag. Der Text hörte sich in etwa so an:

Örre, örre, örre, ö.
Örre ö. Örre wö.

Viel interessanter war es, Claras Reaktion zu beobachten. Erstes Entsetzen wich einem raschen Aufleuchten in den Augen und dem Ansatz eines Lächelns, das vielleicht in unterdrücktes Lachen übergegangen wäre, hätte sie nicht in diesem Moment die Aufschrift auf dem regengeschützten Schild gelesen, das der verantwortliche Troll singend hochhielt. Die nächste Abfolge schnell wechselnder Gesichtsausdrücke hätte ich gern gezeichnet. Erstaunen, mit offenem Mund und einem Blick wie ein Kind an Weihnachten, wandelte sich zu Rührung, in ihren Augen glänzten Tränen, dann wieder dieser verlorene Ausdruck, Vogel, weit weg vom Nest, und später ein Lächeln, als hätte sie zurückgefunden. Sie muss ihn sehr lieben, diesen Adrian. Die Trolle endeten nach ungefähr zwanzig Strophen, die wir im Regen verbrachten. Ich hatte mir erlaubt, meinen Schirm über Clara zu halten, auch, wie ich ehrlich zugeben muss, um ihr Gesicht aus größerer Nähe zu studieren, die Trolle waren ja beschirmt, nur der Letzte, anscheinend ein Nebentroll oder Hilfstroll, bekam nicht mehr genug Schutz ab. Aber der Einzige, der wirklich nass wurde, war der Securitymann, der den Regenböen stoisch standhielt. Als die letzte Strophe mit einem bedeutungsvollen *Örre örre ö* endete, wechselten Clara und die Trolle noch einige warme Worte. Worte des Dankes, von Seiten Claras, auf Deutsch, und Worte wie: »Keine Ursache, wir werden von der Firma bezahlt, Ihr Freund hat uns auch ein ordentliches Trinkgeld gegeben, aber das wissen Sie ja nicht, wie sieht's denn damit von Ihrer Seite aus?«, auf Norwegisch. Und dann – liebe zukünftige Lebensformen, verzeiht mir dieses naheliegende Wortspiel – trollten sich die Trolle.

6.

Ich liebe dich, Clara. In so vielen Sprachen. Und dieser riesige, extravagante Strauß! Wie unpassend sie angezogen war für dieses Ereignis! Wegen des Regens hatte sie es mit Indoor-Jogging versucht, durch die Cafés, im Laufen hatte sie darüber nachgegrübelt, wie sie bis zum Abend eine fesselnde, dramatische Entwicklung in das Stück einfließen lassen könnte, und war prompt in einem ihr vollkommen fremden Foyer gelandet. Nach der überraschenden Lautsprecherdurchsage, Clara Abraham möge sich bitte an der Rezeption melden, hatte sie den falschen Aufzug genommen und war eine Weile auf Deck 3 herumgeirrt. Aber jetzt stand sie hier, auf norwegischem Boden, sah den entschwindenden Trollen nach und biss die Zähne zusammen, um in ihrer dünnen Sportkleidung nicht zu auffällig vor Kälte zu zittern. Immerhin war sie kaum nass geworden, dank des Regenschirms, den dieser Simon beharrlich über ihren Kopf hielt. Was hatte er hier zu tun, warum musste ausgerechnet er Zeuge dieser ergreifenden Zeremonie sein? Wie unangenehm, dass die Trolle ihm und nicht ihr das Schild mit der Liebeserklärung in die Hand gedrückt hatten. Sie umfing den Blumenstrauß mit beiden Armen. Er roch nach Adrian, vornehm und extravagant.

»Den lassense am besten gleich bei mir, junge Frau.«

Clara schaute auf. Hinter rosafarbenen, zierlichen Blüten ging die Glatze des Securitymanns auf wie ein Mond.

»Wie … was? Wieso? Adrians Blumenstrauß? Bei Ihnen?«
»Seuchenvorschrift«, sagte der Securitymann. »Nichts Essbares vom Land an Bord bringen, keine Pflanzen, keine Tiere.«
»Aber … aber das können Sie doch nicht machen!« Sie trat einen empörten Schritt vor, und Simon rückte mit dem Schirm nach. Nur der Securitymann stand im Regen; die Tropfen prallten an seiner Glatze ab, wie Claras Bitten und Forderungen an seiner Dienstvorschrift.
»Was … was tun Sie mit dem Strauß? Schmeißen Sie ihn weg? Das können Sie doch nicht …« Sie hörte, wie ihre Stimme zitterte, und hielt inne. Vor diesem gefühllosen Securityklotz würde sie nicht weinen. Und vor Simon schon gar nicht. Simon, der sich jetzt unerwartet in die Diskussion mischte, den Securitymann sanft fragte, ob er noch niemals verliebt gewesen sei, romantisch verliebt. Der Securitymann glotzte.
»Waren Sie noch nie ergriffen von der Liebe, besessen bis in jede einzelne Körperzelle?«
Immer noch hielt Simon ihr Schild in der freien Hand, umklammerte die Stange mit der Faust. »Waren Sie noch nie verrückt vor Sehnsucht, getrieben, verfallen, bereit, den Boden zu küssen, den der geliebte Fuß betrat?«
Stille. Nur das Rauschen des Regens und das Knattern der Fahnen im Wind. Der Securitymann massierte seine Stirn mit drei Fingern, offensichtlich vertieft in schwere Gedankenarbeit. Clara drehte den Kopf, sah nur einen Bartschatten auf einer Wange; Simon hatte sich abgewandt und blickte hinüber zum Schiff. Sollte sie etwas sagen? Aber was? Ihn für seinen Vortrag loben, der verblüffend gekonnt gewesen war, wie von einem Schauspieler gesprochen? Bevor ihr eine geeignete Bemerkung einfiel, präsentierte der Securitymann das Ergebnis seines Nachdenkens:

»Verarschen kann ich mich selbst«, sagte er, und Clara hörte, wie Simon neben ihr seufzte.

Am Ende stand ein durchnässter Securitymann an der Schiffstreppe, Adrians romantischen Blumenstrauß im Arm. Und Clara trat den Rückzug an über den glitschigen Steg, ihr Schild vor sich hertragend wie ein Transparent auf einer Demonstration, immer noch beschirmt von Simon.

Als sie den Eingang erreichten, schloss Simon den Schirm.

»Tut mir leid, dass ich nichts machen konnte. Der Mann hat bestimmt eine zarte Seite. Er kann sie nur nicht zulassen.«

Damit deutete er eine Verbeugung an, winkte den Rezeptionistinnen zu und schlenderte davon, Richtung Internet-Terminal. Seine Jeans klebten an seinem, zugegeben, durchaus perfekt geformten Hinterteil, anscheinend hatte der Schirm nicht vollständig für sie beide gereicht. Diesmal trug er kein Hemd, sondern einen Pullover, der ein wenig nach englischem Landadel aussah, nach Kaminfeuer und großer Bibliothek und Gurkensandwichs, und, auch das musste sie zugeben, er trug diese Kleidung bemerkenswert lässig. Gutes Aussehen und Galanterie gehörten vermutlich zu seinem Job. Auch wenn sie noch nicht genau wusste, worin dieser Job bestand. Zeichenlehrer? Animateur? Oder Gentleman Host wie Harald Schmidt in der Traumschiff-Serie? Auf jeden Fall schienen die strengen Seuchenregeln nicht für ihn und seine Schildkröte zu gelten.

Das Schild in der Hand, öffnete Clara die Stahltür, ging die Treppe hinunter und hielt Ausschau nach ihrer Markierung. Nichts Auffälliges, nur ein Haargummi, geschlungen um die Klinke der Tür mit der Aufschrift: *Technik.* Dahinter musste sie links abbiegen. Oder doch rechts? Um dann fünf Türen weit geradeaus zu gehen, bis zu dem zerknüllten Kaugummipapier an der Abzweigung vor dem Gang mit dem Rohr, an das sie das Kaugummi geklebt hatte. An diesem Punkt konnte sie die Kabine kaum noch verfehlen, wenn sie nicht vergaß, ein paar Stahlstufen hinunterzusteigen, scharf nach rechts abzubiegen und bei der dritten Abzweigung wieder links, danach den scheinbar endlosen Gang so lange zu verfolgen, bis sie vor ihrer Tür stand. Aber wie, wenn schon die erste Markierung fehlte? Gab es vielleicht mehrere Türen mit der Aufschrift Technik? Nach schweißtreibenden fünfundzwanzig Minuten fand sie die Kabine – die Nebenkabine hatte heute die Nummer 2121 –, schloss auf und legte das Schild auf ihr Bett. Ihre Kabinengenossin, diese Sunny, stand unter der Dusche. Die in ihrem Fall länger als drei Minuten zu funktionieren schien.

Das Wasser rauschte und rauschte, während Clara das Schild genauer betrachtete, im Hals einen Kloß der Rührung. Jetzt erst begriff sie, wie aufwendig, ausgeklügelt und gleichzeitig einfühlsam Adrians Liebesbotschaft war! Wie es aussah, hatte er die Sprachen aller Länder, die sie bereisten, ausgewählt, gekennzeichnet durch winzige, den Botschaften hinzugefügte Flaggen: Dem norwegischen *jeg elsker deg* folgte ein finnisch-rauhes *rakastan sinua,* vermutlich, weil das Nordkap an Finnland grenzte, danach ein isländisch-behäbiges *eg elska thig*; das schottische *I love you* hatte Adrian durch ein gälisches *tha gradh agam ort* ergänzt, dahinter reihten sich mannigfaltige Kombinationen von Ö, Ä, Å und Ø. Vielleicht die Sprache nordnorwegischer Rentierzüchter? Oder Lümmelchens Lust an einem Å mit frivolem O-Häubchen, einem ehemals arglosen Ø, dem ein Strich durch die Rechnung gemacht worden war? Bei diesen Gedanken verflog ihre Rührung ein wenig. Trotzdem: Sie musste Adrian anrufen! Sie waren an Land, es würde eine Handyverbindung geben, oben, auf einem der Decks. Aber wohin mit dem Schild? Sie konnte es unmöglich in der Kabine lassen. Gestern Abend, nach langem Umherirren, hatte sie die Tür von Kabine dreizehn dreizehn nur an dem davorstehenden Koffer erkannt, ihrem Koffer, der von dieser Sunny kurzerhand nach draußen verbannt worden war. Sie habe den Platz gebraucht, hatte diese Sunny gesagt, sich zur Wand gedreht und auf Claras Frage, wo verdammt noch mal ihr Bettzeug sei, nur mit einem unwirschen »Im Bad!« reagiert. Wo Clara ihr Bettzeug unter der immerhin nur leicht tröpfelnden Dusche gefunden hatte. Sunnys Antwort auf ihre Frage, was das, bitte schön, solle, verstand Clara immer noch nicht: »Ich hatte eben eine Session.«

Sie klaubte ihr Chefinnen-Outfit zusammen, warf Rock, Bluse, frische Wäsche und Strümpfe in ihre Tasche, suchte in dem Durcheinander aus Tuschetöpfen, Rasierklingen, Nadeln, Haarlackdosen und Nähzeug herum, fand eine Rolle weißes Garn. Die Tasche mit den Kleidern über der Schulter, das Schild in der Hand, verließ sie die Kabine, knüpfte das Ende des Fadens um den Knauf der Tür, dann machte sie sich auf den langen Weg nach oben.

»Lümmelchen möchte das Ü hören!«

Clara stand an der Tür zu Deck 6, draußen der strömende Regen. Das Schild lehnte an der Wand des noch leeren Theaterfoyers. Warum reagierte Adrian auf ihren heißen, begeistert gehauchten Dank mit diesem Wunsch? Kein langsames Aufwärmen mit dem scheuen E, kein ordinäres, aber freundliches Ö, gleich das flittchenhafte Ü, der Gipfel aller Schlüpfrigkeit. Vor Schreck fielen Clara nur *Würste im Schlüpfer* ein, fieberhaft suchte sie nach anderen Worten, versuchte es mit brütenden Rüpeln und nützlichen Pfützen, eine Wahl, die Lümmelchen anscheinend nicht zusagte; er reagierte mit Vokalen dunkelster Sorte: »Husch, husch, unter die Dusche, du Luder!«, skandierte er mit vorbildlichen Hebungen und Senkungen, und einen Moment wollte sie entgegnen, dass genau dies in ihrer Kabine unmöglich war. Aber schon verlangte Lümmelchen das I, und sie hatte keine Zeit, über ihr Kabinenelend nachzudenken, erst recht nicht über den Wunsch, einem verständnisvollen Adrian davon zu erzählen, sie presste ihrem malträtierten Sprachzentrum einige zusammenhanglose Sätze über innige Inuit und infame Pinguine ab, glaubte durch den Lautsprecher des Telefons Adrians missbilligendes Schnauben zu hören. Durchatmen. An das Burgtheater denken. In ihrer Not fing sie an zu reimen: Tiefe Tiegel, Brief mit Siegel, Igel im Spiegel, sie steigerte sich zu einer ganzen Zeile: *Knie nieder, sing mir liederliche Fliederlieder,* eine Schöpfung, die Lümmelchen mit einem rauen »Gib mir mehr!« quittierte. Aber sie hatte alles gegeben, in ihrem Kopf dümpelten nur noch intelligente Imker und dienende Bienen herum, und schließlich schützte sie ein Funkloch vor. Eine U-O-Vokalkombination, die Lümmelchen in seiner I-Stimmung vermutlich nicht goutieren konnte.

Als sie fünf Minuten später ins Theater kam, ihr Schild so unauffällig wie möglich unter dem Arm, diskutierte Val gerade mit dieser Frau im Flattersari. Gesine Schwärmling. Die ihre Aura so geschmackvoll gefunden hatte. Und jetzt einfach mal ein bisschen zusehen wollte: »Was ist denn daran so schlimm, Val? Heute Abend sehen es doch sowieso alle. Und übrigens, du solltest dringend bis dahin etwas für deine Aura tun. Oh, meine Liebe, ist das eine Requisite?«

Clara antwortete nicht, trug das Schild über die flachen Stufen nach unten, drehte die Liebesinschriften nach hinten und lehnte es an die hölzerne Einfassung der Bühne.

»Welches Kostüm willst du denn heute Abend tragen, meine Liebe? Wieder die Nixe?« Gesine Schwärmling flatterte

heran. »Entschuldige, dass ich so neugierig bin, ich war früher auch beim Theater!«
Wie sich herausstellte, hatte Gesine sich mit meditativem Tanz beschäftigt, einen Kurs mit dem Titel *Finde den Clown als inneren Heiler in dir* absolviert und bei einer »Tantra-Chakra-Theatergruppe« mitgemacht. Clara verkniff sich die Frage, was Tantra-Chakra bedeutete, sicher nichts künstlerisch Wertvolles. Es klang eher nach indischem Essen. Womöglich vegetarisch, mit Fladenbrot. Bei all den frühmorgendlichen Aufregungen war sie noch nicht einmal zu einem Pfirsich gekommen, geschweige denn zu einem Kaffee, vielleicht fand sie deshalb nicht in ihre Chefinnen-Rolle hinein und ließ es zu, dass Gesine hinauf zur Tür flatterte und sich mit einem geflöteten »Ihr Lieben, ich pass auf, dass keine Passagiere hineinkommen, ja?« auf einem Klappstuhl niederließ. Schon schoben die Techniker Peachys komplett runderneuerten Eisberg auf die Bühne. Der Boden war verstärkt und das hässliche Pappmaché der Wände durch transparente Leinwand ersetzt worden. Jetzt wirkte der Eisberg wie eine seriöse Theaterkulisse, angestrahlt von Scheinwerfern, schimmernd in Eismeerfarben, türkis und blau, auch in romantischem Sonnenuntergangsrosa. Der Anfang der Show, so hatte Clara durchgesetzt, gehörte nun ihr allein. In der Bühnenmitte stehend, in einem leicht gedimmten Lichtkreis eines Spots, deklamierte sie eine Zeile aus der zweiten Szene aus Romeo und Julia.
»Wer zeigte dir den Weg zu diesem Ort?«, begann sie, ließ ihre Worte auf das bis jetzt noch imaginäre Publikum wirken und drehte sich um in Richtung des Eisbergs, in dem Peachys gedrungene Silhouette schon zu sehen war. Im Moment probierten die Techniker das rosafarbene Licht, und Clara sah deutlich, wie Peachys Silhouette sich gerade

kratzte. An einer bestimmten Stelle. Die Val brüllend benannte: »Ich hab dir doch schon zehnmal gesagt, du darfst dich nicht am Sack kratzen, wenn du in dem Ding stehst!«
Über Peachys Headset kam nur ein Grunzen, dann begann Clara von vorn: »Wer zeigte uns den Weg zu diesem Ort?« Eine Frage, die Val und seine Frau gewählt hatten, weil sich darauf »Fjord« reimte.
»Nicht kratzen! Auch nicht an deiner Achselhöhle schnüffeln!«
»Ei jo, dann loss misch halt raus aus dem Ding! Baila! Baila! Baila!«
Peachys rosafarbene Silhouette begann ekstatisch mit den Hüften zu kreisen, der Techniker ließ das Playback laufen, obwohl Clara noch ihren Reim vom Bergener Fjord unterzubringen hatte, außerdem sechs Zeilen über die Geschichte Bergens. Die sie kurzerhand nach Peachys erstem Lied deklamierte, volltönend, mit ausgebreiteten Armen. Peachy kniff die Augen zusammen.
»Weeschd du, dass isch disch grad vernasche kennt, wenn du so dostehschd in dene Klamotte und so en Zaig schwätschd? Chica, Chica, Chica, we're gonna rule, ruule, ruuule the moonlight!«
Damit begann er zu tänzeln, und Gesine Schwärmling sprang von ihrem Klappstuhl auf: »Wunderbar! Göttlich! Pure Yang-Energie!«
Der Rest der Probe verlief so chaotisch, wie Clara befürchtet hatte, Songs und Monologe standen hölzern nebeneinander, so hölzern, wie Clara sich fühlte in ihrer Rolle, irgendwo zwischen der unsterblich verliebten Julia und einer Reiseleiterin. Die letzten Takte des Schlusslieds verklangen, einen Moment herrschte ratlose Stille. Dann klatschte Val zögernd in die Hände.
»Das war doch schon … top! Spitze! Nett!«

»Alla gu–ud!« Peachy griff nach dem bereitliegenden Handtuch, trocknete Brust- und Achselhaare und verschwand in der Garderobe. Clara lockerte die Knöpfe ihrer Chefinnenbluse.

»Sei ehrlich, Val.«

»Es ... gut, es gibt noch einen Wurmfortsatz eines Mikropartikelchens eines Problemchens.«

Kleine Papierflieger stoben aus Vals Jackenärmel, er fing sie auf. »Sorry. Es ist ein bisschen ... äh ... vielleicht passt ihr nicht ganz so gut zusammen vom Temperament her, Peachy und du. Vielleicht ...«

»Vielleicht was?«

»Vielleicht sind diese Monologe ein bisschen ... äh ... langweilig?«

»Wie sollen sie denn anders sein bei diesem grottenschlechten Text, verdammt?«

Sprudelnde Wut kochte in ihr hoch wie das Wasser des isländischen Geysirs, den Val auch in seinem ballaststoffreichen Text untergebracht hatte, und die nächsten Sätze zischte sie ihm entgegen: »Ich bin Schauspielerin! Ernsthafte Schauspielerin, keine Varieté-Trulla! Demnächst spreche ich im Wiener Burgtheater vor! Und überhaupt will ich eine Einzelkabine, sonst gehe ich von Bord!«

Val fing ein brennendes Streichholz aus der Luft, die Flamme verlöschte zwischen seinen Fingern.

»Sorry. Du kannst jetzt nicht von Bord gehen ... Clara, bitte! Ich, verdammt, ich kann dir nichts versprechen, Simons Frauen haben alle Kabinen blockiert, aber ... bitte!«

»Dann macht eben ohne meine langweiligen Monologe weiter!« Sie drehte sich um, marschierte Richtung Tür, getrieben von ihrer Wut. Die jedoch bereits vertröpfelte. Sie spielte tatsächlich langweilig, bestimmt würde sie beim Vorsprechen in Wien auch versagen, falls Adrian überhaupt … Das Schild! Sie konnte nicht ohne das Schild gehen. Unschlüssig blieb sie stehen, hinter ihr Val, verzweifelt zaubernd, vor ihr Gesine. Die mit einem schmetternden »Liebe!« aus dem Lotossitz in einen breitbeinigen Stand sprang.

»Die große kosmische Vereinigung! Das ist es, was euch fehlt! Und du wirst heute Abend ein elfenbeinfarbenes Kleid tragen!« Gesines Holzohrring baumelte direkt vor Claras Gesicht. Der Holzohrring einer durchgeknallten Teilnehmerin eines Clownseminars. Mit kosmischen Tantra-Chakra-Ideen. Aber immerhin hatte sie überhaupt eine Idee. Auch für Claras Kostüm. Elfenbeinfarben klang sogar einigermaßen seriös.

»Liebe? Wie … wie meinst du das?«

»Yin und Yang!« Gesine breitete die Arme aus. »Yoni und Lingam! Erde und Himmel! Frau und Mann!«

»Äh, Gesine, das ist nicht die Wikingershow.« Vals Stimme, zitternd. »Es ist ein anspruchsvolles Stück von ernsthaften Autoren und …«

»Wir stehen vor etwas Großem!«, rief Gesine. »Ich spüre es! Lasst uns zusammen atmen!«

Damit nahm sie Claras Ellenbogen, führte sie zurück zur Bühne.

»Wir fassen einander an den Händen, wir lassen die Energie fliieeßen!« Gesines Stimme nahm einen samtigen Yogalehrerinnen-Klang an. Clara spürte die Wärme, die von ihr ausging, eine beinahe fiebrige Hitze. Erde und Himmel, dachte sie. Frau und Mann. Sau und Eber. Ihr fiel ein Lieferant ihres Vaters ein, Schweinezüchter mit Leib und Seele, der sich begeistert über die Wucht der Ebersbrunst ausließ und die Verzückung der rauschigen Sau in der Duldungsstarre.

»Wir schlieeßen die Augen! Wir atmen, tieeef, in unsere innere Flöte! Wir ziehen die Energie aus unserer Yoni, von ganz unten bis nach oben, wir spüren die subtilen Vibrationen unserer Eierstöcke!«

»Die Energie unserer … was?« Vals linke Hand erschlaffte in Claras rechter.

»Entschuldige, Val, du atmest natürlich tief in deine Hoden!«

»In die Eier? Atmen? Escht?«

Clara öffnete einen Moment die Augen, nahm Peachys gedrungene Gestalt wahr, den nackten Oberkörper, das um die Schultern geschlungene Handtuch, dann schloss sie wieder die Augen. Und atmete. Himmel und Erde, Eber und Sau. Irgendetwas steckte in Gesines Vorschlägen, etwas, das sie in Regieanweisungen für sich selbst umwandeln konnte, langsam stiegen Ideen in ihr hoch, wie sie die Rolle anlegen würde: verhalten, beinahe schüchtern, dabei mit subtiler Sehnsucht. Sie würde Peachy ausweichen, scheu wie ein Reh, ihn dann wieder locken wie eine Sirene, ihn narren, täuschen, hinhalten, näher kommen lassen, um ihn dann wieder von sich …

»Ich hab es!«, jauchzte Gesine. »Ein Kuss! Ein Kuss ist die Rettung!«

Clara riss die Augen auf. Küssen? Etwa sie und Peachy? Auf offener Bühne? Musste das sein? Schon erläuterte Gesine ihre Idee: Sie würden die Reihenfolge der Songs noch einmal ändern, an die Stelle des Partyknallers am Schluss das gefühlvolle Duett aus der Mitte der Show setzen, an dessen Ende Peachy und Clara in ebenjenem Eisberg verschwinden würden, aus dem Peachy am Anfang der Show mit einem Baila, Baila! hervorbrach, dort sollten sie verschmelzen in einem Kuss, man würde nur ihre Silhouetten sehen, angestrahlt vom violetten Licht der immerwährenden Liebe.

»Alla hopp! Fange mer o?« Peachy trat auf Clara zu, wie es

aussah in äußerst kussfreudiger Stimmung, und sie duckte sich unter seinem Arm weg, versuchte, ihre Regisseurinnenwürde wiederzuerlangen. »Es ist, wenn überhaupt, nur ein symbolischer Kuss. Ein Bühnenkuss.«

Aber sie musste zugeben, Gesines Vorschläge waren nicht ganz abwegig. Die Umstellung der Songs ergab Sinn, ebenso der Kuss als dramatischer Höhepunkt dieses ständigen Werbens und Sich-Entziehens, das sie spielen würden, brünstiger Eber und rauschige Sau, scheue Elfe und Salsa-Troll. Der Vorteil bei alldem war, Clara erkannte es sofort, dass Peachy ganz er selbst bleiben durfte, sogar Kratzen am Sack sei Yang, bestätigte Gesine, und würde die Leute auf einer mythologischen Ebene ansprechen.

»Meinst du wirklich?« Ein neuer Papierflieger entfuhr Vals Ärmel, und Clara sah zu, wie er durch die Luft taumelte, eine müde Runde drehte, bevor er zu Boden sank.

Ihre ersten Bühnenküsse hatte sie mit Würsten geübt. Sie hatte Salamis umarmt, sich an einen Schinken geschmiegt, sich abwechselnd vorgestellt, sie würde Brad Pitt oder Johnny Depp küssen. Und jetzt würde sie sich einfach das Umgekehrte vorstellen: Peachy sei eine Wurst. Eine harmlose Salami aus der elterlichen Metzgerei. Es war für die Kunst. Nur für die Kunst.

»Versuchen wir es«, sagte sie.

Logbuch von Simon

20.7.13
17.00 Uhr MEZ
Bergen, Norwegen, 60° 23′ N, 5° 20′ O
14,5 Grad Celsius, strömender Regen

Ich bin wahrhaftig nicht abergläubisch, wie ihr bestimmt schon gemerkt habt, liebe zukünftige Leser dieses Logbuchs. Wer immer ihr seid, ferne Allnachbarn oder zukünftige Erdenbewohner, eine Spezies, die die Menschheit überlebt hat, denn ans Überleben der Menschheit glaube ich nicht – also, liebe Kakerlaken, die ihr euch die Erde untertan gemacht habt, ihr dürft mir glauben: Ich halte nichts von Omen und Geunke. Aber auf dieser Reise häufen sich die schlechten Vorzeichen. Die Rothaarige, die mir keine Ruhe lässt. Der Käpt'n, dessen bedeutungsschwangere Ansage wir vorhin schon wieder überblenden mussten. Er machte keine Anstalten, irgendwelche Fakten über Bergen oder den Hafenaufenthalt und das Wetter bekannt zu geben, sondern verglich das Festland mit einer Frau. Und zwar in lyrischer Form:

Oh, du garstige Klippe, du
nackte Felswand, du Unwirtliche,
bewachsen mit Dornengestrüpp,
umgeben von lüsterner Brandung,
lockend und schäumend, du wartest, bis
redliche Schiffe an dir zerschelln …

Zum Glück hat DJ Blauwal recht schnell mit einer Musikeinspielung reagiert, allerdings mit seinem Lieblingslied *I will kill you* von Cannibal Corpse. Und kurz darauf klopfte der Kreuzfahrtdirektor persönlich an meine Kabinentür. Der norwegische Reiseleiter, der ab Bergen mit uns fahren soll, sei nicht an Bord gekommen und nirgendwo zu erreichen. Sie suchten händeringend jemanden, der seine Führung übernehmen konnte.

»Sie heißt *Auf den Spuren der Fischer,* sagen Sie halt irgendwas, Sie kennen sich doch hier aus!«
Das allerdings, liebe Kakerlaken-Wissenschaftler, die ihr die Gewohnheiten der einstigen Erdenbewohner erforscht, ist schonungslos übertrieben. Ich kenne lediglich die Innenstadt von Bergen und die eine oder andere Wohnung einer Einwohnerin, ich habe den berühmten Berg der Stadt, den Fløyen, bestiegen, und auf den Hängen des anderen Bergs, des Ulriken, habe ich nicht etwa mit Ulrike, sondern mit Liv gelegen. Liv, mit der ich mich heute gern auf einen Kaffee getroffen hätte. Aber natürlich konnte ich die Bitte des Kreuzfahrtdirektors nicht abschlagen, zumal ich ihn so schnell wie möglich loswerden musste, bevor er auf die Idee kam, meine Kabine betreten zu wollen. Ich streckte nämlich nur den Kopf aus der Kabinentür, so wie Jane hinter mir in ihrem Aquarium den Kopf aus dem Loch ihres Blumentopfs streckte. Ein Anblick, den ich dem Kreuzfahrtdirektor nicht zumuten wollte. Einen Augenblick dachte ich sogar, unser lieber Val könnte hinter seinem überraschenden Besuch stecken. Wie ich erfahren habe, hat er die Rothaarige schon nach diesem Gerücht über die Schildkröte ausgefragt. Sie hat dichtgehalten. Ich nehme an, sie erwartet eine Gegenleistung dafür. Auf jeden Fall müssen wir uns vorsehen, Jane und ich. Und das heißt für Jane: Knast, sobald ich das Schiff verlassen muss.
Liebe Kakerlaken, ich weiß selbst, dass es nicht besonders toll ist, eine Schildkröte in einen Kabinensafe zu sperren. Aber was soll ich tun? Ich baute also auf Janes nicht eben bombiges Kurzzeitgedächtnis, legte ihr die Wärmflasche in den Safe, dazu einen feuchten Waschlappen, verriegelte ihr Gefängnis, schloss auch meine Kabinentür ab und stellte mich meiner Führung. Aufgrund der Wetterlage hatten sich nur wenige Passagiere angemeldet, die anderen sollten an Bord bespaßt werden. Das Ensemble tanzte unter der Plastikbedachung am Pool, die allerdings immer wieder von Windstößen gebeutelt wurde, vielleicht

auch von der Musik, die DJ Blauwal auflegte, *Symphony of Destruction* von Megadeth. Und zwar so, dass wir es auf dem Fischmarkt noch hörten. DJ Blauwal, liebe Logbuch-Leser, ist für die gesamte Musik an Bord verantwortlich. Dass er nahezu taub ist, stellt für ihn dabei ein eher geringes Problem dar. Er hat sich eigentlich auf Heavy-Metal-Kreuzfahrten spezialisiert und unterscheidet sich vor allem in seinen körperlichen Ausmaßen und seinem Zustand am Ende eines langen Abends nicht allzu sehr von einem Blauwal, dafür in seiner Ernährung. Kein Plankton, sondern Fleisch. Ausschließlich Fleisch. Was wiederum seiner blauwalähnlichen Sensibilität zuzuschreiben ist. Er liebt nämlich Pflanzen über alles, so sehr, dass er sie niemals brutal ausrupfen, zerstückeln und verzehren würde. Wobei er im Falle von Alkohol oder Cannabis eine Ausnahme macht. Dies mag als kleine Vorstellung zunächst genügen.
Die Teilnehmer meiner Tour waren: die netten Sachsen, das hessische Loddosblütsche und ihr Mann, dazu ein verliebtes Pärchen, das hier an Bord Traumhochzeit feiern will, und ein Ehepaar, das eigentlich nur Golfausflüge gebucht hat und angesichts der Wettervorhersage dementsprechend gelaunt war. Als wir aufbrachen, kamen noch einige schnell entschlossene Damen aus meinem Zeichenkurs hinzu, darunter die Rothaarige, und gemeinsam begaben wir uns auf die Spur der Fischer. Oder eher auf die Spur der Fischbrötchen. Der gesamte Markt besteht praktisch aus Fischbrötchen und Schildern, die diese Fischbrötchen anpreisen, man könnte fast sagen, die Fischbrötchen sprechen Englisch, Deutsch, Französisch und Japanisch. Es gibt Brötchen mit Lachs, Krabben und Oktopus in allen Zuständen, aber auch Hai und Walflossen, in Plastik eingeschweißt. Ich musste meinen Schäfchen gar nicht viel erklären, sie amüsierten sich bestens, zumindest einige von ihnen: »Ei hoschema, Loddosblütsche, so e Walfloss, die nemme mer mit haam, odder? Beim nächste Grillabend schmeiße mer die uff de Rost,

und de Schosch mit seim überkandidelde japanische Kobe-Rind sieht alt aus!«

»Ha, wer sieht alt aus, de Schosch odder die Walfloss? Wie willste die denn kühle? So e Walfloss krieschste doch in kaa Minibar nei!«

»Das ist ja abscheulich!«

»Wi-der-wärtig!«

Die Golfer, mit gerümpften Nasen. Mann und Frau sahen einander erstaunlich ähnlich, und man erkannte in ihren Gesichtern sogar, welche Art Hund sie zu Hause hatten.

»Verstehen Sie das unter den Spuren der Fischer?« Ich hatte keine Zeit, der Golferfrau zu antworten, ich musste Loddosblütsches Walflossenkauf stoppen und ihr erläutern, dass auf dem Schiff strengstes Tierverbot gelte, auch für Wale oder Teile von Walen. Worauf sich die Rothaarige bei mir einhakte, mit einem neckischen: »Ach ja?« Eine Blonde suchte außerdem Schutz unter meinem Regenschirm, und zusammen schlenderten wir weiter, von Stand zu Stand, wobei sich Loddosblütsches Mann als glänzender Entertainer erwies – »Hi, Hai«, sagte er zum Beispiel beim Anblick der Haifischsteaks.

Das Golfer-Ehepaar passte sich in Gesichtsausdruck und Haltung immer mehr den über den Ständen hängenden ausgedörrten Stockfischen an. Bis sie in Brygge, wo die alten Fischerhäuser tapfer dem Regen standhielten, wieder auftauten und mir Fragen stellten. Wie denn nun genau diese Holzhäuser beheizt worden seien? Doch nicht etwa mit offenem Feuer? Wie habe man denn gekocht? Wo geschlafen? Und, wollte das junge Pärchen wissen, wie geliebt?

»Nü, und uffm Glö?«, ergänzten die Sachsen diesen kleinen Fragenkatalog, und vermutlich war es ein Glück, dass ausgerechnet in diesem Moment der norwegische Reiseleiter auftauchte und mir ziemlich barsch die Führung abnahm. Es war keiner von den norwegischen Kollegen, die ich kenne, und ein wenig erstaunte es mich und, wie ich sehen konnte, auch meine Schäfchen, dass er bei prasselndem Regen eine Sonnenbrille trug. Sein Deutsch ist, soweit ich feststellen konnte, dürftig und sein Akzent beim besten Willen nicht norwegisch. Die Führung dürfte nicht allzu gut gelaufen sein; die Landausflügler sind relativ schnell zurückgekehrt, ich habe gehört, wie das Golferehepaar an der Rezeption ihr Geld zurückforderte. Überhaupt häufen sich, wie mir die dickliche Blonde an der Rezeption mitgeteilt hat, die Beschwerden, sowohl über das Kulturprogramm als auch über die Musik und die Ansagen des Käpt'ns, das Essen, sogar über das Wetter. Und das, liebe Zukunftsbewohner auf sechs, acht oder vierzehn Beinen, scheint erst der Anfang zu sein.

7.

Das Kleid war beinahe zu schön. Ein elfenbeinfarbener Traum aus der Ladengalerie. Vorhin, nach dem letzten Probendurchlauf hatte Gesine Clara in einen Shop geführt, in dem es alles gab, was den Norden symbolisierte: Elche aus Plüsch, aus Holz, aus Gummi, Elche in Gestalt von Flaschenöffnern und Schlüsselanhängern, Elche auf Holzpantoffeln, Aschenbechern, T-Shirts, Comic-Elche bei allen möglichen und unmöglichen Tätigkeiten. Trolle grinsten von Topflappen, Handtüchern, Socken und Tassen oder standen o-beinig mitten im Geschäft, das ansonsten voller Pelze, Norwegerpullis, Regenmäntel, Schirme, Hüttenschuhe, Mützen, Trollkalender, Elchkalender, Anoraks, Gummistiefel und suchender Passagiere war. Gesine schien genau zu wissen, wohin sie wollte: zu einem Kleiderständer in der hintersten Ecke des Ladens. Auf dem schlichte Kleider hingen, aus seidigem Stoff. Das Alltags-Outfit norwegischer Elfen, erläuterte Gesine und pflückte eins der Gewänder vom Bügel. Clara war überrascht, als sie sich darin im Spiegel sah, mit geschnürten Sandalen, die Gesine schnell aus dem Schuhladen geholt hatte, und aufgesteckten Haaren. Das Kleid schien genau zu ihrer neuen, rehscheuen Rolle zu passen, sie merkte es daran, wie Peachy sie ansah, jetzt, hier, hinter der Bühne. Stumm, beinahe ehrfürchtig. Auch Simon, der vorbeigekommen war, um, wie Val vermutete, noch zu schauen, wie er die Show stören konnte, hielt mitten in einer ironischen Bemerkung über die Dekoration inne und bedachte sie mit einem langen Blick, vom Gesicht über den Hals hinunter, mit kurzem Innehalten im Zwischengeschoss, dann abwärts bis zu den Füßen. Worauf der Blick rasch, beinahe schuldbewusst, wieder nach oben glitt.

»Eine gute Vorstellung. Toi, toi, toi.«

Leicht, schmetterlingsleicht war seine Berührung, sein Arm um ihre Taille, mit angedeutetem Spucken über die linke Schulter, wie es Schauspieler im Theater taten. Er trug seinen Kaschmirpulli, und einen Moment glaubte Clara, den englischen Landadel an ihm riechen zu können, eine feine Duftmischung nach frisch gemähtem Gras im Park, Orangenschalen und Earl Grey First Flush, dann spürte sie, wie sein Mund ihr Ohr berührte.

»Dein Schild. Es ist in Sicherheit, mach dir keine Sorgen.«

Damit löste er sich von ihr, machte kehrt und verließ die Hinterbühne, ließ sie allein mit einer Gänsehaut auf Nacken und Armen, zu der sich das für spontane Körperreaktionen verantwortliche Hirnareal anscheinend ohne ihre Erlaubnis entschlossen hatte. Im Überschwang der Ereignisse hatte sie Adrians Schild komplett vergessen. Was meinte Simon mit »in Sicherheit«?

Für weitere Gedanken war keine Zeit mehr, schon hörte sie Vals nervöse Ansage, und sie teilte den Vorhang, schritt hinein in einen romantischen Palmenhain. Ein Mann mit einer tätowierten Glatze und Sumoringer-Figur hatte vorhin einen Großteil der Palmen abtransportiert, jetzt wiegten sich wenige Bäume sanft im Wind, zwischen ihnen der rosa leuchtende Eisberg. In dem sich Peachy allerlei Yang-Aktivitäten hingab.

»Nü, sind die aber dröllisch!«, kam es aus der ersten Reihe, eine Bemerkung, die Clara ignorierte; so graziös es auf der schwankenden Bühne möglich war, schritt sie nach vorne, vorbei an – sie schaute noch einmal hin und wusste, was die Sachsen meinten – Trollen! Anscheinend aus dem Shop. In allen Größen, o-beinig, langnasig, grinsend. Und das romantische Ambiente empfindlich störend. Wer steckte hinter dieser Überraschung, etwa Simon? Egal. Sie musste sich konzentrieren. Nicht nur auf ihren Monolog, auch darauf, dem Schlingern des Schiffs standzuhalten; noch nie hatte sie auf einer schwankenden Bühne spielen müssen. Aber von Anfang an, sie spürte es, war sie in schauspielerischer Hochform, die Sätze über das Liebesspiel der Robben am Nordkap strömten ihr nur so von den Lippen, nur ab und zu irritierte sie das aufbrandende Kichern, Glucksen und Gackern, gerade bei den Stellen, die sie besonders verinnerlicht spielte, aber schon brach Peachy in voller Brunst aus seinem Eisberg hervor, und das Glucksen mündete in spontanen Applaus. Die Vorstellung lief großartig, trotz umfallender und über die Bühne rutschender Plastiktrolle, aber sie spielte darüber hinweg, verkündete, die Arme weit ausgebreitet, ihre tiefe Sehnsucht nach dem Geliebten, der so fern war wie der wandelbare Mond, den Val sich von Romeo und Julia geliehen hatte, ebenso wie diese Zeile: »Du weißt, die Nacht verschleiert mein Gesicht!« Damit stolperte sie über einen ihr entgegenschlitternden Troll, vergaß ihre nächste Zeile: *Doch dunkel wird's am Nordkap nicht!,* als Peachy sie mit einem beiläufigen »Hossa! Caramba!« auffing und die Gelegenheit nutzte, um tastend festzustellen, ob bei ihr alles noch an der richtigen Stelle saß. Diesmal ließ er die erste Reihe komplett in Ruhe, Clara spürte, wie er seine überwältigende Ebersbrunst allein auf sie konzentrierte; die Damen im Publikum bedachte er nur mit beiläufigen Hüftschwüngen, um zu zeigen, dass er sie durchaus alle noch mit seiner Gunst beglücken würde, später, wenn er mit dieser Chica fertig wäre, und brachte sie damit erst recht zum Toben. Bravorufe, schon während des Schlusslieds, der Ballade, die sie zu zweit wirklich ergreifend sangen. Peachy schien ihr gemeinsamer Gesang sogar so sehr aufzupeitschen, dass er sie bereits vor Liedende hinter den Vorhang zerrte, um sie dann, im Eisberg, nach einem letzten, triumphalen »Hossa! Du machst misch escht heeß in dem Fummel!« schnaufend zu umklammern und nicht mehr loszulassen. Seine Lippen auf ihre gepresst, seine Hände überall dort, wo sie nicht hingehörten. Sie hatte zu tun, diese Hände abzuwehren und trotzdem die reine weibliche Hingabe zu spielen, den Kopf in den Nacken gelegt, ausgeliefert der rohen Männlichkeit. Und dem Geruch nach Leberwurst und Zwiebeln. Wo immer Peachy diese Speisen auf dem Schiff herbekam. Vielleicht hatte er Leberwurstdosen im Gepäck. Peachy hielt nichts von symbolischen Bühnenküssen, er presste seine Lippen fest auf ihre und züngelte wie ein Waran in einem Film über die Galapagos-Inseln. Vom Publikum her Gejohle und Getrampel.

»Ein durchschlagender Erfolg!«, sagte Val hinter der Bühne, sagte es auch später, als sie in der Tropical Bar auf Deck 13 saßen, an einem hohen Tisch, auf leicht schaukelnden Barhockern.

»Das war top! Spitze! Super! Prost!« Er pflückte drei Oliven aus der Luft und ließ sie in ihre Gläser fallen.

»Proschtata! Die hann mer heeßgemacht, oder net, Clara?« Peachy stürzte den Inhalt seines Glases hinunter und drückte seinen Oberschenkel an ihr Bein. Sie verkniff sich die Frage, ob man Champagner überhaupt mit Olive trank, nahm einen winzigen Schluck aus ihrem Glas und versuchte, von Peachy abzurücken. Glücklicherweise war Peachy beschäftigt; vor ihrem Tisch hatten sich Fans gesammelt.

Allesamt weiblich. Die Gespräche zwischen Star und Fan verliefen nach einem anscheinend bewährten Schema.
»Wo willscht'n des Autogramm hi hawwe? Do?«, fragte Peachy. Worauf seine Bewunderin, je nach Temperament, schüchtern lachend ihren Ausschnitt züchtig verdeckte oder entzückt aufschrie. Verschiedene, unverfänglichere Plätze wurden angeboten, und Peachy unterschrieb auf Unterarmen, Händen, Bierdeckeln und Prospekten der flotten Flotte. Auch Clara unterschrieb und nickte lächelnd zu allen Komplimenten.
»So herzerfrischend erheiternd«, sagte eine Frau. »Das hilft wirklich bei diesem Wetter, dass man mal lachen kann.«
»Ei ja, so witzisch! Gell, Loddosblütsche, des gugge mer uns nochemal an!« Ein Paar schob sich nach vorne, beide in Shorts und Bauchtasche, anscheinend entschlossen, sich dem Wetter wenigstens kleidungsmäßig zu widersetzen.
»Des mit dem Voochel da, wie ging des gleisch? Es war die Möwe, abber net die ...«
»Dröddellümme!«, fiel die Sächsin ein, die Clara inzwischen als Judda kannte.
»Sischer!« Der Hesse. »Des könnt glatt von Göde sein!«
»Ja, eine echte Wohltat, diese Albernheit«, sagte die erste Frau, »vor allem nach dieser unmöglichen Führung heute morgen!«
»Nü, Fröllein, söö schnüggelisch homse ausgesähn und söö schön gespröchen! Und erst der Güss, newahr, Üwe?«
Die sächsische Rührung wog die Bemerkungen über die Witzischkeit und Albernheit auf, und Clara unterschrieb schwungvoll auf dem Prospekt der Sachsen, signierte danach eine Reihe Bierdeckel für die Mitglieder eines bayerischen Musikvereins. Die Schlange der Fans wurde allmählich dünner, aber die Bar war noch immer voll. Simon stand am Tresen und unterhielt sich mit einem Mann mit dunkler

Sonnenbrille. An Simons Arm hing die Frau mit der Löwenmähne, die sie von der Seenotrettungsübung kannte. Sollte sie ihn nicht nach ihrem Schild fragen? Und dann? Wohin damit? In die Kabine? Der bloße Gedanke an ihre Kabine und den Schiffsbauch schien ihr die Kraft aus den Muskeln zu saugen. Der Trick mit dem Bindfaden hatte nur bedingt funktioniert. Das Ende der Nähgarnrolle war zwar tatsächlich noch dort gewesen, wo sie die Rolle befestigt hatte, an einem Handfeuerlöscher in der Nähe der Stahltür, aber der Faden führte sie nicht zu ihrer Kabinentür, sondern zu einer anderen. Halb offen. Dahinter der Muskelmann mit den tätowierten Seeschlangen, der sie an ihrem ersten Tag auf dem Schiff angestarrt hatte und sie jetzt mit einem begeisterten »Denn man tau!« begrüßte. Empört riss sie den Faden ab, flüchtete und geriet in vollkommen neue, unerschlossene Gebiete des Schiffsbauchs.

»Ich vermiss sie ganz schön, weißt du, Clara«, sagte Val neben ihr, und sie schreckte aus ihren Gedanken, brauchte einen Moment, um zu begreifen, dass er von seiner Frau redete. Die er unbedingt anrufen musste, morgen, wenn das Schiff wieder anlegte, um von ihrem Erfolg zu erzählen. Sein halbes Oberlippenbärtchen war, sie bemerkte es erst jetzt, komplett verschwunden, und der Bereich zwischen Mund und Nase schien zu glühen. Wie rasierte sich Val eigentlich, durch Brandrodung?

»Ich lieb sie nämlich sehr«, sagte er, mit verwaschenen Konsonanten und unsauberen Vokalen, die Dr. Adrian Steinhöfer aufs Schärfste korrigiert hätte. Val schaute fragend auf ihr noch volles Champagnerglas, und sie schob es zu ihm hinüber. Was sollte jetzt diese Enge im Hals, diese Sehnsucht nach einem verständnisvollen, ja, zärtlich um sie besorgten Adrian, den sie hätte anrufen können, um ihm von ihrem Triumph zu erzählen? Regen klatschte gegen die

Panoramafenster, der Nordhimmel war noch hell, aber wolkenverhangen. Simon hatte die Bar verlassen, gemeinsam mit der löwenmähnigen Frau, zu spät, um nach dem Schild zu fragen. Auch Peachy war aufgestanden, gesellte sich zu einer Gruppe Fans, die kichernd nach seiner Unterschrift verlangten. Wie es aussah, auf Körperteile, die über den Tisch hinweg nicht zu erreichen waren.

Clara wandte sich an Val. »Sag mal, bist du noch nüchtern genug, um mich in meine Kabine zu bringen?«

»Aaaber ... ich ... ich ...« Val stürzte den Inhalt ihres Glases mit einem Schluck hinunter, warf eine Schale Erdnüsse in die Luft und jonglierte mit den fallenden Nüssen, stammelte dabei immer wieder, er werde seine Frau nie, nie und nie betrügen. Dachte er etwa, sie hätte ihn in amouröser Absicht gefragt? Ein hysterisches Kichern stieg in ihr auf, ein Kichern gegen ihre Angst vor dem Schiffsbauch und den Tausenden Metern aufgewühlten, eiskalten Wassers unter ihr, auch andere kicherten, die Fans, vor denen Peachy jetzt kniete, einen Lippenstift zwischen den Zähnen, um ihnen seinen Namenszug über die Bauchnäbel zu malen. Der Erdnussregen über ihr hatte aufgehört, und sie rutschte vom Hocker, strebte ohne ein weiteres Wort zu Val Richtung Ausgang, vorbei an den Frauen, dem knienden Peachy und dem Mann mit der Sonnenbrille. Der vorhin mit Simon gesprochen hatte und jetzt mit forschen Schritten auf Peachy zuging. Aus dem Augenwinkel sah sie, wie er vor Peachy stehen blieb, eine Hand auf seiner Schulter. Peachy fuhr auf, mit einem gereizten »Griffel weg, isch geb en Auto...«, und erstarrte. Der Lippenstift rollte über den Boden. Der Mann sagte etwas, das Clara nicht verstand, spitzte die Lippen, als wollte er auf den Boden spucken, dann marschierte er an ihr vorbei, aus der offenen Tür der Bar und verschwand im Aufzug.

Logbuch von Simon

21.7.13
8.35 Uhr MEZ
Geirangerfjord, geschätzte 62° 6′ N, 7° 5′ O
12 Grad Celsius bei Fahrtwind, Regen

Wir gleiten durch Grau. Wolkenschleier verhüllen die Wasserfälle, die berühmten sieben Schwestern, die von den Gipfeln der Berge ins Tal stürzen. Wobei jetzt im Sommer sowieso nur drei Schwestern vor sich hin tröpfeln, und auch der berühmte Wasserfall auf der anderen Seite, der sogenannte Freier, erweist sich als eher impotent. Im Fjord hat Gott Wolken geparkt, dicht über dem Wasser liegen sie, wie riesige schlafende Schlangen und Drachen. Wer nicht weiß, wie sich der Fjord normalerweise präsentiert – tiefblaues Wasser, aus dem die Berge ragen, steil und schroff, mit Schneeresten auf manchem Gipfel –, sieht nur Grau. Trotzdem stehen wackere Passagiere hier auf Deck 10, ihre Kameras im Anschlag. Mit zumeist gewaltigen Teleobjektiven. In einer Länge und Dicke, dass ich fürchte, ihre Besitzer könnten das Gleichgewicht verlieren und vornüberkippen.
Eine kleine Anmerkung für diejenigen, die dieses Logbuch einmal finden, vielleicht in jener fernen Zeit, in der die wahren Herrscher dieser Welt den Planeten wieder für sich haben werden, also für euch, liebe Mikroben: Die männlichen Exemplare der Spezies Mensch benutzen diese Teleobjektive nicht nur zum Fotografieren, sondern vor allem als Hilfsmittel zur Revierabgrenzung und damit auch zur Balz, da ihnen Geweihe, Stoßzähne oder Pfauenschweife nicht zur Verfügung stehen. Die ersten Weibchen schwärmen bereits aus, gehüllt in Jack-Wolfskin-Regenmäntel mit kleidsamer Kapuze, wirken allerdings nicht allzu kopulationsbereit. Wobei man die Bemerkung »Günter, komm da wech, du holst dir ja sonst wat!« oder »Dieter, du gehst nicht

wieder ohne lange Unterhose raus, denk an deine Prostata!« vielleicht als direkte Aufforderung zum Beischlaf verstehen könnte. Dieter fährt auf jeden Fall sein Rohr ein und folgt seiner Gattin frohgemut ins Schiffsinnere.
Liebe Bazillen, Viren und Protozoen, die ihr euch durch einfache Zellteilung fortpflanzen dürft und euch damit einiges erspart: Der Hang zur männlichen Angeberei ist ein Relikt aus der Steinzeit, als Männer noch das Essen für die ganze Familie jagten und sich dementsprechend aufplusterten. Statt Rosensträußen überreichten sie großzügig Mammutkeulen, und nichts hörte eine Steinzeitfrau nach einer heißen Nacht in der Höhle wohl lieber als: »Uh! Uh! Schatz, mein großer Speer zittert schon, ich erlege uns mal sämtliche Eichhörnchen in der näheren Umgebung zum Frühstück!« Heute erlegen die Männer bestenfalls Hörnchen beim Bäcker und achten dabei noch auf Sparangebote. Und das, liebe Bakterien und Pilzsporen, muss auch der Grund sein, warum die Weiblichkeit hier an Bord dermaßen auf diese Testosteronschleuder abfährt, die in albernen Eisbergen unschuldige – oder doch nicht ganz so unschuldige – Schauspielerinnen beschlabbert. Es war kaum mitanzusehen, wie dieser Bonsai-Silberrücken sich nachher in der Tropical Bar aufführte, geradezu vorsteinzeitlich: Uh! Uh! Uh! Ich habe genug Sperma für alle Affenweibchen in der Horde! Und Clara saß still daneben, mit diesem wehmütigen, fernen Lächeln im Gesicht.
Habe das alles, soweit es möglich war, ignoriert und versucht, aus diesem Reiseleiter, diesem Johansen – immerhin sein Name ist norwegisch – irgendetwas herauszubekommen. Wir unterhielten uns auf Englisch, das heißt: Ich fragte, auf welchen Schiffen er schon gearbeitet hat, ob es ihm hier bei der flotten Flotte gefällt und wer ihn eingestellt hat. Seine Antworten: »Many«, »yes« und »Shipping Company«. Eigentlich hatte ich auf einen Namen in der Personalabteilung der Reederei gehofft, aber er schwieg und verschränkte die Arme.

Als die Rothaarige vorschlug, zu verschwinden, folgte ich ihr gern, obwohl ich ahnte, was mir bevorstand. Im Aufzug hielt sie sich noch zurück, aber im Gang von Deck 6 ging sie zur Sache, umschlang meine Hüften, legte dabei den Kopf zurück und präsentierte ihren ungeschützten Hals. Nicht etwa, um eine Beißhemmung auszulösen, liebe Mikroben, eher das Gegenteil, also küsste ich ihre Kehle, dann ihre bloßen Schultern, versuchte dabei, sie von meiner Kabine wegzulotsen, ihr sozusagen küssend und schiebend klarzumachen, dass wir unsere Aktivitäten lieber bei ihr fortsetzen sollten, aber sie teilt ihre Kabine mit der Blonden. Und wollte unbedingt zu mir.
»Du kannst mich ruhig reinlassen, ich verrate nichts über deine Schildkröte«, flüsterte sie und biss mir ins Ohrläppchen, nestelte mit der anderen Hand an meinem Gürtel, jeden Moment konnte jemand den Gang hinunterkommen, also schloss ich auf. Ich hatte Jane nicht in den Safe gesperrt, bevor ich zur Vorstellung ging. Sollte Val sie suchen, wird er es tagsüber tun. Jane lag also in bester Stimmung auf ihrem Korkstück und wartete auf Unterhaltung. Und neben ihrem Aquarium, am Schreibtisch, lehnte Claras Schild. *Ich liebe dich, Clara.* Auf Deutsch, Norwegisch, Finnisch, Isländisch, Englisch, Gälisch, Samisch, Lappländisch und mindestens zwei entlegenen Inuit-Dialekten. Ein wahrhaft romantischer Anblick. Allerdings nicht für die Rothaarige, die ihre Bemühungen sofort einstellte. Obwohl ich noch versuchte, zu erklären, dass es sich sozusagen nur um ein Leihschild handelte, aus einem diffusen Gefühl heraus, ihr einen Beischlaf schuldig zu sein. Aber sie ließ mir keine Zeit für Erklärungen, gab sich beim Rückzug sozusagen selbst Feuerschutz mit schnell abgeschossenen Sätzen – »Ach so ist das! Sag das doch gleich!« – und zog (okay: knallte) die Kabinentür hinter sich zu.
Liebe Mikroben, ich verstehe ihre Gründe nur zu gut. Vermutlich würde auch ein Pavianweibchen das dominante Männchen zum

Pavian-Paar-Therapeuten schleppen, wenn es nicht auf die Darbietung ihres ritzeroten Hinterteils reagiert. Und genau das war der Fall. Die Bemühungen der Rothaarigen hatten bei mir nicht die Reaktion hervorgerufen, die bei einem balzenden Menschenmännchen angemessen ist. Sie war also verletzt, und dieses Schild lieferte ihr den Grund, mit noch einigermaßen unbeschadetem Ego aus der Sache herauszukommen.
Mitunter, liebe Mikroben, deprimiert mich die menschliche Balz.

Nachtrag
12.30 Uhr MEZ

Inzwischen sind wir in Geiranger und ankern im Fjord. Geiranger wird im Schiffsprospekt als abgeschiedenes, idyllisches und typisch norwegisches 300-Seelen-Dorf bezeichnet, wird aber hauptsächlich von Plastiktrollen bewohnt. Die Passagiere der hier liegenden Kreuzfahrtschiffe, im Moment sind es drei, werden in Booten an Land gebracht, um sich durch die Souvenirshops zu schieben oder gar eigenmächtig – was die Reederei nicht allzu gern sieht – die Gegend zu fotografieren. Wir machen aber gute Miene zum bösen Spiel, lassen sie an der langen Nabelschnur und geben ihnen Lunchpakete mit, Wasserflaschen mit unserem Logo und Karten, so dass sie immer mit der Schiffsplazenta verbunden bleiben. Diejenigen, die unseren Tagesausflug gebucht haben, werden mit den von uns gecharterten *flotten Transportern,* die vielleicht besser *flotte Rostlauben* heißen sollten, den Berg hochgekarrt, zum Wasserfall. Meine Vermutung, dass der Wasserfall abgeschaltet wird, sobald die letzte Schiffsladung Passagiere ihn fotografiert hat, habe ich bis jetzt noch nicht überprüfen können.
Heute herrscht angesichts des Wetters kein reger Bootsverkehr vom Schiff zum Land. Sogar mein Zeichenkurs hat stattgefunden. Die Ladys sollten ihre Erfahrungen auf dem Fischmarkt künstle-

risch verarbeiten und komische Walfische oder lustige Lachse malen. Wenn sie wollten, auch auf Brötchen. Aber meine Ladys wollten nicht malen, sondern plaudern. Und Bilder kaufen. Comics von Jane, der Westernschildkröte mit dem Fransenpanzer. Wie ihr Vorbild Calamity-Jane aus Lucky Luke trägt sie einen Cowboyhut und eine Knarre. Am Panzerhalfter. Sehr verkaufsfördernd ist die Story dazu: Dass ich Jane praktisch aus dem Rachen eines Alligators weggekauft habe, in einer Delphin- und Krokodilshow in Las Vegas, wo sie nicht zu den Solisten, sondern zu den leicht ersetzbaren Nebenrollen gehörte. Je nach Sensationsbedarf und Rührungsbedürfnis der Kundin schmücke ich die Story noch ein wenig aus. Wobei ich natürlich offenlasse, ob Jane noch in meinem Besitz ist. Jedenfalls habe ich es bisher so gehalten. Heute stand die Rothaarige mit ihrer blonden Freundin vor den Bildern, stolz, mit flammender Mähne und wissendem Lächeln.
»Ach ja, die liebe Jane«, sagte sie und zog ihre bemerkenswert buschigen Augenbrauen hoch. Verehrte Bakterien, Protozoen, Hefepilze, Parasiten und Viren, liebe asexuelle Selbstreproduzierer, was soll ich eurer Meinung nach jetzt tun: Die Rothaarige in dem Glauben lassen, ich sei unsterblich in Clara verliebt, und darauf hoffen, dass sie in Bezug auf Jane dichthält, oder den Schildirrtum aufklären, das Versäumte schleunigst nachholen und ihr im Moment größter amouröser Nähe gestehen, dass ich ihr ausgeliefert bin (was ihr gefallen wird), und ansonsten für den einen oder anderen Glücksmoment sorgen. Es hat sich unter alleinstehenden Passagierinnen herumgesprochen, dass Sex mit Simon funktioniert wie eine gelungene Reiseleitung: Mit Simon-Lovetours kommen Sie garantiert ans Ziel.
Liebe asexuelle Mikrobengemeinschaft, mir ist klar, ihr könnt mir nicht raten, ihr befindet euch in ferner Zukunft. Und ich befinde mich hier in meiner Kabine. Allein mit einem Schild und einer Schildkröte. Vor meinem Stapel immer noch ungeöffneter Post. An der Spuren von Schildkrötenkacke kleben.

8.

Nichts war schlimmer als die zweite Vorstellung nach einer gelungenen Premiere, Clara wusste es, seit sie Theater spielte. Die abgebrochene Show im Nixenkostüm zählte nicht, die gefeierte Uraufführung hatte gestern Abend stattgefunden, samt Premierenstimmung und abschließendem Champagnerumtrunk in der Tropical Bar. Der Rückweg zur Kabine war nicht unbedingt erfreulich gewesen. Unterwegs hatte sie über das Missverständnis mit Val und Peachys merkwürdige Reaktion auf den Sonnenbrillenmann nachgedacht und sich unter diesen Gedanken noch gründlicher verlaufen als sonst. Als sie endlich die Kabine erreichte, schlief Sunny schon und befahl irgendjemandem, die Tür zum Westflügel zu öffnen. Was Clara auch gern getan hätte. Aber so öffnete sie nur die Tür zum Wandschrank-Bad und wusch sich unter dem tröpfelnden Wasserhahn.

Den Morgen begann sie mit einigen vorsichtigen Joggingrunden auf dem glitschigen Deck 7, fest entschlossen, sich so gründlich wie möglich auf die gefürchtete zweite Vorstellung vorzubereiten. Sie lief durch Wolkenfetzen, hinter denen Berge zu ahnen waren, und memorierte dabei ihren Text. Der – ohne rosafarbene Scheinwerfer, Yin-und-Yang-Sau-und-Eber-Ideologie und den Zauber der Bühne – ziemlich albern erschien. Ein Gedanke, den sie sich sofort verbot. Auf dem Rückweg in die Kabine probierte sie eine neue Orientierungsmethode: Sie würde sich nicht mehr an scheinbar bekannte Wege oder markante Zeichen halten, sondern den Schiffsbauch kartographieren, indem sie systematisch alle möglichen Kombinationen ausprobierte und in ihren Notizblock eintrug. Warum war sie nicht längst darauf gekommen? Unter der Kombination *geradeaus, erste Möglichkeit rechts und wieder rechts* fand sie überraschend die Kantine der Crew. Ein niedriger Raum, dafür umso länger, mit einem Durchreichefenster zu einer Küche und festgeschraubten Tischen und Bänken. Am Tisch vor der Durchreiche saß der Seeschlangenmann, in dessen Kabine sie vorgestern versehentlich gelandet war, und flirtete mit drei aufgeregten Mädchen in Küchenkluft. Einen Moment zögerte sie, aber er beachtete sie nicht, vertieft in sein anscheinend sehr wichtiges Flirtgespräch mit den Küchenmädchen, deren Anführerin gerade aufjauchzte, als Clara vorbeischlich:

»Oh, ich stehe total auf Seemannsknoten!«

»Denn man tau!«

»Bitte, zeig mir nach der Schicht doch deine Seemannsknotensammlung, ja?«

»Oh, mir auch, wo hast du sie denn?«

»Da man längs!«

»Und wenn wir alle drei mitkommen?«

»Schietegol!«

Clara nahm sich Haferflocken aus einem etwas angestaubten Behälter – wenn man genau hinsah, wirkte nicht nur der Behälter angestaubt, auch die Haferflocken machten den Eindruck, als hätten sie gern von besseren Zeiten erzählt –, dazu Kaffee, Quark und Aprikosen, und setzte sich an einen Tisch im hinteren Bereich. Zwei Bänke weiter vertilgte der Sumoringer, der vor der Vorstellung die Palmen aus dem Saal abtransportiert hatte, ungefähr acht

Spiegeleier auf mindestens fünfhundert Gramm rohem Hackfleisch, beugte sich dabei über seinen Teller, so dass Clara nur sein Glatzentattoo sah: Eine Pflanze mit länglichen Blättern.

Sie aß ihre Haferflocken und machte sich gestärkt an den nächsten Versuch, den ultimativen Weg zu Kabine dreizehn dreizehn zu finden. Nach einer halben Stunde Trial and Error stand sie neben ihrem Bett und packte alles, was sie für den Auftritt brauchte, vorsorglich in ihre Tasche. Der Weg zur Stahltür verschlang weitere zwanzig Minuten ihrer Lebenszeit. Zwanzig Minuten, in denen sie lernte, die Tatsache zu akzeptieren, dass sie außerstande war, ihre Aufzeichnungen rückwärts zu lesen. Entschlossen, sich davon nicht aus der Ruhe bringen zu lassen, folgte sie den Schildern zum Wellness-Bereich. Sie betrat die volle 80-Grad-Sauna gleichzeitig mit einem Bademeister und suchte sich einen Platz in der ersten Reihe. Den sie sofort wieder verlassen wollte, als eine Stimme von der zweiten Bank sie leutselig auf Hessisch begrüßte und noch einmal große Begeisterung über die gestrige Show kundtat. Aber es war schon zu spät; der Bademeister hatte den Ofen mit einer nach Südfrüchten riechenden Flüssigkeit beträufelt, schwenkte jetzt ein Handtuch, verteilte Dämpfe und Hitze, begleitet von kollektivem lust- und qualvollen Stöhnen der Saunierenden, um sich daraufhin der Dampfhölle zu entziehen und die Tür hinter sich zu schließen. Unwiderruflich. Für mindestens fünf Minuten, wie nach einem Aufguss üblich. Betonte der Hesse, der immer wieder über Brust und Bauch rubbelte und so die ganze Sauna am aktuellen Stand seines Schwitzens teilhaben ließ. Ein iPhone-Klingelton lenkte die allgemeine Aufmerksamkeit ab, alle Blicke wandten sich nach oben zur dritten Reihe, wo ein käsig weißer, jüngerer Mann das Telefon an sein Ohr presste und sich mit

einem »Das passt jetzt ... äh ... nicht ganz so gut. Oh, natürlich, die Konferenz. Vorverlegt?« meldete.
Clara nutzte das kollektive Interesse am folgenden Gespräch, um sich trotz der nach Mandarine duftenden Hitze unauffällig in ihr Handtuch zu wickeln. Wie konnte sie vergessen, dass ihr Publikum in der Sauna saß und sie beobachtete! Der Käsige hatte sich so weit wie möglich zur Wand gedreht, Schweiß rann aus seinen Haaren und perlte ihm über die Schultern, während er die Teilnehmer der anscheinend unaufschiebbaren Telefonkonferenz begrüßte und sich anschließend entschuldigte, er sei gerade auf hoher See und deshalb wäre es nett, wenn Herr Schlüter vielleicht ausnahmsweise die einleitenden Worte übernehmen ...
»Glaubt ihm net, er is in der Sauna! Naggisch! Unn er schwitzt wie e Sau!«, brüllte der Hesse von der zweiten Bank. Donnernder Applaus der anderen Saunierenden, eine Welle Gelächter, vermischt mit sprühenden Schweißtropfen. Der Konferenzleiter schoss von der Bank, glitschte nach unten und stolperte hinaus, mit empört wippender Männlichkeit, und Clara ergriff ebenfalls die Gelegenheit zur Flucht.
Unter der eiskalten Dusche dachte sie einen Moment an Adrian: Sollte sie ihn anrufen, jetzt, da es anscheinend Handyverbindung gab? Oder ihm wenigstens eine Mail auf ihrem Smartphone schreiben? *Bereite mich gerade auf die zweite Vorstellung vor. Gestern habe ich Szenenapplaus bekommen. Dein i-Tüpfelchen.* Oder sollte sie ihre Erfolgsbotschaft in mehr I-Wörter verpacken? Vielleicht in eine Mischung aus I, Ü und Ö, um sicherzugehen? *Immerhin nicht übel, mein Bühnenspiel! Ich werde nicht müde zu üben, damit ich in Kürze in Wien auf dem Zenit meines Könnens bin.* Sie schluckte an etwas, das sich in ihrem Hals breitmachte – bloß keine Erkältung! Nicht vor der zweiten

Vorstellung! –, zog sich an und beschloss, sich weder dem Stress eines Lümmelchen-Anrufs noch eines Landgangs im Regen auszusetzen. Stattdessen bummelte sie durch die Ladengalerie, ließ sich von einem Friseur mit einer Ich-halt's-selbst-kaum-aus-wie-schwul-ich-bin-Ausstrahlung die auf dem Schaufenster groß beworbene Duty-free-Föhnwelle für 5,99 machen, dann kehrte sie zurück in den inzwischen leereren Wellness-Bereich. In der Tapasbar aß sie einen Tomaten-Avocado-Salat, der merkwürdigerweise »Green Dream de luxe à la Simon« hieß, und memorierte ein weiteres Mal den Text, ausgestreckt auf einer Liege. Gesine flatterte um Passagiere herum, die bäuchlings auf Matten lagen wie gestrandete Robben. »Hört eure innere Musik!«, rief sie immer wieder, und einen Moment fragte Clara sich, ob dies das angekündigte Verdauungs-Yoga sein sollte. Auf jeden Fall wirkte Gesines Stimme beruhigend, sogar einschläfernd, und auf ihrer Liege dämmerte sie vor sich hin, träumte erst von Avocados, dann von Simon und der löwenmähnigen Frau, die sich gestern in der Bar an ihn gelehnt hatte, sah sie im Bett, zwischen Croissantkrümeln und Kaffeetassen wie in einem französischen Liebesfilm, dann war die Löwenmähnige verschwunden, Clara Tümmler lag an ihrer Stelle, wusste, sie hatte Text zu sprechen – in den meisten französischen Liebesfilmen wurde eine Menge gesprochen –, aber ihr Kopf war wie leergefegt. Verstört fuhr sie hoch, sah sich um: Berge hinter dem Panoramafenster, bedeckt mit Schneekappen, gleich wieder eingehüllt von Wolken wie von einem tröstlichen Schaumbad. Ein letztes Mal ging sie alle wichtigen Szenen von *Entflammt im ewigen Eis* durch, dann machte sie sich auf den Weg ins Theater, bereit, es mit den Tücken der zweiten Vorstellung aufzunehmen.

Logbuch von Simon

18.33 Uhr MEZ
Geirangerfjord, 62° 6′ N, 7° 5′ O
15 Grad Celsius

Wir haben abgelegt. Das Wetter hat sich, vorsichtig ausgedrückt, nicht gebessert. Johansen, unser vortrefflicher Norwegenexperte, ist mit seinen Kunden zu spät vom Landausflug zurückgekehrt, alle Teilnehmer waren durchnässt, verfroren und höchst verärgert. Ihr Reiseleiter hat weder den Gletscher gefunden noch den Bergsee, und schon gar nicht das Café, in dem die ausgehungerten Passagiere norwegische Spezialitäten (okay: einen im Backofen aufgetauten Pfannkuchen aus der Gefrierpackung, mit Preiselbeeren) bekommen. Außerdem haben sie den Höhepunkt hier in Geiranger verpasst, nämlich Sunnys traditionellen Elfentanz auf dem Aussichtspunkt über dem Dorf, von dem die gesamte Bucht profitiert. Allerdings wird der Elfentanz nicht immer so gewürdigt, wie es ihm gebührt. Und das, liebe Mikroben, liegt eventuell an der gar nicht elfenhaften Musik, die DJ Blauwal beisteuert. Heute war es *Epitome of Torture* von Sodom, zum Teil übertönt vom Protestgehupe der anderen Kreuzfahrtschiffe. Von Sunny, in einem roten Nichts von einem Kleid, sah man wegen des Wetters nicht allzu viel, immer, wenn es interessant wurde, sandte irgendeine züchtig-protestantische norwegische Gottheit die nächste Wolke, die Sunnys Elfenbemühungen verhüllte. Unser wackerer Val saß schon in der Lobby, schickte dem Reeder ein Fax, in dem er seinen überwältigenden Erfolg mit *Entflammt im ewigen Eis* beschrieb und das sofortige Ende des Elfentanz-Events forderte. So berichtete es vorhin die scheckig Blondgefärbte von der Rezeption.

Jetzt gleitet unser Schiff ruhig durch den Fjord, über alle Decks

schallt die Bandaufnahme, die der Käpt'n glücklicherweise vor Jahren schon gemacht hat und die dem Tempo des Schiffes angepasst werden kann, so dass er nicht gerade die Sage über einen unglücklichen Wasserfall zum Besten gibt (vermutlich extra von Norwegern für die Touristen erdacht: Es kommen Trolle, Sex und Alkohol vor), wenn die Anekdote über die historischen Bauernhöfe an der Reihe ist. Zu erreichen waren diese Bauernhöfe auf den winzigen baumfreien Felsvorsprüngen nur über Leitern, die jederzeit eingezogen werden konnten, zum Beispiel, wenn der Steuereintreiber nahte. So weit die launige Anekdote, die unsere Passagiere bei besserem Wetter amüsiert. Aber jetzt sind diese Höfe nicht zu entdecken, Felsen und Bäume an den Hängen sind weich verpackt, als hätte der Chef der Welt vor, diese Fjordlandschaft an einen anderen Planeten zu verschicken, mit dem Vermerk: Vorsicht, zerbrechlich.
Ich werde jetzt meine Post öffnen.

Nachtrag
19.45 Uhr MEZ

Der Seegang soll heute Nacht höher werden. Ich habe Janes Aquarium sicherheitshalber festgezurrt und die Kabine aufgeräumt. Meine Briefe habe ich zerrissen und entsorgt. Bis auf einen. Von Niko. Er hat ihn auf dem Computer geschrieben, mit Briefkopf, der offiziell aussehen soll, aber beim Drucken muss etwas passiert sein, das Blatt ist zerknittert. Bei seiner Unterschrift: *Herzliche Grüße, Niko,* handschriftlich, mit schwarzer Tinte, ist ihm das N verlaufen, als hätte er zu viel Schwung genommen. Ich werde den Brief jetzt nicht noch einmal lesen, liebe Bazillen, Hefepilze, Parasiten und Escherichia coli, die ihr längst nicht mehr die menschlichen Därme bevölkert, sondern eigene Ex-Darmbakterien-Reihenhaus-Kolonien gegründet habt, ich werde mich lieber unter die Passagiere in der Tropical Bar mischen. Mir ist entschieden nach einigen Gläsern Wein. Dem Bordeaux Reservé, den der Barkeeper für mich aufbewahrt, im Fach neben dem Zeug für die Gäste.

9.

Peachy schien die Tücken der zweiten Vorstellung auch zu kennen, er hatte sich in der Garderobe verschanzt. Kein Laut drang heraus. Nur Val tigerte hinter dem Vorhang auf und ab. Clara zog sich in den Fundus zurück, schlüpfte in ihr Kleid und kämmte ihre glänzende Duty-free-Föhnwelle nach hinten. Allein vor dem Spiegel, erlaubte sie sich für eine Minute, sich selbst schön zu finden. Eine ernsthafte Schauspielerin durfte nicht eitel sein. Sie hatte es gleich im ersten Semester an der Schauspielschule gelernt. Bei der obligatorischen Abschlussvorstellung zu Semesterende hatte sie in einem avantgardistischen Stück einen Erdgeist gespielt, dessen einzige Sprechbeiträge aus Fauchen bestanden. Wie beim Krippenspiel der Kindersportgruppe versuchte sie, aus ihrer Rolle das Beste zu machen, kroch auf dem staubigen Bühnenboden herum, nur mit fleischfarbener Unterwäsche, Blättern und Erde bekleidet, und fauchte mit aller Inbrunst – bis sie die entsetzten Gesichter ihrer anscheinend extra angereisten Eltern im Publikum entdeckte und es ihr einen Moment die Sprache verschlug. Nachher, als sich Professoren und Lehrer lobend über die hohe künstlerische Qualität des Stücks und Claras Darbietung äußerten, hatte ihre Mutter sich nur getraut, verstört zu fragen: »Und, Kind, isst du immer noch kaa Fleisch? Auch kaa Worscht? Noch ned emal Puteworscht?«

»Clara?«

Simons Stimme. Sie fuhr herum. Er stand in der Tür. Mit ihrem Schild.

»Entschuldige, ich weiß, du musst dich konzentrieren.« Simon trat einen Schritt näher. Wie am ersten Tag trug er Jeans und ein Hemd, dessen obere Knöpfe offen standen. »Ich wollte dir das nur schnell zurückgeben, ich bin nicht in der Vorstellung, und du … brauchst es doch vielleicht.« Damit lehnte er das Schild vorsichtig gegen eine Kiste mit Requisiten, zurrte einen herumliegenden Gurt darum und klinkte ihn in einen anscheinend dafür vorgesehenen Haken in der Wand ein. »Wir bekommen hohe Wellen, sobald wir aus dem Fjord sind. Einen guten Auftritt.«

Simon lächelte, deutete ein »toi, toi, toi!« über ihre linke Schulter an. Er roch nach Alkohol, und Claras Hirn produzierte in aller Eile einen Liebesfilm mit Erotik-Elementen: Eine Frau, die in seiner Kabine wartete und nur ihre Löwenmähne zu einem Paar Strapsen trug. Champagner in einem Bauchnabel. Ein schwarzhaariger Mann, von dem man nur einen muskulösen Rücken sah und den Ansatz eines Hinterteils, den verlockenden Rest verdeckte ein dünnes, zerknülltes Laken. Glücklicherweise stürmte Simon nach draußen, bevor sich die flammende Röte auf ihrem Gesicht ausbreitete, sie hörte seine Stimme vom Gang: »Johansen? Was machen Sie denn hier?«, dann das Klingelzeichen, das den Beginn des Auftritts ankündigte. Sie wartete, bis ihr Gesicht abgekühlt war, bevor sie aus der Tür des Fundus trat. Mitten hinein in einen Schwarm Papierschmetterlinge, die den Ärmeln von Vals Jackett entstoben und auf Schultern und Kopf des Mannes landeten, der vor der jetzt offenen Tür der Garderobe stand. Breitbeinig. Mit verschränkten Armen. Von Peachy sah Clara nur noch stämmige Beine, erstaunlicherweise nicht in Satinhöschen, sondern in einer Trainingshose mit drei Streifen. Die Beine

hasteten die Treppe zum Eisberg hoch, verschwanden im Inneren. Würde Peachy sich dort umziehen? Vor den Augen des Publikums?
Ein weiteres Klingelzeichen. Und die erste Ahnung, dass mit dieser zweiten Show etwas absolut nicht stimmte.
Die Ahnung wurde zur Gewissheit, als Peachy nach ihrem Monolog mit einem kleinlauten, beinahe unhörbaren »Baila, Baila!« die Showtreppe hinunterstelzte, steifbeinig, immer noch in Trainingshosen und einem Sweatshirt mit Kapuze. Das erste Lied – Chica, Chica, we're gonna rule the moonlight! – intonierte er mit der Attitüde eines Wiener Sängerknaben, ließ sich auch von Vals rotem Gesicht im Souffleurkasten und seinem immer lauteren »Salsa! Peachy! Gib ihnen Cojones! Eier!!« zu keinem Hüftschwung bewegen und schaute immer wieder nach links, zwischen die Eisberge. Wo etwas stand. Vielleicht ein besonders großer Plastiktroll. Auch das Publikum zeigte immer wieder zur linken Bühnenhälfte, aber Clara hatte keine Zeit, herauszufinden, was die Aufmerksamkeit anzog, sie gab alles, um Peachys fehlenden Sexappeal auszugleichen, spielte die rauschige Sau und den Eber zugleich, tanzte, schwang die Hüften, sang ihren Part so inbrünstig sie konnte, beschwor die Robben, die im Liebesspiel das Nordkap umflirrten, fügte nach »Es war die Möwe und nicht die Trottellumme, die grad durchdrang dein banges Ohr« eigenmächtig Peachys »Amorr! Amorr! Amorr!« hinzu, stampfte mit dem Fuß auf wie eine Flamencotänzerin und erntete ein begeistertes »Ja, super! Tanz dein Krafttier!« von Gesine Schwärmling. Die, wie Clara feststellte, an der Seite saß, auf einem Barhocker. Neben ihr Simon. Mit finsterer Miene. Hatte er nicht gesagt, er wolle …
»Hossa!«, unterbrach Gesine Claras Gedanken. »Hossa! Caramba!« Sie klatschte in die Hände, zu den feurigen

Akkorden des nächsten Liedes, ein Teil des Publikums stimmte ins Klatschen ein, und einen Moment schien Peachy zu seiner alten Form zurückzufinden, mit einem »Hombre!« sprang er auf einen Eisberg, zuckte mit den Hüften und griff sich in den Schritt. Worauf der Troll aus dem Schatten der Eisberge trat und sich breitbeinig ins Licht stellte. Er war nicht aus Plastik. Und er trug immer noch seine Sonnenbrille. Applaus, der aufbrandete und wieder in sich zusammenfiel, ebenso schnell wie Peachys Männlichkeit.

In Eile brachte Peachy den Rest der Show hinter sich, aber Clara kämpfte, auf der immer stärker schwankenden Bühne, kämpfte bis zum Schluss, legte noch einmal alle Leidenschaft, die sie jemals in ihrem Leben empfunden und von der sie in ihren sehnsüchtigsten Nächten geträumt hatte, in die letzte, ergreifende Ballade. So sehr war sie in der Rolle, dass sie am Schluss die Treppen zum schlingernden Eisberg vor Peachy hinaufstürmte, bereit, alles zu geben bei der Vereinigung von Yin und Yang, Himmel und Erde, Sau und Eber. Nur: Der Eber fehlte. Die Sau stand allein im rosafarbenen Licht, in Erwartung des Kusses, verschmäht, ausgeliefert dem immer lauteren Gemurmel und Gekicher aus dem Publikum. Was sollte sie tun, aus dem Eisberg flüchten, und dann? Zurück auf die Bühne, sich verbeugen? Oder dem Techniker ein Zeichen geben, das Licht auszublenden? Schon hob sie die Hand, den Daumen nach unten gesenkt: ausfaden, abblenden, nichts, der zuckergussfarbene Scheinwerferstrahl zeigte erbarmungslos auf sie, und sie ließ die Hand wieder sinken. Als sie endlich Peachys Schritte auf der Treppe hörte, hätte sie fast in ihr Headset geschluchzt, aber sie unterdrückte das Schluchzen, unterdrückte auch ein verzweifelt-wütendes »Na endlich!«. Den überraschten Ausruf, als sie sah, wer

die Treppe hochstürmte, konnte sie nicht mehr unterdrücken: »Was machst denn du …«
»Pssscht.«
Dann zog er sie in seine Arme. Er roch immer noch nach Alkohol, und er war unrasiert, er presste sie an sich, drehte sie herum, weg vom Publikum, beugte sich über sie, ein Arm in ihrem Rücken, und sie bog sich nach hinten, in der Pose unzähliger Frauen auf alten Filmplakaten, bei deren Anblick sie sich schon oft gefragt hatte, ob ein Hohlkreuz für Schauspielerinnen in dieser Zeit eine Voraussetzung für Engagements gewesen war, aber jetzt bog sich ihr Rücken ganz von selbst, ihr Unterleib stieß an seinen Unterleib, und sie spürte seine Lippen über ihrem Mund, wo sie verharrten, ganz Clark Gable auf dem Filmplakat von *Vom Winde verweht*, und erst kurz bevor der Applaus einsetzte, fragte sie sich, warum Simon so viel von Bühnenküssen verstand.

Logbuch von Simon

22.7.13
wahrscheinlich kurz nach 2.00 Uhr MEZ
hohe See
keine Ahnung, wo

Der Regen peitscht über die Decks. Es ist, als plane eine zornige Gottheit, die Menschheit mit einer neuen Sintflut zu überraschen. Wir haben alle Liegen festgebunden und mit Planen geschützt. Eine Knochenarbeit, angeleitet von unserem norddeutschen Frauenschwarm Mr. Beach, der die Anzahl seiner Äußerungsvariationen verschlankt hat und ausnahmsweise ohne

»schietegol« auskam. Während wir draußen schufteten, befestigte DJ Blauwal sämtliche Pflanzen an Bord, von den Palmen über die künstlichen Apfelbäume bis zu unserem Schiffscannabis. Natürlich ist der Ort, an dem der Cannabis gedeiht, streng geheim. Für all diejenigen, die dieses Logbuch einmal finden, nachdem das Schiff von den Wogen der Sintflut verschlungen wurde: Nein, ich werde über diesen geheimen Ort nichts ausplaudern, egal, wie sehr ich mich heute noch betrinke.
Die Arbeit mit den Männern tat mir gut, Kälte, Regen und Wind verschafften mir etwas Ähnliches wie einen klaren Kopf. Ich hatte und habe über einiges nachzudenken. Was will dieser Johansen hier? Warum stand er die ganze Vorstellung über auf der Bühne, breitbeinig, die Arme verschränkt? Welche Verbindung hat er zu unserem Salsa-Testosteronpaket? Spielen die beiden irgendein geheimes Spielchen? Und wenn ja, welches? Warum bin ich in diesen albernen Eisberg gestiegen und habe vollendet, was die Salsa-Memme nicht fertigbrachte? Nur weil Clara so verloren aussah und ich Verlorenheit bei Frauen einfach nicht aushalte? Bei Zeus, Odin und Thor, es war nur Claras Schatten, der verloren aussah! Nein, es stimmt nicht, der Ausdruck war schon vorher da, während ihrer wahrhaft heldenhaften Bemühungen, die Aufführung zu retten.
Glaubt mir, liebe Seepferde, Tiefseeanemonen und Meerasseln in den Wassern, die nach dieser Sintflut die Erde bedecken werden: Diese Show ist eine solche Aktion nicht wert. Ich hatte, bevor ich Johansen sah, noch nicht einmal vor, mir die Revue anzuschauen, ich wollte lediglich das Schild zurückbringen und im Übrigen das fortsetzen, was ich bereits begonnen hatte, was alkoholische Getränke und die Rothaarige betraf. In genau dieser Reihenfolge. Warum ist Val, der das Dilemma doch auch verfolgt hat, nicht selbst in den Eisberg gesprungen? Es war wirklich nicht schwer, die Illusion ewiger und wahrer Liebe heraufzubeschwören. Clara ist eine gute Schauspielerin, und das

kitschrosa Licht tat sein Übriges, man applaudierte heftig. Nachher wirkte Clara immer noch zerrauft und verstört, und ich geleitete sie, so behutsam es mir möglich war, die Treppe hinunter. Sie rannte, nein, sie *stürmte* in den Fundus (wo sie womöglich Trost bei ihrem Schild suchte), und ich widmete mich diesem Johansen. Ohne nennenswertes Ergebnis. Auf meine Fragen – was das solle, was er hier mache – erhielt ich folgende, überaus freundliche Antwort: »That's none of your business.«

Womit er sogar recht hat. Es ist das Business des Käpt'ns. Oder vielmehr des Ersten Offiziers, wenn man die Seelenlage des Käpt'ns betrachtet. Johansen zog nach meiner peinlichen Befragung unbehelligt ab, Peachy behauptete nicht sehr glaubhaft, ihn noch nie gesehen zu haben, zwischendurch kam Gesine hinter die Bühne, wollte Clara ihrer Begeisterung über ihre großartige Darstellung versichern, aber Clara zog sich noch um. Vielleicht betrachtete sie auch nur ihr Schild, während unser aufgeregter Kuturmanager Peachy mit Vorwürfen und Fragen bedrängte. Peachy erwies sich als ebenso wortkarg wie Johansen: Ihm sei »schlescht«, so seine stereotype Antwort, höllenübel, er habe die Scheißerei (dies ist nicht meine Wortwahl, liebe Seekühe und Schönheiten der Meere), und damit rannte er auch schon davon.

Val sah aus, als müsste er zwei Stunden am Stück feuerschlucken, und Gesine meinte, äußerst widersprüchliche Schwingungen zu spüren. Dabei sah sie nicht Val, sondern mich an, mit einem Lächeln, als triebe meine Aura gerade Ungeheuerliches. Ich flüchtete an Deck und geriet in rauestes Wetter und roheste Männergesellschaft. Kaum ein Passagier behinderte unsere Arbeit, die meisten hatten sich nach der beeindruckenden Wetter-Warnansage des Ersten Offiziers in ihre Kabinen verzogen.

Der Erste Offizier hat es geschafft, den Käpt'n geistesgegenwärtig auszubremsen, nachdem er dessen Notizen für die Ansage gesehen hatte. Sie handelten nicht vom Wetter, sondern von Vögeln. Hauptsächlich von Möwen. Dösende Möwen, poröse Möwen, seriöse Möwen. Sogar eine komatöse Möwe will der Offizier gesehen haben. Dazu den einen oder anderen Reimversuch. Etwa so:

Nervöse Möwe, du,
wie böse
ist dein Blick.

Keine Ahnung, was er auf Blick reimen wollte. Möglich wäre, wenn man ein wenig überlegt, zum Beispiel:

Und trotzdem bist du schick.

Auch eine Möwe hört gern ein Kompliment, falls es ein Weibchen ist. Ich denke aber nicht, dass ich dem Käpt'n Reimtipps geben werde. Ein Mann muss seinen Schmerz um eine verlorene Liebe alleine kompensieren. Wer wüsste das besser als ich.

Zum Glück kam es zu keiner Möwen-Ansage, und der Erste Offizier hat wirklich alles gegeben, um die Passagiere davon abzuhalten, sich selbst samt Liebes- oder Ehepartner bei schlechtem Wetter an Deck zu fotografieren und das Ergebnis gleich bei Facebook einzustellen. Aus »Schatzi und ich bei Windstärke zehn« (Oh, schau mal, schon zwanzig Likes!) wird leicht »Schatzi und ich über Bord« (zwanzigtausend Likes, Filmchen bei YouTube, Kult).

Inzwischen ist alles festgezurrt, und ich sitze wieder in meiner Kabine. Mein Vorhaben, was die Rothaarige betraf, habe ich in den Wind geschlagen, den Entschluss, was den Alkohol betraf, nicht. Ich trinke Bordeaux Reservé, das Glas kippelt im heftiger werdenden Seegang. Nikos Brief, der noch auf dem Tisch liegt, hat einen Rotweinfleck abbekommen. Direkt über dem verlaufenen N seiner Unterschrift. Warum meldet er sich ausgerechnet jetzt? Warum gibt er mich nicht auf wie alle anderen?

Deine Mail-Adresse ist wohl nicht mehr gültig, also versuche ich's auf diese Weise. Simon, ich habe eine Idee. Eigentlich ist es schon mehr als eine Idee. Mehr will ich dir mündlich sagen, gib ein Lebenszeichen und sag mir, wie ich dich erreichen kann.

Liebe Prachtexemplare der Tiefsee, die ihr nichts von der Existenz einer Meeresoberfläche wisst, noch nicht mal davon ahnt, ich hoffe, dass ihr euch angesichts meines Wankelmuts am heutigen Abend nicht mit Grausen abwendet. Ihr seid, wie ich weiß, wahre Virtuosen der Entschlossenheit. In tausend Meter Tiefe ist es finster und einsam, und wenn alle Jubeljahre einmal ein anderer Fisch vorbeischwimmt, müsst ihr blitzschnell entscheiden: Sollt ihr ihn fressen, begatten oder ganz schnell abhauen, bevor ihr zwischen seinen Kiemen landet? All das, ohne euch mit vertrauenswürdigen Freunden zu beraten, eine Nacht darüber zu schlafen oder eine Pro-und-Kontra-Liste zu führen. Ich wünsche euch, dass ihr euch nicht allzu oft vertut. Und mir wünsche ich, ich hätte nur ein Nanopartikelchen – wie unser wackerer Val es formulieren würde – eurer Entschlusskraft.

10.

Clara stieg die Stufen hoch, in einer Hand das Schild, mit der anderen klammerte sie sich am Geländer fest. Nach einer halben Stunde im Schiffsbauch war sie zu einer folgenschweren Erkenntnis gelangt: Sie versagte nicht nur bei dem Versuch, ihre logistischen Aufzeichnungen vom Morgen rückwärts zu lesen, auch vorwärts funktionierte es nicht. Was zweierlei bedeuten konnte.

1) Die Leistungsfähigkeit ihres Verstandes nahm hier an Bord kontinuierlich ab.

2) Der Schiffsbauch war eine Art lebender Organismus und mit Logik nicht zu bezwingen.

Die zweite Schlussfolgerung hatte sie zurück zur Stahltür getrieben. Und mit jedem Schritt über den schwankenden Boden – Flackerten die Strahler an den Seiten der Gänge nicht plötzlich bedrohlich, als zwinkerten sie ihr böse zu? Würde das Licht gleich ganz verlöschen? – war ihre Panik gewachsen. Als sie die Lobby erreichte, pochte ihr Puls wie nach einem schnellen Lauf. Oder wie nach einem Bühnenkuss in einem Eisberg. Aber daran wollte sie nicht denken, nicht an Simon, nicht an ihr Herzklopfen, das er doch auch gespürt haben musste, nicht an ihr regungsloses Warten im Fundus, bis draußen keine Stimmen mehr zu hören waren. Die Rezeption war nicht mehr besetzt, menschenleer auch die Treppe. Am Geländer hingen Tüten, in Kaffeefilterbraun, mit *Service Bag* beschriftet. Waren alle seekrank?

Oder hatten Besatzung und Gäste das Schiff heimlich verlassen, während sie durch den Schiffsbauch geirrt war? Nach einem torkelnden Aufstieg, aber immerhin ohne eine der Service Bags zu benutzen, erreichte sie den Gang von Deck 6 und presste das Ohr an die nächstbeste Kabinentür.

»Nü gügge, Üwe, die Wögen, wie die döben. Gloobsde, der Gäbbdn gommt ganz alleene zurescht uff der Brigge?«

Clara unterdrückte einen Seufzer der Erleichterung. Und schaffte es nicht, sich von der Kabinentür zu lösen.

»Jüdda, das is doch een Gollegdiv!«, hörte sie, versuchte, die weichen Konsonanten durch harte zu ersetzen: Kollektiv. Aber Jüdda war schon weiter: »Wie damals üff der Drüshba!«

»Nü, des gannsde doch nisch vergleischen, des war üff dem Müggelsee, der hat geene Wögen!«

»Nüja, Üwe, warn des geene Wögen, dü und isch, in der Goje?«

»Judda!«

Üwes Ausruf klang äußerst erfreut, und sie löste sich von der Tür, noch schwindlig von den sächsischen Wogen der Leidenschaft.

Was sollte sie jetzt tun? Bei Val anklopfen und ihm sagen, dass sie Angst hatte und nicht wusste, wo sie schlafen sollte? Sie taumelte weiter, vorbei an den Passagierkabinen, in denen sie weitere kuschelnde Paare vermutete, beinahe meinte sie, das Knarren zahlloser Betten zu hören.

Liebe in Form von kuschliger Zweisamkeit hatte ihr bisher nicht allzu viel bedeutet. Die wahre, dramatische Liebe fand auf der Bühne statt. Küssen hatte sie mit Würsten geübt und bei ihren ersten Kussversuchen mit Jungen gewünscht, wieder eine Pfeffersalami vor sich zu haben. Als sie mit dem Bäckerssohn aus dem Nachbarort ins Bett ging, dachten auch andere an Würste. »Weck und Worscht gehören eben zusammen«, sagten seine Eltern, in ebenso erfreutem Tonfall wie ihre. Schon gewährte der Bäcker einen Preisnachlass bei der Brötchenlieferung für den Tümmler'schen Cateringservice, die Eltern träumten von einem gemeinsamen Worscht-Weck-Imperium, und Clara und ihr Freund begannen gemeinsam ihr BWL-Studium. Zwei Jahre lang redete sie sich ein, sie sei mit ihm glücklich. Er verstand etwas von Musik, spielte Orgel bei Claire & the Countryboys, war liebevoll und treu, obwohl er bei Auftritten von Mädchen umschwärmt wurde, die anscheinend keine anderen Ambitionen hatten, als Orgel spielende Bäckerssöhne zu heiraten. Und vor dem ersten Kind im besten Fall noch Weinkönigin zu werden. Aber Clara fühlte sich zu anderen Königreichen berufen, zu fremden, wilden Reichen der Kunst. In diese Reiche konnte er ihr nicht folgen, er wollte es auch nicht, festhalten wollte er sie, wenn sie fliegen wollte.

Während eines Zelturlaubs am Gardasee machte sie mit ihm Schluss. Eine Woche Regen, unüblich für Jahreszeit und Region. In den Pfützen um ihre Schlafsäcke herum trainierten Ameisen für ihr erstes Ameisen-Seepferdchen-Abzeichen. Um sich später davon in ihrer Kühltasche zu erholen. Eines Morgens zog sie den Reißverschluss des Zeltes auf, und der Tag war neu, die Luft klar zwischen zwei Regenschauern. Noch bevor er den Wasserkessel auf den Campingkocher gestellt hatte – ein weiterer Grund, sich schleunigst zu entlieben: dass er im Land von Cappuccino und Espresso löslichen Kaffee aus Plastikgeschirr bevorzugte –, sagte sie ihm, dass es vorbei war. Sie fuhr per Anhalter zurück nach Deutschland. Drei Monate später bestand sie die Aufnahmeprüfung an der Schauspielschule.

Danach hatte sie sich nur noch mit Großstädtern eingelassen, meist Künstler, manchmal Kommilitonen, die sogar im Bett noch mit ihr darum wetteiferten, wer die bessere Vorstellung gab. Sie hatte ihre Rollen gelernt, die Julia gespielt und heimlich von einem richtigen Mann geträumt. Einem Mann wie Dr. Adrian Steinhöfer. Und jetzt hielt sie Adrians Liebeserklärung in den Händen und gehörte doch nirgendwohin. Sie hatte noch nicht einmal eine richtige Kabine.

Ihr Schild vor sich hertragend, folgte sie dem langen Gang von Deck 6, vorbei an einer Nische, ausgestattet mit Sesseln und einem niedrigen Bücherregal. Soweit sie wusste, schlief Val hier, auf dem Luxusdeck. Ebenso Simon. Und Peachy. Dabei war es Clara Abraham gewesen, die Val gestern einen grandiosen Erfolg beschert und heute alles getan hatte, um seine Show zu retten! Welche Kabinennummer hatte Val? Wen konnte sie danach fragen? Sie umklammerte die Stange ihres Schilds mit beiden Händen, hielt es hoch wie eine Reiseführerin, die ihre Schäfchen sammelt, und marschierte breitbeinig durch den schwankenden Gang. Mit jedem Schritt wuchs ihre Wut.

»Und mich steckst du in ein solches Loch!«

Clara stand zwischen Vals luxuriösem Bett und der Sitzgruppe vor dem Bullauge. Vals Kabine, die sie nach mehreren Fehlversuchen am Ende des Ganges gefunden hatte, war ungefähr viermal so groß wie Kabine dreizehn dreizehn. Auf einem riesigen Flachbildschirm gegenüber dem Bett lief das Bordprogramm: der Schiffsbug, der sprühende Gischt durchpflügte, dazu Temperatur, Windstärke, Geokoordinaten.

»Was … äh … willst du? Also, ich meine, du weißt doch, ich kann nichts wegen deiner … wieso … was?« Val verhedderte sich in seinem Satz ebenso wie in seinen Hosen, in die er in höchster Eile sprang.

»Was ist mit Peachy los?« Sie lehnte das Schild an die Wand, zwischen Schreibtisch und Sessel.
»Ich weiß es nicht.« Val setzte sich auf die Bettkante, die Hände im Schoß. »Ich habe nichts weiter aus ihm rausbekommen. Aber ich sag dir, die stecken alle unter einer Decke. Simon kennt diesen Johansen. Die wollen nur eins.« Seine nackten Zehen, die so gelenkig wirkten wie Finger, wühlten im Teppich, zupften Flusen heraus und fanden schließlich ein Gummiband.
»Es ist so gemein. Das mit den Bewertungsbögen. So gemein«, sagte er, und einen Moment vergaß Clara ihre Empörung und sah fasziniert zu, wie das Band sich wie von selbst um seinen großen Zeh schlang, während er sich in einem Redeschwall erging: »Du weißt schon, diese Dinger zum Ankreuzen, ein bis fünf Sterne, Sauberkeit, Essen, Service, Landgänge und Kulturprogramm. Das Kulturprogramm rot unterstrichen. Der Kreuzfahrtdirektor will sie wöchentlich einsammeln lassen auf dieser Fahrt, nicht nur einmal am Ende der Reise, wie sonst.«
Vals langer zweiter Zeh streckte sich nach dem Gummiband aus, versuchte, es vom großen Zeh abzunehmen.
»Zur Qualitätskontrolle, sagt er. Warum nennt er es nicht gleich Schikane? Ausgerechnet jetzt! Wo wir nicht mehr spielen können!«
Clara löste den Blick von Vals Zehen.
»Wir … wir spielen nicht?«
»Zu gefährlich bei dem Seegang, sagt der Kreuzfahrtdirektor.« Vals Oberlippe zuckte. »Das Theater liegt am Heck, dort schwankt das Schiff am stärksten. Das Bühnenbild lässt sich nicht befestigen. Der Eisberg ist schon abgebaut.«
Clara atmete tief ein und langsam wieder aus. Die für Empörung zuständige Belegschaft ihres Hirns hatte endgültig ihren Arbeitsplatz verlassen, dafür streute man in

den Hinterzimmern bereits Konfetti. Nicht mehr spielen. Nicht mehr diesen lächerlichen Zeilen von flirrenden Robben Dramatik einhauchen müssen. Nicht mehr kämpfen. Nicht mehr küssen.

Jetzt würde sie Zeit haben, die Rollen zu studieren, die sie für das Vorsprechen im Burgtheater ausgewählt hatte. Dachte Adrian noch daran? Sollte sie beim nächsten Telefonat vielleicht vorsichtshalber die I verweigern?

»Wir müssen also zu den Leuten gehen, sie direkt anspielen«, sagte Val jetzt. Das Gummiband war um den großen und den zweiten Zeh geschlungen, in Form einer Acht.

»Was … was … meinst du damit?«

»Noch nie haben sich so viele beschwert wie auf dieser Reise, behauptet der Kreuzfahrtdirektor, und bei hohem Seegang wird es erst richtig schlimm.« Vals Stimme klang gepresst. Das Gummiband wanderte weiter, die Acht wand sich um den zweiten und dritten Zeh.

»Einige Passagiere bekommen Angst, andere werden krank, sie brauchen jetzt dringend Bordunterhaltung. Was ich noch auf der Pfanne hätte, hat er gefragt. Ich und mein Ensemble.«

»Und jetzt?«

Was stellte sich Val vor? Sollten Peachy und sie etwa in die Kabinen gehen und den Gästen etwas vorsingen?

»Hast du schon mal einen Walk-Act gemacht?«, fragte Val, und Clara schaute auf das wandernde Gummiband, seine beweglichen Zehen, den flauschigen Teppichboden seiner Luxuskabine und spürte, wie die Belegschaft ihrer Empörungsabteilung zurückkehrte.

»Du meinst das, was auf Firmenfesten und Partys veranstaltet wird, ja? Der ›verrückte Fotograf‹ oder der ›betrunkene Gast‹ oder …« Sie hielt inne, atmete tief ein und aus, konnte trotzdem das wütende Vibrieren ihrer Stimme nicht

unterdrücken, als sie es aussprach: »Oder ›die geschwätzige Putzfrau‹, so etwas?«
»Ja. In der Art.« Val betrachtete gedankenverloren das Spiel seiner Zehen, als gehörten sie nicht zu ihm. »Ich dachte eigentlich eher an ›das streitende Ehepaar‹. Zu zweit ist es immer leichter. Du kannst doch improvisieren?«
Clara konzentrierte sich auf ihren Atem. Ein. Und langsam wieder aus. Bis zehn zählen.
»Freies Spiel ist zufällig ein Unterrichtsfach an der Schauspielschule«, sagte sie so kühl sie konnte. »Aber ich glaube nicht, dass …«
»Na prima!« Val blickte von seinen Füßen auf. »Ich denke, Peachy hat auch Talent zum Improvisieren. Wenn es ihm erst mal etwas besser geht. Ihr könntet zusammen durch den Speisesaal …«
»Was glaubst du eigentlich, wer ich bin?« Unwillkürlich war sie einen Schritt auf ihn zugegangen, einen Schritt, den die plötzliche Rollbewegung des Schiffes in ein Stolpern verwandelte, über den schwankenden Boden. Dass Val mit einem Schrei zurückwich, fachte ihre Wut an.
»Ich bin Schauspielerin und kein Pausenclown! Wenn du Klamauk willst, dann frag doch diese Elfe aus meiner Kabine!« Sie stand vor dem Bett. »Was fällt dir eigentlich ein? Dauernd scharwenzelst du um Peachy herum, als wäre er der Allergrößte, hältst Händchen mit ihm, und wie behandelst du mich? Ich rette dein grottenschlechtes Stück, und mich lässt du in der Garderobe hocken und kümmerst dich nur um ihn. Was glaubst du denn, wie es mir nach einer solchen blöden Aufführung geht?«
Verdammt, sie wollte doch etwas ganz anderes sagen, ohne dieses Zittern in ihrer Stimme, dieses Tränennahe; sie drehte sich um, griff nach ihrem Schild und würgte Vals kläglich gestotterten Versuch einer Antwort ab.

»Und glaubst du, ich hab Spaß in dieser Kabine? Mit dieser nuttigen Elfe und ihren ... ihren ... Sessions? Sie räumt mein Bettzeug in die Dusche und stellt meinen Koffer vor die Tür, vielleicht macht sie Kampfsportübungen oder Tempeltänze oder Gruppensex, was weiß ich. Während du ... du ...«

»Äh ... Clara, bitte ...«

»Nichts bitte, mir reicht's! Macht euren Walk-Act alleine, du und dein Peachy.«

Sie schwang ihr Schild, und Val hob die Hände über den Kopf.

»Clara, bitte ... verzeih mir!« Hörte sie Todesangst in Vals Stimme? Kein ganz unpassender Abgang, dachte sie grimmig, von einem Schild mit Ich-liebe-dich-Aufschriften in allen möglichen Sprachen erschlagen zu werden. Ein Abgang, der zu einem Mann passte, der Gummiringe um seine Zehen wandern ließ.

»Clara! Du ahnst ja nicht, was ich ...«

»Ich hab genug von deinem Gejammer.«

Sie steuerte auf die Tür zu.

»Geh nicht!« Mit einem artistischen Sprung federte Val vom Bett, versperrte ihr den Weg. »Hör mir zu! Du musst mir zuhören!«

In der nächsten Minute sah sie alles wie durch eine Kamera. Es hätte keine schlechte Filmszene abgegeben: das rollende Schiff, die schwankende Kabine, Clara Abraham, breitbeinig stehend, auf ihr Schild gestützt, Val vor ihr auf den Knien, die Hände vors Gesicht geschlagen.

»Oh Gott!«, stöhnte er. »Oh Gott! Oh Gott! Clara, wenn du ... verdammt! Verdammt, verdammt, verdammt!«

Jetzt war ein Kamerazoom auf Val fällig, der die Hände vom Gesicht nahm, vor- und zurückschwankte wie bei einem orientalischen Gebet.

»Bitte, bitte, bleib. Oh, sorry.« Er schaute zu ihr auf. In der Hand hielt er einen Schnürsenkel ihrer Turnschuhe. Was sollte das werden, ein Drama oder ein Witzfilm mit Zauberelementen?
»Wie … hast du das geschafft?« Sie nahm ihm den Schnürsenkel aus der Hand.
»Ein Versehen. Nur ein Versehen. Bitte setz dich wieder, ja? Dort hinten, in den Sessel, bitte, in den Sessel. Schnell.«
Es klang flehentlich. War er jetzt endgültig übergeschnappt?
»Ich erklär's dir. Ich erklär dir alles. Was willst du trinken? Sekt? Bier? Wein? Saft?«
Gleich darauf saß Clara im Sessel, umsorgt von einem übereifrigen Val, der ihr Bier eingoss, Erdnüsse in eine Schale füllte, eine Decke aus dem Schrank holte. Vorsichtig nahm er ihr das Schild ab, studierte einen Moment die Inschriften, dann klemmte er es zwischen dem zweiten Sessel und der Wand fest.
»Schön. Von … äh … wem hast du das?«
»Meinem …«, sie zögerte, dann sagte sie es doch, »von meinem Freund. Er hat es mir schicken lassen.«
»Er muss dich sehr lieben.« Val holte eine Flasche Sekt aus dem Kühlschrank und löste den Draht um den Korken, der sofort an die Kabinendecke schoss.
»Seid ihr … seid ihr schon lange zusammen?«
»Was wolltest du mir erklären?« Sie nahm sich eine Handvoll Erdnüsse, und Val ließ den Sekt in ein Wasserglas schäumen. Während er redete, nippte er immer wieder am Sekt. Zuerst begriff Clara nicht, worum es ging. Er berichtete von Sabrina, seiner Frau, ihrem gemeinsamen einjährigen Sohn, er beschrieb ihr Haus, die Einbauküche, sogar das Ceranfeld ihres Küchenherds, alles spendiert von seinen Schwiegereltern. Die sich auch um seine berufliche Zukunft sorgten. So sehr, dass er ihnen zuliebe sogar Kulturmanagement studiert habe.

»Na ja, auch wegen Sabrina. Sie hasst es, wenn ich zaubere.« Seine Füße hatten das Gummiband wieder gefunden, es wanderte von einem Zeh zum anderen. Clara unterdrückte ein »Vielleicht hast du sie einmal zu oft zersägt«, hörte zu, wie er von Sabrinas schwieriger Schwangerschaft berichtete, von dem Sohn, der jede Nacht schrie, von Sabrinas nervösen Kopfschmerzen, sobald sie Vals Zauberkasten nur von weitem sah. Wegen dieser nervösen Kopfschmerzen war Val aus dem gemeinsamen Schlafzimmer verbannt worden.

»Sabrina ist froh um jede Stunde Schlaf, die sie bekommen kann. Verstehst du?«

Val sah sie an. Aus aufgerissenen, rehbraunen Augen. Was sollte sie verstehen? Und was ging sie das Schlafbedürfnis dieser Sabrina an? Zögernd schüttelte sie den Kopf, und Val stürzte den Rest Sekt aus seinem Wasserglas auf einen Zug hinunter.

»Okay, also, ich hab seit eineinhalb Jahren keinen Sex mehr gehabt.«

Er schenkte sich Sekt nach und trank.

Was um Himmels willen sollte sie dazu sagen? Und was hatte dies alles mit ihr und Peachy zu tun?

»Überall! Überall, verstehst du? Frauen. Überall. Passagierinnen. Räkeln sich. Im Bikini. Im … oh Gott … Tanga. Jedenfalls bei gutem Wetter.«

Bevor sie fragen konnte, was an Dieters Frau oder der Sächsin im Tanga so gefährlich sein sollte, redete Val schon weiter.

»Und dann … diese Sunny. Sie nennt mich Tarzan. Sie setzt sich auf meinen Schoß. Deshalb gehe ich nicht mehr in die Crew-Bar. Und du. Erst in diesem … oh Gott. Diesem Nixenkostüm. Und dann in diesem Kleid. Oh Gott. Oh Gott. Oh Gott. Du kannst nichts dafür. Alles macht mich scharf, verstehst du? Alles, was ... weich ist und rund ... Schon ein Schwimmreifen macht mich scharf! Der Pinguin auf unserem Werbeprospekt! Sogar der Anblick eines Milchbrötchens beim Frühstück!«

»Dann iss doch ... äh ... Toast. Oder vielleicht Müsli?«

Sie biss sich auf die Lippe, verschluckte gerade noch die Erwähnung von Pfirsichen oder Erdbeeren.

»Jedenfalls weißt du's jetzt. Deshalb habe ich mich vor allem um Peachy gekümmert. Es tut mir leid. Es tut mir alles so leid.«

Eine Weile schwiegen sie. Val schaute trübe auf seine Zehen.

»Ich verstehe es auch, dass du ... das nicht machen willst. Mit dem Walk-Act. Du bist eine großartige Schauspielerin. Pech. Es ist eben Pech. Ich bin geliefert.«

»Nur, weil dieser Walk-Act nicht stattfindet?«

»Sie wollen einsparen«, sagte Val. »Größere Zufriedenheit der Passagiere, kleinerer Aufwand. Ich soll Leute entlassen, aber ich bin auch nur ein Kostenfaktor. Wenn ich mich nicht rentiere, bin ich weg. Dann kann mein Schwiegervater mir wieder einen Vortrag halten, dass man keine Familie ernähren kann, indem man Kaninchen aus dem Hut zaubert. Oh Gott. Kaninchen. Oh Gott.«

Das Gummiband sprang von seinem linken auf den rechten Fuß, vollführte dabei einen Looping in der Luft, Val spreizte den kleinen Zeh, fing es auf.

»Das ist Wahnsinn!« Sie deutete auf seine Füße. »Wie machst du das?«

»Ach, das ist nichts Besonderes. Ich kann auch mit den Füßen Ukulele spielen. *Alle meine Entchen* und *Highway to hell.*«

Val bückte sich und nahm den Gummiring ab.

»Warum machst du das nicht? Als Performance?«

»Aber das ist unmöglich, ich bin doch Kulturmanager!«
»Du könntest auch im Speisesaal jonglieren. Kartentricks machen, was weiß ich, eine Frau zersägen.«
»Ich habe Sabrina versprochen, nicht mehr zu zaubern.«
»Sabrina ist nicht hier.« Clara trank ihr Bier aus und unterdrückte ein Gähnen.
»Trotzdem.« Vals Stimme klang rauh. »Ich will sie nicht belügen. Eine Lüge wäre der Anfang, eine Lüge öffnet Tür und Tor für … oh Gott. Oh Gott. Oh Gott!«
Es hatte keinen Zweck. Sie richtete sich im Sessel auf. Sollte sie jetzt gehen? Wohin? Schon der Gedanke an den Schiffsbauch genügte, um ihre Glieder schwer werden zu lassen. Was würde passieren, wenn sie hier einschlief? Würde Val über sie herfallen? Und warum fiel ihr jetzt wieder der Bühnenkuss ein, Simons Hand auf ihrem Rücken, sein Arm, der sie hielt, das Gefühl, zumindest für einen Moment, jemand würde sie auffangen, wenn sie fiele.
»Clara?«
»Ja?«
»Es tut mir leid, wegen der … äh … Kabine.«
»Sollte es auch.« Clara war zu erschöpft für weitere Empörung, murmelte nur: »Sie ist wirklich ein Loch.«
»Oh Gott.«
»Entschuldigung.«
»Wenn du willst … Du kannst in meinem Bett schlafen. Ich … ich leg mich auf den Boden.«
Vals Bad war keine Wandschrank-Dusche, sondern beinahe so groß wie Kabine dreizehn dreizehn. Mit einer kleinen Wanne, Waschtisch, Toilette, einer Heizung mit Handtuchhalter und einer gläsernen Duschkabine. Trotz all dieser Herrlichkeiten verzichtete sie auf eine Dusche, spritzte sich nur Wasser ins Gesicht und legte sich in Hose und T-Shirt ins Bett. Auch Val war vollständig angezogen. Er breitete

eine Decke auf dem Fußboden aus, so weit entfernt vom Bett wie möglich, hüllte sich in eine zweite Decke. Das Schiff rollte jetzt stärker. Hinter dem Bullauge der Nachthimmel, eine unendliche Dämmerung, mit allen nur möglichen Schattierungen von Grau; graublau, sogar türkis schien es zu leuchten. Immer wieder strampelte sich Val aus seiner Decke, sprang auf, rettete Rutschendes vom Tisch, ging ins Bad, huschte am Bett vorbei, mit zugekniffenen Augen, und bekam schließlich einen heftigen Jonglage-Anfall. Alle Versuche, ihn zu ignorieren, nutzten nichts, zu viele Gegenstände sausten durch die Luft, darunter auch ein Korkenzieher und eine Nagelschere. Als zwischen Erdnusspackungen, Gläsern, Socken, Seife, Zahnbürste, Toilettenpapierrollen, der Fernbedienung und Vals Handy immer mehr brennende Streichhölzer auftauchten, erhob sie sich und schlüpfte in ihre Turnschuhe. Sie verabschiedete sich nicht von Val, sondern zog wortlos die Tür hinter sich zu und schwankte über den stillen Flur von Deck 6. Erst im Foyer, vor den Aufzügen, merkte sie, dass sie ihr Schild vergessen hatte.

Logbuch von Simon

22.7.13

10.08 Uhr MEZ

Nordmeer, ungefähr bei Trondheim, 63° 26′ N, 10° 24′ O

Wind und Regen

Liebe älteste Bewohner der Erde, die ihr Menschen, Kakerlaken, Viren, Sintfluten und Stürme überstanden habt und nur noch dieses Logbuch als Zeugnis untergegangener Kulturen bewahrt! Liebe Moose, Flechten und Farne, ich hoffe, ihr könnt die eine oder andere unbequeme Wahrheit über Gesine Schwärmling verkraften. Seit einigen Reisen mache ich mir Sorgen um sie. Selbst der Kreuzfahrtdirektor hat mich schon unter vier Augen auf Gesines neueste esoterische Leidenschaft angesprochen: ihren persönlichen Meister. Kein Guru, wie Gesine betont, ein *Schamane*. Der einzige wahre Schamane Islands. Was weniger einzigartig ist, als es sich anhört, da die Einwohnerzahl Islands ungefähr der Einwohnerzahl Wuppertals entspricht und die Schamanendichte in der westlichen Welt generell nicht allzu hoch sein dürfte.

Sein Name ist Sigurlaxnoreyjafjallajökull. Gesine hat ihn während eines Landgangs kennengelernt. Genauer gesagt während der Führung für die Passagiere, die *Wundervolle Natur um Akureyri* heißt, aber eigentlich *Öde Bushaltestellen auf dem Weg in ein brachliegendes Skigebiet, das im Sommer deprimierend wirkt* heißen müsste. Nicht, dass Island nicht seine Schönheiten hätte. Island ist wild und karg und unglaublich still. Die Berge schweigen auf eine Art, die in Reiseführern gern majestätisch genannt wird. Den Bergen ist dies vermutlich egal. Sigurlaxnoreyjafjallajökulls spirituelles Zentrum liegt inmitten dieser schweigenden Berge, an einem Seitenarm eines Seitenarms des Flusses Gleyra. Also einer Umgebung, in der im Sommer

die Mücken mehr von den schamanistischen Meditationen profitieren als die meisten Meditierenden. Vielleicht hat Sigurlaxnoreyjafjallajökull ein Win-win-Abkommen mit den Mücken, denn er verkauft seinen Schamanenschäfchen Mückensalbe. Gesine hat auch versucht, sie hier an Bord zu vertreiben. Nicht allzu erfolgreich. Die Salbe riecht, als bestände sie aus Pferde-Urin, gemischt mit ein bisschen Ziegenspeichel und altem Fett vom Schnellimbiss in Akureyris Fußgängerzone. Auch für Sigurlaxnoreyjafjallajökulls schamanische Trommel-CDs hat Gesine an Bord schon Werbung gemacht. Der Rhythmus auf diesen Machwerken ist nicht unbedingt abwechslungsreich, er entspricht dem Niveau einer Sozialpädagogin nach der ersten Stunde eines Trommelkurses. Soweit ich weiß, besteht Sigurlaxnoreyjafjallajökulls Kundschaft hauptsächlich aus Sozialpädagoginnen und Lehrerinnen, die auf seine Schamanenerotik abfahren.
Gesine selbst steht immer und jederzeit in kosmischem Kontakt mit ihm. Sie spricht sogar von kosmischen Orgasmen. Wie immer ihr Laxnor – so nennt sie ihn zärtlich – das feinstofflich hinbekommt. Etliche weibliche Passagiere, die Gesine in sein Zentrum geschleppt hat, scheinen seiner Ausstrahlung ebenfalls verfallen zu sein, sie erwerben nicht nur die Trommel-CDs, sondern auch seine DVD, mit einer von ihm geführten *Reise zum persönlichen Krafttier*. Anzunehmen, diese weibliche Kauflust rühre daher, dass die Kaufwilligen kein Krafttier auf der anderen Bettseite haben, erfasst die Problematik bestimmt nicht in ihrer gesamten Tiefe. Ich habe mir trotzdem überlegt, ob ich nicht Sunny bei der Elfenshow filmen und eine DVD für die Männer bereitlegen soll.
Was Laxnor mit all dem verdienten Geld anfängt, weiß ich nicht. Zu essen braucht er nichts, er ernährt sich von reinem Licht, wie mir Gesine versichert hat. Ein mutiges Unterfangen, wenn man in einem Land wie Island wohnt, wo es den größten Teil des Jahres dunkel ist. Was er denn tut, wenn es keine

Sonnenstrahlen zu verknuspern gibt, habe ich Gesine gefragt. Knabbert er dann an Nordlichtern? Tut er nicht, wie mir Gesine etwas gereizt zu verstehen gab. Er atme, teilte sie mir als Nächstes mit. Und darauf folgte eine physikalische Erklärung, die mir zu hoch ist, eine, die vielleicht nur Frauen auf der Suche nach kosmischen Höhepunkten verstehen. Licht ist nichts anderes als feinstoffliche Energie. Prana, so nennt es Gesine. Ein recht appetitliches Wort, es klingt nach multikultureller Küche. Indisches Fladenbrot, gefüllt mit Spinat und Schafskäse zum Beispiel. Aber nein – Prana ist nichts für unsere Geschmacksnerven, man nimmt es mit dem Atem auf. Laxnors Beispiel folgend, hat Gesine jetzt ihre Ernährung auch auf Prana umgestellt.

Liebe Moose, Farne und Krüppelfichten, ganz unter uns, bis jetzt bemerkt man noch nichts davon. Unter Gesines Wickeltüchern zeichnet sich noch immer eine wohlgerundete Figur ab, die vermuten lässt, dass Prana doch das ist, wonach es klingt. Oder dass sie das Licht in Kilowatt-Portionen verdrückt. Ich habe noch einen anderen Verdacht, aber, liebe Flechten und Zwergsträucher, nehmt es mir nicht übel, wenn ich ihn für mich behalte.

Auf jeden Fall ist es nicht ganz einfach, mit einer Frau Kaffee trinken zu gehen, die sich nur von Prana ernährt. Deswegen war ich heute Morgen auch sehr misstrauisch, als Gesine mich anrief und ein sofortiges Frühstückstreffen verlangte.

Ich holte sie im Wellness-Bereich ab. Schon der Weg dorthin hatte seine Tücken. Über Nacht ist der Wind noch ein wenig stärker geworden, wir haben Sechs-Meter-Wellen, und das Schiff rollt. Was übrigens, liebe Moose und Farne, die angenehmste aller möglichen Schaukelbewegungen ist. Wirklich ungemütlich wird es, wenn das Schiff stampft, taucht oder surft. Rollen bedeutet in unserem Fall: Was nicht festgeschraubt ist, gleitet von einer Seite zur anderen. Dies gilt auch für Passagiere, Besatzung und ganze Yogakurse.

Als ich im Wellness-Bereich anlangte, rutschten zehn unerschrockene Teilnehmerinnen von Gesines knallhartem *Frühyoga für Aufgeweckte* auf zehn Matten von rechts nach links und gaben dabei den *herabschauenden Hund.* Das hieß, sie standen auf allen vieren, die Beine durchgedrückt, die Hinterteile auf zwölf Uhr, wie der Seemann sagt. Als Gesine ihr »Hallo Simon« flötete, hatten wir zehn heraufschauende Hündinnen und gleich darauf zehn sich auf reizende Weise entknotende Hündinnen. Denn Gesine erklärte das Yoga für Aufgeweckte kurzerhand für beendet, und wir begaben uns in den Salon auf Deck 10. In den Speisesälen geht es dank des Wellengangs recht herzlich zu: Passagiere und Kellner fallen einander in die Arme, man stolpert aufeinander zu, wirft das Tablett weg und sich selbst an den Hals eines Mitmenschen, an dem man normalerweise achtlos vorbeigegangen wäre. Männer umarmen Männer, Frauen räumen im Vorbeifallen ein ganzes Frühstück ab, eine Portion Rührei landet leicht einmal in einem Dekolleté. In jedem Salon hängen unsere umweltfreundlichen Kotztüten aus ungebleichtem Zellstoff, deren Farbe allein zu fröhlichem Übergeben einlädt, und tun ihr Übriges, um die Stimmung aufzulockern.
Auch der Käpt'n ist zu Hochform aufgelaufen, er beglückte uns zum Frühstück mit einem Gedicht, das eindrucksvoll den Fortschritt in der Bewältigung seines Liebeskummers zeigt. Um das poetische Kleinod richtig zu würdigen, liebe Flechten, Farne und Sporen, müsst ihr wissen, dass die Frau des Käpt'ns Waltraud heißt.

Wellengebrüll. Es war
vor Kap Horn.
Wir fanden uns achtern und vorn, gerieten in
Mittschiffswallungen.
O Waltraud, wo wallst du jetzt?

Die wenigen Passagiere im Salon beachteten die auf sie einströmende Poesie kaum, sie konzentrierten sich auf ihre Schritte und die von ihren Tabletts ausbüxende Nahrung. Gesine bestellte sich ein stilles Wasser zu ihrem Prana, ich trank Kaffee und aß ein Stück Kuchen, das mir allerdings bald im Halse stecken blieb, als Gesine mir eröffnete, dass sie mich komplett verplant habe. Sie fing harmlos an, mit einem großen Lob für meinen Einsatz im Eisberg. Man habe meine fundierte Theatererfahrung gespürt. Und wir hätten so wunderbar harmoniert, Clara und ich. Bei unserem Kuss habe sie, Gesine, und mit ihr bestimmt der gesamte restliche weiblich-empfängliche Teil des Publikums eine Gänsehaut bekommen.

Liebe Moose, Flechten, Farne und Pilze – vielleicht darf ich euch bei eurem naturwissenschaftlichen Namen Kryptogamen nennen? Ich bin ein bisschen verliebt in die Übersetzung dieses Begriffs: Pflanzen, die im Verborgenen heiraten. Liebe Kryptogamen also: Ist es nicht verrückt, dass all diese Gänsehaut auf Armen, Rücken, Nacken, Schlüsselbeinkuhlen und Brüsten unzähliger Frauen von nichts anderem hervorgerufen werden kann als Licht, Schatten, aufpeitschender Musik und dem Wissen, wie man Wirkung erzielt?

Vor Jahren musste ich eine ganze Serie Silhouetten von Liebenden zeichnen, ein Bühnenbild für eine Werther-Parodie. Dafür habe ich Filmplakate, Skulpturen und Bilder studiert und dabei den goldenen Neigungswinkel beim Kuss verinnerlicht. Davon weiß Gesine nichts, wagte aber dennoch die Behauptung, ich sei der Einzige an Bord, der »diesen Job« machen könne. Dabei schaute sie mich an, mit einem Krankenschwesternblick: Es piekst jetzt gleich, aber es tut überhaupt nicht weh. Von welchem Job sie rede, erlaubte ich mir zu fragen. Worauf sie mir ohne Umschweife das neueste Konzept unseres Kuturmanagers eröffnete: Wir sollten die Gäste direkt bespaßen, sozusagen nach Art der Klinikclowns.

Wie ich erfuhr, während mein Kaffee kalt wurde und der Rest des Kuchens ungegessen auf dem Teller liegen blieb, war Val mit

dieser grandiosen Idee weder an Gesine noch an den Kreuzfahrtdirektor herangetreten. Er hatte sie lediglich Clara gegenüber geäußert. Nachts, in seiner Kabine. Du liebe Güte. Betrügt sie den Mann, der ihr Liebeserklärungen schreibt und Trolle aufmarschieren lässt, etwa mit Val?
Gesine äußerte sich dazu nicht, erzählte nur, sie habe Clara frühmorgens in der Wellness-Oase getroffen. Eher: gefunden. Ich glaubte es ihr sofort, Clara ist jemand, den man findet. Clara habe, sagte Gesine, eine »aschfahle Aura« gehabt. Warum sie mich dabei beinahe strafend ansah, weiß ich nicht. Gesine hat jedenfalls sofort die Behandlung übernommen – grünes Aura-Duschgel spielte dabei eine bedeutsame Rolle – und Clara dabei ein wenig ausgefragt. So erfuhr sie, unter anderem, wie sie sagte, ohne mir mitzuteilen, was dieses andere war, von dem geplanten Walk-Act. Und machte sich in ihrer praktischen Krankenschwesternart sofort an die Umsetzung von Vals genialer Eingebung. Ich war gedanklich mit sich massiv aufdrängenden Vorstellungen von Clara in Vals Kabine beschäftigt und bekam Gesines nächste Sätze nicht vollständig mit. Erst als sie mir fröhlich eröffnete, der Kreuzfahrtdirektor freue sich riesig, dass ich bereit sei, mitzuspielen, fand ich zurück in die Realität.
»Du hast ... ihm gesagt, dass ich mitmache? Bei einem Walk-Act? Bist du jetzt restlos übergeschnappt?«
Gesine ignorierte die Anspielung auf ihren Geisteszustand souverän, sie sah mich an, mit einem knallharten Oberschwesternblick, einem So-ich-ramme-Ihnen-jetzt-das-Klistier-rein-jeder-Widerstand-ist-zwecklos-Blick, und sagte: »Um zwölf geht es los, Simon, gleich nach deinem Zeichenkurs.« Mir blieb nichts anderes übrig, als aufzustehen und mit einem »Niemals!« das Restaurant zu verlassen. Allerdings nicht ganz so würdevoll, wie ich wollte, denn das Schiff schaukelte gewaltig, und ich lief einen kleinen Bogen bergab in Richtung eines Rentners, dem gerade der Backfisch vom Tablett hüpfte. Gemeinsam mit dem Backfisch

gelangte ich zur Tür und hindurch, glücklicherweise folgte der treue Fisch mir nicht zum Aufzug, ihn bremsten die Flusen im Teppich.

Jetzt, in meiner Kabine, habe ich das Ganze noch einmal durchdacht. Liebe Kryptogamen, ich muss Gesine insgeheim bewundern. Welche Absicht sie auch immer verfolgt – vielleicht steckt nur ihr überströmendes Mitgefühl für jedes lebende Wesen dahinter, egal ob Gonokokke, Mistkäfer oder Val Lübers –, ihr Plan ist gut durchdacht. Ich komme aus dieser Nummer nicht mehr heraus, ohne mich beim Kreuzfahrtdirektor äußerst unbeliebt zu machen. Etwas, das ich mir gerade nicht leisten kann, schon allein wegen Jane.

Gerade schaut Jane so unschuldig wie stillvergnügt aus dem Löchlein ihres Blumentopfes, hat vergessen, wie sie hereinkam, wie sie wieder hinauskommen wird, vielleicht auch, dass sie eine Schildkröte ist. Falls sie es jemals wusste. Es gibt Momente, da beneide ich sie.

11.

Als Gesine sie weckte, mit einem entsetzten »Aber meine Liebe, wie siehst du denn aus!«, konnte sich Clara einen Moment nicht mehr erinnern, wie sie in die Wellness-Oase gelangt war. Verwirrt und müde war sie über die Flure geirrt, um schließlich vor der Milchglastür zu stehen, hinter der heimeliger Lichtschein lockte. Das Licht erwies sich als Pflanzenlampe. Niemand saunierte oder lag im Whirlpool, nur eine einsame Brille rutschte über den Kachelboden. Die Saunaliegen schleiften von rechts nach links und wieder zurück, als gehorchten sie einem Herdentrieb.

Auf einer dieser Liegen döste sie ein, frierend, immer wieder aufschreckend. Ab und zu bekam sie Besuch von vergessenen Badeschlappen, Shampoofläschchen und Seifenstückchen; sie kamen und gingen wie die Wolkenschleier vor den Panoramafenstern, die Wellen tief unter ihr und ihre Träume, in denen sie ein Mann festhielt und ihr ins Ohr flüsterte, sie solle sich keine Sorgen machen.

Aus diesen Träumen schreckte sie Gesine, verordnete ihr eine Dusche und ein üppiges Frühstück. Gesines Bad war ebenso groß und luxuriös wie das von Val, ein Traum voller flauschiger Handtücher, Parfümflakons und Duschgels in allen Farben. Als Clara aus der Dusche kam (heiß! Länger als drei Minuten!), duftete das Frühstück schon auf dem Tisch. Erst als sie ihre zweite Portion Pfannkuchen vertilgte, merkte sie, dass Gesine nichts aß. Dafür fragte sie umso mehr. Und Clara, angeregt von der Dusche mit dem grünen Gel und zwei Tassen Cappuccino, antwortete. Ausführlicher, als sie wollte. Sie redete über Val und seine Nöte – wobei sie die sexuellen Nöte taktvoll ausließ –, über ihre eigene Abneigung vor Walk-Acts, über den Vorsprechtermin in Wien und ihre Angst, dort zu versagen. Schließlich erzählte sie sogar von Adrian. Um sich selbst davor zu bewahren, unter Gesines aufmerksamen Blicken und ihrem mitfühlenden Gurren auch noch von Lümmelchens fetischistischen Vorlieben anzufangen, versuchte sie, ihrerseits Gesine auszufragen: nach diesem Mann, dessen Bilder und Poster an den Wänden ihrer Kabine hingen. Ein Mann mit verfilzten Haaren, die direkt in einen struppig braunen, brustlangen Bart übergingen. Auf allen Bildern trug er ein leuchtend weißes Gewand, das einem Nachthemd ähnelte.

»Das ist Laxnor.« Gesine lächelte, und einen Moment schien ihr Gesicht zu leuchten. Er sei ein Schamane, fügte sie hinzu, in feierlichem Tonfall.

»Ist er … ist er dein Freund?« Die Frage rutschte ihr heraus, und Gesine räusperte sich.

»Laxnors Liebe ist für alle da. Du kannst auch eine Sitzung bei ihm buchen, wenn wir in Akureyri anlegen. Glaub mir, meine Liebe, es lohnt sich.«

Damit wechselte Gesine das Thema und erging sich in Komplimenten: Was für eine überaus begabte Schauspielerin Clara sei, atemberaubend, einfach grandios. Und wie schade, wenn sie ihr überwältigendes Talent jetzt nicht einbringen könne. Talent sei Liebe, Schauspiel sei Liebe, und Liebe hätten im Moment alle nötig. Auf keiner Reise habe sie so viele mitgenommene, kulturell geradezu ausgemergelte, nach Kunst dürstende Auren gesehen. Und das mit dem Walk-Act klinge doch gar nicht so schlecht. Man müs-

se einer solchen Aktion nur das nötige Niveau verleihen, die Aura großer Kunst.
Eine halbe Stunde später stand Clara mit Gesine im Outdoor-Shop in der Ladengalerie.
»Du musst authentisch aussehen, wie eine Passagierin, gleichzeitig nach etwas Besonderem. Apart. Ein bisschen mondän. Und ruhig auch sexy. Probier die mal!« Gesine wies auf eine Designer-Trekkinghose, für deren Preis man vermutlich auch eine Eigentumswohnung bekam. Vor dem Spiegel, im gnadenlosen Neonlicht des Shops, glaubte Clara, einen ihren Körper umwabernden, apricotfarbenen Schein wahrzunehmen. Ein warmer, seltsam friedlicher Glanz. Gesine musste auf ihre Aura eingewirkt haben. Wie sonst sollte es zu ihrer für sie selbst überraschenden Zustimmung zu dem kunstvollen Walk-Act gekommen sein?
»Weißt du was, meine Liebe? Du probierst hier einfach in Ruhe, entscheidest dich, trinkst noch einen Kaffee, und wir treffen uns kurz vor zwölf, ja?«
Damit entschwebte Gesine. Der Laden war leer, vermutlich nicht nur wegen der frühen Uhrzeit, auch wegen des Seegangs. Den Clara gleich darauf zu spüren bekam. Im rechten Hosenbein steckend, das linke immer wieder verfehlend, hoppelte sie durch den Laden, kollidierte mit Kleiderständern und umarmte Schaufensterpuppen. Die hilfsbereite Inhaberin schleppte immer neue Outdoor-Bekleidung an, und allmählich fand Clara Spaß am Auswählen ihrer neuen Bühnengarderobe. Vor dem großen Spiegel stehend, begutachtete sie schließlich ihre Wahl: enge, sportlich-elegante Hosen in der Farbe der norwegischen Nacht, einem vornehmen Hellgrau, dazu Designer-Gummistiefel in Rosa. Ein schwarzer, sich an den Körper schmiegender Outdoor-Pulli, mit einem weißen Ring am Rollkragen, in dem man zu einem Abschlussball für Kragenbären hätte

gehen können, darüber eine Jacke aus Fallschirmseide in Weiß. Die Rip-Beanie-Mütze mit Schild, die ihr die Ladeninhaberin brachte, zusammen mit einer passenden, mondänen Sonnenbrille, stand ihr überraschend gut. Und vielleicht würde man sie, Clara Abraham, Bühnenschauspielerin mit grandiosem Talent, damit nicht erkennen, wenn sie sich auf diesen Zirkus einließ. Mit einem unbekannten Partner, vermutlich einem der Jungen vom Tanzensemble. »Lass mich nur machen«, hatte Gesine gesagt, »ich finde jemanden, der zu dir passt und mit dem du dich wohlfühlst.« Oder hatte Gesine sogar etwas gesagt wie: »Ich finde den Einzigen, der zu dir passt«? Egal, wen auch immer Gesine für sie fand, alles war besser als Peachy. Und eine Improvisation dieser Art würde nicht länger als eine Stunde dauern. Sie sah auf die Uhr: höchste Zeit, Gesine und ihren Walk-Act-Partner zu treffen, im Wellness-Bereich, wie abgesprochen. Sie müsse nicht zahlen, hatte Gesine gesagt, dies laufe unter Anschaffung der Kulturabteilung. Also nickte sie der Verkäuferin nur zu, nahm ihre Tasche und verließ das Geschäft.

Im Wellness-Bereich tummelten sich jetzt vereinzelte Saunagänger zwischen tanzenden Schlappen, Bademützen und Handtüchern. Clara, schon beeinflusst von ihrem sportlichen Outfit, wich taumelnden Rentnern mit abstehenden Polareulen-Haarkränzen ebenso geschickt aus wie allem, das auf dem Boden herumglitschte. Erst etwas Größeres, Beigefarbenes, das ihr entgegenrutschte, stoppte ihren zackigen Slalomlauf. Einen Moment schwankte sie, gebannt zwischen Flucht und Standhalten, blickte auf das anscheinend selbstständig aus der Umkleidekabine entwichene Riesenmieder mit eingebautem BH, eher Behausung als BH, dann entschied sie sich für einen kühnen Sprung.

»Hoppla!« Arme, die sie umfingen, eine Hemdbrust, Anzugstoff. Einen kurzen, wahnwitzigen Moment glaubte sie, Adrian habe sie aufgefangen.
Der Mann, der sie in den Armen hielt, trug einen Hut, tief ins Gesicht gezogen, und eine Sonnenbrille. In seinem dunkelgrauen, eleganten Anzug wirkte er im Wellness-Bereich fehl am Platz, und sie erkannte ihn nur an seinem Duft: Orangenschale, Tee, First Flush. Er ließ sie los.
»Aha, eher kein Partnerlook«, sagte er.
»Du?« Sie hörte selbst, wie entsetzt es klang.
»Wen hast du denn erwartet? George Clooney?« Simon verneigte sich leicht vor ihr, gleichzeitig höflich und spöttisch. Genauso hatte er sich nach dem Bühnenkuss verneigt. Um sie stehen zu lassen und sich mit diesem Johansen auf Englisch zu unterhalten.
»Aber du bist doch ... du bist ...«
Sie verstummte, biss sich auf die Lippe. ›Gegen uns‹, hatte sie sagen wollen. Wen meinte sie mit »uns«? Etwa sich selbst und Val?
»Gesine sagt, wir sollten ...«, setzte sie an und verstummte wieder. Wie hatte Gesine sich ausgedrückt? *Aussehen wie Passagiere, dabei aber besonders. Elegant. Und sexy.* Was auf ihn auf jeden Fall zutraf. Auch wenn sie bisher noch keinem Passagier im Anzug begegnet war. Wie es aussah, war Simons Anzug maßgeschneidert. Im Film hätte er sowohl einen gut angezogenen Killer wie auch einen ebenso charismatischen wie arroganten Chef spielen können.
»Mir hat Gesine gar nichts gesagt. Sie hat mir nur die Pistole auf die Brust gesetzt.« Er lehnte sich gegen die Wand, nahm die Sonnenbrille ab und musterte sie. Die Outdoor-Bekleidung war entschieden zu warm, vermutlich konnte man darin auch im Weltall zelten, bei minus dreihundert Grad. Simons Blick streifte über ihre Kopfbedeckung, den

Kragenbärpulli und weiter körperabwärts, dann stieß er sich von der Stange ab, setzte die Brille wieder auf.
»Gehen wir?« Er lächelte, vermutlich weidete er sich an ihrem Glühen: Clara Tümmler, Leuchtboje, einzusetzen an Deck bei Nebel und Regen. Nein. Stopp. Sie war nicht Clara Tümmler, die bei jeder Gelegenheit errötete, sie war Clara Abraham. Die in unzähligen Übungen gelernt hatte, ihren Körper zu beherrschen, sogar in Tränen auszubrechen, wenn die Szene es verlangte. Sie konzentrierte sich auf ihren Atem, erinnerte sich an alle Situationen, in denen es ihr jemals kalt gewesen war. Sie zog die Mütze tiefer ins Gesicht. Ans Schlittschuhlaufen dachte sie unvermittelt, auf der zugefrorenen Wiese zu Hause. An ihren Vater, in dessen Arme sie gestolpert war. Sein Lachen. Das Gefühl familiärer Geborgenheit, bevor sie sich zurückzog, um vor Würsten für die große Karriere zu proben.
»Wohin?«, fragte sie, bemühte sich, die Szene wieder in die Archive ihres Unbewussten, Abteilung schöne Kindheitserinnerungen, zu verdrängen.
»Vielleicht dorthin, wo uns nicht allzu viele sehen?« Simon legte ihr die Hand auf den Rücken und schob sie behutsam Richtung Ausgang.
»Aber Val sagt …« Sie biss sich auf die Lippe.
»Ja? Was sagt denn dein lieber Val?« Simon blieb stehen, nahm die Hand weg.
»Er ist nicht mein lieber Val.«
»Und warum warst du dann … Ach, vergiss es.« Es klang schroff, und sie gingen schweigend weiter, blieben nur einmal stehen, um einem vorbeiglitschenden Saunaschlappen die Vorfahrt zu lassen. Einen Moment überlegte Clara, ob sie Simon von der Bedrohung durch das Killermieder erzählen sollte, um die Stimmung etwas aufzulockern, schließlich mussten sie gleich miteinander spielen. Warum

nur glaubte Gesine, dass Simon der richtige Partner war? Oder dass er spielen konnte? Und hatte sie nicht gesagt, sie würde auch kommen? Wozu eigentlich? Um ihnen Regieanweisungen zu geben? Wäre das nicht Vals Aufgabe? Worüber sollten sie überhaupt streiten, Simon und sie? Sollten sie sich nicht auf ein, zwei Themen einigen? Bevor Clara eine dieser Fragen über die Lippen brachte, standen sie schon im Flur, und ein Aufzug stoppte. Sie stiegen ein. Aus dem Augenwinkel sah sie Simons Profil, seine rasierte Wange unter dem Hut. Er drückte den Knopf für Deck 10, und der Aufzug fuhr los.

Der Salon auf Deck 10 war mäßig besetzt. Aus den Lautsprecherboxen an der Decke rieselte eine süßliche Geigenmelodie, begleitet von Harfenklängen. Passagiere hielten ihre Kaffeetassen davon ab, eigenmächtig den Tisch zu verlassen, aßen Kuchen und blickten nach draußen ins Grau. Andere richteten Kameras auf die Wellen und auf alles, was flatterte, Planen, eine Decke, die sich über die Reling davonmachte, anscheinend des Lebens an Bord überdrüssig. In der Mitte des Raums ließ Simon Claras Ellenbogen los. »Wo warst du heute Nacht? Sag mir sofort, wo du heute Nacht warst!« Seine Stimme klang nicht mehr amüsiert-arrogant wie eben, sondern scharf, geradezu autoritär, und beinahe hätte sie eingeschüchtert geantwortet: »Bei Val«, dann begriff sie, dass die Show begonnen hatte. Ohne Einigung auf ein Thema, ohne Körperwahrnehmungsübung oder Warming-up, wie sie es aus dem Improvisationsseminar an der Schauspielschule kannte. Annehmen, hämmerte sie sich die wichtigste Improvisationsregel ein, alles annehmen, was der Bühnenpartner sagt, und weiterspinnen. Sie baute sich breitbeinig vor ihm auf und stemmte die Arme in die Hüften.

»Ich war joggen«, sagte sie. Laut. Mit ihrer Bühnenstimme. »Extreme-Night-Jogging an Deck.«

Simon konterte sofort: »Mit wem? Etwa mit diesem Sportanimateur in den engen Neoprenhöschen?«

Die ersten Passagiere wandten sich ihnen zu.

»Aber Liebling, wir haben doch nur trainiert.« Clara hörte, wie sich ihre Stimme veränderte, spitzer wurde, passend zu der Figur, die sie verkörperte: eine reiche, etwas verwöhnte Passagierin aus einer der Suiten.

»Ich wette, er hat die Latte ziemlich hoch gehängt«, sagte Simon.

»WAS?« Eine weißhaarige, offensichtlich schwerhörige Dame am Tisch gegenüber stieß ihren Begleiter an. »LATTE!«, brüllte der klapprige Mann, mit einer Stimme, die sich mühelos auf jedem Sportplatz durchgesetzt hätte, über die klebrige Geigenmusik hinweg. Die Umsitzenden begannen zu kichern, und Clara rückte etwas näher an ihren eifersüchtigen Mann heran. Es war Zeit, der Situation eine neue Wendung zu verpassen, einen neuen *Beat,* wie es ihr Lehrer nannte.

»Du musst dich eben mehr um mich kümmern.« Sie breitete die Arme aus, legte ein dramatisches Zittern in ihre Stimme.

»Was ist nur mit uns passiert? Früher warst du so romantisch!«, rief sie. Mehr Köpfe wandten sich ihnen zu, auch vorüberschwankende Passagiere blieben stehen. *Das Publikum einbeziehen,* diese Improvisationsregel schoss ihr durch den Kopf, und sie schmetterte den Neugierigen ihren nächsten Satz entgegen: »Beim Heiratsantrag hat er sich noch vor mir auf die Knie geworfen, mit einer Rose zwischen den Zähnen!«

»Oh ja, das war sehr romantisch.« Simon verschränkte die Arme. »Die gesamte Blattlaus-Community hat meine

Zunge mit einer Fun-Meile verwechselt und eine Love-Parade darauf gefeiert.«
Gelächter, Gemurmel, einige Passagierinnen flüsterten mit ihren Männern.
»HEIRATSANTRAG!«, brüllte der Mann der Weißhaarigen. »MIT EINER ROSE! ZWISCHEN DEN ZÄHNEN!«
»Hast du gehört?«, zischte eine Frau mit einer Turbodauerwelle aus winzigen Löckchen einem Mann mit hängendem Schnurrbart zu. »Du hattest damals nur einen Cheeseburger zwischen den Zähnen, ich hab dich kaum verstanden.«
»Ich hab dir ja auch gar keinen Heiratsantrag gemacht. Aber du hast trotzdem ›Ja, ich will!‹ gesagt.«
»Wie bitte?«
»ABER DAS IST DOCH NICHT NÖTIG, ALBERT, WIR SIND SCHON VERHEIRATET! UND DENK AN DEINE ZAHNPROTHESE!«, übertönte die Weißhaarige den beginnenden Streit zwischen der Turbodauerwelle und ihrem Mann. Wenn es stimmte, dass Menschen ihren Haustieren ähnlich sahen, mussten sie einen Pudel und einen Seehund zu Hause haben, dachte Clara verschwommen. Was jetzt? Womit sollte sie die abdriftende Aufmerksamkeit wieder fesseln? Simon war zum Barkeeper gegangen und redete auf ihn ein. Die süßliche Geigenmusik verstummte, und die ersten Takte von *Time of my life* aus *Dirty Dancing* erfüllten den Raum.
»Ich zeig dir jetzt mal, wie romantisch ich bin. Erkennst du unser Lied?« Simon schien die Improvisationsregeln auch zu kennen und zu wissen, wann man Dialog durch Bewegung ersetzen musste, er verbeugte sich vor ihr, und Clara spürte, wie sich die Aufmerksamkeit des Publikums ihnen wieder zuwandte.

»Oh … mein Schnuffelchen!«, stieß sie entzückt aus, befreites Lachen der Umstehenden. Simon, vor ihr, ging in die Hocke und hob sie mit Schwung in die Luft. Sie reagierte instinktiv, schlang ihm die Beine um den Bauch, wie bei den Hebefiguren in der dörflichen Gardetanzgruppe, die sie mit dem schwitzenden Erben des Hotels *Zur Weinbergschnecke* geübt hatte. Der Hotelerbe hatte selbst einer Weinbergschnecke nicht unähnlich gesehen und sich in entsprechendem Tempo auf dem soliden Parkettboden der Gemeindehausturnhalle bewegt.
Dieser Boden schwankte, und Simon stolperte mit ihr ein paar Schritte rückwärts, fing sich wieder, stand breitbeinig.
»Lass dich nach hinten fallen«, flüsterte er, und Clara lehnte sich zurück, die Beine um Simons Bauch geschlungen, spürte seine Hände auf ihrem Rücken. Mit Schwung richtete er sie wieder auf, griff unter ihre Achseln und stemmte sie auf ausgestreckten Armen nach oben. Was dem Erben der *Weinbergschnecke* nur einmal gelungen war, unter Stöhnen und Prusten, er hatte prompt die Lage ausgenutzt und seine Lippen auf ihren Bauch gepresst. Simon prustete nicht, er presste auch seinen Mund nicht dorthin, wo Claras Kragenbärpulli und das T-Shirt verrutscht waren und ihre Haut sich plötzlich und heftig nach Lippenberührung sehnte. Das Publikum klatschte begeistert, als er sie herumschwenkte, einmal im Kreis, dann neigte sich der Raum, und unter das Klatschen mischten sich erschrocken-erregte Schreie. Schwindlig war ihr, aber Simon hielt sie, trug sie torkelnd auf Händen, auf die offene Kuchenvitrine zu, zumindest würde sie weich fallen, in Cremetorten und Schwarzwälder Kirsch.
»Subber!«, rief der Hesse. »Des gibbt volle Punktzahl, odder, Loddosblütsche?«
Einen Moment schwebte sie noch, über Schokosahne-,

Himbeercreme- und Kokostorte, dann gelang es Simon, sie sanft herunterzulassen, unter donnerndem Applaus. Sein Atem ging schnell, und er hielt sie noch einen Moment fest. »Kannst du mir sagen, was dieser Kerl hier macht?«, flüsterte er. Neben der Vitrine stand ein Clown in einem gelb-schwarz karierten, offensichtlich mit Kissen ausgestopften Kostüm. Er trug eine Maske, die aus einem Funshop für Halloween zu stammen schien, weiß, mit roter Nase, einem irre lächelnden Mund, orangefarbenen Haarbüscheln und Sehschlitzen für die Augen.

»Komm, wir spielen woanders weiter«, flüsterte Simon, und gemeinsam tanzten sie zur Tür. Ein Teil des Publikums zog mit ihnen, also stritten sie in der Grillbar weiter und später im bayerischen Restaurant. Clara, in der Rolle der verwöhnten und liebesbedürftigen Passagierin, verlangte von ihrem Mann weitere Beweise seiner Zuneigung. Simon zeigte sich nicht unbedingt begeistert von ihrer Forderung, einen Stern nach ihrem Kosenamen benennen zu lassen.

»Knutschtrutschelchen! Wie passt denn das zwischen Sirius, Beteigeuze und Cassiopeia?«

Bevor Clara antworten konnte, mischten sich engagierte Zuschauer ein: »Ei, wieso soll des net passe? Isch häng direkt neben der Venus! Nemme Sie aanfach des De-Luxe-Paket bei Sterntaufe-Schnäppchen.de, des kost nur …«

»Des gehört net hierher, Loddosblütsche!«

Akkordeonklänge unterbrachen weitere hessische Kommentare. Die Spieler waren Passagiere, wenn Clara sich recht erinnerte, jene Männer, die am ersten Tag im Aufzug ihr Nixenkostüm kommentiert hatten. Auch jetzt, als plötzlich eine Gestalt durch das Restaurant tänzelte, mit nicht viel mehr als einem Fischernetz bekleidet, hielten sie sich mit Kommentaren und Pfiffen nicht zurück. Was Sunny eher noch anzustacheln schien zu weiteren, gewagten

Tanzbewegungen. Auch der Clown war wieder aufgetaucht, hatte seinen Posten nahe der Tür bezogen.
»Hören wir auf? Die Bespaßungsdichte ist hier schon viel zu hoch.« Simons Hand lag leicht auf Claras Schulter, und sie unterdrückte den Impuls »Nur noch ein bisschen!« zu rufen, wie ein Kind, das aus dem Spielzimmer geholt wird. Wie viel Zeit vergangen war, wusste sie nicht, sie war in ihrer Rolle aufgegangen wie vielleicht seit ihrem ersten Auftritt als Balthasar beim dörflichen Krippenspiel nicht mehr, als sie mit ihrem hochdramatischen »Ja!« den Saal zum Kochen gebracht hatte.
Simon nahm ihre Hand, und gemeinsam verbeugten sie sich vor der Menge. Neben der Tür stand immer noch der Clown, unbeweglich, stumm, auf Sunny starrend. Mit einem glühenden Blick aus eindeutig braunen Augen. Etwa Val? Hatte er sich verkleidet, um ihren Walk-Act unauffällig zu überwachen? Vermutlich kostete es ihn ein Höchstmaß an Selbstbeherrschung, jetzt nicht zu zaubern. Noch spürte Clara die gerade erfundene Figur in sich, und als sie zur Tür gingen, blieb sie stehen, dicht vor dem reglosen Clown, und zog sich den Kragenbärpullover über den Kopf. Darunter trug sie ein Outdoor-T-Shirt, weiß, eng anliegend, mit eingebauten Spezial-Sport-Körbchen, für 99,99 Euro. Vals fiebriger Blick wanderte von Sunny zu ihr, er scannte ihren Körper ab, vom Hals bis zu den Füßen und wieder nach oben. Clara streckte ihm ihre Sportkörbchen entgegen und hoffte, dass ihr Outdoor-T-Shirt wenigstens ein bisschen durchsichtig war. Sollte er ruhig leiden, wie sie gelitten hatte. So viel für die Kabine, dachte sie und ließ die Zunge über ihre Lippen gleiten, so verführerisch, wie sie es fertigbrachte. Mit einem Ruck hob sich Vals Arm, Wattebäusche stoben aus seinem Ärmel, in Gelb, Rosa und Blau, gefolgt von einem Schwung Konfetti.

Busen voran schritt Clara durch die Konfettiwolke, hinein in den nächsten Raum. Wo sie stehen blieb, den Pullover wieder anzog.

»Schade«, hörte sie Simons Stimme, und sie spürte, wie ihre Rolle von ihr abfiel. Sie war wieder Clara Abraham, ehemals Tümmler. Im Moment eher Tümmler. Sie hatte forsch eine Tür geöffnet, in der sie den Ausgang vermutete, und blickte in einen Flur, der ihr vollkommen fremd schien. Und fremd fühlte auch sie sich plötzlich, wie ein Knutschtrutschelchen-Stern am dunklen Nachthimmel.

»Komm.« Simon griff nach ihrer Hand. Gemeinsam bogen sie um eine Ecke und erreichten wie durch ein Wunder die Treppe.

»Verehrte Passagiere«, schepperte es aus den Lautsprechern im Treppenflur, »in zwanzig Minuten werden wir in dem romantischen Fischerörtchen Rørvik anlegen. Unser Norwegenspezialist ist leider immer noch seekrank, die Führung *Fischerhütten und Spelunken* muss also ausfallen.«

»Soso.« Simon war vor dem Panoramafenster stehen geblieben und zwang Clara, ebenfalls anzuhalten. Oder seine Hand loszulassen. Ihr Körper hatte sich für Möglichkeit eins entschieden, bevor ihr Hirn das Problem an die Entscheidungszentrale weitergeben konnte. Durch das Grau hinter der Fensterscheibe zischten Möwen, kleine weiße Tornados, getrieben vom Wind. Von fern blinkten Lichter.

»Natürlich werden Ihnen sämtliche Kosten für die gebuchte Tour erstattet«, sagte die forciert fröhliche Stimme aus den Boxen. »Und unsere beiden Sportanimateure begleiten Sie gern auf einem kleinen Spaziergang. Wir haben eine ziemlich frische Luft, mit recht sportlichen Windgeschwindigkeiten. Wegen der ... äh ... Luftfeuchtigkeit liegen Regenschirme für Sie bereit, solange der Vorrat reicht. Und jetzt viel Spaß bei Ihrem Erlebnis-Landgang!«

»Bravo, Herr Kreuzfahrtdirektor. Eine psychologische Meisterleistung«, murmelte Simon. Vor den Aufzügen sammelten sich bereits Passagiere in Landganglaune, und eine Weile standen sie schweigend vor dem Fenster, sahen zu, wie die Lichter näher kamen, nicht nur Positionslichter, auch erleuchtete Fenster, wie Clara bemerkte. Simons Hand fühlte sich warm an, warm und trocken. *Tröstlich, geborgen,* diese Wörter glommen in ihrem Hirn auf wie Lichter im Nebel. Untermalt von einer Melodie, der Übung Nr. 5 aus der Gesangsschule für Sopran, deren Text sie immer unglaublich kitschig gefunden hatte. *Liegt auch mein Schiiiiff am Wehr, siicher geborgen, denk ich mit Sooorgen zurüüück an das Meer!* Ihre Gesangslehrerin an der Schauspielschule, eine pensionierte Opernsängerin, die ihre zu engen Roben im Unterricht auftrug, pflegte die Übungen zeilenweise vorzusingen. Schon das »Schiiiiff« brachte die Nähte in arge Bedrängnis. Die »Sooorgen« ließen den Reißverschluss ächzen. Und der dramatische Melodiesprung vor »zurüüück« hatte eines Vormittags die Robe gesprengt. Ein Erlebnis, an das Clara stets mit einem Kichern zurückdachte. Jetzt war ihr nicht zum Kichern zumute, aus irgendeinem Grund verschwammen die Lichter der Häuserfenster vor ihren Augen.

»Wo musst du jetzt hin, runter in dreizehn dreizehn?« Simon hatte die Sonnenbrille zurückgeschoben, sah sie an mit seinem blauen Winterblick hinter dem Wimpernpelz. »Soll ich dich hinbringen?«

»Ich … ich bin heimatlos.« Sie hörte ihre eigene Stimme. Kläglich. Tümmlerisch. Kein Wunder, dass Simon jetzt lächelte, auf diese amüsiert-arrogante Art.

»Keine Heimat, keine Wohnung, keine Freunde? Geht's dir auch schon wie uns Seeleuten?«

»Nein, Quatsch … Es ist nur … Meine Sachen sind bei

Gesine, aber ich habe keinen Schlüssel, und ich weiß nicht, wo …«
»Das ist kein Problem.« Seine Stimme klang jetzt sanft. Was nichts besser machte, im Gegenteil. Sie blinzelte, rieb sich rasch die Augen.
Wie sich herausstellte, hatte Simon einen Schlüssel zu Gesines Kabine. Ganz selbstverständlich zog er das Plastikkärtchen durch den Schlitz der Verriegelung.
»Voilà. Ich schlage vor, wir ziehen uns rasch um, dann gehen wir was essen, ja? Ich kenne hier eine Hafenkneipe. Ganz gemütlich. In zwanzig Minuten?«
Aber Simon erschien nicht nach zwanzig, sondern nach vierzig Minuten. Er habe noch etwas erledigen müssen, entschuldigte er sich, und als er vor ihr her durch den Gang lief, schaute er zweimal auf seine Uhr. Wahrscheinlich, nein sicher, ging er nur aus Mitleid mit ihr essen, wegen ihrer peinlichen, erst knutschtrutscheligen und später tümmlerischen Bedürftigkeit. Bestimmt hatte er die Löwenmähnige in seiner Kabine vertrösten müssen, hatte am Ende gar mit ihr …
»Schau an, unser Konfettispeier hat seine Hüllen fallen lassen. Hoffentlich flitzt er jetzt nicht nackt durch den Ort oder erschreckt unbescholtene Schafe.« Simon wies mit dem Kinn auf ein Kleiderhäufchen an der Hintertür des Theaters, gelb-schwarzes Trikot, übergroße Schuhe, Maske. Hinter der halb offenen Tür zur Hinterbühne und zum Fundus summten Bohnermaschinen, auch im Flur und auf den Treppen wurde gesaugt. Die Hand am Geländer, blieb Simon stehen und sah sie an. Er trug nicht mehr seinen Anzug, sondern Jeans und Lederjacke, dazu seinen Hut, und er sah ernst aus. Gleich würde er sich entschuldigen, er habe es sich anders überlegt, sie musste ihm zuvorkommen.
»Clara, ich weiß, es …«

»Schon okay, ich wollte sowieso lieber …«
»Aaachtung!« Hinter ihnen ein Schrei, etwas polterte, röhrte hell auf, im nächsten Moment spürte Clara Simons harten Griff um ihren Arm, dann das Treppengeländer im Rücken. Der Staubsauger rumpelte an ihnen vorbei, holperte treppab, sich in seinem Rüssel verheddernd, das Kabel hinter sich herschleifend, ein wild gewordenes Staubsaugertier, gefolgt von seinem erschrockenen Bändiger. Von unten Stimmen, dann stoppte das Heulen des Saugers, und dem Mann vom Reinigungspersonal eilten seine Entschuldigungen voraus, prallten ab an der Gruppe am unteren Treppenabsatz. Tief in Gesichter gezogene Mützen, Lederjacken, Anoraks. Vier Männer, offensichtlich schon auf dem Rückweg vom Landgang. Einer von ihnen versetzte dem ausgebrochenen Staubsauger einen Tritt, bevor sie, die gesamte Breite der Treppe einnehmend, ihren Weg nach oben fortsetzten.
Simon ließ Claras Arm los.
»Ich hoffe, ich hab dir nicht wehgetan. Ich hab keine Übung darin, Damen vor fallenden Staubsaugern zu retten. Aber ich werde besser, ich verspreche es.« Damit drehte er sich um, und sie folgte ihm benommen die Treppen hinunter zu Deck 3. Wo durch das offene Schiffsmaul schon das hereinwehte, was der Kreuzfahrtdirektor so optimistisch als »frische Luft« bezeichnet hatte: wütender Wind, der an ihren Jacken zerrte und ihnen Tropfen ins Gesicht warf, spitz wie winzige Nadeln.
»Nach Ihnen, Madame«, sagte Simon, und sie zog ihre Mütze tiefer ins Gesicht, steckte die Hände in die Jackentaschen und lief über den windgebeutelten Steg auf die Lichter des Hafens zu.

Logbuch von Simon

23.7.13

00.31 Uhr MEZ

Nordeuropäisches Meer, geschätzte 64° 53′ N, 11° 14′ O

Ich bin solch ein Idiot. Wer auch immer dieses Logbuch in Zukunft lesen, es in Klauen oder Roboterfingern halten wird, muss sich schaudernd abwenden vor der Blindheit und Blödheit eines Mannes, der sich über das Kurzzeitgedächtnis von Schildkröten lustig macht, dessen Verstand aber das eigene Loch im Blumentopf nicht erkennen kann. Liebe künstliche Intelligenzen, die ihr die Weltherrschaft übernommen habt, in einem aufsehenerregenden, in unzähligen Hollywoodfilmen erprobten Putsch, verehrte Spezialroboter dieser Erde: Hiermit bekenne ich meine Schuld an dem, was passiert ist. Auch, wenn es nichts hilft. Zumindest lenkt es mich ab, wenn ich davon berichte. Mehr kann ich im Moment nicht tun.

Wie so oft begann alles mit schlichtem Begehren. Okay, liebe künstliche Intelligenzen, ihr könnt mich gern auch schwanzgesteuert nennen. Obwohl mir das altmodische, aber schöne Wort Begehren lieber ist. Man kann sich einreden, es sei mehr als bloßer Trieb, es sei Seele oder Herz dabei, vielleicht sogar Hirn, und trotzdem bleibt alles relativ unverbindlich. Ich begehre gern, und ich begehre viele Frauen gleichzeitig, in den Häfen und an Bord. Und ja, ich begehre auch Clara.

Ihr Freund, dieser Adrian, ist – oder sollte ich lieber sagen: war – kein Hindernis. Nicht für einen Flirt. Und ja, ich glaube, von ihr gewisse Signale empfangen zu haben. Clara hat eine durchaus reizvolle Art zu erröten. Und ihre beinahe verzweifelte Art, dieses Erröten zu verbergen, ist hinreißend.

Zu unserer kleinen Walk-Act-Verabredung erschien sie in rosafarbenen Fischerinnenstiefeln. Ich schwöre, bis zu dem Moment,

als sie darin den Wellness-Bereich betrat, habe ich nicht gewusst, dass ich Gummistiefelfetischist bin. Dazu trug sie Sporthosen, die Hosen einer gut betuchten, zickigen Pensionatsschülerin, und einen strengen Skilehrerinnen-Rollkragenpullover.
Ich war froh um die Sonnenbrille, die es mir erlaubte, meinen Blick überall verweilen zu lassen, ohne mich als lechzender Lüstling zu entlarven. Frauen lieben Gentlemen, verehrte künstliche Intelligenzen, keine Pavian-Männchen mit Tunnelblick. Dies nur, falls ihr diese Information über die menschliche Spezies gebrauchen könnt.
Unser Walk-Act als streitendes Paar machte Spaß. Wirklichen Spaß. Zum ersten Mal seit lang vergangenen Improtheater-Tagen in meinem anderen Leben. Und für Momente vergaß ich sogar die Frage, die in meinem Gehirn in Endlosschleife mitlief: ob Clara die Nacht wirklich mit Val verbracht hatte. Dafür sprach, dass Val als Stillsteher unsere Vorstellung kontrollierte. In einem Clownskostüm aus dem Theaterfundus, das DJ Blauwal vor Jahren auf der Karibikroute getragen hat, in einer schnell wieder abgesetzten Halloween-Show. So lächerlich unser Kuturmanager darin auch aussah, so *hot* schien er zu sein. Als Clara ihre Striptease-Nummer machte, stob ihm das Konfetti sogar aus den Nasenlöchern. Ich reagierte auf diesen Vulkan der Geilheit wie ein brünstiger Hirsch auf einen plötzlich auftauchenden Konkurrenten. Ach was, vermutlich muss ich gar nicht so weit in den Säugetierbereich vordringen, auch ein Fruchtfliegenmännchen, das rot sieht, wird dieses Verlangen kennen: den Widersacher so schnell wie möglich auszuschalten. Ein Verlangen, dem ich nicht nachgab. Stattdessen entschloss ich mich zu der etwas elaborierteren, dennoch primitiven Strategie, das Weibchen aus dem Kontaktbereich des Konkurrenten zu entfernen (dessen Eliminierung ich auf einen späteren Zeitpunkt verschoben habe).
Mein Konzept sah vor, Clara an Land zu bringen, auch wenn dies bedeutete, Jane in den Safe sperren zu müssen. Nur mit Mühe

habe ich mich bei Jane durchgesetzt, sie spielte virtuos auf der Klaviatur meines schlechten Gewissens. Unsere nervenzerfetzende Diskussion (und das Einfangen, denn Jane wehrte sich mit Zähnen und Krallen) dauerte lange, und vermutlich waren meine Platzhirschgedanken und die daraus resultierende Nachlässigkeit der Grund für alles, was nachher passiert ist.
Mein etwas unentspannter Versuch, Clara nach ihrem Verhältnis zu Val zu fragen, wurde von der Vorsehung in Gestalt eines fallenden Staubsaugers vereitelt, ein Erlebnis, das uns beide ein wenig erschreckte, und so führte ich eine recht verstörte Clara an Land. Sie hatte sich umgezogen, trug nicht mehr ihre Fischerinnen-Gummistiefel, aber noch ihren Pullover und die Schildmütze. Sie war schön, sie war blass, hungrig auch, ich nötigte sie zum Essen, aß selbst alibihalber irgendetwas mit einem langen norwegischen Namen, das vielleicht Huhn war, vielleicht auch Schlange. Immer wieder öffnete sich die Tür, nasse Gäste traten ein, und ich erläuterte Clara die feinen Unterschiede: Touristen triefen in Regenkleidung führender Outdoor-Firmen, Einheimische tropfen in Jeans und kurzärmeligen T-Shirts. Auch referierte ich ein wenig über die Schönheiten Norwegens (ich meine damit die landschaftlichen Schönheiten, liebe Roboter und Roboterinnen), dann fragte Clara, wo ich schauspielern gelernt hätte. Learning by doing, sagte ich, und wir gerieten in meine Vergangenheit, zu weit für meinen Geschmack, auch fiel mir Nikos Brief wieder ein.
Lieber Simon, gib ein Lebenszeichen. Ich habe eine Idee.
Also lenkte ich ab, fragte, wo sie studiere, wo sie überhaupt herkomme (sie spricht auf Schauspielerinnenart dialektfrei), worauf sie in recht hektische Ausweichmanöver verfiel. Sie erzählte lustige Geschichten über ihre Lehrer, darunter eine Gesangslehrerin mit der Statur einer Flaggschiff-Galionsfigur, dabei dieser ängstliche Blick, als hätte auch sie Leichen im Keller, ein vergangenes Verbrechen vielleicht, gar eine reizvolle Perversion. Nach

der sich mein inneres Pavianmännchen gern erkundigt hätte, aber mein innerer Gentleman siegte und fragte nach ihren Traumrollen. Es wurde recht gemütlich, und wir saßen länger in dieser Kneipe, als ich es Jane gegenüber verantworten konnte, redeten angeregt über *Endstation Sehnsucht* (ich verriet ihr nicht, dass ich einmal ein Bühnenbild dafür gemacht habe). Die Kneipe wurde voller, nach und nach betraten auch fast trockene Gäste den Raum, und der Fetzen blauen Himmels hinter der Fensterscheibe trieb uns auf die Terrasse. Über uns eine Ahnung von besserem Wetter, unter uns die wild fotografierenden Passagiere, von fern das Geräusch eines herannahenden Flugzeugs. Das ich ungern erwähne, das aber zwingend zum Gesamtbild gehört. Wir standen am Geländer, beide gleichermaßen erfreut über diese Gnade des Wetters, erleichtert, nach all dem Geschaukel auf festem Boden zu sein, erfrischt von unserem Gespräch. Und in dieser gemeinsamen hoffnungsvollen Stimmung gab ich dem Impuls nach, Clara zu küssen. Bei komplett lahmgelegter Vernunft.

Liebe künstliche Intelligenzen, glaubt mir, ich beabsichtigte, ihre Lippen nur zu streifen. Eine kleine Kussanfrage, mit der Option auf mehr. Und mit der Möglichkeit, alles als harmlose Laune des Augenblicks abzutun. So jedenfalls meine jetzige Analyse. In diesem Moment dachte ich nichts, dachte noch nicht einmal daran, den Hut abzunehmen. Und so kam es, dass meine Hutkrempe und Claras Mützenschild den besten Kontakt hatten, unsere Lippen jedoch vergeblich versuchten, einander zu treffen. Fahrig wie ein nervöser Schuljunge streifte ich ihre Schildmütze nach hinten, riss in Rage meinen Hut vom Kopf. Er flog davon, tummelte sich zwischen den Beinen der Fotografierenden, die zu diesem Zeitpunkt ihre Kameras bereits auf den Himmel gerichtet hatten. Für Harmlosigkeit war es zu spät, und allein die Rufe von unten hielten mich davon ab, zur Sache zu gehen.

»Wahnsinn, bei dem Wind!«
»Ei verbibbscht!«
»Loddosblütsche, mach ein Foddo!«
Dann Applaus. Nicht für unsere vergeblichen Bemühungen. Sondern für das, was über den Himmel zog. Ein Flugzeug. Dahinter ein flatterndes Werbebanner. In Rosa. Mit der Aufschrift: *Clara, ich liebe dich.* Wir sprangen beide auf, und Clara schwankte, als wären wir noch an Bord. Sie war blass, so blass, dass ich mich genötigt sah, für einen Augenblick den Arm um sie zu legen. Und gleichzeitig zu hoffen, dass ihr Adrian nicht selbst im Flugzeug saß, bereit, mich abzuschießen. Gleichzeitig raste von der Straße ein Polizeiauto heran.
Und das, liebe künstliche Intelligenzen, war nichts gegen das, was noch passieren sollte.

12.

Verehrte Passagiere, bitte kommen Sie alle unverzüglich an Bord! Zu Ihrer eigenen Sicherheit! Ich wiederhole ...«

Clara wartete die Wiederholung nicht ab. Sie rannte, flüchtete vor dem Flugzeug und der weithin sichtbaren Liebeserklärung, vor dem Polizeiauto, das mit jaulenden Sirenen vor dem Schiff stand. Wegen Adrian? War es verboten, hier zu fliegen? Hatten er oder der Pilot, den er beauftragt haben musste, irgendwelche internationalen Lufträume verletzt? Machte man sie dafür verantwortlich? Würde man sie verhaften?

Verängstigte Passagiere drängelten von hinten, wurden gebremst von einem sächsischen: »Schübbsen nützt nischt! Man gönnt ja glööben, wir wärn in der DDR beim Eengoofen!« Während Clara, geschübbst und geschoben, über den windgebeutelten Steg trabte, dachte sie verschwommen über Einkaufen in der DDR nach, und dann dachte sie an Simons Kuss. Oder Beinahe-Kuss. Sie hatte sich tümmlerisch angestellt, ihre Schildmütze vergessen, aber sie konnte nicht leugnen, dass sie sich ihm zugewendet hatte, wie sich ein Apfel am Baum zur Sonne dreht. Und ohne an die Löwenmähnige zu denken. Dafür hatte Adrian an sie gedacht.

»Verehrte Passagiere, bitte begeben Sie sich unverzüglich, aber ohne Eile in Ihre Kabinen und warten Sie auf weitere Instruktionen!«, schepperte es aus den Lautsprechern. Eine

Aufforderung, der sie auf keinen Fall folgen wollte, nicht jetzt, nicht in den Schiffsbauch. Sie hetzte treppauf, weg von der Polizei, weg von möglichen peinlichen Befragungen, weg von … Sie stoppte in vollem Lauf. Wie weit war der nächste Flugzeuglandeplatz entfernt? Was, wenn Adrian mitgeflogen war? Würde er an Bord kommen? Und dann?

»Clara!« Simon, hinter ihr, holte auf, und von oben flatterte ihnen Gesine entgegen.

»Offen!« Mehr brachte Gesine nicht heraus, sie keuchte und japste, schien kleine Stücke von der Luft abbeißen zu wollen.

»Die Kabinen!«, keuchte sie dann. »Alle Kabinen auf unserem Flur! Jemand hat sie durchwühlt!«

»Jane!« Damit stürmte Simon die letzten Stufen hoch, bog ein in den Gang von Deck 6, und Gesine rannte hinterher. Clara folgte langsam, sah, wie Simon eine Tür aufriss, in eine Kabine stürmte, die immer noch keuchende Gesine im Schlepptau. Der Gang war leer, und niemand außer Clara bemerkte den Clown am anderen Ende des Flurs, der sich, über seine Schuhe stolpernd, hastig entfernte und über die hintere Treppe verschwand.

»Wer macht dann so ebbes? Im Urlaub! Ei so e Drecksau!« Die ersten Aufzüge waren angekommen, und die Passagiere drängten sich im Foyer von Deck 6 und in den Gängen. Was jetzt? Sollte sie die Clownsflucht melden? Aber wem? Dem Käpt'n? Oder den Polizisten, die jetzt treppauf und treppab polterten und sich glücklicherweise nicht für Clara Tümmler zu interessieren schienen? Vals triumphierendes »Abrakadabra!« vor der verschlossenen Tür zu Kabine dreizehn dreizehn fiel ihr ein, schnell und leise hatte er gearbeitet und ohne eine Spur zu hinterlassen, wie auch der jetzige Einbrecher, so viel entnahm sie den erregten Gesprächen. Mindestens zehn Kabinen auf Deck 6 sollte er durchwühlt haben, darunter auch die von Val. Was Val nicht entlastete, das wusste jeder, der wenigstens einen »Tatort« gesehen hatte.

»Weg! Sie ist weg!« Simon, der sich wild im Gang umblickte, riss sie aus ihren Spekulationen.

»Hast du denn wirklich überall gesucht?« Gesine, hinter ihm, versuchte, ihn am Ellenbogen zu erwischen, aber Simon drängte schon auf die Treppe zu.

»Das ist doch völlig bescheuert, Simon! Wie soll Jane denn allein dorthin finden?«

»Sie liebt den Teich!«

»Ah ja? Und deshalb nimmt sie den Aufzug, spaziert durch den Flur und durch die Tür zum Wellness-Center. Simon!« Sie waren stehen geblieben, und Clara sah, wie Gesine ihre Hand auf Simons Arm legte. »Die Tür würde für sie noch nicht mal aufgehen. Oder glaubst du, die Lichtschranke reagiert auch auf Schildkröten?«

Simon schwieg, anscheinend ratlos. Gesines Arm lag jetzt um seine Schultern. Wofür sich Gesine auf die Zehenspitzen stellen musste. Was hatten die beiden eigentlich miteinander? Und wo war die Löwenmähnige?

Clara wandte sich ab und stieg die Stufen hinunter. Vielleicht wäre es das Vernünftigste, zur Rezeption zu gehen, um dort die Clownsflucht zu melden. Und dann? Konnte sie verantworten, dass Val abgeführt wurde? Die Lobby auf Deck 3 war überfüllt, immer noch trafen Passagiere ein, dazwischen Polizisten, Schiffsoffiziere in Uniformen. Die Menge wogte voran, vergeblich zurückgedrängt von den Polizisten, auch Clara wurde geschoben, vorbei an den Sitzgruppen im Eingangsbereich, dem kleinen Internetcafé, in Richtung der Glastüren zum Deck.

»Es war ein Notruf!« Dieters Frau stand vor der Tür, mit in die Hüfte gestemmten Armen, »Jemand vom Schiff soll die Polizei angerufen haben. Doch, Dieter, widersprich mir nicht, der Offizier hat es gesagt. Danger SOS, ich weiß doch, was ich gehört habe!« Hinter Dieters Frau und der Scheibe nahm Clara eine Bewegung wahr, undeutlich, verdeckt durch Wolkenfetzen. Nackte Arme, tätowiert, die sich schlangenartig hoben, Hände, sich zierlich drehend, wie bei einem Tempeltanz. Als für eine Sekunde eine Lücke zwischen den Köpfen vor ihr entstand, sah Clara den Rest der Gestalt, gehüllt in ein Fischernetz, darunter trug sie, soweit zu erkennen war, wenig oder nichts. Ihre Kabinengenossin Sunny, die jetzt zu einer Ballettpose ansetzte, auf einem Bein, das andere in die Höhe gestreckt, endend in einem Stöckelschuh. Wie um Himmels willen hielt man sich einbeinig auf Highheels auf einer regennassen Reling? Kaum hatte Clara es gedacht, ruderte Sunny auch schon mit den Armen, als wollte sie losfliegen. Dann versperrten hochgehaltene Telefone die Sicht, Polizisten stürmten das Deck, jemand schrie, und als die ersten Telefone wieder verschwanden, fand Clara bestätigt, was sie sich schon gedacht hatte: dass Sunny nicht fliegen konnte.

Im anschließenden Tumult wurde Clara weiter nach oben gespült, beobachtete vom Panoramafenster auf Deck 5, wie ein Krankenwagen eintraf, Männer mit einer Trage Richtung Ufer rannten und kurz darauf mit einer komplett durchnässten, aber anscheinend quicklebendigen Sunny zurückkamen. Um sie herum schwärmte eine Traube Polizisten. An die Scheibe gelehnt, konnte Clara ein gewisses freudiges Herzklopfen nicht vor sich selbst verbergen: Wohin wurde Sunny getragen? In ein norwegisches Inselkrankenhaus, wo sie unter Umständen länger bleiben würde, als das Schiff im Hafen lag? Oder kam sie gleich in Polizeigewahrsam?

Wegen unerlaubten Fallens über die Reling? Clara versuchte, die sie überschwemmenden Vorstellungen einer Komplettsanierung der Kabine dreizehn dreizehn mit mitfühlenderen Gedanken zu übertünchen: Ob sich diese Sunny nur verkühlt oder etwas gebrochen hatte? Warum hatte sie überhaupt auf der Reling getanzt?
Der Krankenwagen entfernte sich, und als sie sich vom Fenster abwandte, sah sie wieder Uniformen. Diesmal keine Polizisten. Weiße Hemden mit Schulterklappen, weiße Mützen, auf der Treppe nach oben. Sie wartete, ließ mehrere Passagierrücken Abstand zwischen sich und den weiß Uniformierten, bevor sie ihnen folgte. Im Gang von Deck 6 hatten sich inzwischen Grüppchen gebildet, eifrig diskutierend.
»So ein Doscheinander! Die habbe Droosche gesucht, die Boliziste!«
»Des heißt *Drogen,* Loddosblütsche!«
»Ist doch worscht – es soll ein Drooschedieler an Bodd sein!«
Einer der weißbekleideten Männer unterbrach die erregte Diskussion, bat alle, sich zu beruhigen und zu melden, was weggekommen sei, man werde es ins Protokoll aufnehmen und die Polizei …
»Ei nischts! Oh, entschuldischen Sie, Herr Kabbidän, mir sinn alle so uffgerescht.« Nichts sei weggekommen, bei niemandem, sagte die Hessin, und Clara stellte sich auf Zehenspitzen: War der unauffällige Mann mit den grauen Koteletten unter der Mütze der Kapitän oder der breitschultrige Mann neben ihm? Und wo war Simon? Ob es denn stimme, dass ein Drogendealer an Bord sei, fragte die Hessin, die Polizisten hätten nach Haschisch gefragt und …
»Cannabis hamse gesaacht, Loddosblütsche«, fiel ihr Mann ihr ins Wort, »isch hab's ganz genau verstanne: Cannabis.«

»Des is doch des Gleische. Hauptsache, des macht bekifft.«
»Loddosblütsche! Was soll denn der Käbbdn von uns denke?«
Weitere Passagiere traten aus Kabinen, doch Simon war nicht zu sehen, ebenso wenig Gesine. Clara drängte sich weiter in den Gang hinein, zwängte sich an den üffgeräschden Sachsen vorbei und stand plötzlich neben Val. Sie zupfte ihn am Ärmel.
»Was ist denn los?«
»Keine Ahnung.« Noch zauberte Val nicht, aber seine Hände zuckten. »Irgendjemand wird gesucht, mehr weiß ich auch nicht.«
»Was wolltest du vorhin, in dieser blöden Clownsverkleidung?«
»Ich ... ich wollte nur schauen, ob ihr ...«
»Nü gügge, was griecht denn hier rüm? Bassense mal üff, gleisch drädense drüff!«
»JANE!« Simon hechtete aus der offenen Tür einer Kabine. Hinter ihm Gesine.
Und auf dem Boden eine Schildkröte mit grüngelbem Panzer, die zwischen Juddas Füßen hindurchkroch, direkt auf Clara zu.

Logbuch von Simon

23.7.13
00.43 Uhr MEZ
Nordeuropäisches Meer, Koordinaten: egal

Habe kurz unterbrochen und mir einen Tee gemacht, verzeiht, liebe künstliche Intelligenzen. Ich weiß, es ist nicht gerade nett, euch mit einem locker hingeworfenen »Das war nichts gegen das, was noch kommen sollte« sitzen zu lassen. Vermutlich kaut ihr vor Spannung schon an euren Handstümpfen oder Eisenkrallen. Dabei ist dieses Logbuch kein Thriller, wie ihr womöglich schon bemerkt habt. Obwohl die gleich folgenden, sich überschlagenden Ereignisse nicht allzu weit von einem Thrillerszenario entfernt sind. Okay, niemandem wurde die Haut abgezogen, wir badeten nicht in Blut und Hirnmasse, und die gesamte Menschheit wurde nicht um ein Haar ausgelöscht. Noch nicht einmal der Schiffscannabis wurde gefunden, wahrscheinlich dank Sunnys Bemühungen, rechtzeitig über Bord zu fallen. Eigentlich kamen die Polizisten auch nicht wegen des Cannabis, von dem ihnen irgendjemand erzählt haben muss, vermutlich jemand, der DJ Blauwal schaden wollte, sondern sie kamen wegen der aufgebrochenen Kabinen. Dies vermute ich jedenfalls, habe allerdings den Verdacht, dass mehr dahintersteckt.
Aber ich weiche aus. Die ganze Zeit schon weiche ich aus. Weil ich es nicht aushalte, von Jane zu berichten. Ich kann kaum nach rechts schauen, dorthin, wo ihr Aquarium steht, zur Tarnung vollgefüllt mit Seifenstückchen und Shampoofläschchen. Am liebsten möchte ich aufspringen und an die Tür von Vals Kabine hämmern. Aber Gesine hat recht, ich muss stillhalten, egal, wie schwer es mir fällt. Es wird eine Kabinenkontrolle geben, nach all diesen Wirren, die ich jetzt mühsam rekonstruieren muss.
Alles in allem war es wohl ein günstiges Zusammentreffen,

dass Sunny gerade damit beschäftigt war, eine Zehnerschaft norwegischer Inselpolizisten zu bezirzen. So waren nur der Käpt'n, der Kreuzfahrtdirektor, einige wichtige Schiffsoffiziere und ungefähr zwanzig bis dreißig Passagiere zugegen, als Jane vollkommen verstört über den Flur krabbelte, nachdem ich das ganze Zimmer nach ihr durchsucht, sie mit peinlichen Kosenamen und großen Versprechen von Nacktschneckenorgien gelockt hatte. Wenn ich nur daran denke! All diese Füße!
Es ist ein Wunder, dass Jane nicht zertrampelt wurde. Zu verdanken habe ich dies Clara. Ich sehe sie noch auf dem Boden knien, zwischen all den Füßen, sehe, wie sie beherzt nach Jane greift. Um uns herum kreischten Frauen, als hätten sie eine Maus oder ein Alien gesehen, vom Flur her nahten der Kreuzfahrtdirektor und die Offiziere. Ich hatte keine Zeit, mich bei Clara zu bedanken, stattdessen rief ich etwas wie »Gib sie mir!« und nahm sie ihr ab. Jane kratzte und biss, hatte Clara vermutlich auch gebissen, aber ich kam nicht dazu, mich für sie zu entschuldigen, schon war der Kreuzfahrtdirektor herangekommen, und Gesine warf sich zwischen uns, mit flatternder Aura.
»Wo ist das Tier?«, hörte ich die Stimme des Kreuzfahrtdirektors, und bevor ich ein Wort herausbrachte, redeten Val und Gesine gleichzeitig. »Welches Tier? Hier ist kein Tier«, sagte Gesine, und Val meldete gehorsamst etwas wie: »Soweit ich weiß, Sir, gehört sie … Au!«
So, oder so ähnlich, verehrte künstliche Intelligenzen, klang Vals Schmerzenslaut, und ich begriff erst später, dass Clara ihm auf den Fuß getreten war. Wie es sich anhörte, ziemlich kräftig.
Ich hielt instinktiv die Hand mit der zappelnden Jane auf den Rücken, wie ein Kind, das etwas versteckt, und blitzschnell wog ich ab, was mir blieb: Jane den Polizisten auszuliefern und zuzulassen, dass man sie mitnahm, oder gleich mit Jane von Bord zu gehen und damit meinen laufenden Vertrag mit der Reederei zu brechen.

»Nü, die is doch äben noch hier rumgegrabbeld!«, rief die Sächsin.
»Er hat sie!«, rief eine andere Stimme, eine Frau, ich bin nicht sicher, ob es die Rothaarige war, die mit ihrer blonden Freundin vor ihrer Kabinentür stand. Val traute sich anscheinend nicht mehr zu petzen, flankiert von Gesine und Clara, die immer noch auf seinem Fuß stand. Gesine flüsterte mit Clara, und Clara redete auf Val ein, leise, aber bestimmt. Die Enge im Gang – Neugierige drängten nach, nichts ging vor oder zurück, erste Anzeichen von Panik – war Janes und meine Rettung. Zumindest hoffe ich, dass es eine Rettung war.
»Gib sie Val!«, zischte Clara mir zu.
»Was?«
»Verdammt, gib sie Val! Jetzt! Er lässt sie verschwinden!«
Es muss noch ein paarmal hin und her gegangen sein – »Gib sie Val, er zaubert sie weg!«, »Bist du verrückt, er will mich doch verpetzen«, »Nein, wird er nicht, ich schwör's dir« –, dann mischte sich Gesine ein, mit Oberschwesternblick: »Los, Simon!« Val nickte mir zu, ein widerwilliges Nicken, schon griff er nach Jane, noch zögerte ich. Von der Treppe her kamen norwegische Befehle, vermutlich die Polizisten.
»Mir ist so schlecht!« Mit dieser Bemerkung sah Clara mich noch einmal eindringlich an, dann ließ sie sich fallen, in einer vollendet gespielten Ohnmacht. Auch hier erwies sich die Enge im Gang als Vorteil, erlaubte Gesine, sie aufzufangen und nicht minder theatralisch nach einem Arzt zu rufen, und eine verzweifelt um sich beißende Schildkröte wechselte von einer Hand in die andere. Worauf sie, mit einem »Abrakadabra«, das sich Val anscheinend nicht verkneifen konnte, spurlos verschwand. Alles Suchen blieb zwecklos. Den Beschwörungen einzelner weiblicher Passagiere, eine Schildkröte, ganz bestimmt eine Schildkröte gesehen zu haben, begegnete Gesine mit einem geschickt gesetzten Hinweis auf den Cannabis. Anknüpfend an eine

Bemerkung der Hessen, die anscheinend vom Kiffen gesprochen hatten.

»Mooomend emal, wolle Sie saache, jemand hier hat Drosche genomme?«, reagierte Loddosblütsche auch prompt, worauf sich Gesine ebenso prompt entschuldigte: So habe sie es aber wirklich nicht gemeint, du liebe Güte! Wie könne sie das denn wiedergutmachen?

Sowohl die Suchenden als auch die Offiziere waren abgelenkt, und wenig später hakte Gesine die stämmige Sächsin unter und entführte sie in ihre Kabine. Dort, erzählte mir Gesine später, habe sie Judda erläutert, wie wichtig es sei, dass die Obrigkeit nichts von der Existenz einer gewissen Schildkröte erfahre. Die Sächsin habe dies recht schnell eingesehen, erklärte mir Gesine, und man könne ihr vertrauen, sie habe eine Aura in aufrichtigem Rotgold. Tatsächlich soll Judda beim Abendessen lauthals abgestritten haben, einer Schildkröte begegnet zu sein, weder an Bord noch sonst jemals im Leben. Sie schob alles auf ihre Üffräschung, nicht nur wegen der Bölizei, auch wegen des bald folgenden Höneymüün-Empfangs zu ihrem dreisischsden Höchzeitsdag. Sie und Üwe seien ja in ihren zweiten Fliddewöchen.

Liebe künstliche Intelligenzen, falls man euch auch humanoide Emotionen eingepflanzt hat, versteht ihr vielleicht meine Rührung. Ich bin nicht nur den liebenswürdigen Sachsen zu Dank verpflichtet, sondern auch und in größerem Maße Gesine. Ebenfalls und unerwartet stehe ich tief in Claras Schuld. Wenn man es genau nimmt, auch in der von Val, aber daran möchte ich nicht denken. Es beschämt mich, ich weiß nicht, womit ich es verdient habe, dass man Jane und mir auf diese Weise zu Hilfe kommt.

Jetzt sitze ich hier und warte auf die Kabinenkontrolle. Sie werden mit den unteren Crewkabinen anfangen. Was dies für die arme Sunny bedeutet, ist klar. Sie ist nicht da, und ich weiß nicht, wie man die Folgen von ihr abwenden kann. Vorhin habe ich versucht, DJ Blauwal zu finden, sogar an Mr. Beach habe ich gedacht, der Sunny ja einiges zu verdanken hat. Einer von beiden muss ihr beispringen. Oberschwester Gesine hat mich zurück in meine Kabine gescheucht, ich solle nicht wagen, mich zu rühren, bis die Kontrolle durch sei. Ich traue ihr zu, dass sie im Flur Wache schiebt, damit ich nicht in Vals Kabine stürme und ihn bedränge, mir zu zeigen, wo er Jane hingezaubert hat. Gesine hat ihm Janes Heizung und Trockenfutter gebracht und ihm erklärt, dass er sie zum Fressen ins Waschbecken oder die Dusche setzen muss. Gesehen hat sie Jane nicht, sie hat Verständnis, dass dies gegen seine Zaubererehre geht. Mir fehlt dieses Verständnis. Wie wird er sich bei der Kabinenkontrolle verhalten, wird er nicht mit allem, auch mit Jane, jonglieren, wenn er unter Stress steht?

Mir bleibt nichts, als abzuwarten, die Begebenheiten dieses denkwürdigen Tages zu notieren und mir den Kopf zu zermartern, wie Jane es geschafft hat, aus dem Safe zu entkommen. Meine akribische Detektivarbeit hat zu beängstigenden Schlüssen geführt:

1. Ich habe das erste Mal seit Jahren den Safe nicht richtig verschlossen.
2. Jane kennt den Code meines – unseres – Safes und kann Türen öffnen.
3. Oder – durchaus bedrohlicher: Jemand anderer kennt den Code.

Keine der drei Lösungen behagt mir, liebe künstliche Intelligenzen, die ihr sicher Jahrtausende auf der Erde herrschen werdet, blutlos, herzlos, verdrahtet und verkabelt, und hoffentlich ohne Marderschaden.

13.

Vier Minuten. Nicht zu fassen. Nur vier Minuten von der Stahltür bis zu Kabine dreizehn dreizehn.
Clara war geradeaus gegangen, bei der zweiten Möglichkeit nach rechts abgebogen und dann den Kabinennummern gefolgt, langsam das Wunder begreifend: Alle Kabinen waren mit Nummern versehen, und die Nummern hatten eine Reihenfolge. Eine *nachvollziehbare* Reihenfolge. Hatte sie bisher geträumt? Vielleicht nur irgendetwas übersehen? Auch das Licht schien heute heller zu sein als bisher. Und an der unübersichtlichen Kreuzung mit den Stufen, wo sie immer die falsche Richtung eingeschlagen hatte, klebte ein Pfeil mit der Aufschrift: *Zu den Kabinen 1305–1320.* Vielleicht wegen der Kontrolle? Wegen der sie schließlich auch hier war.
»Meine Liebe, ich weiß, du verstehst es nicht, aber bitte vertrau mir«, hatte Gesine gesagt. Um ihr gleich darauf einen Müllsack, Größe XXL, in die Hand zu drücken. Sie solle all das, was in ihrer Kabine herumliege, so schnell wie möglich einpacken und den Sack vor die Tür stellen. Sunny könne es nicht tun, sie sei zwar aus der Notaufnahme des Inselkrankenhauses entlassen, aber zur Beobachtung auf der Krankenstation des Schiffs. Und der Schiffsarzt lasse sie nicht weg.
»Ich soll …? Aber …« Clara zählte empört alles auf, was ihr einfiel: ihr feuchtes Bettzeug, ihr ausquartierter Koffer, die

Tatsache, dass die Dusche aus mysteriösen Gründen nur drei Minuten ging – wofür ihre Kabinennachbarin vermutlich nichts konnte –, Sunnys Unfreundlichkeit, die ominösen Sessions. Gesine nickte zu jedem einzelnen Punkt, lächelnd. Und erklärte ihr, worin Sunnys Sessions bestanden. Sunny sei eine ausgezeichnete Tattookünstlerin, sie verstehe sich auch auf Nail-Art. Alles illegal, natürlich, weswegen der gesamte Friseursalon nicht gut auf sie zu sprechen sei. Dafür schworen laut Gesine sämtliche männlichen Arbeiter unter Deck, alle Matrosen, viele Animateure und die gesamte Küchenbesatzung auf Sunnys Künste. Bisher sei es erst einmal passiert, im nicht ganz nüchternen Zustand nach einer Aufführung der Wikingershow, dass Sunny aus Versehen einem ebenfalls nicht mehr ganz nüchternen Zwei-Zentner-Maschinisten pinkfarbene Glitzernägel statt eines Seeschlangentattoos verpasst habe. Und zwar an Händen und Füßen.
»Na ja, es war sicher besser so. Das Seeschlangentattoo war für den Lingam gedacht, und bei einer solch diffizilen Arbeit sollte man ein waches Bewusstsein bewahren.«
»Äh … Lingam?« Den Müllsack in den Händen, starrte Clara Gesine an.
»Die aufsteigende Feuersäule, die männliche Schöpferkraft, der Gott Shiva. Oder einfach der Schniepel, meine Liebe. Der Pillermann.«
Auf Schniepeltattoos habe sich Sunny spezialisiert, erläuterte Gesine, und Sunnys besonderes Markenzeichen seien Sinnsprüche. Aus denen sich verschiedene Botschaften ablesen ließen.
»Je nach Zustand des Mannes und seines Schniepels, ob gerade ausgefahrene Wunderwaffe oder Schrumpfschlauch, falls du verstehst, was ich meine. Weißt du, Sunny muss ein meditatives Gespür für diese beiden Zustände haben. Geradezu genial!«

Worauf ihr Gesine die Lingambotschaften und ihre Eigenheiten näher erläuterte, mit zunehmender Begeisterung. Zum Beispiel laufe an Bord ein Arbeiter herum, der die Männer unter der Dusche mit einem eintätowierten »Love« beeindrucke. Was er, habe sie jedenfalls gehört, für die Damen zu einem »Long Vehicle« ausfahren könne.

»Und man möchte gar nicht glauben, wie unterschiedlich diese beiden Zustände bei einigen Männern sein können, es ist medizinisch wirklich interessant.«

Gesine senkte die Stimme und erzählte von einem Offizier, der allgemein als Fußballfan bekannt sei. Und nur seine Gattin und Sunny wüssten, dass hinter einem prolligen »Tor« etwas so Protziges wie »Thors blitzender Wunderhammer« stecke.

»Weißt du, meine Liebe, Sunny ist sehr sensibel. So eine dünnhäutige Aura möchte ich wirklich nicht haben. Ich nehme an, dass manch kleine Merkwürdigkeit bei den Botschaften Absicht ist, immer dann, wenn ein Kerl es am nötigen Feingefühl fehlen lässt. Wenn du jemals von Dr. Mistzeh hören solltest: Das ist der Schiffsarzt. *Meiner ist achtzehn Meter lang* – derartige Selbstüberschätzung zeugt von einem furchtbar dicken Ego und gehört bestraft. Und jetzt sei so lieb und geh, ja?« Gesine hatte noch ein strahlend lächelndes, verheißungsvolles »Es wird sich für dich auszahlen, in jeder Hinsicht, ich fühle es!« hinzugefügt. Sie sehe Großes auf Clara zukommen, wirklich Großes.

Was meinte Gesine? Das Vorsprechen, das gelingen würde? Einen Filmregisseur, der sie plötzlich entdeckte? Hier, vor der Tür zu Kabine dreizehn dreizehn, sauste plötzlich die Erinnerung an Rørvik und Simon durch ihren Kopf. Simon, der ihr die Schildmütze abstreifte, absurd, was hatte dies mit dem Großen zu tun? Sie steckte ihre Karte in den Schlitz und öffnete die Tür. Alles sah aus wie vorletzte

Nacht. Zögernd hob sie ein blaues Farbfläschchen auf. Sollte sie wirklich Sunnys gesamtes Tätowierzubehör in einen Müllsack stecken? So etwas war doch sicher teuer? Sie wickelte die Farbfläschchen in Handtücher, dann verpackte sie ein Werkzeug, das aussah wie ein Bohrer, in Sunnys herumliegende Klamotten. Mit ehrfürchtigem Schaudern betrachtete sie eine Großpackung Rasierklingen – bearbeitete Sunny etwa damit Lingams? Und war Lingams wirklich der Plural von Lingam, oder hieß es vielleicht Lingame, Lingumen, Lingämmer?
Umsichtig trug Clara den obersten Belag des Fußbodens ab, entdeckte rasierte Teddys mit Piercing im Ohr und einen Stofftiger mit lackierten Krallen, verstaute ein Gerät, das Ähnlichkeit mit einem Diaprojektor hatte, zwischen unzähligen zusammengerollten Nylonstrümpfen und Unterwäsche und widmete sich der zweiten Schicht des Chaos aus herumliegenden Kleidungsstücken und Stöckelschuhen. Nach zwei Stunden war nicht nur der Müllsack voll, sondern auch alle Plastiktüten, die sie in Sunnys Schrank gefunden hatte. Alle verbliebenen Kleidungsstücke legte sie zusammen und fütterte damit den winzigen Spind. Der nach fünf Westernjeans, diversen Stiefeln, unzähligen Tops und einem Wollpullover die übrigen beiden Hängekleidchen zu verweigern drohte wie ein verwöhnter Gourmet die letzten Bissen einer leichten Nachspeise. Danach machte sie die Betten, setzte auf Sunnys Kopfkissen einen ungepiercten Stoffhasen, ans Fußende ihres eigenen Bettes stellte sie ihre Tasche, kramte ihren Schlafanzug aus dem Koffer – etwas, wozu sie seit ihrer Ankunft an Bord noch nicht gekommen war –, zog sich aus und nahm eine heiße Dusche. Sie hatte den Verdacht, dass die Dusche heute länger als drei Minuten Wasser spenden würde, wollte es aber nicht darauf ankommen lassen und sprang nach einem Blick auf ihre Uhr – exakt

zwei Minuten und fünfundfünfzig Sekunden – heraus. Und mehr als ihre Uhr hatte sie nicht an, als es klopfte.

Einen Moment stand sie starr und tropfend mitten im Raum. Etwa schon die Kabinenkontrolle? Wohin mit den Müllsäcken?

»Sofort!«, rief sie, versuchte, den größeren Sack unter das Bett zu schieben. Hinter ihr das Knarren der Tür und ein begeistertes: »Denn man tau!« Mit einem Schrei fuhr sie herum. Der Seeschlangenmann! In einem schwarzen, megaengen Muscleshirt, strahlend, ein schneeweißes Gebiss entblößend. Sie zerrte den Müllsack wieder hervor, schleuderte ihn zwischen sich und den Mann und sah sich nach einem Handtuch um. Im offenen Wandschrank-Bad lagen nur ihre Kleider, in einem nassen Haufen.

»Denn man tau!« Mit einer einzigen geschmeidigen Bewegung hatte sich der Seeschlangenmann seines Muscleshirts entledigt und hielt es ihr mit einer beinahe galanten Verbeugung hin.

Bevor ihr Sprachzentrum die passenden Einwände bereitgestellt hatte, griff sie schon danach, hielt es vor ihren Körper.

»Danke. Vielen Dank. Aber … aber es wird doch nass.«

»Schietegol.«

Auf seiner entblößten Brust tanzten Seeungeheuer, Drachen spien Feuer, Nixen tummelten sich auf dem Sixpack seines Bauches, manche räkelten sich in lasziven Posen, immer eindeutiger, je weiter es Richtung Gürtel ging. Ein Meisterwerk von Sunny. Das Clara jetzt nicht richtig würdigen konnte.

Eilig streifte sie das Muscleshirt über, das ihr bis zum Knie reichte und nach ehrlichem, von keinem Deo getrübten Männerschweiß roch. Es rutschte über ihre Schultern, und sie hielt es mit einer Hand fest.

»Da man längs.« Der Seeschlangenmann deutete auf den

Müllsack, machte eine Kopfbewegung Richtung Flur, blieb jedoch stehen, wo er war, breitbeinig, und spannte seine Bauchmuskeln an. Clara, eingenebelt in die dem Muscleshirt entströmenden männlichen Duftstoffe, starrte benommen auf Drachen und Nixen. Was den Seeschlangenmann zu weiterer Akrobatik anstachelte: Er beulte seine Wange mit der Zunge aus. Die anscheinend ähnlich muskulös war wie der Rest seines Körpers.

»Wollen Sie ihn abholen?« Sie riss sich aus ihrer Trance. »Es sind auch noch Plastiktüten dabei. Ich … ich hoffe, es macht nichts.«

»Schietegol.«

»Äh … es sammelt sich halt immer so einiges an, nicht wahr?«

Ein eher kläglicher Konversationsversuch, den er ignorierte, verbal schien er bereits alles gegeben zu haben. Jetzt konzentrierte er sich auf eindeutiges Augenzwinkern und weitere Demonstrationen der Gelenkigkeit seiner Zunge. Gleichzeitig brachte er sein Sixpack in eine rollende Wellenbewegung, als ob ein Schauer über seine Muskeln liefe, bauchauf- und -abwärts, die Nixen hüpften und tanzten, dann wälzte sich eine der Nixen wollüstig über seinen Bauch, und direkt darunter begann ein Drache zu züngeln. Und jetzt? Sollte sie Beifall klatschen? Wenigstens etwas Höfliches sagen, bevor er mehr demonstrierte, womöglich ein Lingamkunststück, das dieses Sixpackkunststück noch übertraf? Vielleicht konnte er durch bloße Lingam-Muskelkraft eine ganze Seeschlacht simulieren, die spanische Armada gegen die englische Flotte? Oder würde sich ein Sinnspruch entrollen, vielleicht etwas Seemännisches: Volle Kraft voraus, Kameraden! Woraus im Schrumpfschlauch-Zustand vielleicht eine Botschaft würde, die Gesine bestimmt nicht gefallen würde: Olle Aura.

Clara verschluckte das nervöse Kichern, das in ihr aufstieg, und stammelte: »Äh, sehr schön, wie Sie das alles … äh … koordinieren, das muss man sicher ganz schön üben.«
Worauf er die Zungenarbeit einstellte, breit und schneeweiß lächelte und mit einem fröhlichen »Denn man tau!« über den Müllsack zwischen ihnen hinwegstieg.
»He!«, dröhnte es aus dem Gang, und eine über und über tätowierte Hand legte sich auf die Schulter des Seeschlangenmanns. Clara unterdrückte ein erleichtertes Schluchzen, als die unverschämten Nixen und Drachen auf seinem Sixpack ihre wollüstigen Aktivitäten einstellten. Wortlos trat der Seeschlangenmann beiseite und machte Platz für eine weitere, noch ergiebigere Reklamefläche für Sunnys Tätowierkünste: Palmenwald auf Oberkörper, wogend, bebend, zitternd, beinahe hörte Clara die Blätter rauschen. Vor ihr stand der Sumoringer, den sie vor zwei Tagen in der Crew-Kantine und vorher schon im Theater gesehen hatte. Sein Palmenwald wurde umrahmt von einer etwas zu engen Lederjacke. Auch seine Glatze zierte eine Palme. Mit einem fragenden Grunzlaut deutete er auf den Müllsack, griff danach, als sie höflich nickte, und schleifte ihn auf den Gang.
»Vielleicht … äh … könnten Sie auch die Plastiktüten mitnehmen?«
Wieder ein Grunzlaut. War er Ausländer? Wenn ja, welche Nationalität? Er sah nicht südländisch aus, unter seinen Tattoos war er geradezu blass. Sollte sie es mit Russisch versuchen? Clara hatte zwei Jahre Russisch in der Schule belegt, zusätzlich zu Englisch und Französisch – eine Schauspielerin sollte so viele Fremdsprachen wie möglich können –, aber sämtliche Lektionen der zwei Jahre schienen zu einem einzigen »Borschtsch« geronnen zu sein. Dann kam ihr ein weiteres Wort in den Sinn: »Spasiba!« Es war sicher nicht verkehrt, sich erst einmal zu bedanken, während sie

noch am Satzbau weiterer Erklärungen tüftelte. Der Sumoringer schüttelte den Kopf, sein Kinnfett schwabbelte, die Bewegung setzte sich fort über seinen efeubewachsenen Hals bis zum Palmenwald seines Oberkörpers.
»DE NADA!«, dröhnte er in trommelfellgefährdender Lautstärke. Also war er ein Spanier?
Claras Spanischkenntnisse waren begrenzt, ihr momentan verfügbarer Wortschatz bestand vorwiegend aus dem, was sie von Peachy gelernt hatte: Baila, baila! Chica. Amorr! Amorr! Amorr! Vermutlich würde der Sumoringer glauben, sie wolle mit ihm Hühnchen mit Beilage essen gehen, und nach Amorr! Amorr! Amorr! war ihr nach den Bemühungen des Seeschlangenmannes schon gar nicht zumute. Glücklicherweise kam es zu keiner Konversation. Der Sumoringer drückte dem Seeschlangenmann die Plastiktüten in die Hand, und gemeinsam verließen sie die Kabine.
In Windeseile schloss Clara die Tür ab, zerrte Kleidungsstücke aus ihrem Koffer und stand, als es ein weiteres Mal klopfte, in Hose und ihrem eigenen T-Shirt in der offenen Kabinentür, zwar barfuß, aber mit einem kontrolleurfreundlichen Lächeln auf den Lippen. Das der Sumoringer, hinter dem Stapel sauberer Hand- und Betttücher, den er trug, zähnefletschend erwiderte. Dann legte er ihr den Handtuchstapel in die Arme und entfernte sich, worauf ihre Hirnabteilung *Fremdsprachen, Spanisch* alles gab, ein »Gracias, hastalevisa, hombre!« lieferte und gleich darauf Sonderzulage wegen Überstunden beantragte. Obwohl der Satz keine Wirkung zeigte, der Sumoringer drehte sich noch nicht einmal um.

Die Kabinenkontrolle kam kurz danach und bestand aus einem einzigen Mann, der sich eine Weile mit offenem Mund in der Kabine umblickte, bevor er sich ihr zuwandte.

Er sei der Kreuzfahrtdirektor, er habe sich ihr schon längst vorstellen wollen, aber im Moment sei alles recht chaotisch. Es war der Breitschultrige, der vorhin auf Deck 6 mit der Hessin gesprochen hatte. Als er die Mütze abnahm, zeigten sich rotbraune Borsten, durchsetzt mit Grau, etwas zwischen Igel und Meerschwein, auch aus dem bis oben zugeknöpften Hemd quollen Haare der gleichen Farbe.

»Sie sind vorhin auch auf Deck 6 gewesen, nicht wahr?« Der Kreuzfahrtdirektor hatte sich umgedreht. Sie nickte und schaute auf seine Hände: eindeutig rasiert, aber die Haare sprossen schon wieder, wuchs aus seinen Hemdärmeln ebenfalls Meerschweinpelz.

»Und Sie haben dort auch nichts herumkrabbeln sehen?«

»Äh … nein.« Oder hieß es: »Nein, Sir?« Clara steckte ihre verkratzten Hände in die Hosentasche, spürte den aufmerksamen Blick des Direktors. Auf keinen Fall durfte sie erröten. Sie musste ihn ablenken. Sollte sie jetzt die Flucht des Clowns melden, der entweder Val war oder … wer? Der geheimnisvolle Einbrecher? Vielleicht hatte sie sich alles nur eingebildet? Gerade sprach der Kreuzfahrtdirektor über Einbildung: Passagiere seien bei schlechtem Wetter auf hoher See durchaus geneigt, sich das ein oder andere einzubilden, vor allem gewisse Passagierinnen.

»Simon Weyden verkauft ja diese Bilder, wissen Sie, diese Schildkrötenbilder, und alle Passagierinnen sind quasi verliebt in diese Zeichnungen, nun ja, nicht nur in die Zeichnungen … Auf jeden Fall werden wir der Sache weiter nachgehen. Jetzt erst einmal herzlichen Glückwunsch zu dieser …«, er blickte sich ein weiteres Mal um, anscheinend fassungslos, »… dieser Vorzeigekabine. Und beste Grüße an Sunny. Es soll ihr schon ein wenig besser gehen, ich habe vorhin mit Dr. Mistzeh gesprochen, äh, ich meine natürlich Dr. Kurzbüttel.«

Dr. Kurzbüttel mit dem Achtzehn-Meter-Lingam. Vermutlich lag es an allen überstandenen Strapazen des heutigen Tages, dass sie nur noch hysterisch kichern konnte. Das Kichern verschlimmerte sich, als ihr, woher auch immer, der Gedanke durch den Kopf schoss, ob Simon sich vielleicht eine Schildkröte hatte tätowieren lassen. Oder nur das Wort: Schildkröte. Was sich vielleicht in ausgefahrenem Zustand als ein (an die Rothaarige gerichtetes) **Sch**atz **i**ch **l**iebe **d**ich wie die **k**lare Morgen**röte** lesen ließ. An diesem Punkt drohte das Kichern zum Gackern zu werden, und Clara simulierte einen Hustenanfall. Der Kreuzfahrtdirektor klopfte ihr auf den Rücken und beeilte sich, ihr zu versichern, er freue sich so sehr, dass sie hier sei. Er habe von ihrem grandiosen Erfolg bei *Entflammt im ewigen Eis* gehört, und er hoffe, sie fühle sich wohl, hier auf dem Schiff.
Sie hatte den Hustenanfall etwas zu gut gespielt, jetzt hustete sie tatsächlich, versäumte ihren Einsatz: Nein, sie fühle sich nicht wohl, sie hätte gern eine Einzelkabine, hätte sie sagen sollen, aber hustend brachte sie nur etwas wie »Ein… kabi… cchhh« heraus, was den Kreuzfahrtdirektor zu weiterem Rückenklopfen veranlasste, außerdem zu der Bemerkung, er habe auch von dem gelungenen Walk-Act gehört, grandios, dass sie so flexibel sei, wunderbar!
Hustend gelang es ihr nur zu nicken, sie verschluckte sich an dem Versuch, ihm zu erklären, dass sie als flexible Schauspielerin eine Einzelkabine verdient habe. Er werde jemanden vorbeischicken, wegen ihres Hustens, sagte der Kreuzfahrtdirektor, dann beglückwünschte er sie nochmals zu dieser wunderbaren Ordnung und eilte davon.
Eine halbe Stunde später lag Clara wohlig ausgestreckt in ihrem frisch bezogenen Bett. Eine Schwester hatte den versprochenen Hustensaft und eine Kanne Tee gebracht, auch sie hatte sich staunend in der Kabine umgeschaut, einige

Male »Ich fass es nicht!« gestottert, hatte dabei an die tätowierten Täubchen auf ihrem Hals gegriffen und sich mit einem »Das erzähl ich Sunny, wenn sie wach ist!« verabschiedet. Ob das Erzählen gute oder schlechte Folgen haben würde, konnte Clara nicht voraussehen, es war ihr auch egal. Gleich morgen würde sie den Kreuzfahrtdirektor nochmals fragen, ohne Hustenanfall, immerhin kannte und schätzte man sich nun.

Sie schloss die Augen, versuchte zu schlafen, aber ihre Hirnmannschaft schien beschlossen zu haben, ihr die Ereignisse der letzten vierundzwanzig Stunden noch einmal zu präsentieren: der Aufenthalt in Vals Kabine, ihre Flucht und Rettung, der unverhoffte Walk-Act, ihr Glücksgefühl beim Spielen und auch danach, der Kussversuch auf der Terrasse, gestoppt durch Adrians Flugzeugeinsatz, die Rettung einer widerspenstigen Schildkröte. Die Heftigkeit, ja Wut, mit der sie Val auf den Fuß getreten war, während sie den Satz weitergab, den Gesine ihr flüsternd vorgeschlagen hatte: Wenn er die Schildkröte nicht wegzaubere, werde sie unverzüglich alle Walk-Acts einstellen, Simon übrigens auch. Eigenmächtig hatte sie hinzugefügt: »Viel Spaß noch mit Peachy und auch mit deinem Schwiegervater.«

Hatte sie nicht alles Recht dieser Welt, auf Val wütend zu sein? Sie konnte etwas. Sogar der Kreuzfahrtdirektor hatte sie beglückwünscht. Sie durfte stolz auf sich sein. Zumal ihr schauspielerischer Weg alles andere als einfach gewesen war. Nach ihrem Bombenerfolg als bejahender Balthasar beim dörflichen Krippenspiel hatte sie sich für das nächste Weihnachtsfest um die Rolle der Maria beworben, aber schon während der Proben hatte sich das Schicksal gegen sie gewandt, in Gestalt des sich beschwerenden Sparkassendirektors: Warum seine Tochter einen Teil des Esels spielen müsse, noch dazu den hinteren? Danach waren Clara

Tümmler von Worscht-Weck-Tümmler wieder die Eselsrollen und die dümmlich dastehenden Engel zugefallen, und erst in der Mittelstufe des Gymnasiums, als sie der neu gegründeten Schultheatergruppe beitrat, wurde alles leichter. Danach die ersten Theater-Workshops und das ungeheure bauchkribbelnde Glück, das sie beim Spielen überkam. Ein Glück, das sie lange nicht mehr gespürt hatte.
Die letzten Jahre hatte sie nur gekämpft. Für jede Schauspielerin, die es nicht schaffte, standen hundert andere bereit, und sie sah sich ständig genötigt zu beweisen, dass Clara Tümmler ebenso gut, nein: besser!, war als die Kommilitonen aus gebildetem Elternhaus. Dass sie es vermisste, das bauchkribbelnde Glück, das Gefühl, beim Spielen alles zu geben, alles, was sie ausmachte, was sie war, dieser Gedanke zog noch durch ihren Kopf, dann schlief sie ein.
Im Traum sah sie Simons blasses Gesicht, sein etwas zittriges Lächeln, als er sich für ihren Schildkröteneinsatz bedankte. Sie legte die Arme um ihn, versicherte ihm, es würde alles gut werden, wie man dergleichen einem Kind versicherte oder einer besonders geliebten Wurst. Danach ging alles durcheinander, sie sah Schildkröten, Riesenmeerschweine, Flugzeuge, versuchte immer wieder, das Wort Einzelkabine auszusprechen, brachte aber nur andere, hübsch gereimte A-I-Kombinationen zustande: Kantine, Lawine, Gardine, Traminer … Dann streifte Simon ihr die Mütze vom Kopf, das Einzige, was sie trug, auch Simon war nackt, und sie sah nur noch Tattoos, an den unmöglichsten Stellen, und als sie darüberstrich, liebevoll, aber auch durchaus in erregter Vorfreude, enthüllte sich eine Botschaft: Schlawiner.

Logbuch von Simon

23.7.13
9.10 Uhr MEZ
Europäisches Nordmeer, kurz vor den Lofoten, geschätzte 8° 14′ N, 14° 34′ O
13 Grad Celsius

Jane ist wieder da, liebe hochspezialisierte Roboter und Humanoide. Wohlbehalten!
Aber vielleicht fange ich besser am Anfang an. Mitten in der Nacht, als ich, ruhelos in meiner Sorge, dann doch durchs Schiff geisterte. Einmal klopfte ich bei Val, ich konnte nicht anders. Er hatte abgeschlossen, wollte mich nicht hineinlassen. Ja, *allen* ginge es gut, versicherte er in genervtem Ton. Dann klopfte ich bei Gesine. Ohne Antwort zu bekommen. Ich wollte sie nicht wecken, ich machte mich auf den Weg nach unten, auf einen Drink in die Crew-Bar. Auf dem Weg durch den Gang sah ich ein einsames, flackerndes Licht. Es kam von der Crew-Küche. Und jetzt, liebe virtuelle Gehirne und Humanoide, die ihr nach dem großen Computer-Killervirus von der Erde ausgewandert seid und dabei merkwürdigerweise dieses Logbuch mitgenommen habt, jetzt weiß ich endlich, wie Gesine trotz ihrer Prana-Lichtdiät ihre appetitliche Figur hält. Entgegen meiner anfänglichen Vermutung war es nämlich kein Geist, der dort in der Küche herumschwebte, sondern Gesine selbst, eingewickelt in ein dünnes, halloweentaugliches Bettlaken. Das flackernde Licht stammte von einer Stirnlampe, und so, einäugig leuchtend, wandelte sie vorbei an Kühlschränken, Arbeitsflächen, Herdplatten, Spülmaschinen und Vorratsschränken. Immer wieder blieb sie stehen, nahm eine Alufolie von einem Teller und atmete. Okay, sie atmete nicht nur. Sie inhalierte das eine oder andere, was auf den Tellern lag, alles äußerst meditativ, wie im Schlaf.

Liebe außerirdische Spezialroboter, die ihr statt Schlaf vielleicht nur ein kurzes Stand-by-Nickerchen braucht: Wahrscheinlich wisst ihr nicht, dass die ehemaligen Beherrscher der Erde in ihrem Ruhezustand umhergehen konnten, dass sie fähig waren, sich im Tiefschlaf sogar auf einem Kreuzfahrtschiff zurechtzufinden, mit weit geöffneten, sehnsüchtigen Augen. So schwebte Gesine, gehüllt in ihr Laken, durch die Küche, und ich folgte ihr leise. Immerhin konnte sie in ihrem Schlafmodus irgendwo anstoßen oder aus Versehen von der ungenießbaren Spezialität unseres Kochs, der Thai-Morchel-Suppe, essen. So bewegten wir uns durchs Dunkel der Küche, Gesine und ich, als ich plötzlich das Geräusch anderer, schwerer Schritte hörte. Nennt es Feigheit oder Reflex, liebe hochspezialisierte Humanoide: Ich huschte gespenstergleich in die Nische zwischen Kühlschrank und Durchreiche. Das, was sich näherte, trug eine Taschenlampe. Und ein weißes Hemd mit Schulterklappen. Und es schien nicht zu schlafwandeln. Zielsicher öffnete es einen der Kühlschränke, nahm sich eine Packung Vanilleeis. Ich wagte mich einen halben Schritt aus meiner Deckung und erkannte das gedankenverloren löffelnde Wesen. Und obwohl ich weiß, dass die Brücke Tag und Nacht besetzt ist und niemand ein hölzernes Steuerrad in schwieligen Händen hält, fragte ich mich einen Moment, wer eigentlich gerade das verdammte Schiff steuerte.
Als der Käpt'n Gesine sah, die, in ihr Laken gehüllt, auf ihn zuschwebte, zierlich an einem Wurstzipfel knabbernd, fiel ihm der Löffel aus der Hand und landete klirrend auf den Kacheln. Gesine wachte nicht auf, sie zuckte lediglich zusammen. Ihr Laken verrutschte, gab einen verheißungsvollen Blick auf ihre Schulter frei, und es war abzusehen, dass sie Deck 6 nicht in bekleidetem Zustand erreichen würde. Besorgt wollte ich gänzlich aus meinem Versteck treten, aber ich hatte nicht mit der Souveränität unseres gebeutelten Käpt'ns gerechnet, der es nicht nur versteht, ein Schiff um Klippen und durch Stürme zu steuern,

sondern auch eine Frau. Mit einem Blick erkannte er Gesines Zustand, legte vorsichtig einen Arm um sie, wobei er geschickt ihr Tuch zusammenraffte, und führte sie behutsam aus der Küche. Er ließ ein von Rührung ergriffenes Gespenst in der Nische und eine Großpackung schmelzendes Vanilleeis zurück.

Die Kabinenkontrolle am nächsten Morgen verlief nach diesem nächtlichen Abenteuer vergleichsweise unspektakulär. Der Kreuzfahrtdirektor begutachtete den blankgeschrubbten Safe und fand meine Shampoofläschchensammlung interessant. Nach einem ergebnislosen Blick unter das Bett und in alle Schubladen und Fächer fragte er mich, ob ich vielleicht die Führung auf den Lofoten übernehmen könne, da unser Norwegenexperte Johansen trotz oder vielleicht gerade wegen seiner Seekrankheit in Rørvik von Bord gegangen und in dem folgenden Tumult an Land vergessen worden sei. Er habe sich aber über Funk gemeldet und wolle so schnell wie möglich wieder seinen Dienst antreten. Vermutlich schaffe er es jedoch nicht rechtzeitig für die Führung. Auf meine Frage, was Johansen an Land gesucht habe, wusste der Kreuzfahrtdirektor auch keine Antwort. Er behauptete, er habe ihn überprüfen lassen, mit seinen Papieren sei alles in Ordnung. Dann wechselte er das Thema und fragte mich, ob ich wüsste, wo man in Svolvær einen gescheiten Nasenhaartrimmer bekomme. Am besten einen, der gleichzeitig auch als Ohrhaarschneider einzusetzen sei. Wir gerieten in eine beschauliche Fachsimpelei über Haarentfernung. Wie sich herausstellte, bevorzugt er manuelle Nasenhaartrimmer, da sich mit ihnen Haare auch an anderen Körperstellen entfernen lassen, zum Beispiel zwischen den Zehen. Ich empfahl ihm eine Drogerie abseits des Hafenzentrums, in der sich Tuva, eine Lofotenschönheit meiner näheren Bekanntschaft, mit Epilierutensilien eindeckt. Wir schieden mit einem kameradschaftlichen Handschlag.

Die nächste Stunde verbrachte ich lauschend, zitternd, auch Nägel kauend, während der Direktor die anderen Crewkabinen kontrollierte, Peachys, Johansens (in Abwesenheit) und auch Gesines, die ihren nächtlichen Ausflug in bester Form überstanden zu haben schien und sich fröhlich mit ihm über Schildkrötenhalluzinationen von Passagierinnen unterhielt. Dann verschwand er in Vals Kabine, und für bestimmt zehn Minuten war nichts zu hören.

Glaubt mir, verehrte universelle Spezialroboter, jede einzelne Sekunde nagte an mir und ließ mich um Jahre altern. Unversehens geriet ich in Vergangenheit und Zukunft, das Leben vor Jane, das weitere Leben mit Jane an Bord, auch der Brief von Niko spielte in diesem Zeitstrudel eine Rolle. Niko gehört definitiv in das Leben vor Jane. Er wusste einmal viel mehr von mir als meine Familie (was nicht so schwer ist, liebe im All schwebende virtuelle Intelligenzen). Vielleicht könnte man sogar sagen: Er war eine Zeitlang meine Familie. Mein bester Freund – wir stritten oft – und Geschäftspartner, in einer Zeit, in der ich praktisch Tag und Nacht arbeitete.

Endlich klappte die Tür von Vals Kabine, und ich unterwarf mich einer freiwilligen Dreißig-Sekunden-Warte-Folter, bevor ich ihn aufsuchte. Ich traf Val vergleichsweise ruhig an, sitzend, die Hände im Schoß. Auf mein dramatisch hervorgestoßenes »Wo ist sie?« reagierte er mit einem wahrhaft magisch funkelnden Blick und sagte: »Weg.«

»Wie? Weg?«

Ich nehme an, verehrte, vielleicht nicht völlig aggressionsfreie Intelligenzen, ihr könnt ermessen, welche Mühe es mich kostete, mich nicht sofort auf ihn zu stürzen.

»Weggezaubert. Das habt ihr doch gewollt.«

Ein feines Lächeln umspielte jetzt seinen Mund, und ich beschloss, die Diskussion abzukürzen, deren weiteren Verlauf ich mir ausmalen konnte (»Schaff sie sofort her! Auf der Stelle!« »Von Herzaubern hat aber keiner geredet.« »Was hast du mit ihr gemacht?« und so weiter). Ich holte mein Handy, suchte die

Fotos vom frühmorgendlichen Feuerschlucken heraus, hängte sie gleich an eine Mail an die Reederei, hielt ihm das Telefon vor die Nase, den Daumen schon über »Senden«. Glücklicherweise waren wir der Küste bereits nahe, es gab Internetverbindung. Val erbleichte, und ich schwöre, ich sah, wie seine urinfarbene Aura einen unschönen Braunstich bekam. Er befahl mir mit zitternder Stimme, die Kabine zu verlassen und bloß nichts zu unternehmen, auf keinen Fall mit dem Daumen zu zucken, er müsse zaubern. Und so stand ich eine quälende Minute im Gang, das Ohr an seine Tür gepresst, und hörte: nichts. Als er die Tür aufriss (und mich in der lauschenden Position erwischte), war er um einige Nuancen blasser. Von Jane keine Spur. Dafür bemerkte ich Claras Schild, in der Ecke zwischen Sessel und Schreibtisch, ein weiterer Beweis dafür, dass sie eine Nacht bei ihm verbracht hat.

»In der Wellness-Oase, im Teich«, presste er hervor, und ich stürzte hinaus, das Telefon in der Hand. Beinahe hätte ich im Laufen auf Senden gedrückt.

Janes Bergung war ein risikoreiches Unterfangen, denn die Saunen waren in Betrieb, und ich musste den Mann von der Tapasbar bitten, sich schützend vor mich zu stellen, während ich nach ihr fischte. In meiner Eile hatte ich die Umhängetasche vergessen, und das ausgeliehene Saunahandtuch gefiel Jane, die lieber im Teich geblieben wäre, ganz und gar nicht. Zu allem Übel tauchte hinter uns auch noch Val auf und befahl mit wutzitternder Stimme: »Löschen!« Damit meinte er nicht nur die Mail, sondern auch die Fotos. Ich tat es, äußerst ungern, und er wandte sich ab, taumelte Richtung Ausgang.

Ja, liebe extraterrestrische künstliche Intelligenzen, er taumelte. Als hätte ihn der Akt des Zauberns übermenschlich angestrengt. Obwohl Jane vermutlich schon die ganze Zeit im Teich geplätschert und er nur auf seinem Schreibtischstuhl gesessen hatte, damit beschäftigt, mich in die finsterste aller möglichen Höllen zu wünschen. Natürlich habe ich Jane ausgefragt, wo sie gewesen ist, was sie erlebt hat, konnte aber aus ihrer Art der Kommunikation nicht allzu viel entnehmen: Sobald ich die Shampoofläschchen entfernt und das Aquarium befüllt hatte, kroch sie in ihren Blumentopf, schnellte aber sofort und ausnahmsweise zum richtigen Ausgang wieder hinaus und begab sich auf ihr Korkstück. Vermutlich verstörten sie die Düfte der Shampoofläschchen. Ich habe Nacktschnecken aufgetaut, sie ihr mit Salat aus der Tapasbar serviert und auch sonst alles getan, damit sich ihre Herzfrequenz von aufgeregten fünfzig Schlägen pro Minute wieder auf zwanzig reduziert. Nur mein Herz will sich nicht beruhigen. Wie kann ich Jane künftig alleine in der Kabine lassen? Etwa im Safe? Jederzeit könnte ein neuer Hinweis auf Schildkröten von Passagierseite (der Rothaarigen!) kommen. Natürlich auch von Val direkt, ich habe nichts mehr gegen ihn in der Hand.

Mir bleiben jetzt zwei Möglichkeiten: mich in meinen vier Wänden zu verschanzen und Seekrankheit vorzuschützen, wie es sowohl unser Norwegenexperte Johansen als auch Peachy praktizieren.

Die andere Lösung ist, Jane mitzunehmen, wohin ich auch gehe.

Keine der beiden Lösungen scheint mir sonderlich zukunftsträchtig.

Nachtrag
9.51 Uhr

Wir kreuzen vor der Hafenstadt Svolvær, die Internetverbindung ist geradezu bombig. Ich habe Niko eine Mail geschickt. Habe ein paar Harmlosigkeiten über das Wetter und die Passagiere geschrieben, dazu ein, zwei Sätze über unsere spektakulären Theateraufführungen an Bord (was ihn interessieren dürfte), auch über meine Zeichenkurse. Kein Wort über die Bilder von Calamity-Jane, der Westernschildkröte, mit deren Verkauf ich nicht allzu schlecht verdiene. Eigentlich habe ich mich erst bei ihm melden wollen, wenn das Geld auf dem Hamburger Konto der Summe entspricht, die ich ihm schulde.

In zehn Minuten beginnt der Zeichenkurs. Ich habe die Umhängetasche präpariert, mit neuen, extraflauschigen Handtüchern und der Heizung. Jane ahnt schon, dass ihr Taschi-Taschi bevorsteht, und hat sich verkrochen. Das Einfangen dürfte für uns beide eine Tortur werden.

Liebe außerirdische virtuelle Intelligenzen, verurteilt mich nicht, aber ich spiele tatsächlich mit dem Gedanken, ihr künftig ein paar Tropfen Rotwein ins Nacktschneckenragout zu mischen.

14.

Das Schild war Clara eingefallen, als sie ihre Joggingrunde drehte, auf Deck 7. Von oben spärliches Getröpfel, in der Ferne gezackte Berge, wie eine Kulisse, schwarz gegen das Himmelsgrau. Beim Laufen hatte sie an Adrians gestrigen Einsatz gedacht, wie viel es wohl gekostet haben mochte, ein Flugzeug mit Werbebanner zu chartern. Und er tat dies alles für sie, nur für sie! Auf einmal hatte sie Sehnsucht nach seinen Liebesbotschaften auf ihrem Schild. Vielleicht trieb sie auch eine Spur Neugier. Wie sie sich erst auf dem Weg zu Vals Kabine eingestand.

Der Gang von Deck 6 lag still, und einen Moment glaubte Clara, einen Hauch von Simons Duft wahrzunehmen. Traumfetzen der vergangenen Nacht stiegen aus ihrem Unbewussten auf, verstörende Lingamträume, und schnell dachte sie wieder an Adrian. Sie würde ihn anrufen müssen. Wonach sie schon weniger Sehnsucht verspürte. Sie klopfte ein bisschen zu energisch an Vals Tür.

»Ja?« Vals Stimme, eine Spur ärgerlich.

»Ich bin's, Clara, ich wollte mein …«

Die Tür flog auf. Val scannte sie blitzschnell ab, sein Blick huschte über ihre lange Jogginghose, fraß sich an ihrem weißen T-Shirt fest. Sie verschränkte die Arme.

»Wie ist es gelaufen? Ist die … Schildkröte wieder da? Ich meine … bei Simon?«

Val nickte, mit zusammengepressten Lippen. »Du also auch.«

»Was? Wer? Wie meinst du das?«
Ihr Schild lehnte noch in der Ecke zwischen Sessel und Schreibtisch, auf dem ein aufgeklappter Laptop stand.
»Simon. Du fährst auf ihn ab.« Damit wandte Val sich um, setzte sich an seinen Schreibtisch.
»Wie … wie kommst du darauf? Ich habe nur …«
»Hast du gewusst, dass seine Bettqualitäten in diversen Kreuzfahrtforen diskutiert werden?«
Sie trat einen Schritt auf ihn zu, versuchte, nicht über seine Schulter zu spähen, sah trotzdem eine offene Forumsseite auf dem Monitor.
»Was … was spionierst du da?«
Val schnaubte und nahm sich einen Apfel aus der Obstschale neben dem Laptop.
»Gar nichts, es ist öffentlich. Zu finden unter www.cruise-forum-flotte-flotte Slash Simon. Gewisse Frauen buchen die Reise nur, um mit ihm zu schlafen. Zum Beispiel hier, Linda H. aus Hannover-Warmbüchen. Sie schreibt: ›Seine Lippen sind süßer als die Kokostorte im Café auf Deck 8.‹«
Val warf den Apfel mit einer Hand in die Luft und fing ihn wieder.
»Und darauf antwortet eine gewisse Cruisemaus24: ›Es war kurz vor der isländischen Küste, da waren wir in der Kiste.‹ Und hier, Manu aus Gelsenkirchen: *Tolle Banane!*«
»Hör auf.«
»Oh, hier gibt es noch ein Untermenü: www.cruise-forum-flotte-flotte Slash Simon Slash Orte. *Lofoten, Leknes, Strand. Nur die gedörrten Stockfische waren Zeuge,* das ist von Schiffi72, und hier …« Val nahm eine Banane aus der Fruchtschale, anscheinend angeregt von Manu aus Gelsenkirchen, warf sie in die Luft und ließ den Apfel folgen. »*Auch auf dem Schiff gibt es tolle Plätze, nicht wahr?* Das sagt …« Er jonglierte in rasendem Tempo und schaffte es,

die Banane in der Luft zu schälen. »Das schreibt ... oh Gott. Sinuskürvchen. Und hier, Ninischnuddel: *Ich sag nur, Mitternacht, Vollmond, auf dem Bierfass in der verlassenen Poolbar. Fünf Grad über null, huuuch, war das Fass kalt am* ... Oh Gott. Oh Gott.«
Aufhören. Er sollte aufhören. Clara schluckte, versuchte, den Kloß in ihrer Kehle wegzuschlucken.
»Aber die Erkältung hat sich gelohnt. Es war unglaublich romantisch«, las Val weiter, integrierte dabei zwei weitere Äpfel in seine Jonglage.
»Und Kerstin P. schreibt: *Wie kann man das buchen? Geht das ohne Voranmeldung, oder muss man reservieren?*«
»Das ... das geht dich alles gar nichts an!«
»Oh doch. Was Simon da treibt, ist gewissermaßen Schwarzarbeit.« Jonglierend griff Val zu einer Mandarine. »Er ist als Zeichenlehrer an Bord. Er nutzt seine Schülerinnen aus. Damit krieg ich ihn. Damit und mit seinem verdammten Vieh. Es hat mich gebissen.«
»Ich will mit diesem ganzen ... ganzen ... Treiben nichts ... ich will ... nur mein Schild.«
Clara hörte, wie ihre Stimme zitterte, und presste die Lippen zusammen.
»Oh, ich weiß, wie sich das anfühlt, wenn man begehrt, was man nicht begehren darf.« Val jonglierte heftig, biss dabei immer wieder von der geschälten Banane ab und sprach mit vollem Mund weiter. »Am besten, du lenkst dich durch Arbeit ab. Um zwölf ist Walk-Act mit Peachy.«
»Mit Peachy? Ich? Walk-Act? Bist du wahnsinnig?« Sie hatte ihre Stimme wiedergefunden.
»Zufällig ist Peachy dein Bühnenpartner, nicht Simon.« Val kaute und schluckte. Nur noch ein Bananenviertel segelte durch die Luft. »Peachy geht es besser. Und du hast geschworen, zur Verfügung zu stehen, wenn ich das ver-

dammte Vieh wegzaubere. Und außerdem hast du einen Vertrag, vergiss das nicht.«
Es reichte. Sie zwängte sich zwischen der Stuhllehne und dem Sessel hindurch, griff nach ihrem Schild, ohne einen weiteren Blick auf das geöffnete Forum mit der Unterrubrik Orte zu werfen – ob die Terrasse der Kneipe in Rørvik auch genannt wurde? –, und verließ Vals Kabine.

Als sie mit dem Schild in Kabine dreizehn dreizehn ankam, saß Sunny auf ihrem Bett. Die Beine gekreuzt, ihre Fläschchen sortierend. Auf dem Boden der Müllsack.
»Das war verdammt nett von dir.« Sunny lächelte. Sie war vollständig geschminkt, und ihr Kaugummi, Clara registrierte es mechanisch, hatte die Farbe ihres Lippenstifts, ein schreiendes Pink.
»Hätte ich nicht von dir gedacht.«
Auch Sunnys Nägel waren im gleichen Farbton lackiert. Dazu weiß abgesetzte Kunstnägel. Mit denen sie an einer der Plastiktüten herumzupfte. Clara bemerkte ein Herz aus Strass auf Sunnys kleinem Fingernagel, dachte darüber nach, wie diese Elfe es fertigbrachte, sich selbst ein so winziges Herz auf den Nagel der rechten Hand zu applizieren. Vielleicht brachte sie ja auch ein Kirchenfenster von Chagall auf einen Fingernagel, wenn sie so talentiert war, wie Gesine behauptete? Alles war besser, als an Val und das cruise-forum-flotte-flotte Slash Simon mit all seinen Untermenüs zu denken.
Sunny hörte auf, an der Tüte herumzuzupfen, und sah sie erwartungsvoll an. Als ob Clara Abraham jetzt Text hätte. Aber welchen?
»Was hast du denn von mir gedacht?«, brachte sie schließlich heraus, hörte, wie belegt ihre Stimme klang, und räusperte sich.

»Dass du eine arrogante Kuh bist. Nimm's mir nicht übel. Großer Star und so, zumindest hat Tarzan so getan. Aber Gesine meint, du bist total in Ordnung, und sie hat …«

»Tarzan?«

»Du weißt schon, unser supersexy Kulturmanager«, sagte Sunny, und einen Moment sah Clara wieder Val vor sich, jonglierend, dabei nach der Banane schnappend.

»Tarzan passt super.« Ihre Stimme klang schon fester. Ob sie Sunny auch nach Simon fragen konnte? Aber was wollte sie eigentlich wissen? Ob es stimmte, dass Simon ein Frauenheld war, etwas, das jeder sehen konnte, der Augen im Kopf und vor allen Dingen Verstand im Hirn hatte?

»Wenn du ein besonderes Tattoo willst, sag Bescheid. Ich mach dir alles. Und überall.« Sunny hatte das bohrerähnliche Gerät aus dem Müllsack gezogen und strich liebevoll darüber.

»Äh … danke, ich …« Clara zögerte. Vermutlich war eine direkte Ablehnung unhöflich. »Ich … denke darüber nach.«

Sie stieg über eine der Plastiktüten und legte das Schild auf ihr Bett. *Jeg elsker deg. Rakastan sinua. Ich liebe dich, Clara.*

»Eine Rose oder einen Engelsflügel hat jede, aber ich schwör dir, ich kenn die Männer, und wenn du einen Stacheldrahtzaun oder eine Brombeerhecke hast, und zwar genau an … Oh, mein Gott! Ist das zauberhaft! Woher hast du das?« Sunny war aufgesprungen, betrachtete verzückt die Inschriften auf dem Schild.

»Das … das hat mir mein … äh … Freund geschickt. Zusammen mit einem Blumenstrauß.«

»Du musst im siebten Himmel sein!«

»Ja. Äh. Glaub schon.« Clara nickte, benickte auch Sunnys beinahe scheues »Darf ich?«, und Sunny strich vorsichtig über die von der Plastikhülle geschützten Liebesbotschaften.

»Erzähl! Was für eine Haarfarbe hat er? Welche Augen? Was fährt er für ein Auto?«

Die Automarke wusste Clara nicht, dafür beschrieb sie Adrians vornehm-graue Schläfen, deren Farbe so ausgezeichnet zu seinen italienischen Hemden und silbernen Krawatten passte.

»Grau! Das ist sooo sexy! Das ist mein Traum!«, quietschte Sunny auf. Und Clara redete weiter, erging sich in der Schilderung des Duftes von Adrians Aftershave, kam darüber zu seinen Rotweinvorlieben und schließlich zu seiner Wohnung. Bei deren Beschreibung Sunny fast ohnmächtig wurde.

»Zweihundert Quadratmeter? Wirklich?«

Sunny ließ sich wieder auf ihr Bett fallen, zwischen Fläschchen, Tübchen und Bohrer.

»Das ist soo romantisch! Vanillefarbene Vorhänge! Eine Bulthaup-Küche in Weinrot! Und was für eine Badewanne hat er?«

Clara schloss die Augen. Verdrängen. Sie musste die Erinnerung verdrängen, daran, wie sie in Adrians Bad auf Handtücher gebissen hatte, um nicht laut loszuwiehern und alles zu verderben.

»Römisch«, brachte sie schließlich hervor. »Mit eierschalenfarbenen Kacheln und geschlämmten Wänden.«

»Weiter!« Sunny hatte sich zurückgelehnt, die Augen geschlossen. Ihr Lidschatten schimmerte rosa.

»Die Badewanne ist rund und steht auf einem Podest.«

»Oh! Mein! Gott! Wann ziehst du bei ihm ein?«

»Ich ... äh ... wir haben noch nicht darüber ...«

»Was wirst du umräumen?«

Von der Beantwortung dieser Frage erlöste sie ein rhythmisches Klopfen an der Tür, ein Klopfen, das Clara als den typischen Salsa-Rhythmus hätte erkennen müssen, wenn sie nicht eine verwirrte Sekunde gehofft hätte, es sei Simon, der sie holen wollte, zu was auch immer. Zu einem gemeinsamen Kaffee vielleicht, bei dem er erklären würde, dass … Schon hatte sie die Tür aufgerissen. Und blickte in Peachys feurig-dunkle Augen.

»Du? Was willst du hier?«

»Wir müsse schaffe, alla hopp!« Er legte einen Arm um ihre Hüfte, und sie wich zurück. Was ihn dazu bewog, mit zwei tänzelnden Schritten ins Kabineninnere vorzudringen.

»He! Bischt du ned die Elfe, die neulisch fascht von der Bühn gefalle wär?« Er bedachte die auf dem Bett sitzende Sunny mit einem anerkennenden Hüftschwung.

»Und gestern bin ich von der Reling gefallen«, sagte Sunny würdevoll. Clara sah, wie sie wieder über ihren Bohrer strich, die Spitze auf Peachy gerichtet. Den sie anscheinend nicht allzu sexy fand, in seinen Jogginghosen und Schlappen.

»Jetz komm, Clara. Die Fäns warte, isch hann sie schon heeßgemacht. Muscht dich net umziehe, is subber so!«

Sie stand starr, spürte Peachys warme Hand auf ihrer Schulter. Auf ihren Hirnfluren funkten Synapsen, und die Barmixer der Hormonabteilung mischten einen wilden Cocktail, fügten zu der Grundzutat Enttäuschung über Simon eine Prise Verwirrung über ihre Adrian-Begeisterung, in die sie sich geredet hatte, und einen Schuss Verblüffung über Sunnys Reaktion. Dazu ein Quentchen Wut, auf Val, auch auf sich selbst, und als Minzblättchen auf dem Cocktail schwamm die Sehnsucht, wonach, wusste sie nicht. Aber sie spürte es deutlich: ein beinahe schmerzliches Ziehen und Kribbeln in der Brust, im Bauch, auch darunter, dort, wo Sunny das Brombeerheckentattoo plazieren wollte. Und es musste an diesem brodelnden, blubbernden Gefühlscocktail liegen, dass sie Peachys Arm nicht abschüttelte, sondern sich mitziehen ließ, heraus aus der Kabine, zur Treppe und schließlich ins Foyer.

Logbuch von Simon

23.7.13
15.15 Uhr MEZ
Svolvær, Lofoten, 68° 14′ N, 14° 34′ O
10 Grad Celsius

Liebe künftige Leser des Logbuchs, wer immer ihr auch seid, Nachkommen der über das gesamte Planetensystem verteilten humanoiden virtuellen Intelligenzen oder Teilnehmer eines gigantischen universalen Computerspiels, in das dieses Logbuch integriert wurde! Ich muss euch sagen, dass die Geschehnisse sich auf unangenehme Weise zuspitzen. Im Zeichenkurs war Jane kaum zu bändigen. Ebenso wenig wie meine Schülerinnen. Es wurde geflüstert und gekichert, und ich beendete den Kurs etwas zu früh. Ich wollte eigentlich nur zurück in die Kabine, als ich unversehens in einen überraschenden Walk-Act geriet. Mit einer blassen, sichtlich verstörten Clara und einem komplett überkackenden Peachy. Seine Hochform muss mit Johansens Verschwinden zu tun haben, so viel war mir sofort klar. Er trug Jogginghosen, Schlappen und einen schwarzen Kapuzensweater, in dem er sich anscheinend unwiderstehlich vorkam. Immer wieder blieb er stehen, witternd, Baila-Baila-Brunftrufe ausstoßend, sich aggressiv umblickend wie ein dominanter Hirsch, der versucht, sowohl seine Konkurrenten als auch seine

Herde verschreckter Hirschkühe in Schach zu halten. Auch der Stillsteher hatte sich wieder eingefunden. Er trug ein anderes Kostüm als beim letzten Mal, in kleidsamem clownshaften Rot-Weiß, und er hatte es nur notdürftig ausgestopft. Clara, in reizvollem Jogging-Outfit, brachte ihn zu diversen Luftschlangenausstößen, einmal sogar zu einer Spontanjonglage, und machte damit Peachy nur noch raddischer. Dies ist Peachys eigene, des Öfteren benutzte Formulierung, vermutlich ein Adjektiv, das sich etymologisch entweder von Rettich ableiten lässt, im Sinne seiner phallischen Symbolik, oder von dem naheliegenden Tier. Vielleicht der vorherrschenden Tierart in der Pfalz, wer weiß.

Die Passagiere beachteten weder Peachy noch den notgeilen Stillsteher, sie waren in Diskussionen verstrickt. Als ich mich, so unauffällig es mit einer zappelnden Schildkröte in der Tasche möglich ist, näher ans Geschehen heranwagte, hörte ich, wie die Mitglieder des bayerischen Akkordeonvereins von Märzenbock und Oktoberfestbier schwärmten. Üwe konterte prompt, flankiert von seiner Frau (sie trugen übrigens Partnerlook, Hawaiihemden), und brachte den sächsischen »Bünsch« ins Spiel. Ich nehme an, er meint den Punsch, den man bei uns in Norddeutschland auch kennt. Darauf mussten die Hessen ihr heimisches »Stöffsche« preisen (Apfelwein, meiner Erfahrung nach ungenießbar). Die Wogen der Diskussion schlugen schnell hoch, das Oktoberfest wurde gegen den Striezelmarkt ausgespielt, und von hessischer Seite wurden gewisse Zeltfeierlichkeiten ins Rennen geworfen, wo es Stöffsche ausm Geribbde gäbe. (Trinkt man diesen Apfelwein tatsächlich aus einem Gerippten? Was soll das sein? Ein geripptes Unterhemd? Vielleicht wollte er sagen: In einem Gerippten? Sind die hessischen Sitten derart vergröbert?) Außerdem lecker Tröpfsche ausm Rheingau.

In diesem Moment drehte sich Clara um, mit einem scheuen, beinahe ängstlichen Fluchtgesicht, und für einige lange Sekunden trafen sich unsere Blicke. Genau diesen Moment nutzte

Peachy, um das Schauspiel zu eröffnen. Er sagte (ich fühle mich als Chronist der Bordereignisse verpflichtet, dies unverfälscht wiederzugeben): »Brems misch, bevor isch disch doo midde unner de Leit vergenusswurzele tu!«

Und Clara sah ihn an, mit einem Ausdruck reinsten Unverständnisses, wie aus der Welt gefallen.

»Äh … bei diesem Wetter?« Mit dieser – unter uns – nicht unbedingt originellen Entgegnung entzog sie sich Peachys Griff, und natürlich fasste er nach, mit einem schnaufend geäußerten: »Wieso? Des Wedder macht misch völlisch rabbelisch!« Damit hatte er den Teil der Umsitzenden, der nicht in hessisch-sächsisch-bayerische Diskussionen verstrickt war; einige scheue Hirschkühe im Publikum beäugten ihn vorsichtig, und er reagierte mit einer herausfordernden Unterleibsbewegung und einem quasi aus der Hüfte geschossenen: »Hossa!« Einen Moment schien er unter Entscheidungsqualen zu leiden, wen er bespringen sollte, das Reh an seiner Seite oder die ihn scheu betrachtenden Exemplare aus dem Publikum, dann entschied er sich, und seine Hand auf Claras Hüfte rutschte bedenklich nach unten. Es war purer Instinkt, der mich auf die beiden zutrieb, ebenso auf den Stillsteher, der überhaupt nichts unternahm. Ich hatte nicht übel Lust, beiden Männern eine reinzusemmeln, und zwar dahin, wo ihr Testosteron kochte, aber ich unterließ es. Unter anderem deshalb, weil Jane sich zu einem spontanen Ausbruchsversuch entschloss. Eine Hand in der Tasche, Janes wütenden Bissen ausgeliefert, begnügte ich mich damit, diesen Platzhirsch-Verschnitt finster anzusehen und ihm eine Nettigkeit wie »Lass die Pfoten von ihr!« oder Ähnliches zuzuzischen, genau erinnere ich mich nicht mehr.

Und wer weiß, wie alles ausgegangen wäre, hätte nicht eine Lady aus dem Publikum mit spitzem Zeigefinger auf Clara und Peachy gezeigt, die sich inzwischen beinahe im Clinch befanden. »Sind das nicht die beiden vom Theater?«, rief sie, und Judda bestätigte entzückt ihre Annahme: »Nü, sischer, das Liebesbaar!«

Auch andere drehten sich um.

»Auf der Bühne wirkt er aber größer«, sagte jemand aus der Menge, laut genug, um einige zustimmende Lacher hervorzurufen. Und Peachy dazu zu bringen, mit einem »Sag des nochemol, du Labbeduddel!« von Clara abzulassen. Dies war mein Moment, und ich nutzte ihn, führte sie aus dem Salon, vorbei an dem in seinem Kostüm erstarrten Stillsteher. Und ich muss gestehen, dass ich es nicht verhindern konnte, ihm im Vorbeigehen ein »Verdammt, du Arschloch, mach deine Show doch selbst!« zuzuzischen.

Ob ihm dies gelungen ist, weiß ich nicht, liebe künftige Logbuch-Leser, vermutlich erlöste ihn die Polartaufe, die kurz darauf an Deck stattfand. Eine höchst lächerliche Aktion, mit einem schlecht als Neptun verkleideten, aufmerksamkeitsgeilen Barmixer und seinen Gehilfen. Sie überschütten die Täuflinge mit Eiswürfeln und geben ihnen grenzwertige Fischnamen. Dazu Alkohol, Fischöl, Gekreisch und Musik von DJ Blauwal, diesmal einem beinahe sanften Oldie: *Overkill* von Motörhead.

Clara und ich hörten den Soundtrack der Taufe bis in die Bibliothek, wohin ich Clara brachte. Einfach, weil sie auf demselben Stockwerk lag und ich nicht wusste, wohin sonst. Die Bücherei, liebe künftige Humanoide, die ihr bestimmt keine Bücher mehr kennt, ist nicht der schlechteste Ort auf dem Schiff. Sie ist ausgestattet mit einigen spitzblättrigen Pflanzen, die einen interessierten und nachdenklichen Eindruck machen, einem Kamin, Sesseln und einem Ledersofa, das bequemer ist, als es aussieht. Dazu kommt die Hauptsache: Bücherregale, angefüllt mit den Schätzen irdischen Wissens, den Perlen der Poesie und der Philosophie. Ich zeigte Clara zuerst die philosophische Abteilung. Sie besteht genau aus zwei Ratgebern: *Mit Bauchtanz durch die Wechseljahre* von einer Autorin, deren Dreifachname ich nicht im Gedächtnis behalten kann, etwas wie Krähenfuß-Schnarzbach-El'Amidi, und *Glücklich, ohne zu denken* von einem Esoteriker. Sein Name ist mir ebenfalls entfallen, er klingt aber ungefähr so verkniffen, wie sein Foto auf der Umschlagklappe aussieht.

Auch unsere Poesie-Abteilung ist eher schlank, sie umfasst ein einziges, noch dazu recht dünnes Werk, nämlich einen Gedichtband auf Plattdeutsch. Dagegen misst der Abschnitt Hochliteratur beinahe einen Regalmeter. Literarische Werke, liebe künftige und vielleicht staunende Logbuch-Rezipienten, werden vor allem als Platzhalter auf den Liegen gebraucht. Gelesen wird nach meinen Beobachtungen anderes: Unsere weiblichen Gäste bevorzugen Bücher mit quietschbunten Covern, oft mit Tier- oder Stöckelschuhmotiv. Darin lösen Kätzchen oder Hündchen ulkige Kriminalfälle oder erzählen auf drollige Weise vom Liebesleben ihrer Frauchen. Die abgebildeten Stöckelschuhe plaudern allerdings nicht aus dem Liebesleben ihrer Besitzerinnen, wie vielleicht der Mann gehofft hat, in dessen Händen ich ein solches Buch unlängst an Deck sah.

Natürlich haben wir auch eine Erotik-Ecke. Von den Passagierinnen wird sie recht gut angenommen. Viel schwül Lilafarbenes mit Blumenmotiven in Gestalt beinahe platzender Knospen auf den Covern. Innen Sätze wie: *Himmel! Meine innere Göttin jubelt! Er hat mich an der Liege festgetackert und geht mit seiner gewaltigen Harpune auf mich los!*

Zu dieser Lektüre trinkt frau gerne ein Mineralwasser Soda-Maso. Während ihr Gatte auf der Liege nebenan ein kühles Bier zu seinem Thriller genießt. Thriller sind die meistgelesenen Bücher an Bord. Manchmal führt die übermäßige Thriller-mit-Bier-Rezeption auf dem Pooldeck zu knallharten Dialogen unter Männern.

»Du hast noch drei Sekunden, diese Liege zu verlassen, bevor hier alles in die Luft geht«, ist noch einer der harmloseren Sätze.

»Du Mistkerl, lass deine dreckigen Finger von meiner Schwimmschlange!«, ist schon ernster, vor allem, wenn die Äußerung bei vorgehaltener Wasserpistole erfolgt.
Auf der vorletzten Reise hatten wir eine eskalierende Situation. Mit einem heiseren »Du wirst noch um Gnade winseln!« tauchte ein nicht mehr ganz junger Thriller-Infizierter seinen On-the-very-wrong-side-of-70-Kontrahenten im immerhin einen Meter tiefen Pool unter.
»Ich werde dieser kranken Bestie das Handtuch legen!«, sprudelte der Untergetauchte bei seiner Befreiung (durch seine Ehefrau) hervor. Gemeint war wohl Handwerk. Der Mann war so in Rage, dass Gesine mit dem Notfallkoffer anrücken musste. »Wenn ich mit dir fertig bin, wirst du dir wünschen, tot zu sein!«, war das Letzte, was er von sich gab, bevor Gesine, anscheinend ebenfalls in Thriller-Lektüre bewandert, ihn mit einem »Wir können das auf zwei Arten machen. Auf die nette und auf die weniger nette« auf eine Trage und anschließend auf Dr. Mistzehs Station verfrachtete.
Die Thrillerabteilung nimmt in unserer Bibliothek ein ganzes Regal ein, und genau vor diesem Regal blieb ich mit Clara stehen. Mag sein, dass mein innerer Platzhirsch dies beabsichtigte, immerhin steht das Sofa in einem strategisch äußerst günstigen Winkel dazu, mein innerer Ritter wusste nichts davon. Und es gibt, wie ich bald darauf erfahren musste, noch viel mehr, von dem ich nichts wusste. Liebe zukünftige Humanoide, die ihr euren Vorbildern aus Fleisch und Blut sicher sternweit überlegen seid, ich weiß, ihr spürt, dass ich all das nur geschrieben habe, um mich zu drücken. Davor, ins Internet zu gehen (wir legen gerade an, die Verbindung ist sicher noch ebenso grandios wie vorhin) und eine bestimmte Adresse einzugeben. Verehrte Humanoide, ich muss gestehen, dass ich mich schäme.

15.

Wie ist dein Taufname? Jutta? Gut, Jutta, jetzt heißt du … Flunder!«

Die Stimme schepperte durch die kleinen Lautsprecher an der Decke der Bibliothek, in die Simon sie gelotst hatte. Nach ihrer schauspielerischen Niederlage an Peachys Seite. Er hatte ihr Versagen mit keinem Wort erwähnt, sondern taktvoll nur über Bücher geredet, irgendetwas über Philosophie und Wechseljahre. Kein Wunder, dass er sich damit auskannte, nach allem, was sie von Val wusste. Gerade, als Clara fragen wollte, ob es in der Bibliothek auch Theaterstücke gäbe, blieb er stehen und fuhr sich durchs Haar.

»Sorry, ich konnte ihm nicht in die … du weißt schon wohin treten. Wegen Jane.«

»Ist Jane … dort drin?« Jetzt erst bemerkte sie, dass er seine Umhängetasche trug. Die wie zur Antwort leicht bebte.

»Ja, und wie es aussieht, kommt sie gar nicht zur Ruhe.« Er strich besänftigend über die sich beulende Tasche.

»Was … was hat Val mit ihr gemacht?«, fragte Clara.

»Keine Ahnung. Ich dachte, du weißt es vielleicht.«

»Wieso ich?«

Er trat einen Schritt auf sie zu. Er war frisch rasiert, und am Hals, über dem Hemdkragen, hatte er eine kleine Schramme. Vielleicht ein Schnitt. Oder ein Kratzer von einer seiner Geliebten?

»Was hast du mit ihm?«, fragte er, und sie löste den Blick von seiner Schramme.
»Mit wem?«
»Val.«
»Ich? Mit *Val?*«
»Und du bist … der Üwe!«, schepperte es über ihnen. »Was haben wir heute für tolle Namen! Üwe, nicht Uwe? Ach, doch Uwe? Öh, dü bist Sachse, newahr? Nü, Üwe, dann mach ich dich jetzt zur sächsischen Scholle. Üwe, the great Scholle, whuuuu! Hier geht's ab!«
»Du legst es darauf an, ihn verrückt zu machen, oder täusch ich mich?«, sagte Simon. »Ist gut, Jane, wir gehen ja gleich!« Anscheinend räumte Jane irgendetwas im Inneren der Tasche um, vielleicht gestaltete sie ihre Wohnung neu, nach Tipps einer Schildkröten-»Schöner Wohnen«-Zeitschrift.
»So sieht das aus, wenn du an ihm vorbeigehst.« Simon warf spielerisch eine imaginäre Haarpracht zurück, wackelte mit dem Hintern, tänzelte zur Musik, die jetzt aus den Deckenlautsprechern quäkte.
»Und dann noch so.« Mit einer gezierten Bewegung schlüpfte er aus seiner Jacke, einer schwarzen, sicher ehemals teuren, jetzt etwas verschlissenen Sportjacke, ließ sie um seinen Finger kreisen und schob die Brust vor. »Kannst du mir sagen, wie der arme Val dagegen ankommen soll?« Er ließ die Jacke fliegen. Sie landete auf dem Sofa.
»War es … wirklich so schlimm?«
»Schlimmer«, sagte er. Er stand vor ihr, lächelnd, präsentierte seine tadellose Figur in einem weißen Hemd. Vermutlich gehörte all das zu seiner üblichen Verführungsmasche. Ob die Bibliothek auch unter cruise-forum-flotteflotte Slash Simon Slash Orte verzeichnet war? Clara fühlte Hitze aufsteigen, fing schnell an zu reden, erzählte von dem blassen Wesen, das Val früher zersägt hatte und dem er jetzt

unbedingt treu sein musste, von ihrer gemeinsamen Arbeit an der unsäglichen *Entflammt im ewigen Eis*-Revue, deren grauenhaften Text sie aufzusagen hatte, während Peachy machen durfte, was er wollte. Sie redete sich in Rage darüber, dass sie Peachys Bevorzugung leid war, angefangen von der Show bis zur …

»Wow, zersägt? Ich hab immer gewusst, der Mann ist gefährlich.« Simons Augen blitzten. Was würde er mit dieser Information anfangen? Egal. Sie schuldete Val keine Loyalität. Nicht mehr.

»Und du hast also beschlossen, dich ein bisschen zu rächen. Was sagt denn dein Freund dazu?«

Von oben Musik, ein Beat wie ein Gewehrfeuer, und die aufdringliche Stimme vom Pooldeck: »Ah, Jessica! Du wirst unsere Tanzgarnele! Jessica, tanz uns was, hier kommt dein Eiswürfelchen! Juhu!«

Als Gekreisch und Gelächter – anscheinend war es mehr als ein Eiswürfelchen – verklungen waren, entschuldigte sich Simon, das ginge ihn selbstverständlich nichts an. Um sich gleich wieder seiner Tasche zu widmen. Was Jane darin veranstaltete, sah jetzt weniger nach »Schöner Wohnen für Schildkröten« aus, sondern eher nach einem Schildkrötenrockstar, der sein Hotelzimmer zerlegt. Was auch zu der Musik aus den Deckenlautsprechern passte: *Overkill* dröhnte es, *Overkill, Overkill.* Endlich verebbte die Musik.

»Hat sie dich gestern arg gekratzt und gebissen?« Simons Stimme war jetzt tiefer, sanft, so, wie er sonst nur mit Jane redete. Und vermutlich mit Frauen, die nachher *Tolle Banane!* oder *Nur der gedörrte Stockfisch war Zeuge* ins Forum eintrugen.

»Geht so«, sagte sie.

»Zeig mal.« Schon hatte er ihre Handgelenke umfasst, besah sich die Innenseite ihrer Arme.

»Alexander? Du bist der Gatte von Jessica, der Tanzgarnele? Ach, verlobt, Honeymoon, nein, wie rührend, einen Riesenapplaus für Jessica, die Tanzgarnele, und Alexander, den Hammerhai! Yeah!«
Die Musik ließ das Kamingitter zittern. Simons Daumenkuppen, ein wenig rauh, strichen über die Kratzer.
»Es tut mir so leid, Clara, es war sicher nicht Janes höflichster Moment. Und ich weiß auch nicht, wie ich dir danken soll.«
»Ich … ich hab ja auch zu danken. Für … äh … alles«, sagte sie schnell, versuchte, keine Gänsehaut zu bekommen, als Daumen und Finger armaufwärts wanderten.
›Er hat so sensible Fingerkuppen‹, schreibt Clara A. aus Frankfurt.
Sie zog die Hände weg. »Val sagt, es ist deine Schuld, dass ich keine Einzelkabine bekomme.«
»Wieso?« Eine Sekunde blieben seine Arme, wo sie waren, ausgestreckt, braun, dezent behaart, und vermutlich auf der verletzlichen Innenseite ebenso verkratzt wie ihre Arme.
»Er sagt, deine … äh … Freundinnen hätten in letzter Minute alle Einzelkabinen weggeschnappt.«
»Welche Freundinnen?« Simon tätschelte die Tasche, mit einer etwas fahrigen Bewegung, die Jane nur noch wilder zu machen schien.
»Diese Frauen, die extra wegen dir eine Reise buchen und sich in Kreuzfahrtforen darüber austauschen.« Damit verschränkte sie die Arme und fügte ein kühles »Entschuldige, das geht mich natürlich auch nichts an« hinzu.
»Kreuzfahrtforen?« Es klang alarmiert. Für eine Sekunde genoss sie es, als befänden sie sich mitten in einem Kampf.
»Cruise-forum-flotte-flotte Slash Simon. Es gibt auch Untermenüs.«
Jetzt war er an der Reihe, rot zu werden. Sie beobachtete,

wie die Röte vom Hals heraufkroch, über seinen Wangen aufging.
»Untermenüs? Welche? Woher ...?«
»Val.«
»Dieser erbärmliche ... verdammt, Jane!« In seiner Tasche hatte sich Jane anscheinend für Trampolinspringen entschieden, immer wieder tauchte ihr grüngelber Panzer am oberen Rand auf. »Ich muss sie wegbringen. Findest du allein zurück?«
»Wie... wieso denn nicht?«
»Nur so.«
Für eine Sekunde entspannten sich seine zusammengepressten Lippen, er lächelte und zeigte ein Grübchen auf der linken Wange. Das einige Frauen garantiert auch besprochen hatten.
Sie bleibe noch ein bisschen hier, sagte Clara, so lässig sie konnte, und er nickte. An der Tür der Bibliothek blieb er stehen.
»Übrigens: Das mit der Kabine hat nichts mit mir zu tun. Und ich nehme an, dass unser verehrter *Kutur*manager das weiß. Du bist als Schauspielerin eingestuft, Kategorie zwei, wie deine Vorgängerin. Crew-Kabine, aber alle Privilegien. Sunny, zum Beispiel, ist Tänzerin, Kategorie drei: Crew-Kabine, kein Aufenthalt im Passagierbereich. Und Peachy hat Starstatus. Und wenn der dich noch einmal angrabbelt, sag Bescheid, ja?«
Damit drückte Simon seine Tasche an sich und verließ die Bibliothek.

Als Clara allein an den Bücherregalen entlangschlenderte, dachte sie darüber nach, was Simon sich wohl unter »Bescheid sagen« vorstellte. Sollte sie ihn im Angrabbelfall anrufen? Über Handy, auf hoher See? Oder sollte sie ihn in

seiner Kabine aufsuchen, wo er womöglich gerade mit einer Frau … Über die Lautsprecher verkündete die Stimme des Kreuzfahrtdirektors das baldige Anlegen in Svolvær, und die Polartaufe verebbte mit einem halbherzigen: »Ah, Detlev, okay, du bist unser Transvestitenbarsch!«
Hatte es überhaupt noch Sinn, den Kreuzfahrtdirektor nach einer Einzelkabine zu fragen? Und was bedeutete »Starstatus«? War ihre Vorgängerin vielleicht deshalb verschwunden, wegen dieser Ungerechtigkeit? Hatte nicht Val vor kurzem behauptet, Simon habe etwas mit ihrem Verschwinden zu tun? Clara wollte nicht über all das nachdenken, sie griff ins Regal, zog das erstbeste Buch heraus und nahm es mit aufs Sofa. Seit Tagen hatte sie nichts mehr gelesen außer dem Text von *Entflammt im ewigen Eis.* Dessen Vorstellung heute wegen der verspäteten Ankunft in Svolvær und dem erwarteten hohen Seegang beim Auslaufen glücklicherweise wieder ausfallen würde. Sie blätterte in dem Buch, in dem sich ein hinreißend aussehender Mann mit blendend weißen Zähnen auf Seite achtzig mehr oder weniger überraschend als Werwolf entpuppte. Immerhin konnte er kochen, passenderweise Spaghetti al dente, aber die Handlung konnte Clara nicht von ihren wandernden Gedanken ablenken, und nach einer Weile legte sie das Buch beiseite.
Erst jetzt bemerkte sie, dass sie sich mit Simons Jacke zugedeckt, sich in seinen Duft eingehüllt hatte. Rasch streifte sie die Sportjacke von ihren Knien und griff zu ihrem Telefon. Sie musste Adrian endlich anrufen und sich für den Flugzeugeinsatz bedanken, vielleicht mit seltenen Vokalkombinationen, ergänzt um weiche Konsonanten: Brimborium, Schneeeule, miauen, zweieiig, Diarrhö. Aber statt seine Nummer zu wählen, öffnete sie den Browser und gab www.cruise-forum-flotte-flotte.com/simon ein, zögerte ei-

nen Moment: Sollte sie dem Simon noch einen Slash »Tattoos« hinzufügen? Sie entschied sich dagegen, scrollte über Manus *tolle Banane* hinweg (was nicht ganz leicht war: Manu hatte ein Bild eingestellt und sah nicht annähernd so ordinär aus, wie sie sich anhörte) und kam zu einer recht präzisen Beschreibung von Simons Qualitäten, eingestellt von Röbbchen47. Angeführt von einer Bewertung: Vier *flotte Segel* von sechs möglichen.

Einigermaßen ruhig, wenig Störgeräusche, bis auf ein leises Dauergrummeln, das ich eher als angenehm empfand.

Fast hätte Clara auf Schließen geklickt. Sie wollte sich das angenehme Dauergrummeln (Magen? Darm? Aus der Kehle? Gar ein Werwolfknurren?) nicht vorstellen, las dennoch weiter:

Äußerst sauber!

War damit wirklich gemeint, dass er geduscht hatte, oder war ›sauber‹ als lobendes Adjektiv wie ›super‹ zu werten? Die eine oder andere Tücke schien der Beischlaf mit Simon nach Ansicht von Röbbchen47 allerdings trotzdem zu haben: *Mitunter vibriert die ganze Kabine! Na ja, kein Wunder, bei dieser Lage!*

Von welcher Lage redete Röbbchen47 wohl, einer seltenen Stellung? Die so ausgefallen nicht sein konnte, falls mit Röbbchen ihre Figur gemeint war. Gab die 47 Auskunft über ihr Alter oder ihre Kragenweite? Clara scrollte nach unten, stieß auf eine Meldung von Lachmöwchen:

Ich bin so sehnsüchtig, meersüchtig, simonsüchtig! (Herzchensmiley) *Ohne Wind, ohne Wellen* (surfender Smiley) *und ohne* IHN (schluchzender Smiley) *verdorrt meine Seele!*

Und wiederum darunter: *Vergesst es, Mädels, er ist verliebt. Uschi, 22.7.2013, auf der Nordroute.*

Gefolgt von entsetzten Kommentaren:

Was? In wen? Etwa in dich?
Unmöglich! Uschi, du spinnst!
Ich glaube, die Kuh will nur provozieren.
Bisher hatte Uschi nicht auf diese Anschuldigung reagiert, der letzte Eintrag lautete: *Ooops, Röbbchen47, du bist wohl im falschen Thread gelandet, es geht nicht um Kabinenbeurteilung, es geht um …*
»Clara Abraham! Bitte melden Sie sich bei der Rezeption! Clara Abraham!« Clara fuhr auf, das Telefon fiel zu Boden auf Simons Jacke, sie griff danach, schloss den Browser und stürmte die Treppe hinunter. Nach mindestens sieben Minuten Herumirren und einem weiteren Ausruf erreichte sie die Rezeption, außer Atem, als hätte sie eine große Joggingrunde hinter sich. Hinter dem Tresen saß die dickliche Rezeptionistin mit den blond gefärbten Haaren und lächelte ihr entgegen.
»Endlich! Kommen Sie.« Die Blondgefärbte stand auf und öffnete eine kleine Seitentür, wies auf etwas, das hinter ihr an der Bürowand hing. Etwas, das aussah wie eine Plane.
»Aus Rørvik.« Die Augen der Blondgefärbten leuchteten.
»Die Security wollte es eigentlich nicht zulassen. Aber wir haben … ja, wir haben gedacht, es bedeutet Ihnen etwas, und haben sie überredet.«
Adrians Flugzeugbanner. Hatte der Pilot es abgeworfen? War das Flugzeug gelandet? Hatte es jemand aufs Schiff gebracht?
Die dickliche Blonde wusste es nicht genau, wusste nur, dass die Security die Plane auf ihre ausdrückliche Bitte desinfiziert hatte, und strahlte Clara an, einen Sehnsuchtsblick in den glänzenden blauen Augen. Einen Wie-fühlt-es-sich-an-wenn-man-so-geliebt-wird-Blick. Und erwartete offensichtlich eine ihrem Aufwand entsprechende Reaktion. Clara riss sich zusammen. Es konnte nicht so schwer sein,

Entzücken zu spielen. Kein exaltiertes Entzücken aus einer amerikanischen Sitcom, sondern theater- oder zumindest fernsehspieltaugliche Begeisterung mit einem Schuss Ergriffenheit. So anmutig sie konnte, kniete sie vor der hängenden Plane nieder.

»O mein Gott«, hauchte sie. Zu sehr Sitcom, allerhöchstens noch schlechter Spielfilm. Mit einem seriöseren »Darf ich?« legte sie sich das spröde Plastik um die Schultern. Schon besser. Würdevoll erhob sie sich. »Oh danke! Danke! Wie wunderbar!« Sie bemühte sich um ein tränennahes Zittern in ihrer Stimme und rief in Windeseile alle verfügbaren Erinnerungen ihres Hirnfundus aus der Abteilung *Rührendes* ab. Aber es gelang ihr erst beim Heraufbeschwören der Zukunft, nämlich einer Medea-Aufführung am Wiener Burgtheater mit Clara Abraham in der Hauptrolle, feuchte Augen zu bekommen.

»Es ist fast, als wäre er bei mir.«

Sie wickelte sich fester in die steife Plane ein.

»Sie sehnen sich bestimmt sehr nach ihm.«

Die blonde Rezeptionistin hatte angebissen, Clara sah es an dem Schimmer in ihren Augen.

»Ja. Oh ja. Er ist mein Traum. Meine Wahrheit. Mein alles.« Übertrieb sie jetzt, noch beeinflusst von der schwülstigen Sprache des Werwolfromans? Clara blinzelte hinüber zu der offensichtlich hingerissenen Blondgefärbten.

»Ohne ihn verdorrt meine Seele!«, kam es von ihren Lippen, und für einen Augenblick wusste sie nicht, woher diese Phrase stammte, dann fiel ihr Lachmöwchen ein. Schnell konzentrierte sie sich wieder auf ihr Publikum, die Blonde, deren Augen jetzt nicht nur schimmerten, sondern geradezu strahlten. Von den Aufzügen her erregtes Geschnatter. Clara musste sich nicht umdrehen, um den Grund zu erkennen, schon hörte sie Simons Stimme.

»Na, Simon, geht's zum Landgang?«, fragte die Blondgefärbte, und Clara drehte sich um.
»Ja, meine Tour heißt *Epilieren am Polarkreis!* Statt uns den verregneten Marktplatz in Svolvær anzusehen, werden wir einfach zusammen in die Drogerie … Oh, hallo Clara.«
Falls er die Bemerkung über ihre verdorrte Seele gehört hatte, ließ er sich nichts anmerken. Er lächelte, ein etwas angestrengtes Lächeln, um seine Augen bemerkte sie feine Falten. In seiner Umhängetasche, die er über seiner Lederjacke trug, bewegte sich nichts. Um ihn gackerten und kicherten Passagierinnen in Bärentatzenmänteln.
»Deine Jacke liegt noch in der Bücherei«, sagte sie, legte sich Adrians Plane wieder um die Schultern und entfernte sich Richtung Stahltür.

Logbuch von Simon

24.7.13
14.15 Uhr MEZ
Harstad, Norwegen, 68° 48′ N, 16° 42′ O
10 Grad Celsius

Ich komme kaum zum Berichten. Hier ist viel passiert. Gestern Abend kam Johansen zurück, in buchstäblich letzter Minute vor dem Ablegen aus Svolvær. Mit einer haarsträubenden Geschichte: wie er in Rørvik seekrank von Bord taumelte, sich im Nebel verirrte, das Schiff abfahren sah. Hergekommen ist er mit einem gecharterten Leichtflugzeug. Der Kreuzfahrtdirektor hat von einer sofortigen Kündigung abgesehen, weil er sonst hätte zugeben müssen, dass bei der Kontrolle der Bordkarten geschlampt wurde. Wenigstens brauche ich keine Landgänge

mehr zu leiten (obwohl, bei aller Bescheidenheit, der gemeinsame Ausflug in die Drogerie recht gut ankam). Johansen hat den heutigen Landausflug »hochsommerliches Harstad«, den man wegen der Wetterlage besser in »verhageltes Harstad« umbenennen sollte, selbst übernommen.
Es war nicht allzu schwer, eins der Zimmermädchen zu bezirzen und einen kurzen Blick in seine Kabine zu werfen. Mit dem, was ich herausgefunden habe, kann ich allerdings nicht allzu viel anfangen. Er steht mit einer gewissen Rosa in Verbindung. Ich nehme an, diese Rosa ist die Frau, deren Bild seinen Nachttisch ziert. Recht hübsch. Aber ihr vorstehendes Kinn. Caramba! Man muss kein Experte für Physiognomie sein, um auf äußerst resolute Charakterzüge zu schließen. In der Nachttischschublade finden sich zwei italienisch geschriebene Faxe, auf denen diese Rosa einem Luigi Instruktionen zu erteilen scheint. Der deutsche Name Hansjörg kommt auch des Öfteren vor. Was dies bedeutet, weiß ich nicht, denn mir blieb nur eine Minute, bevor mich das nervöse Zimmermädchen wieder hinauskomplimentierte. Also stehe ich vor einer Menge offener Fragen. Wer ist Johansen wirklich? Wer ist Rosa? Wer Hansjörg? Warum Italienisch? Und warum bekomme ich, sobald ich nur das Wort *Italiener* denke, sofort Appetit auf einen guten Barbera und ein Tiramisu, obwohl ich die Folgen (Sodbrennen) kenne?
Mein innerer Privatdetektiv kommt zu folgenden Schlüssen: Johansen ist kein Norweger, sondern Italiener. Was sowohl seinen merkwürdigen Akzent erklärt als auch die Tatsache, dass er sich in Norwegen noch weniger auszukennen scheint als ich. Vermutlich ist er mit diesem Luigi identisch. Und er steht nicht nur in Verbindung mit dieser Rosa, er übt auch Druck auf Peachy aus, dessen innere Kompassnadel sich in seiner Gegenwart sofort um hundertachtzig Grad von Macho auf Memme dreht. Was sollen der knallharte Privatermittler Simon Weyden und seine attraktive Assistentin Jane mit diesen Erkenntnissen anfangen?

Jane prescht vor, wie es eben so ihre Art ist, und schließt Verbindungen zur Mafia nicht aus. Und jetzt? Kann man diese Rosa überprüfen? Aber wer soll das tun?
Auf der Brücke hat man gerade andere Sorgen: Wir fahren direkt in ein Sturmtief hinein. Mehrere Restaurants werden schließen, natürlich auch das Theater und fast alle Bars. Vorhin fand eine interne Konferenz der gesamten Spaßcrew statt. Bei mir im Zeichenraum, der kurzerhand von unserem Kreuzfahrtdirektor zum Kulturraum umbenannt wurde. Er liegt in der Mitte des Schiffs, wo die Schwankungen nicht annähernd so heftig sein werden wie am Bug oder Heck. Er soll zum Refugium werden, zur Stätte der Unterhaltungskunst und des Trostes. Dies vor allem, weil auch das Speisenangebot drastisch reduziert werden muss. Wir sollten uns also verdammt noch mal etwas einfallen lassen, sagte der Kreuzfahrtdirektor (der sich ansonsten weniger haarig gab: Er hat sich das empfohlene Epiliergerät angeschafft und ist sehr zufrieden).
Außer ihm waren bei unserer Sitzung anwesend: Gesine, Sunny, als Vertreterin des Tanzensembles, DJ Blauwal, Clara, unser bezaubernder Frauenzersäger Val und ich. Peachy glänzte durch Abwesenheit. Die vermutlich mit Johansens Anwesenheit zu tun hatte. Es blieb mir also erspart, Clara vor eventuellen Übergriffen schützen zu müssen. Sie hat ohnehin einen viel romantischeren Ritter als mich. Du liebe Güte! »Ohne ihn verdorrt meine Seele!« Im ersten Moment hatte ich noch gehofft, sie meinte es ironisch. Der Kreuzfahrtdirektor hielt eine kleine Rede, sprach von der zu erwartenden üblen Laune der Passagiere, wobei er vor allem unseren tapferen Frauenzersäger ansah. Und ich schwöre es, ich habe mit eigenen Augen gesehen, wie sich der Silberlöffel auf Vals Untertasse – er trank Cappuccino – langsam verbog. Reihum wurden Vorschläge gemacht, zum Beispiel eine Nail-Art-Party (Sunny meinte eigentlich eine Tattooparty, aber dies konnte sie vor dem Kreuzfahrtdirektor nicht sagen), Wettzeichnen

(mir fiel nichts Besseres ein) und eine esoterische DVD-Vorführung. Die gesammelten Weisheiten von Sigurlaxnoreyjafjallajökull, dem einzig wahren Schamanen Islands und Gesines Meister. Nur Clara und DJ Blauwal machten keine Vorschläge. DJ Blauwal war wie üblich eher Möbelstück als Teilnehmer, und Clara bemühte sich redlich, es ihm gleichzutun. Sie saß stumm, mit verschränkten Armen, warf Val hin und wieder einen grimmigen Blick zu. Und bei jedem dieser grimmigen Blicke krümmte sich der Löffel auf seiner Untertasse etwas mehr. Bis Gesine schließlich ausrief: »Du musst zaubern, Val!«

»Aber ... ich *kann* nicht zaubern!« Schiere Verzweiflung in seiner Stimme. Der Löffelstiel nahm beinahe die Form einer Schlangenlinie an. Ein Ereignis, das alle Anwesenden (außer DJ Blauwal) zu Zauberwünschen und Zaubervorschlägen inspirierte. Ich unterdrückte jeden Vorschlag, eventuelles Zersägen bestimmter Passagierinnen betreffend, sondern ließ der unvermeidlichen Diskussion ihren Lauf.

»Aber natürlich kannst du zaubern, mein Lieber, diese Kraft wurde dir vom Kosmos gegeben!« (Gesine)

»Sei nicht so bescheiden, Tarzan! Er jongliert wirklich HIMMLISCH, Herr Molch!« (Sunny, mit diabolischem Lächeln zum Kreuzfahrtdirektor, dessen Nachname wahrlich nicht zu seinem Äußeren passt.)

»Ja, geradezu göttlich!« (Clara, mit einem noch teuflischeren Lächeln.)

»Dann machen wir doch einen Zauberabend! Eine wunderbare Idee.« (Herr Molch, überwältigt von so viel geballtem weiblichen Einsatz)

»Ich zaubere nicht! Ich bin Kulturmanager!«, wehrte sich unser wackerer Motorsägenspezialist, aber er konnte nicht mehr zurück, und inzwischen steht fest: Es wird zwar keinen Zauberabend, aber eine Hypnoseshow geben. An einem unserer beiden Seetage. Wir alle sind außerordentlich gespannt.

25.7.13
18.30 Uhr MEZ
Norwegisches Meer, geschätzte 69° N

Liebe Logbuch-Leser, die ihr vielleicht keine künstlichen Intelligenzen mehr seid, sondern frei flottierende Gedanken, von der Materie losgelöstes, im Universum herumlungerndes Bewusstsein! Zwei der großartigen Veranstaltungen in unserem neuen Kulturraum liegen schon hinter uns, und es wird euch sicher freuen zu hören, dass zumindest die Honeymoon-Party ein voller Erfolg gewesen ist. Ich habe die Dekoration diesmal nicht den Rezeptionistinnen und dem etwas zu schwulen Schiffssteward überlassen, sondern DJ Blauwal um ein gepflegtes Palmenambiente gebeten, das auch ungefähr blieb, wo es war, denn wir haben erst den Rand des Sturmtiefs erreicht. Die fliederfarbenen Tischdecken und Servietten harmonierten farblich ausgezeichnet mit den gereichten aphrodisierenden Köstlichkeiten: Vanilledrinks in hohen Gläsern, Eis mit flüssiger Schokolade, dazu Erdbeeren, Feigen und Chilischoten. Obendrein floss der Champagner. Selbst das Golferehepaar sah keinen Anlass, sich zu beschweren. Dass auch sie zu den zwanzig Jubiläumspaaren gehören, hatte ich nicht gewusst, und ich konnte mir gerade noch die Frage verkneifen, ob bei ihnen die Jahre oder die Löcher zählen. Zweihundertfünfzig mal eingelocht oder fünfundzwanzig Jahre verheiratet.
Ansonsten gab es Jubiläen aller Art: Verlobung (von Jessica, der Tanzgarnele, und Alexander, dem Hammerhai, wie sie seit der Polartaufe heißen, sie wollen hier an Bord heiraten), einjährige, fünfjährige und verflixte siebenjährige Hochzeitstage, Silber-, Gold- und Diamanthochzeiten. Bei einigen war ich nicht ganz sicher, ob die Partner einander noch erkannten. Die Party eskalierte rasch.
Gesine schaltete um in den Krankenschwesternmodus, als eins

unserer goldenen Paare zu *Star Spangled Banner* von Jimi Hendrix Luftgitarre spielte, aber nicht diesem Paar passierte etwas, sondern der Frau des Golfers – sie verstauchte sich beim Ententanz den rechten Flügel. Nur ein einziges Paar, beide hatten eine gewisse Ähnlichkeit mit Karpfen, trennte sich im Laufe des Abends. Alle anderen waren berauscht. Junge Pärchen hielten einander an den Händen, ältere Paare hielten sich an ihren Erinnerungen fest, Gesine schaute versonnen aus dem Panoramafenster auf das bereits recht wilde Meer. Mit meinen Vermutungen, dass sie mit ihrem Laxnor gerade kosmisches Petting betrieb, lag ich vollkommen falsch: Sie dachte, wie sie mir später erzählte, über den geheimnisvollen Poeten nach, der wohl seit neuestem Gedichte vor ihrer Kabinentür hinterlässt.

Mir oblag es, das ganze Glück zu zeichnen, liebe immaterielle Bewusstseinssplitter und heimatlose Gedanken. Soweit mir dies nach drei Gläsern Bordeaux Reservé noch möglich war. Nicht nur ich, auch Jane sprach an diesem Abend dem Rotwein etwas zu gut zu. Nach ihrem ersten Tropfen streckte sie den Kopf aus den Handtuchfalten, und ich musste sie mit einem zweiten halben Tropfen in den Zustand seligen Vergessens versetzen. Was Jane vergessen will (kann man vergessen wollen, dass man alles vergisst?), weiß ich nicht. Was ich zu verdrängen versuchte, ist schnell zusammengefasst: Erinnerungen an eine Zeit, in der Simon Weyden verliebt, verschossen und vernarrt war und sich aufgeführt hat wie ein Volltrottel. Warum mich diese Erinnerungsgeister ausgerechnet gestern Abend heimsuchten, nach bestimmt zweihundert in professioneller Coolness vollzogenen Honeymoon-Events an Bord, wisst ihr vielleicht besser als ich, geschätzte transzendente geistige Energien. Mein innerer Privatdetektiv, der sich auch manchmal als Amateurpsychologe betätigt, vermutet, es hat mit Nikos Brief und meiner gestrigen Mail an ihn zu tun. Als mein Freund und Geschäftspartner hat Niko vor allem die äußerst unentspannten

Folgen jener Verliebtheit zu spüren bekommen. Außer mit Jane habe ich mit niemandem über diese Geschichte geredet. Aber an diesem Honeymoon-Abend war ich kurz davor, beim dritten Glas Bordeaux dem neben mir sitzenden, Champagner trinkenden Üwe mein Herz zu öffnen und ihm von meiner so dramatischen wie leidenschaftlichen Liebesaffäre mit der Frau meines Bruders zu erzählen.

»Sie wissen schon, Üwe, diese Art Liebe, bei der einem die Schutzhülle für die Seele verloren geht. Man ist wund und gleichzeitig unverwundbar. Jedenfalls für eine gewisse Zeit.«

All das habe ich glücklicherweise nicht gesagt. Denn Üwe redete zuerst. Nicht mit mir. Sondern mit seiner Frau: »Nü ja, dreißisch Jahre, war ooch nisch alles Hönisch, Judda«, sagte er. Was sich, wie ich in meinem Bordeauxnebel erst relativ spät verstand, auf den Honeymoon bezog. Judda nickte lächelnd und machte eine noch rätselhaftere Bemerkung: »Nu weeßde noch, am Müggelsee, mitm Günder?« Was sie damit wohl gemeint hat, einen Dreier? Oder meinte sie *Kinder?* (Habe mal gehört, dass Sachsen ihr Kind niemals Günter nennen sollten, denn wenn sie auf dem Spielplatz Günder, gömm her! rufen, kommen gleich alle Ginder.) Auf jeden Fall holten sie mich damit wieder zurück in die Gegenwart des schwankenden Zeichensaals. Wir gerieten in ein unverfängliches Gespräch, im Laufe dessen Judda und Üwe mir nicht nur von ihren Plänen bezüglich des nächsten Landgangs erzählten, sondern auch von ihrem Vorhaben, ihre bayrisch-hessische Konkurrenz auszustechen. Natürlich habe ich versprochen, sie zu unterstützen. Vielleicht ein wenig voreilig. Einen sächsischen Striezelmarkt auf einem isländischen Gletscher zu inszenieren ist schon eine Herausforderung, vor allem, wenn man bedenkt, dass die Konkurrenz ein Oktoberfest beziehungsweise ein hessisches Äppelwoi-Event plant.

Die zweite Veranstaltung, die große schamanistische Reise zum inneren Krafttier, fand am heutigen Nachmittag statt. Das Schiff war gerade zu jener Längsbewegung übergegangen, die man Stampfen nennt und die um einiges unangenehmer ist als die seitliche Schaukelbewegung, das sogenannte Rollen. Wir saßen auf festgeschraubten Stühlen. Die Krafttierdrinks, die der Küchenchef (er ist Malaie, und er sagt Klafttieldlinks, was sich viel netter anhört) extra für Gesines DVD-Vorführung gezaubert hatte, drohten überzuschwappen. Auch die Leinwand wackelte. Ich kenne Laxnors DVD schon, eine bemerkenswert schlecht mitgefilmte schamanistische Sitzung. Für die Übersetzung seiner isländischen Anweisungen hat Laxnor in echter Schamanensparsamkeit eines jener Computerprogramme bemüht, die auf den Speisekarten vieler Touristenorte zu Kreationen wie »Isolationsschlauch mit Olivenöl« oder »kleine Platte mit Rohheit« führen. Auf Laxnors DVD hat das Programm sich selbst übertroffen und sogar Laxnors Trommelschläge übersetzt.
Kurz vor Filmstart gab uns Gesine noch einen wichtigen Rat mit: »Wir reisen nun zusammen in die Unterwelt.« Was sie mit Unterwelt meinte, verehrte ungebundene geistige Instanzen, erläuterte sie uns nicht näher, gab uns nur den wertvollen Tipp, uns zu entspannen und unseren Verstand abzuschalten.
»Sofern mer was zum Abschalde hat«, kommentierte der Hesse, dann ging das Licht aus. Vor mir sah ich Claras Hinterkopf. Rechts und links von mir, jeweils mit Oberschenkelkontakt, saßen die Rothaarige und die Blonde, die inzwischen mitbekommen haben, dass Clara ihren Adrian liebt und nicht mich. Ob sie es gleich in diesem unsäglichen Forum gepostet haben? Noch in Harstad habe ich gegoogelt. Besonders entwürdigend war die Unterrubrik »Orte«. Bin ich so vergesslich, dass ich mich nicht an alle Orte erinnere (vor allem nicht an jenes kalte Bierfass in

der Poolbar), habe ich so viel verdrängt, oder haben die Ladys das ein oder andere erfunden?

Ich bemühte mich redlich, Gesines Aufforderung zu folgen und meinen Verstand abzuschalten. Jane in ihrer Umhängetasche gelang dies besser, sie schlief rotweinselig. Inzwischen lauert sie schon auf ihren täglichen Tropfen Bordeaux. Wenn ich so weitermache, werde ich sie bald in die Betty-Ford-Klinik für Schildkröten geben müssen.

Auf der Leinwand erschien Laxnor, im Kreise von ungefähr einer Milliarde Mücken, und begann, monoton und ohne jede rhythmische Finesse zu trommeln. Die Übersetzung seiner folgenden, immer wieder von Trommelschlägen unterbrochenen kehligen Ansprache lautete ungefähr so:

Ausatmen Sie in den Rhythmus der Mutter Erde. Yoik. Trumm. Yoik. Trumm. Trumm. Trumm. Sie entspannt Glückstrommel. Ausatmen Sie rechts, bevor Sie bemerken ein Loch in die Erde und Stufen hinunter. Trumm. Yoik. Trumm.

Was Yoik bedeutet, habe ich noch nicht herausgefunden, vielleicht ein spezieller schamanischer Jodler? Aber die andere sich aufdrängende Frage, ob Schamanen denn nur aus- und niemals einatmen, beantwortete Laxnor nach einer Zeit gleichmütigen Trommelns in seiner folgenden Rede, für die er extra aufsprang, in plötzlicher Erregung.

Nicht vergessen atmen in und auf. Trumm. Yoik. Trumm. Nicht herumsitzen wie ein Affe aus Stein, aber man bekommt die Kuh auf Eis. Sie fühlen sich auf. Jetzt! Starkes Tier. Atmen mit dem starken Tier. Trumm. Trumm, Trumm, Trumm.

Wer nicht in sich hineinkicherte oder den Raum verließ, atmete. *In und auf.* Obwohl es zum Aufatmen wahrlich keinen Grund gab. Das Schiff stampfte, der Boden unter uns kippte, von links klammerte sich die Rothaarige an mich, von rechts die Blonde, ihre gemeinsame, betäubende Parfümwolke versetzte mich mehr in Trance als Laxnors Vortrag. Gesine versuchte, Laptop und Leinwand am Wegrutschen zu hindern, und verkündete, dass wir uns jetzt der Begegnung mit dem inneren Krafttier näherten, dem Höhepunkt der schamanistischen Reise.

Jetzt können Sie direkt zu der Macht Tier nach Namen. Trumm! Yoik! Trumm Trumm Trumm! Jetzt sehen Sie, animalische Kraft, fragen und hören sich wundern, was Ihr Obszönitäten so sagen diese Pottsau. Vergessen Sie nicht, hören, hören, nicht benehmen wie Bulle in China Shop.

Laxnor hörte auf zu trommeln, senkte das Haupt und präsentierte eine von Mücken umsummte Glatzeninsel im filzigen Haar. Im Raum ein Raunen. Gesine füllte Laxnors bedeutungsschwere Pause: »Fragt jetzt euer Krafttier nach seinem Namen! Fragt es alles, was euch einfällt! Es ist eure Chance!«

Allgemeines Flüstern, Kichern, Gemurmel, ich glaubte, auch ein sächsisches »Nü gügge, ein Diescher!« zu hören, und nahm an, dass Judda keine Tücher, sondern einen Tiger meinte. Dann öffnete Laxnor den Mund, zeigte kleine gelbe Iltiszähnchen und sagte langsam einen anscheinend äußerst wichtigen Satz. Erhobenen Hauptes blieb er stehen, während unter ihm majestätisch die Übersetzung vorbeizog:

Aber ich glaube nicht, dass Fischstäbchen.

Damit entließ Laxnor uns in eine tiefe Stille. Irgendwer im Raum wimmerte, das Wimmern wurde zu einem Wiehern. Ich sah Claras Rücken beben. Unter Laxnor, der immer noch äußerst verheißungsvoll schaute, tauchte jetzt die Werbung für seine Mückensalbe auf. Dann hob er den Zeigefinger und nuschelte etwas, anscheinend wollte er uns noch einen philosophischen Gedanken auf den Weg geben:

Sie müssen die Fischstäbchen wieder fragen. Das macht nichts. Damit erlosch sein Bild. Gesine sprang auf, rettete den beim nächsten Stampfen des Schiffs vom Tisch sausenden Laptop, Gläser fielen um. Niemand machte Anstalten, ganz Tier zu sein und sich im verschütteten, hauptsächlich aus Minzjoghurt bestehenden Klafttieldlink zu wälzen. Man erhob sich unter Schwierigkeiten, stützte einander und torkelte aus dem Saal.

Nachtrag
21.40 Uhr MEZ

Anscheinend macht das Wetter nun Ernst. Gesine hat mich gebeten, im Wellness-Bereich nach dem Rechten zu sehen. Der Mann von der Tapasbar ist seekrank, er kann sich nicht kümmern. Jane ratzt erschöpft auf ihrem Schlafstein. Ich lasse sie noch ein paar Minuten träumen, dann packe ich sie in die Tasche. Ehrlich gesagt, bin ich nicht gerade scharf darauf, von ihr die nächsten achtzig Jahre für ihren Alkoholismus und ihre Klaustrophobie verantwortlich gemacht zu werden. Aber, geschätzte Bewusstseinssplitter und verehrte umherschwirrende Ideen, was soll ich sonst tun?

16.

Noch vor drei Tagen hätte sich Clara niemals vorstellen können, dass sie sich einmal nach Sunnys Gegenwart sehnen würde. Nicht nur ihr Bett, ihre ganze Kabine schaukelte, schien immer wieder ins Bodenlose zu kippen. Unter ihr ächzte und knarrte das Schiff, Wasser klatschte gegen Stahl, und es gab nichts außer der Lektüre von *Endstation Sehnsucht,* um sich abzulenken. Sollte Sunny doch stundenlang die Dusche besetzen, ihr Tattoozubehör in der gesamten Kabine ausbreiten und sie nach ihrem Traummann ausfragen. Adrian. Der attraktive, väterliche, vermögende Mann, der sie auf Händen trug und ihr jeden Wunsch von den Lippen ablas. Inzwischen glaubte sie es fast selbst. Auf den Anruf bei ihm, noch von Harstad aus, hatte sie sich sogar sorgfältig vorbereitet. Und war beinahe enttäuscht, als sich nur die Mailbox meldete. Trotzdem spulte sie ihr vorbereitetes Programm ab, servierte als Vorspeise ausgewählte Kombinationen aus A und I: Salami, Schlafittchen, larifari, ging über zu einem E-Warming-up und referierte über Teeeier in schneeerhellten Gegenden. Und ließ endlich den von Lümmelchen sicher schon sehnlichst erwarteten I-Angriff folgen: Kinkerlitzchen, stibitzende Kiebitze, verschmitzte Rifffische in Rimini, dazu eine gewagte I-Ö-Kombination aus dem Bereich der Elektrotechnik: Lötlitze. Wegen der besseren Verbindung stand sie in der halb geöffneten Tür des Außendecks von Deck 10, und erst, als sie das perfekte

Ö in die Luft entließ, um nachher ein umso spitzfindigeres I zu formen, mit dem frechen Tz, das Lümmelchen hoffentlich einen zusätzlichen Kick verschaffen würde, bemerkte sie Simon, Kaffee trinkend, neben einer blonden Frau.
Die Frau, in die er, laut Uschi aus dem Forum, verliebt war? Oder war er doch in die Löwenmähnige verliebt? Seit wann saßen sie schon dort? Wie viel hatten sie gehört? Würden sie nachher, lachend und prustend, zusammen in Simons Bett liegen und fassungslos »Lötlitze« stöhnen, bevor sie sich wichtigeren Dingen zuwandten?
Clara legte auf, drehte sich um und zog sich in die Bücherei zurück. Wo sie einen großen Teil der letzten zwei Tage verbracht hatte. Lesend – falls das Schiff nicht zu sehr schwankte –, ihre Rollen für Wien lernend, sogar laut deklamierend. Auch nach dem Abendessen, bei dem alles, was nicht festgeschraubt war, umfiel, zersplitterte oder lautlos in Schöße rutschte, hatte sie eine Weile dort gesessen, so lange, bis ein mindestens siebenhundert Seiten dicker Hardcover-Engelsroman aus dem Regal fiel und sie beinahe erschlug. Ohne weiter nachzudenken, war sie in den Schiffsbauch und in Kabine dreizehn dreizehn gestrebt, in der uneingestandenen Hoffnung, die seereiseerfahrene Sunny würde sie ein wenig beruhigen können.
Aber Sunny lag nicht in ihrem Bett, und die Geräusche um sie herum schienen immer lauter zu werden, das aufgewühlte, wütende Meer unter ihr gluckste und schmatzte, bereit, Clara Tümmler samt Bett als kleines Amuse-Gueule zu verschlucken, bevor es sich über den Rest des Schiffes hermachte. Würde sie bei all diesem Geschmatze, Gegluckse und Gestampfe der Maschinen einen möglichen Alarm überhaupt hören? Dieser Gedanke trieb sie schließlich aus der Kabine, treppauf, durch die Stahltür, vorbei an der Rezeption, die nicht nur verlassen, sondern auch kahl aussah. Nirgendwo

mehr ein Computermonitor. Die Stühle des Internetcafés waren gestapelt und mit Ketten festgebunden. Von überall lockten die braunen Service Bags: *Übergeben Sie sich, wo immer Sie sich befinden, Ihr Mageninhalt ist uns jederzeit willkommen.* Clara arbeitete sich über die leeren Treppen nach oben. Hatte ihr Gesine nicht vorhin beim Abendessen irgendetwas nachgerufen, etwas über interessante Schwingungen im Wellness-Bereich? Gab sie dort vielleicht einen Sturmyoga-Kurs? Oder eine beruhigende Meditation? Obwohl sich der Wellness-Bereich am Bug befand?

Als Clara auf die Wellness-Oase zuging, senkte sich der Schiffsbug gerade mit einer gleichzeitigen heimtückischen Kippbewegung nach links, und sie verfehlte die bereitwillig aufschwingende Tür zur Wellness-Oase und peilte ihr Ziel noch einmal an. Diesmal mit einer vorsorglichen ausgleichenden Tendenz nach rechts. Worauf die Tür beleidigt einschnappte und Clara einige Sekunden schwankend und schwer atmend verharrte, um ihre Strategie neu zu überdenken. Aber das Schiff verfolgte seine eigene Strategie; der Raum vor ihr hob sich, ließ sie einige Schritte rückwärts taumeln, um gleich wieder zu kippen, und ihr blieb nichts, als auf die Tür zuzurennen, die sich im letzten Moment zum Mitspielen entschloss und sie einließ. Auf dem glatten Boden tobten Schlappen, Bademützen, Flaschen, Liegen, sogar ein Paravent kam ihr entgegen, und sie stieß einen Schrei aus, klammerte sich an das Geländer. So fand sie Simon. Der überraschend aus dem hinteren Bereich der Oase auftauchte und sie zu einem weiteren erschrockenen Aufschrei veranlasste.

»Bleib einfach, wo du bist.« Er stand vor ihr, breitbeinig, schwankend, die Haare nass, die Hemdärmel aufgekrempelt. »Halt dich gut fest, dann passiert nichts, okay?«

»Was … was machst du hier?«

»Wasser ablassen und Liegen sichern.« Er drehte sich um und ignorierte ihr schüchternes Hilfsangebot. Sie schien für ihn nur ein weiteres Problem zu bedeuten, etwas, das man in Sicherheit bringen und festzurren musste. Ans Geländer gepresst, bemüht, so wenig wie möglich im Weg zu stehen, schaute sie zu, wie er erst das Paravent einfing, dann einen wild kreiselnden Farn im Topf ankettete. Sein Hemd war hochgerutscht, legte Muskelstränge am Rücken frei – weit und breit kein Tattoo –, am Hosenbund war der Rand eines Slips zu sehen, in unauffälligem Dunkelgrün, beinahe die Farbe von Janes Panzer, und eine Sekunde fragte Clara sich, ob er seine Schildkröte auch in die Unterhosenwahl einbezog, ob sie vielleicht Partnerlook vorgeschlagen hatte.

»Ich hab es gleich, dann bring ich dich raus.«

Er machte die letzten ausgebüxten Liegen fest, holte irgendetwas aus dem hinteren Bereich der Wellness-Oase – seine Umhängetasche –, dann kam er zu ihr.

Wie sollte sie ihm beibringen, dass sie auf keinen Fall zurück in ihre Kabine wollte? Ohne den Eindruck einer Manu oder eines Lachmöwchens zu erwecken? Bevor Clara sich einen Satz zurechtgelegt hatte (»Es ist doch ganz nett hier, so gemütlich«), schwankten sie schon auf die Tür zu. Die keine Anstalten machte, sich zu öffnen. Nicht, als sie forsch darauf zuschritten, auch nicht, als Simon sich langsam anschlich. Kein Händeausstrecken half, kein Rennen, Trampeln, Herumzappeln, kein Hinhalten der Umhängetasche, aus der ein verblüfftes Schildkrötenköpfchen lugte. Auf Claras halbherzigen Vorschlag, es Jane einmal allein versuchen zu lassen, ging Simon nicht ein, er rüttelte an der Tür, zerrte, trat sogar dagegen. Und schüttelte schließlich den Kopf. Irgendjemand, welcher Vollidiot auf diesem Schiff auch immer, müsse die elektronische Verriegelung aktiviert haben, keine Chance. Außer, sie versuchten, das Glas einzuschlagen und einen Notalarm auszulösen. Worauf er wegen des Sturms und der vielleicht aufkommenden allgemeinen Panik lieber verzichten wolle. Er griff nach dem Wandtelefon, lauschte, schlug darauf, wankte zum nächsten, legte wieder auf.

»Nichts zu machen, die Dinger hier oben funktionieren schon länger nicht mehr. Gesine kann sich ja kosmisch verständigen und hat es nicht nötig, das zu melden.«

Er fuhr sich durchs ohnehin zerraufte Haar. Gegen das Panoramafenster hinter ihm klatschte eine hellgrüne Welle, der Schiffsboden senkte sich, um sich gleich wieder zu heben. Wie es aussah, befanden sie sich im Hauptwaschgang eines gigantischen Waschprogramms.

»Und … jetzt?«, fragte Clara.

»Wie es aussieht, müssen wir hier übernachten.«

»Das … das kann nicht … das ist nicht dein Ernst.«

»Glaubst du, wir reißen uns darum?«

Sie brauchte einen Moment, um zu begreifen, dass Simons »wir« Jane einschloss. Es half nichts, sie musste der Situation ins Auge sehen, einer Situation, die äußerst tümmlerisch war: Sie war eingesperrt im Wellness-Bereich, bei einem Sturm, der nicht nur Badelatschen tanzen, sondern auch das Mobiliar gegen die Saunahütten krachen ließ, zusammen mit einem Mann, der bestenfalls ein charmanter Frauenheld war, schlimmerenfalls ein Frauenheld mit Schildkrötenperversion.

Schon klatschte die nächste Welle gegen die Scheiben, wie es aussah, kam jetzt das Schleuderprogramm. Das Schiff bockte, und Clara stolperte nicht, nein, sie sprang geradezu in Simons Arme, wie es Manu, Schiffi72 und Lachmöwchen nicht besser hätten bewerkstelligen können. Er hielt sie fest, und sie stemmte die Hände gegen seine Brust, hörte ihre hysterisch hohe Stimme, die fortwährend »Bitte, kein Schleudergang!« wiederholte.

»Es ist gut, Clara. Auf der Brücke haben sie alles im Griff. Wir haben hier schon Schlimmeres erlebt.«

Der Schiffsbug tauchte wieder nach oben, und gemeinsam taumelten sie einige Schritte rückwärts, vorbei an den übereinandergestapelten Liegen, und landeten an der Wand einer Saunahütte.

»Wenn wir in Seenot geraten, breche ich die Tür auf, das versprech ich dir. Und wenn's gar nicht geht, breche ich sie auch sofort auf.«

Simons Blick, ein fragender Irrenarztblick. Sie schüttelte den Kopf.

»Versuch einfach, ruhig zu atmen, ein und aus. Oder in und auf, wie du willst. Komm.«

Der Korbstuhl, in den sie gesetzt wurde, war festgeschraubt und schaukelte nur leicht. Um sie herum wedelten die Blätter der Farne am leergepumpten Teich.

»Schon besser?«, fragte Simon, und sie nickte.

»Es ist zwar nicht ganz einfach unter diesen Bedingungen, aber ich zaubere euch jetzt einen kleinen Mitternachtssnack, meine Damen. Essen hilft gegen Seekrankheit. Hältst du Jane so lange fest?«

Er stellte die Tasche auf ihren Knien ab. Der Reißverschluss war offen, und sie sah Janes Panzer zwischen Handtuchfalten. Wie es aussah, bestand Janes kleines Appartement aus einer Zwei-Zimmer-Styroporbox, umwickelt von dem Handtuch, beheizt von einer Wärmflasche. Jane schien wieder dabei zu sein, das Mobiliar umzustellen, vielleicht schaffte sie Platz für eine Einbauküche mit Luxusgefrierschrank? Auch Janes Besitzer machte sich jetzt am Kühlschrank zu schaffen, hinter der Theke der Tapasbar.

»Wonach steht euch der Sinn, Ladys? Tomaten mit Thunfisch? Champignons mit Paprika und Chili? Avocadosalat à la Simon? Nacktschnecken an Gurke?«

Wie aufs Stichwort streckte Jane den Kopf weiter aus den Handtuchfalten, und Simon sagte: »Das hab ich mir schon gedacht, Madame nimmt die Nacktschnecken, wie immer. Und du?«
»Haben Schildkröten eigentlich Ohren?«
Simon lachte. »Nicht sichtbar. Aber sie hören. Allerdings nur wenig besser als unser DJ Blauwal. Und wenn sie nicht hinhören wollen, zum Beispiel bei Strafpredigten, dann machen sie ganz auf taub.«
Er stellte zwei Plastikschüsseln auf die Theke, hielt sie mit einer Hand fest.
»Vielleicht eine Kombination aus zwei Tapas? Tomaten mit Thunfisch und Champignons? Ich verspreche, ich verwechsele die gefrorenen Pilze nicht mit den Nacktschnecken. Dem Barmann hier ist es auch nur ein Mal passiert. Allerdings bei Hähnchenragout in Honigsauce.«
»Ich … ich bin Vegetarierin.«
»Okay, dann eben Avocadosalat. Wieso? Ethik, Umwelt, Gesundheit, Religion oder nichts davon?«
»Meine Eltern haben eine Metzgerei.«
»Verstehe.« Die rutschenden Schüsseln in Schach haltend, schaffte er es, mit der freien Hand eine Avocado zu halbieren. »Aber kein Weingut?«
»Wie … woher weißt du …?« Hatte sie jemals erwähnt, dass sie aus diesem kleinen, kunstlosen Ort in Rheinhessen kam, wo man Gardetanz statt Ballett lernte und zu Balthasar-Rollen verdonnert war? Wusste er etwa von ihren Würsten?
»Ich weiß gar nichts. Ich wollte dich nur fragen, ob du auch etwas gegen Alkohol hast. Vielleicht tut dir ein Schluck Sekt oder Prosecco gut. Keine Angst, ich trinke nichts, falls ich uns heute noch retten muss. Okay, sorry, Clara, das war ein dummer Scherz. Es wird nichts passieren.«
»Okay … ja. Prosecco.«

Gerade schien der Sturm eine winzige Pause einzulegen, und es gelang ihm, die Flasche zu entkorken, zu ihr herüberzuschwanken und ihr mit einer wackligen Verbeugung einen vollen Plastikbecher zu überreichen.

»Gib Jane nichts davon ab. Auch wenn sie noch so sehr bettelt. Oh, verdammt!« Der Bug tauchte wieder ein, Avocadohälften und zwei Schüsseln flogen durch die Luft, eine rollte über den Boden, die andere erwischte Simon mit einem gewagten Sprung.

»Warst du mal Torwart?«

»Ich war mal ganz gut im Tennis. Vor ungefähr hundert Jahren.«

Simon sammelte Schüsseln und Inhalt ein – herumfliegende gefrorene Bröckchen, Gurkenstücke, Tomatenwürfel –, und sie sah ihn in einem Tennisfilm, einen jüngeren Simon in der Rolle eines noch unbedarften Trainers, der sich in ein reiches Mädchen aus gutem Haus verliebte, in Wahrheit die Tochter eines einflussreichen Kriminellen, und in ein *Netz aus Korruption und Verbrechen* geriet.

»Wie alt bist du eigentlich?«, hörte sie sich fragen. Der Alkohol wirkte überraschend schnell, schickte die emsigen Mitarbeiter der Abteilung *Angst* ihres Hirns zur Pause in die Kantine und die Belegschaft der Abteilung *Hemmungen* gleich hinterher. Simon lachte.

»Jetzt müsste ich sagen: Was glaubst du denn? Und dann müsstest du den Grad meiner Verwitterung studieren und mich bitte deutlich jünger schätzen.«

Er verteilte Bröckchen, Gurken und Tomaten in die Schüsseln, stabilisierte sie mit dem Bauch und machte sich daran, die Avocadohälften zu würfeln.

»Okay, siebenunddreißig. Du? Sechzehn oder schon neunzehn?«

»Siebenundzwanzig.«

Die Füße auf den Boden gestemmt, nahm sie noch einen Schluck Prosecco, hielt die Behausung der umtriebigen Jane fest auf ihren Knien und fügte ein überflüssiges »zu alt für eine Schauspielschülerin« dazu.
»Warum hast du nicht früher angefangen, wenn es dir so viel bedeutet?«
»Ich habe … äh … BWL studiert.«
»Warum BWL?«
»Würste.«
Sie trank den letzten Schluck Prosecco, suchte nach einer besseren Erklärung, aber Simon stellte schon die nächste Frage: »Und wieso hast du aufgehört?«
Über Claras innere Leinwand flimmerten Bilder ihres damaligen Aufbruchs vom Zeltplatz am Gardasee: der im klammen Schlafsack liegende Bäckerssohn, die Dunstschleier des frühen Morgens, die ersten Camper, die zur Toilette schlappten. Sie suchte nach Worten, um Simon diesen Aufbruch zu erklären, ihren Weg zur großen Kunst, aber mit der Angst- und Hemmungsabteilung schienen sich auch Teile der Belegschaft ihres Sprachzentrums in die Pause begeben zu haben, und sie brachte nur ein dürftiges »Ameisen in der Kühltasche« zustande.
»Ein guter Grund.« Simon lächelte, mit blitzenden Augen, ein Filmpiratenlächeln, ein Mann-für-gewisse-Stunden-Lächeln, und die einzig noch arbeitende Abteilung ihres Hirns, die *Wagnis*-Abteilung, schickte einen Gedanken, der eine sofortige Hormonausschüttung auslöste. Wenn sie schon hier war, warum sich nicht Simon ausleihen, wie einen Werwolfroman in der Bibliothek, für eine Sturmnacht?

Muss man ihn abstempeln lassen? Kann man die Leihfrist verlängern?
Clara hatte ihren zweiten Prosecco zu schnell getrunken

und konnte nichts gegen die albernen Fragen unternehmen, die ihr durch den Kopf sausten. Sie saßen auf dem Rand einer Duschgrotte, nebeneinander. Ihr Ellbogen berührte seinen, wenn sie mit ihrer Plastikgabel Avocadowürfel aus der Plastikschüssel pickte. Die Champignonschüssel rührte sie nicht an. Weil sie den Bröckchen, die Simon Jane zuwarf – Nacktschnecken –, zu ähnlich sahen. Simon hatte Jane in den Schwalleimer gesetzt, den Eimer vom Kneippschlauch abgekoppelt und mit Draht festgebunden. Schildkröten, erklärte er, könnten ohne Wasser nicht essen, er hoffe, hier in der Duschgrotte sei es nicht zu unbequem. Gerade, als sie den Kopf schüttelte, nein, es sei beinahe gemütlich, beschloss die große Waschmaschine draußen, den Extrem-Schleudergang einzulegen. Champignons und Avocadowürfel glitschten durch die Grotte, der Dusche entfuhr ein Schwall kalten Wassers und durchnässte Clara bis auf die Haut. Mit einem Schrei sprang sie auf, rutschte zwischen Wasserhähnen, Kneippschlauch und Höhlenwänden hin und her, aktivierte versehentlich sowohl den Sternenhimmel an der Decke als auch die Erlebnis-Wasserattraktionen »Geysir«, »Eisdusche« und »Schwallspeier« sowie eine Berieselung mit Geräuschen und Musik. Danach eine Weile nur wirre Eindrücke: der Schmerz an ihrer Hüfte von dem Wasserhahn des Schlauchs, gegen den sie geprallt war; der Anfang von Beethovens Fünfter, gleichzeitig mit Vogelgezwitscher; Simon, der eine Gummimatte auf Janes schwappenden Eimer legte; sein Fluch, als der Geysir ihn von unten besprühte, dann seine Hände auf ihren Schultern. Es gelang ihm, sie am Rand der Grotte festzuhalten; nah war er, nah und nass, mitten im Zischen, Tosen, Sprühen um sie herum, im Blinken und Blitzen des verrückt gewordenen Sternenhimmels über ihnen.

»Keine Angst«, flüsterte er, »ich bring uns hier raus.« Aber dann blieben sie doch, wo sie waren, und sie schlang ihm die Arme um den Hals, presste sich an ihn, an Brust, durchweichtes Hemd, Gürtelschnalle, Lingam. In ihrem Rücken die kalten Kacheln, die sie daran hinderten, sich ins Hohlkreuz zu biegen wie auf einem Filmplakat, dieser Gedanke zog ihr durch den Kopf, als sie sich küssten, dann dachte sie nichts mehr. Über ihnen, unter ihnen und um sie herum verausgabte sich die Duschgrotte, sprenkelte, zischte, dampfte, bis Geysir, Dampfstrahl und Akupressurdusche gleichzeitig versiegten und nur noch der Sternenhimmel über ihnen blinkte, mit einer roséfarbenen Mondsichel und einer aus winzigen Birnchen bestehenden Sternschnuppe, dazu Mozarts kleine Nachtmusik, einmal und noch mal und wieder. Den Rest der Nacht verbrachten sie auf einer angeketteten Wellness-Liege, gehüllt in Bademäntel und alle Saunatücher, die sie finden konnten, eine verstörte Jane zwischen sich. Die Liege unter ihnen verhielt sich wie ein Pferd beim Rodeo, warf einmal Simon ab, ein anderes Mal die Styroporbox, in der Jane herumkrabbelte, Simon hechtete hinterher, erwischte sie, bevor sie in den leeren Pool rutschte. Von der immer noch aktiven Erlebnis-Duschgrotte her orgelte *Also sprach Zarathustra* in einer Endlosschleife. Wenn sie sich nicht an die Liege klammerten, keine Schildkröten retteten, wenn sie sich nicht aneinander festhielten und ihre Kussübungen von vorher perfektionierten, redeten sie, über Filme, die sie gesehen hatten, über Theaterstücke, Rollen, von denen Clara träumte. Sein Pelzkapuzenblick. Die feinen Fältchen um seine Augen, seine Haare, noch feucht und wirr, sich kräuselnd, in seiner Stirn. Seine Hände, auf dem Kragen ihres Bademantels. Ihr alberner, verblendeter Wunsch, den Rest der Reise hier zu verbringen, mit ihm, küssend, liebend, aufgehoben. Wenn es sein musste, auch unter Dauerberieselung mit Duschgrottenmusik.

»Äh … glaub nicht, dass ich immer so bin«, sie redete gegen die Enge in ihrem Hals an, »das hier ist nur eine Ausnahmesituation, ich …«
»Natürlich, das ist mir klar. Du liebst Adrian.«
»Ich … äh …«
»Deine Seele verdorrt ohne ihn. Habe ich gehört.«
Simon hob einen herumtanzenden Saunaschlappen auf und warf ihn in Richtung der orgelnden Duschgrotte.
»Das war nicht von mir … das ist aus dem …« Sie wollte nicht über das Forum reden, auch nicht daran denken. »Ich war gerade in der Rolle.«
»In welcher Rolle?«
Sie schwieg. In der Rolle einer Liebenden? Einer Geliebten?
»Wir … wir reden viel«, sagte sie schließlich. »Adrian und ich.«
»Das ist gut. Wenn man miteinander reden kann.«
»Aber es ist … es ist nicht …« Sollte sie Simon fragen, ob er ihr Lötlitzen-Telefongespräch gehört hatte? Und dann? Was sie mit Adrian redete, ging ihn nichts an, den zärtlichen Simon, den aufregenden Simon, gemeinsames Eigentum vieler Frauen. Jane raschelte in ihrer Styroporbox herum, und Simon beruhigte sie, um Clara gleich darauf eine Strähne aus der Stirn zu streichen, auf den Fetzen grauen Himmels zu zeigen, der hinter dem Fenster aufgerissen war. Er habe keine Ahnung, ob noch Nacht oder schon Tag sei, und ob er die Ausnahmesituation noch ein wenig ausnutzen dürfe? Sie küssten sich wieder, und ihre Hände gingen auf Wanderschaft unter dem Frottee ihrer Bademäntel, zwischendurch warf die Liege sie ab, und für kurze Zeit schliefen sie sogar ein. Gesines bestens gelauntes »Oh, wie apart« weckte sie. Ob Gesine ihre verschlungenen Auren, die in ihrer Styroporbox schlummernde Schildkröte oder den Zu-

stand des Wellness-Bereichs meinte, war nicht klar, sie redete schon weiter, fragte liebenswürdig, ob sie einen Kaffee wollten. Der Morgenhimmel hinter den Panoramafenstern war erstaunlich klar, und für einen Moment kam es Clara vor, als hätte sie alles nur geträumt.

Logbuch von Simon

26.7.13
Honningsvåg
13.15 Uhr MEZ
9 Grad Celsius, Schietwetter

Liebe dunkle Mächte des Universums, die ihr in Milliarden von Jahren unser Sonnensystem und somit also auch dieses Logbuch verschlungen haben werdet: Sicher habt ihr auch heute eure Finger im Spiel. Die Stimmung in meinem Zeichenkurs war katastrophal. Vielleicht lag es daran, dass ich die Teilnehmerinnen angesichts der äußerst trüben Wetterlage dazu ermunterte, Regentropfencomics zu zeichnen. Die Erlebnisse von Regentropfen an einer Scheibe. Wie viele Geschichten stecken darin: Liebesschnulzen, Familiengeschichten ganzer Tropfendynastien, komplizierte Politthriller, Action-Sport-Dramen über das Wettrinnen zweier konkurrierender Tropfen – alles wäre möglich gewesen, wenn die Damen bereit gewesen wären, ein wenig Phantasie zu entwickeln. Aber sie wollten von Regentropfen nichts hören. Dieters Gattin forderte sogar das obligatorische Zeichnen der Mitternachtssonne ein, das für heute eigentlich auf dem Programm stand, aber die Sonne hat genug von ihrem Vierundzwanzig-Stunden-Sommer-Job und streikt. Ich wagte nicht, eine gewerkschaftlich organisierte Sonne mit Trillerpfeife als Motiv vorzuschlagen. Die Stimmung war hochgradig gereizt, und meine äußere Erscheinung trug nichts dazu bei, die Laune der Damen zu verbessern.

Liebe dunkle Mächte des Universums, die ihr von den ehemaligen Erdenbürgern als Teufel, Satan, Luzifer personifiziert und für all ihre Versuchungen und Verfehlungen verantwortlich gemacht worden seid: Ich bin voller blauer Flecken, als wäre ich verprügelt worden. Und vermutlich macht einen Mann meines Alters eine schlaflose Nacht, unter Dauerberieselung mit klassischen Gassenhauern plus aller Arten von Sprinklern, nicht unbedingt schöner. Es wurde geflüstert. Mich trafen Blicke aus verengten Pupillen. Und während ich noch mannhaft versuchte, mein Gähnen zu unterdrücken, hatte sich die Damenwelt schon solidarisiert. Gegen meine Regentropfenvorschläge. Und gegen das, was Frauen anscheinend wittern oder sonst wie mit der Luft aufnehmen können: die Aura verzückten, aber ungestillten Begehrens, die mich umgibt.

Geschätzte teuflische Mächte, ich war beschäftigt mit diversen Phantasien, die selbst auf meine harmlosen Regentropfengeschichten Einfluss zu nehmen drohten. Dauernd musste ich mir Vorschläge verkneifen wie: Regentropfen, die auf der Scheibe Sex miteinander haben, dabei auch der geheime Traum der einen oder anderen Regentropfendame, von einem Hagelkorn überwältigt zu werden.

Die Ladys im Kurs sahen mich auf jeden Fall so an, als hätte ich meine schlimmsten Hagelkornphantasien laut geäußert, dazu auch alles andere, was mir meine Vorstellungskraft aufnötigte, verlorene Nixen unter wild gewordenen Duschen betreffend. Die Tropfen auf ihrer Haut, die Küstenlinie ihres Körpers unter dem Frotteebademantel. Sehnsüchtige Senken und Täler zwischen verlockenden Hügeln; ein verletzlicher Nacken, vorwitzig vorgereckte Brustwarzen.

Falls ihr euch fragt, geachtete dunkle Existenzen, warum ich ihre

Hingabe nicht vollständig ausgenutzt habe: Es war schlicht unmöglich, ohne gegen einen Wasserhahn zu knallen, von der Liege geschleudert oder von einer rasend eifersüchtigen Schildkröte gebissen zu werden. Außerdem hatte ich keine Kondome bei mir. Abgesehen davon, dass Clara, wie sie behauptet, ihren Adrian liebt und Beischlaf doch ein anderes Kaliber ist als ein bisschen Knutschen. Aber natürlich sind ungefähr neunzig Prozent meines Hirns damit beschäftigt, die Sache zu Ende zu denken. Weitere fünf Prozent meines malträtierten Verstands wurden von den gereizten Damen mit Beschlag belegt. Und ich konnte wenig gegen die zuckergussrosa Kitschbilder unternehmen, die den letzten Rest meiner Vernunft überschwemmten und die ich diesem Logbuch genauso wenig anvertrauen möchte wie den derzeitigen Aufenthaltsort des Schiffscannabis.

Ich riss mich zusammen, bombardierte meine Schülerinnen mit kreativen Vorschlägen. Umsonst, sie wollten nicht zeichnen, sie wollten den Raum dekorieren. Für die heute Abend stattfindende Hypnoseshow des doch gar nicht so uncharismatischen Kulturmanagers.

Den Rest des Kurses verbrachten wir folgerichtig mit Basteln und halblaut geführten Unterhaltungen über Vals Charme, unterbrochen von DJ Blauwal, der massenweise Farne anschleppte. Ich nehme an, er hatte etwas Ähnliches vor wie mit den Palmen anlässlich der Premiere von *Entflammt im ewigen Eis*. Aber die Ladys wiesen ihn unmissverständlich in seine Deko-Schranken, legten schließlich selbst Hand an und schoben die Pflanzendeko auf den Rollwagen hin und her. Mich, Simon Weyden, ehemals Zeichenlehrer, stellten sie zu niederen Arbeiten an: Ich durfte allerhand Blumenmotive aus Papierservietten falten. Also stand ich in dieser parfümgeschwängerten Atmosphäre weiblicher Aktion, faltete sich öffnende Blüten, und meine Fingerspitzen stellten sich dabei vor, was sich unter ihnen noch alles öffnen und ihnen entgegenstreben könnte. So – bastelnd, träumend,

zuckergussrosafarbene Vorstellungen verdrängend – war ich außerstande, mich mit dem zu beschäftigen, was Gesine mir direkt vor dem Zeichenkurs erzählt hatte: Clara glaube, an dem Tag in Rørvik einen zweiten Stillsteher im Clownskostüm gesehen zu haben, der jedoch nicht regungslos verharrte wie unser Konfettispender Val, sondern davonlief. Diese Beobachtung in Verbindung mit Johansens Verschwinden und seinen italienischen Aktivitäten sollte eigentlich meinen inneren Privatdetektiv auf den Plan rufen. Aber ich habe nichts Besseres zu tun, als mich zu fragen, warum Clara sich nicht mir anvertraut hat.
Geachtete düstere Existenzen, dunkle Energien und geschätzte schwarze Löcher, es gibt dafür wohl nur eine Erklärung: Ich habe mir Claras Vertrauen oder die Hingabe, die ich im Wellness-Bereich zu spüren glaubte, größtenteils eingebildet. Vermutlich war sie vor allem der Angst vor dem Sturm geschuldet.

15.30 Uhr MEZ
Nachtrag

Ich habe zwei Stunden geschlafen. Jane pennt immer noch, vollkommen erledigt von ihrem Abenteuer im Schwalleimer und auf der Liege. Die Aufregungen haben ihr zugesetzt, was sich in vermehrten Ausscheidungen äußert. Wir brauchen eine neue Umhängetasche. Vielleicht sollten wir doch an Land gehen und ein wenig in den überschaubaren Geschäften Honningsvågs stöbern. Das Wetter hat sich ein bisschen gebessert. Vorhin habe ich gesehen, wie Johansen sich zum Bus begab. Die Unlust an seiner Führung war ihm sogar von hinten anzusehen. Noch unlustiger sah der angeblich seekranke Peachy aus, der ihm folgte.
Mail von Niko. Er will mich in Hamburg treffen. Ich habe zugesagt. Er hat mir ein wenig von dem verraten, was er vorhat, und von der Rolle, die ich dabei spielen soll. Ich kann es noch immer nicht glauben.

Eine SMS von Kristin. Ob ich Lust auf einen Kaffee hätte, bei ihr. Habe zurückgesimst, dass ich mich freue. In zwei Tagen legen wir in Island an. Der Ausblick aus ihrem Schlafzimmerfenster ist beeindruckend. Man sieht die Stadt Akureyri, den Fjord und die Schiffe.

Ich kann wieder klar denken. Und habe eine Idee, wie ich vielleicht mehr über Johansen, seine italienischen Fax-Aktivitäten mit dieser Rosa und den möglichen Zusammenhang mit dem weggelaufenen Stillsteher in Erfahrung bringen könnte. Dazu muss allerdings unser wackerer Val mitspielen. Wie ich ihn dazu bringen soll, mit mir zusammenzuarbeiten, weiß ich noch nicht. Vielleicht kann ich ihn dezent erpressen? Zum Beispiel mit der Andeutung, dass er durchaus für den flüchtigen Stillsteher gehalten werden könnte? Angenehmer wäre es allerdings, wenn wir wirklich an einem Strang ziehen würden. Ob ich es mit einem Gespräch in aller Freundschaft versuchen soll, so von Mann zu Mann, über Liebe und Zersägen? Soll ich ihm stecken, dass ich zwar nicht ganz unbeteiligt war an den Ereignissen anlässlich seiner Premiere, dass ich DJ Blauwal und Sunny zumindest nicht gehindert habe, aber bei weitem nicht das große Böse bin, das er anscheinend in mir vermutet? Oder soll ich ihn, angesichts seines bevorstehenden großen Auftritts, auf etwas anderes hinweisen? Auf das seine Hypnotiseursautorität, wenn nicht gar seinen hypnotischen Eros untergrabende fehlende L?

17.

Um das Graffiti vollständig zu würdigen, musste Clara den Kopf in den Nacken legen. Die Hauswand, vor der sie stand, war hoch, zumindest für Honningsvåger Verhältnisse. Nur hier, gegenüber dem Hafen gab es eine Zeile größerer Gebäude, die anderen Häuser duckten sich in die Bucht, versteckten sich vor Sprühregen und Wind, vielleicht auch vor den einfallenden Schiffspassagieren.
Sie hatte die Graffitibotschaft schon vom Schiff aus bemerkt und einen Moment gehofft, eine andere Clara könnte gemeint sein, eine Clara aus Honningsvåg. War Clara überhaupt ein in Norwegen üblicher Name? Sollte sie zurück aufs Schiff gehen und Gesine oder Sunny danach fragen? Oder Simon? Der Gedanke an ihn gab ihrem Herzen die Sporen, es galoppierte los, und sie versuchte, tief und ruhig zu atmen, wie sie es auch bei Lampenfieber tat. Simon hatte nur seinen Job gemacht, so konnte man es betrachten, und seine Verlegenheit, als Gesine vor ihrer gemeinsamen Liege stand, hatte sie sich vermutlich nur eingebildet. Dafür sprach, dass er nicht mit ihnen zu einem zeitigen Frühstück in die Crew-Bar gegangen war. Sie war allein Gesines neugierig blitzenden Augen und ihrem wissenden Lächeln ausgeliefert gewesen. Vermutlich konnte Gesine an ihrer Aura ablesen, dass dort in der Wellness-Oase Yin und Yang, Erde und Himmel, Sau und Eber einander gefunden hatten. Zumindest annähernd. Was auf Simons Lingam tätowiert war, wusste sie immer noch

nicht. Vielleicht *Dienstwaffe?* Gesine gegenübersitzend, hatte sie bewusst Albernes gedacht, in ihren Milchschaum gehustet, und Gesine hatte ihr die Hand auf den Arm gelegt. »Ja, ja, ich weiß, das ist alles nicht leicht, meine Liebe.«
Bei der Erinnerung an Gesines überströmende Mütterlichkeit stiegen Clara die Tränen in die Augen, und sie blinzelte sie fort. Clara Abraham war autark, auf niemanden angewiesen, und hatte bisher alles allein geschafft, von der Wurstkammer über das klamme Zelt am Gardasee bis hierher. Sie trat einen Schritt von der Graffitibotschaft zurück und gestand sich ein, dass es vermutlich nicht allzu viele Claras aus Honningsvåg gab, die Deutsch sprachen und Botschaften wie »Ich liebe dich, Clara« empfingen, verziert mit kunstvoll verschlungenen Ö und Ü und I. Dazu Ziffern. Hatte Adrian etwa neuerdings auch ein Faible für Zahlen? Würde sie demnächst zusätzlich »vierundvierzig!« ins Telefon hauchen müssen? Oder »fünfundfünfzig«? Wäre sie gezwungen, eine Söchzig zu erfinden? Bei dieser Vorstellung wurde ihr schwindlig, die Zahlen und Buchstaben des Graffiti tanzten vor ihren Augen. Sie schaute weg, betrachtete den grauen Himmel, die Straße. Und erstarrte. Von dort, wo sie etwas Ähnliches wie ein Stadtzentrum vermutete, schlenderte Simon heran, in Lederjacke und Hut. Er hatte sie schon gesehen, winkte; unmöglich, ihrem ersten Impuls zu folgen und panisch davonzustürmen, ebenso unmöglich, hier stehen zu bleiben, vor Adrians Liebesbotschaft, die so romantisch wie ... ja, peinlich war. Jetzt rannte sie doch, nicht weg von Simon, sondern auf ihn zu, als wollte sie sich ihm an den Hals werfen – was sie nicht wollte, keinesfalls! Sie bremste, blieb mitten auf der Straße stehen.
»Hallo.« Er trug zwei Umhängetaschen, und er lächelte ihr entgegen.
»Hi, ich wollte gerade zurück zum Schiff«, sagte sie, warf

sich herum und marschierte los, Richtung Hafen. Sie glaubte nicht, jemals so geglüht zu haben. Die immer wieder angekündigte Mitternachtssonne, die sie auf dieser Fahrt noch nie gesehen hatte, konnte nicht röter sein.

»Hast du dich ein bisschen hier umgeschaut?« Er hielt mit ihr Schritt. Gleich würden sie an der besprühten Hauswand vorbeikommen.

»Ich … nein, ich finde … es gibt … hier gar nichts zu sehen, überhaupt nichts.«

Sie sprang um ihn herum, auf seine andere Seite, und er wandte den Kopf, sah sie an. Jetzt. Schnell vorbei an der Hauswand.

»Na, da tust du der Stadt ein bisschen unrecht.«

Er schob den Hut zurück, blickte sich um, vermutlich auf der Suche nach der nächsten Sehenswürdigkeit, und sie stürzte sich kopfüber in die nächste Frage.

»Hast du jetzt zwei Schildkröten?« Sie deutete auf seine offensichtlich neue Umhängetasche und hastete an dem besprühten Haus vorüber.

»Nein, es ist eher, weil Jane …« Er zögerte, verlangsamte seinen Schritt.

»Braucht Jane denn kein Männchen, ich meine, äh …« Warum, zum Teufel, trug sie keine Jacke mit Kapuze, unter der sie ihr Glühen verbergen konnte, und warum fing sie davon an, dass Simons Schildkröte ein Männchen brauchte. Offensichtlicher ging es wohl kaum.

»Ich meine, vielleicht braucht sie eine Freundin.«

»Nein, nein, du hast schon recht, sie sollte ein Männchen haben. Einen Seelenpartner, Gesine sagt das auch.«

Vor ihnen jetzt der Hafen. Simon referierte über die Lebenserwartung von Wasserschildkröten, bei entsprechender Pflege gut hundertzwanzig Jahre, und sie gingen vorbei an parkenden Bussen und Troll-Shops.

»Verstehst du, die Verantwortung überfordert mich ein bisschen«, sagte Simon. »Jane ist jetzt bald sechs. Stell dir vor, ich setze ihr einen Mr. Right mit besonders tollem Panzer ins Becken. Vielleicht ist ihr erster Sex grauenhaft, und dann hat sie ihn am Hals für die nächsten hundertvierzehn Jahre.«
Sie gingen an dem Securityposten vorbei, zeigten ihre Bordkarten, und Clara sah, wie Simon dem Mann die Hand schüttelte. Der nickte, steckte die Hand in die Hosentasche und winkte sie ohne Taschenkontrolle durch.
»Du könntest ihr ein neues Männchen kaufen«, sagte sie. »Falls der Sex schlecht ist.«
»Aber woher will ich das wissen? Sie redet ja nicht darüber.« Er ging neben ihr her, auf dem windgebeutelten Steg zum Schiff, ohne galant oder wenigstens stabilisierend ihren Ellenbogen zu nehmen.
»Sag ruhig, dass ich neurotisch bin.«
Er hielt seinen Hut fest. Sie sagte nichts.
»Außerdem passt nur eine einzige Schildkröte in meinen Kabinensafe. Und ich weiß auch nicht, ob ich es nervlich verkraften würde, wenn sich in meiner Umhängetasche zwei Schildkröten paaren, während ich vielleicht eine Gruppe auf Landgang führe. Obwohl, dafür ist ja jetzt wieder unser Johansen zuständig.«
Sie hatten das Schiffsmaul erreicht, und Simon blieb stehen, als wollte er noch etwas sagen, schien es sich jedoch anders zu überlegen. Die Hand auf seiner Umhängetasche, ging er voraus zur Rezeption, und Clara sah, wie die Augen der dicklichen Blondgefärbten hinter dem Tresen aufleuchteten, wie sie rasch ordnend über ihr Haar strich und ein zartrosa Hauch ihre Wangen überzog. Natürlich war Clara Tümmler nicht die einzige Mitternachtssonne in Simons Gegenwart. Sie straffte sich, wandte sich mit einem so lässig

wie möglich über die Schulter geworfenen »Dann bis später« zur Treppe.

»Halt, Frau … Tümmler?« Die Stimme der Blondgefärbten.

»Abraham. Nicht Tümmler.«

»Aber Sie heißen doch …«

»Abraham ist mein Künstlername.«

»Okay. Aber diese romantische Überraschung hier für Frau Tümmler, die nehmen Sie sicher gerne an! Wir haben wieder unser Bestes getan bei der Security!«

Die Blondgefärbte drehte sich um, öffnete einen Schrank.

»Hier!«

Sie stellte eine Schachtel auf den Tresen. Eine Schachtel, aus der es duftete.

»Die Security musste sie natürlich öffnen. Und wie gesagt, wir haben unser Bestes getan … Wie auch immer, holen Sie sie doch mal raus, oh, mein Gott, ist das romantisch!«

Nicht nur Simon, auch vom Landgang zurückkehrende Passagierinnen, darunter die Löwenmähnige, sahen zu, wie Clara Tümmler umständlich und ungeschickt die Torte aus der Schachtel befreite. Sie war herzförmig. Zartrosa. Verziert mit einem Schriftzug. Diesmal nicht der übliche Clara-ich-liebe-dich-Satz, auch keine Ö oder Ü, sondern Zahlen. Die jetzt einen Sinn zu ergeben schienen, einen aufregenden Sinn. Sollte er es wirklich so meinen? Bedeuteten die Zahlen, auch diejenigen auf der Hauswand, ein Datum? Sie blendete all die entzückten Rufe um sie herum aus, die Fragen, ob es sich um ihr Hochzeitsdatum handle, und las die Botschaft ein weiteres Mal: 10.8., und darunter, so klein, dass es auf den ersten Blick nicht zu erkennen war: Wien.

Logbuch von Simon

27.7.13
ca. 4.00 Uhr MEZ
Europäisches Nordmeer

Soweit ich es überblicke, haben wir die Nachwirkungen des Hypnose-Abends einigermaßen im Griff. Nur das Ablegen hat sich gewaltig verzögert. Nicht nur wegen der Verwüstung der Räumlichkeiten, auch, weil der Käpt'n und einige der Offiziere von den Cannabiskeksen gegessen haben. Die Aufräumarbeiten wurden behindert von all jenen, die noch in Tiefenhypnose herumsäuselten, Gruppensex mit den Farnen haben wollten oder sich einbildeten, sie seien wahlweise ein Elch, ein Troll oder eine Blondine mit gewaltigem Vorbau, die auf Trolle scharf war. Dieter war als Troll wirklich unvergesslich. Und der Mann von Loddosblütsche als Blondine ebenfalls. Loddosblütsche nahm seine Verwandlung gelassen – sie war so stoned, dass sie nur noch brummte. Auch der Mann der Golferin muss eine recht große Portion Kekse zu sich genommen haben, er spielte ein Honningsvåger Honigbienchen, surrte um unsere hessische Blondine herum, die ihn mit männlicher Bruststimme und einem »Jetzt geh mir net an die Wäsch, du Drecksau!« abfertigte, um sich an Dieter-den-Troll heranzumachen. Dieters Frau musste schließlich eingreifen, weil es der Hypnotiseur, beschäftigt mit all seinen anderen Probanden, nicht mehr schaffte.
Sunny nutzte den Abend auf ihre Weise und demonstrierte live ihre Tattookünste, dies allerdings unter dem Vorwand, sie stehe unter Hypnose und habe ihre Tattoofähigkeiten gerade erst entdeckt. Hatte ich schon gesagt, verehrte Fürsten der Finsternis, dass Sunny ein tiefes Wasser ist? Wie einige hier an Bord ist sie auf der Flucht vor ihrer Vergangenheit. In Sunnys Fall vor der eigenen Familie. Einmal haben sie bei Frauentausch mitgemacht,

seitdem weiß ganz Bad Oldesloe, dass die Caveman-Zähne von Sunnys älterer Schwester kein Fun-Gebiss sind und welche Pflanzenarten im Abfluss der Küche ihrer Mutter gedeihen. RTL II hat ihnen ein Angebot für eine Doku-Soap-Serie gemacht, und Sunny ging aufs Schiff. Sie bildet sich ein, hier Mr. Right zu finden. Das Objekt ihres tiefen Sehnens soll nicht arm sein, am besten auch noch adlig oder zumindest aus einer bedeutenden Familie. Nicht, dass wir diese Objekte im Übermaß an Bord hätten, die *Queen Mary* bietet sicher eine bessere Auswahl. Aber dort brauchen sie wohl keine Elfen.

Als sie an Bord kam, hat sie für eine kurze, recht anstrengende Zeit geglaubt, dieses Objekt in mir gefunden zu haben. Es brauchte eine Weile, um sie davon zu überzeugen, dass ich erstens enterbt und zweitens verschuldet bin, also arm wie eine afrikanische Landschildkröte. Inzwischen hat sie ihre Erwartungen an Mr. Right, vielmehr Mr. Reich, ziemlich heruntergeschraubt, und deshalb konnten sich zwei Mitglieder des bayerischen Akkordeonvereins über neuen Schmuck ihres allerliebsten Stückes freuen. Diese Prozedur fand auf einer Nebenbühne statt, in einem unserer Konferenzräume, und stahl dem zauberhaften Val glatt die Show. Als Belohnung für ihre Mühen ließ Sunny sich von ihren beiden Kunden im Laufe des Abends die Ehe versprechen, angespornt durch Claras Torte mit dem Hochzeitsdatum. Alle sagen, es sei ein Hochzeitsdatum. Clara dementiert es, vermutlich hat sie Angst, die gesamte Crew würde bei ihrer Trauung auftauchen. Eine vollkommen unsinnige Angst, wir sind dann längst wieder auf dem Meer. Ich dachte eigentlich, sie sei für zwei Reisen verpflichtet. Und sie muss doch ihr Hochzeitsdatum gekannt haben? Soweit ich weiß, muss man sich Monate im Voraus beim Standesamt anmelden, sicher auch in Wien.

Zurück zu unserem wahrhaft erschütternden Hypnose-Abend, verehrte finsteren Mächte. Alles begann sehr festlich, mit herausgeputzten Farnen, verführerischer indirekter Beleuchtung,

geschmückten Damen in Abendrobe, dem Käpt'n in strahlend weißer Uniform, ausgewählten Drinks und eben jenen extra für diesen Abend gebackenen Hypno-Überraschungskeksen, von denen schon die Rede war. Kredenzt von DJ Blauwal und seiner reizenden Assistentin Sunny. Ich ahnte, was sich hinter den harmlosen Backwerken verbarg, und wollte die Aktion unterbinden, aber es war schon zu spät, Judda und Üwe waren die Ersten, die von den Cannabiskeksen aßen, kurz danach griff der Käpt'n in die dargebotene Schale. Hätte ich in diesem Moment ausgerufen: »Diese Kekse machen bekifft, und wie!«, wäre vermutlich eine Massenpanik ausgebrochen. Also sah ich hilflos zu, wie sich nach dem Käpt'n auch die Offiziere und die meisten Passagiere bedienten. Allein Gesine, ich und einige sehr figurbewusste Damen hielten sich zurück. Ebenso Johansen. Clara hat wohl auch nichts davon gegessen, sie schien überwältigt zu sein von der romantischen Überraschung ihres Verlobten. Genug davon. Reden wir lieber von der grandiosen Darbietung unseres *Kutur*managers, aus dem ein Kulturmanager geworden ist. Ich persönlich habe ihm sein neues Schild angesteckt. Nach unserer kleinen Unterredung.
Wir hatten uns nicht über Liebe und Zersägen unterhalten, obwohl ich ihn wahnsinnig gerne gefragt hätte, wie man sich das Liebesleben der Lübers vorstellen müsse: Abends im Varieté geht er mit der Motorsäge auf sie los, sie liegt in dieser Kiste mit doppeltem Boden, die Beine angezogen, hingegossen, hingegeben, und Vals stählerner Blick bohrt sich in ihren, während er die potente Säge in seinen kernigen und doch sensiblen Händen hält. Ich meine, was kann denn danach noch kommen, nachts, im ehelichen Bett?
Es ist schade, dass uns keine Zeit zu einem Männergespräch dieser Art blieb, ich versprach ihm lediglich meine Unterstützung für seinen Hypnose-Abend, klärte nebenbei, dass ich nicht für das Palmendesaster bei der Premiere verantwortlich war, und

schon gar nicht für die Schwimmwestenplage. Ohne Sunny und ihre bombigen Kontakte zu Mr. Beach zu verraten. Dann erinnerte ich ihn an meine nicht ganz erfolglosen Einsätze im Eisberg und beim Walk-Act, bot sogar erneutes Einspringen bei künftigen Unterhaltungs-Engpässen an, kam so auf Peachy und Johansen und meine Bitte. Zu meinem großen Erstaunen schlug er sie mir nicht ab. Er nestelte nervös an seinem brandneuen Schild, dann an den zu langen Ärmeln seines etwas geschmacklosen Hypnotiseur-Glitzerjacketts. Er wolle sehen, was sich machen ließe, sagte er. Und mehr konnte ich zu diesem Zeitpunkt nicht erwarten.

Johansen und Peachy kamen kurz vor Vorstellungsbeginn. Getrennt betraten sie den Saal, setzten sich in verschiedene Reihen. Was dazu führte, dass Johansen, der die Qualität der Kekse schnell erkannt haben muss, Peachy nicht hindern konnte, von ihnen zu naschen. Das Ergebnis äußerte sich in einem kurzen, aber heftigen Salsa-Ausbruch. Während ich den Abend anmoderierte, sprang Peachy auf, stampfte einen feurigen Rhythmus in den Boden und heizte uns mit einer A-cappella-Darbietung von *La Bamba* ein.

Und so begann der charismatische Magier Val alias Alamo seine Show vor einem bereits entfesselten Publikum, mit zuckenden, jongliersüchtigen Händen, die er alsbald auf die Schultern seiner ersten Probandinnen legen konnte: Judda, Loddosblütsche (an diesem Punkt des Abends erst grenzbekifft), dazu einige Ladys meines Zeichenkurses. Er lullte die Damen mit belanglosen Sätzen ein, während er die Hand der jeweils Angesprochenen hielt, ihren Arm sanft kreisen ließ, gefolgt von einer ruckartigen Bewegung und dem überlauten, beinahe metallischen Befehl: »SCHLAF!« Dem auch DJ Blauwal folgte; er kippte von seinem Stuhl und sank neben dem Farn nieder, fortan die Show mit durchdringendem Schnarchen begleitend. Was dem Spektakel keinen Abbruch mehr tat: Alamo schläferte reihenweise Frauen ein und bat sie, im Anklang an Gesines vorgestrige Vorführung, ihr Krafttier zu spielen. Worin vor allem Judda als Diescher glänzte. Sie versuchte sogar, durch einen unserer Rettungsringe zu springen. Üwe, aus dem Publikum, stöhnte immer wieder begeistert: »Wie drüben, wie drüben, üff der Betriebsfeier ünserer Brigade!« Manchmal habe ich den Verdacht, dass die DDR in erotischer Hinsicht ein Schlaraffenland gewesen sein muss.

Immer mehr Damen und inzwischen auch mancher Herr begaben sich freiwillig in Trance, und unser charismatischer Alamo zog alle Register, die man aus Hypnoseshows kennt. Seine Probanden redeten in Fremdsprachen, spielten Blondinen auf dem Laufsteg, wurden, in Anbetracht unserer Reiseziele, zu Eisbergen, Trollen, Elchen und sogar der Mitternachtssonne (Dieters Frau, deren Beitrag jedoch nur aus einem verbissenen, ständig wiederholten »Ich gehe nicht unter!« bestand) und wagten als Gruppe einen virtuos synchron gesteppten Riverdance. An diesem überschäumenden Höhepunkt gab ich Alamo einen Wink: Er solle jetzt endlich Johansen auf die Bühne holen. Was Alamo, von der Menge bejubelt und dementsprechend selbstbewusst, umgehend tat. Johansen setzte sich folgsam und ließ zu, dass Alamo seinen Arm ergriff. Um sie herum tobte die Party, die Riverdancer waren noch bei der Sache, einer der Bayern spielte Akkordeon, Peachy sang dazu *La Bamba,* und so fiel niemandem außer mir (und vielleicht Clara, die allein am Rand saß) auf, dass Johansen nicht auf Alamos plötzliches »SCHLAF!« reagierte. DJ Blauwal allerdings riss sein Befehl für zwanzig trübe Sekunden aus dem Dämmerzustand, lange genug, um nach einem weiteren Keks zu greifen und langsam über ein Blatt eines Farns zu streichen, als wäre es das Bein einer Frau. Johansen starrte Alamo nur an, und ich sah, wie Alamo seine Magie verlor, wieder zu Val, dem *Kutum*manager, wurde. Und in diesem Moment wusste ich: Nach dem Zersägen hatte es im Hause Lübers die Missionarsstellung gegeben, einfachste Ausführung, fünf Minuten

Rubbeln und Schluss. Johansen sagte etwas zu ihm, auf Italienisch, Peachy hörte auf zu singen, und ich schwöre, dass ich ein »Jetzt loss ihn halt in Ruh, Luidschi!« hörte, bevor Val Lübers in sich zusammensank, auf den Boden sackte und einschlief. Johansen-Luigi stieg ungerührt vom Stuhl, ruckte einmal mit dem Kinn, worauf Peachy aufsprang und ihm folgte, und gemeinsam verließen sie den Saal. Ein Ereignis, das die Anwesenden nicht weiter kümmerte, auch nicht den Käpt'n, der sich, keksberauscht, mit der neben ihm sitzenden Gesine unterhielt, mehr als das: Er flirtete. Offensichtlich ist er dabei, sich endgültig von seiner fremdgehenden Frau zu lösen. Dafür spricht auch, dass er beim Verfassen folgender Zeilen erwischt wurde:

An Waltraud, diese alte Schlambe,
Verschwend ich keine weitre Jambe!

Ein eindeutiger, vielleicht ein wenig zu eingängiger vierhebiger Jambus, wie ihn Theodor Storm oder Goethe kaum besser hinbekommen hätten. Die nächste Zeile, sechshebig und ziemlich komplex – *Ich gieß mir lieber einen Schambus auf die Lambe* –, soll er verworfen haben. Der fallende Val riss jedoch zumindest Gesine aus ihrem Flirt, sie stürmte auf die Bühne, rief mich zu Hilfe (ich war im Begriff, Johansen-Luigi zu verfolgen). Wir richteten Val auf, legten ihn auf Stühle, versuchten, ihn zu wecken. Aber Val schlief wie ein Baby. Die Folgen wurden uns erst klar, als wir von der Bühne aus auf das hypnotisierte Chaos im Saal blickten. Gesine hatte bald mehrere Fälle zu verarzten: Ein wild gewordener Diescher (Judda) hatte einen Troll (Dieter) angegriffen und war dann auf die ins Kampfgeschehen eingreifende Mitternachtssonne losgegangen. Dazu kamen ein surrendes, alle kirre machendes Honigbienchen und eine streitbare Golferin, die ihren Gatten (eben jene Honigbiene) mit dem Schläger gegen Angriffe verteidigen wollte, diverse durchs Gebüsch brechende Elche und die Rothaarige, die zur Waldelfe geworden war. Sie sprang um mich herum, schlang mir die Arme um die

Hüften und wollte mir unbedingt ihren Brunnen zeigen. Bis Gesine, Clara und ich mit Hilfe von Dr. Mistzeh allen Beruhigungsmittel eingeflößt hatten, verging viel Zeit, die einige der Hypnotisierten dafür nutzten, das Mobiliar des Zeichensaals zu demolieren und, da sie schon dabei waren, auch das der angrenzenden Räume.

Jetzt schlafen hoffentlich alle, auf ihren Kabinen oder auf Dr. Mistzehs Station. Ich bin ebenso zerschlagen wie das Mobiliar des Raums, in dem ich die letzten Jahre unterrichtet habe. Das Schiff kämpft sich durch das bewegte Nordmeer. Wer genau es steuert und in welchem Zustand, darüber möchte ich lieber nicht nachdenken. Der nächste Hafen ist Akureyri, Island. Kristin.

Clara hat vor dem Ablegen noch mit ihrem Liebsten telefoniert, an Deck, ich hörte es zufällig. Vielleicht auch nicht ganz zufällig. Sie musste ihn vorher schon angerufen haben, und er rief zurück, denn sie meldete sich mit einem: »Na endlich!« Sie fragte ihn nach Wien. »Stimmt es wirklich, Adrian? Um wie viel Uhr denn?« Vielleicht holt er sie im Fiaker ab, und sie fahren zur Kirche? Nachher redete sie zusammenhanglos, sagte wieder diese seltsamen Worte, Kaliber, Scharmützel, sogar vor einer »Latrine« schreckte sie nicht zurück. Ist das ihre geheime Perversion, steht sie auf besondere Wörter? Etwas wie: Mummenschanz? Korinthenkacker? Hundsfott? Papperlapapp? Ich träume davon, ihr all das ins Ohr zu flüstern. Ich bin ein Narr. Ein schlimmerer Narr als Alamo im Clownskostüm. Ich gehe jetzt schlafen.

18.

Gesine hatte ihr alles erklärt, vorhin, als sie in der Bücherei aufgetaucht war. Wo Clara gerade die Blanche sprach, konzentriert, dramatisch, wie damals in der Wurstkammer. Bücher waren ein abweisenderes Publikum als Würste, sie drehten ihr die Rücken zu und zeigten nicht die Spur von Ergriffenheit. Vielleicht sollte sie in der Szene die Arme nicht so oft verschränken? Sich an einen Tisch setzen? Sich vielleicht gar auf ein Sofa drapieren? Umhergehen? Trinken? Essen? Rauchen? Nein, all das hatten andere längst getan. Sie war auf der Suche nach einer vollkommenen Neuinterpretation der Rolle, etwas, was die Regisseure am Burgtheater noch nie gesehen hatten. An diesem Punkt ihrer Überlegungen war Gesine hereingeflattert, mit geröteten Wangen und dem Vorschlag – eher dem Befehl –, die nach dem Hypnose-Desaster äußerst verstörten Passagiere aufzumuntern. Val, sagte Gesine, schlafe noch, und jetzt müsse Schadensbegrenzung betrieben werden. Die Mitternachtssonne habe rechtliche Schritte angekündigt, andere, auch das Honigbienchen, hätten ihr lebhaft zugestimmt.

Im ersten Moment wollte Clara sagen, dass sie die Probleme der Spaßcrew der flotten Flotte nichts mehr angingen, dass sie es außerdem leid sei, den Schaden zu begrenzen, den Val ständig anrichtete. Aber auch Gesine gehörte zur Crew, und ihr hatte sie die Unterstützung nicht abschlagen können. Und jetzt stand sie hier, im Foyer von Deck 6, an

der Hintertür des Theaters. In einer Kluft aus dem Fundus, die das Nixenkostüm vom ersten Tag an Peinlichkeit bei weitem übertraf.
»Es ist bloß für eine Stunde, höchstens«, hatte Gesine gesagt. »Ihr müsst nur von Kabine zu Kabine gehen und ›Security-Kontrolle‹ rufen. Den Rest erledigen dann schon die Kostüme.«
Damit hatte Gesine den Reißverschluss zugezogen und nicht mehr auf Claras so albernen wie nutzlosen Einwand geachtet: »Aber meine Aura! Meine Aura zerknittert doch!«
Das Kostüm blies sich von selbst auf wie eine gigantische Ganzkörperschwimmweste, angetrieben von einem Gebläse. Nicht nur der Körper, auch Arme und Beine waren aufgebläht, und noch immer hörte der kleine Ventilator in Höhe ihres Hinterteils nicht auf zu summen. Das Kostüm sollte eine Security-Uniform darstellen und hatte sogar einen Gummi-Pistolengurt, an dem eine Wasserpistole hing, dazu trug sie eine Kappe mit der Aufschrift *Security* und klobige Stiefel. Wie sie wohl von hinten aussah? Vielleicht hatten die Modeschöpfer dieser Karnevalskleidung – um nichts anderes musste es sich handeln, auch wenn das Kostüm aus dem Theaterfundus stammte – der Security-Uniform zusätzlich lächerliche Gummiflügelchen auf dem Rücken oder einen Schwanz verpasst. Als sich ihr Fun-Kollege näherte, ebenso aufgeblasen wie sie und ebenso ausufernd, war dieser Verdacht das Erste, was sie aussprach. Simons Mundwinkel zuckten. Hatte ihre Schwanzbemerkung etwa zweideutig geklungen? Ähnlich wie die Frage nach dem Schildkrötenmännchen? Clara spürte, wie die Temperatur in ihrer Gummihülle tropisch wurde. Offenbar registrierte der kleine Ventilator an ihrer Rückfront es auch, er begann, emsiger zu surren. In seiner prallen Uniform wackelte Simon einmal um sie herum und schüttelte den Kopf.

»Mylady, ich bestätige Ihnen hiermit vollkommene Schwanzlosigkeit. Was ist? Fangen wir an mit dem *Mummenschanz?*«
In seinem Blick blitzte etwas. Wieso betonte er dieses Mummenschanz so? Hielt er so wenig von ihren schauspielerischen Fähigkeiten? Welche halbwegs akzeptable Rolle sie in diesem lächerlichen Aufzug spielen sollte, wusste sie allerdings auch nicht. Aber hatte sie nicht in ihrem ersten Semester an der Schauspielschule einen Erdgeist gespielt, in ähnlich lächerlichem Aufzug, nur mit Blättern bekleidet, fauchend, auf dem Boden herumkriechend, mit vollem Ernst?
»Ich will keinen Mummenschanz, ich will die Leute ergreifen«, sagte sie. Und dann wiederholte sie das, was sie sich schon früh aus Büchern über Theaterwissenschaft angelesen hatte. Sätze, die wie Zaubersprüche gewirkt hatten, früher, gegen den Spott der Mitschülerinnen. Hier im Foyer kamen ihr diese Sätze plötzlich fade vor, farblos, aber sie machte trotzdem weiter, sprach vom Schauspiel als Ringen um Wahrhaftigkeit, und Simon hörte zu, schaffte es nebenbei, mit seinem aufgepumpten Arm die rosafarbene Wasserpistole aus seinem Pistolengurt zu ziehen und sie nach Westernmanier um den Zeigefinger kreisen zu lassen. Vorbeigehende Passagiere blieben stehen und gafften. Wahrscheinlich sahen sie nicht allzu oft Security-Leute in ballonähnlichen Kostümen, die mit Pistolen spielten und sich dabei über kollektive Reflexion und das Theater als Brutstätte kritischen Bewusstseins unterhielten.
»Dann bist du auf einem Vergnügungsschiff nicht unbedingt am richtigen Platz.«
Simon richtete spielerisch die Wasserpistole auf sie. Was meinte er damit? Dass sie gehen sollte?
»Ich bin ja auch nicht mehr lange da«, sagte sie, im kühlsten Tonfall, der ihr zur Verfügung stand.

»Stimmt. Du heiratest ja. In Wien. Sehr romantisch. Mit Fiaker und Kirche?«

»Ich heirate nicht. Das Datum auf … äh … Adrians Torte ist mein Vorsprechtermin am Wiener Burgtheater.«

»Wow, das ist ja großartig, gratuliere.«

Jetzt leuchtete Simons Lächeln, durchflutet wurde sie von dieser Wärme, und einen Moment verstand sie, was Gesine mit »Atmen in die Eierstöcke« meinte. Das batteriebetriebene Ventilatormotörchen an ihrer Rückfront reagierte sofort und summte wie eine emsige Hummel. Hörte Simon das beinahe unanständig eifrige Surren? Und konnte es sein, dass sich ihr Kostüm immer mehr aufblies?

»Welche Szenen spielst du?«, fragte Simon. »Wie viel Zeit geben sie dir?«

»Äh … das weiß ich noch nicht genau.«

Sie hatte Adrian am Telefon danach gefragt, aber es war nicht mehr zu einer Antwort gekommen, Lümmelchen hatte zu ungestüm nach seiner Belohnung verlangt. Die ganze Zeit schon dachte sie darüber nach, welchen Regisseur am Burgtheater er wohl kannte, hatte er je einen Namen genannt? Und würde er beim Vorsprechen im Zuschauerraum sitzen, auf jede Feinheit ihrer Artikulation achten? Um sich nachher an ihren Vokalen schadlos zu halten? Und was, wenn den Prüfenden ihre Interpretation nicht gefiel? Wenn man sie nicht nahm und Lümmelchen ihr trotzdem blieb? Und was war, wenn man sie engagierte und sie nach Wien zog? Würde Lümmelchen jedes Wochenende mit ihr verbringen oder gar all seine freien Tage? Er war süchtig nach ihren neuen I-und-A-Kombinationen, sie machten ihn vollkommen verrückt, er hatte es gestern am Telefon gesagt. Sie räusperte den Kloß in ihrer Kehle weg.

»Gehen wir jetzt in die Kabinen? Ich will so schnell wie möglich aus diesem Kostüm raus.«

»Ich auch.« Simon griff nach ihrer Hand, und gemeinsam wackelten sie ein Stück von den lachenden Passagieren weg zu den Fenstern.
»Pass auf. Ich will nur in eine einzige Kabine, dann ist der Spuk vorbei.« Simon sprach schnell, mit gesenkter Stimme. »Ich will … etwas rauskriegen. Tu, was immer dir einfällt, um Zeit zu schinden, Schubladen öffnen, Fragen stellen, okay?«
Schon näherten sich wieder bespaßungsbereite Passagiere. Simon drehte sich um und watschelte voraus, in den Gang von Deck 6. Den er komplett ausfüllte. Ebenso wie sie selbst. Von hinten sah sie, dass auch in Höhe seines Steißes ein kleiner Ventilator hinter seinem Schutzgitter surrte.
»Security! Cabin Control!« Simon war vor einer Kabinentür stehen geblieben, schob eine Karte in den Schlitz des Schlosses und drang in den Raum ein. Allerdings, ohne weit zu kommen. Die Tür war enger als der Flur, einen Moment schien er festzustecken, dann hörte Clara ein Zischen – konnte man die Luft ablassen? Wie? –, und er zwängte sich mit einem Ruck hinein. Von innen ein überraschter Ausruf, und sie folgte Simon, schob sich seitwärts durch die Tür und ertappte sich bei dem vollkommen lächerlichen Versuch, den Bauch einzuziehen. Zuerst erkannte sie den Mann nicht, der mitten im Raum stand und sie aus dunklen Augen anstarrte. Der Mann, der Val gestern eingeschläfert hatte. Johansen. Heute trug er keine Sonnenbrille. Und er schien es kein bisschen spaßig zu finden, von einem Security-Michelinmännchen mit einer rosafarbenen Wasserpistole bedroht zu werden.
»Get out of here!«, bellte er, und beinahe hätte Clara geantwortet, dass dies nicht ganz so einfach sei, immerhin war ja schon das Hereinkommen eine Herausforderung, aber in diesem Moment fegte sie beim Umdrehen mit ihrer Rück-

front Gläser und eine Flasche von der Oberfläche der Minibar. Vermutlich hatte Gesine ihre Bemerkung »Den Rest erledigen eure Kostüme schon« etwas anders gemeint. Simon ließ die Pistole sinken, quetschte sich an ihr vorbei – ihr Bauch war zum Platzen prall, sein Kostüm wirkte schlaffer, trotzdem hingen sie einen Moment aneinander fest, Gummi an Gummi – und riss die Tür zum Bad auf. Ablenken! Zeit schinden! Etwas sagen, möglichst etwas Lustiges. Simon presste sich seitwärts ins Bad, und sie durchforstete ihr Hirn nach einem Kommentar, aber ihr fiel nur eine Werbung für Dusch-WCs ein: *Wellness für den Allerwertesten. Erst Strahl, dann Föhn – so ist man auch von hinten schön.* Vielleicht war es ein Fehler, den letzten Satz ungefiltert von sich zu geben. Einen Moment war es still in der Kabine, bis auf das Summen zweier Ventilatormotörchen. Dann sagte Simon etwas auf Italienisch, und Johansen schoss auf ihn zu, die Hände ausgestreckt, als wollte er ihn erwürgen. Mit einem Schrei fuhr sie herum, wischte das gerahmte Bild einer Frau vom Nachttisch, dazu einen Teller mit Chickenwings. Ihr Ventilator lief zu Höchstleistungen auf, schnaufend und rasselnd, als wollte er gleich abheben, und sie verstand nicht, was Johansen sagte, auf Englisch, mit starkem Akzent, sah nur, dass er die Hände sinken ließ und sich an die Stirn tippte.

»Okay. Wir gehen ja schon. Arrivederci!« Simon griff hinter sich, etwas zischte, seine Gummihaut erschlaffte, als hätte er Ganzkörpercellulite. »Na los, lass die Luft ab«, sagte er, öffnete schon die Kabinentür. Wo war der Stöpsel, am Rücken? Sie ertastete die Ventilatoröffnung, rüttelte an dem Gitter, was Ventilator und Gebläse nur ansporte, das Letzte zu geben, sie spürte, wie sich ihr Kostüm immer weiter aufblähte. Würde sie gleich abheben? Benommen stolperte sie auf die Tür zu, ihr wild gewordenes Ventilatorinsekt im

Rücken, ihre Kostümhülle um ihren Körper, so fest wie eine riesige Blutdruckmanschette. Alles, was folgte, nahm sie wie aus weiter Ferne wahr. Eine Szene, deren Text auch aus einem Action-B-Movie hätte stammen können.

»Na los, lass die Luft ab!«

»Geht nicht! Ich stecke fest.«

»Get out of here! Out!«

»Push the button, Johansen. Push the button!«

Welchen Knopf sollte Johansen drücken? Tatsächlich machte er sich an ihrem Rücken zu schaffen, von vorne zog Simon, umsonst, sie klemmte, sozusagen zwischen Tür und Angel, und der Ventilator tobte, immer weiter blies sich ihre Gummihülle auf. Bis etwas platzte, irgendwo an ihrer Rückseite, und plötzlich entwich die Luft mit einem Geräusch zwischen Schnarchen und Pladdern, sie spürte, wie der Ventilator sich wild rotierend aus seiner Befestigung löste, während sie aus der Tür herausschoss, immer noch zischend und knatternd, wie ein losgelassener Luftballon. Die Tür knallte ins Schloss. Dann Arme, die sie hielten, Gummigeruch, ein halb amüsiertes, halb entsetztes: »Hat dir Gesine nicht gezeigt, wie man die Luft ablässt? Der verdammte Knopf ist … da unten.« Simons Hände tasteten über ihren Rücken, verharrten dort, wo vorher das Lüftungsgitter gewesen war, und fanden unter die geplatzte Gummihülle. Gegen Gesines Empfehlung hatte sie die Jeans unter dem Kostüm angelassen, und Simons Finger nestelten an ihrem Gürtel herum, blieben einen Moment auf der bloßen Haut zwischen Hose und dem hochgerutschten T-Shirt liegen, dann hörte sie ein etwas atemloses: »Hab ich dich!« Das Surren und Summen des abtrünnigen Ventilators setzte aus, und Simon ließ sie los.

Logbuch von Simon

28.7.13
7.35 Uhr MEZ
Fjord von Akureyri, 65° 41′ N, 18° 6′ W
geschätzte 8 Grad Celsius

Liebe zukünftige Leser dieses Logbuchs, wer immer ihr auch seid, Menschen, Geister, Götter, dunkle Mächte, vielleicht möchtet ihr hören, was der knallharte Privatermittler Simon Weyden und seine reizende, aber eigensinnige Assistentin Jane herausgefunden haben. Gestern Abend haben wir uns bei Rotwein und einer Extraportion Trockenfutter zusammengesetzt und die Fakten ausgewertet. Dabei sahen wir Janes Lieblingsfilm *My Big Fat Greek Wedding*. In Momenten, in denen Simon Weyden abgelenkt war, weil er Frauen in geplatzten Security-Uniformen zeichnete, brachte ihn Jane wieder auf Kurs und zurück zum Thema.
Die Durchsuchung bei Johansen-Luigi hat sich gelohnt. Seine Kabine war nicht so aufgeräumt wie vor ein paar Tagen, im Bad lagen deutsche Kosmetikprodukte und eine italienische Zeitung herum, die Sorte mit dicken Balkenüberschriften in Rot, darunter das obligatorische Bild einer Blondine mit anoperierter Veranda. Ein richtiges *Revolverblatt*. Was mich wieder auf Janes kühne Annahme bringt, Johansen-Luigi habe mit der Mafia zu tun. Noch weiß ich nicht, ob das Fax von jener Rosa, das in der aufgeschlagenen Zeitung lag und dessen Anfang ich rasch überfliegen konnte, Janes Vermutung bestätigt. Mein Italienisch ist noch schlechter, als ich angenommen habe. Zumindest, wenn ich spreche. Nach der »Föhn«-Bemerkung von Clara, auf die Johansen-Luigi aufhorchend reagierte, als verstünde er doch Deutsch, wollte ich ihm lediglich andeuten, dass unsere Kontrolle nur Spaß sein sollte. Außerdem hoffte ich, als ein mit allen

Wassern gewaschener Ermittler, dass Johansen-Luigi im Affekt Italienisch antworten würde. Mein Italienisch stammt noch aus sorglosen Zeiten, als ich die Rücken gewisser Luftmatratzenschönheiten einölte, lange vor ernsthafteren Beziehungen und großer Liebe und finanziellem Ruin und so weiter, und vermutlich war das, was ich als Übersetzung von »Spaß« in Erinnerung hatte, etwas nicht ganz Stubenreines, am Ende gar Ehrverletzendes. Zum Glück hat meine Assistentin Jane nicht mit angesehen, wie Johansen-Luigi mit echt sizilianischem Temperament auf mich losging (sie befand sich in Gesines Obhut), sie hätte mich für meinen Leichtsinn gescholten. Aber er beherrschte sich im letzten Moment, tippte sich nur an die Stirn und sagte auf Englisch, er werde sich bei der Reederei beschweren. Ich hätte gar nichts gegen ein bisschen Gewalt vor Zeugen gehabt. Es wäre ein guter Grund gewesen, ihn richtig unter die Lupe, vielleicht gar vorläufig unter Arrest zu nehmen.
Herr Molch, unser Kreuzfahrtdirektor, hat ihn übrigens offiziell wegen Val befragt, in Gegenwart des Käpt'ns, der aber mit seinen Gedanken woanders gewesen sein soll. Johansen-Luigi beharrte darauf, er habe es bei der Hypnose mit der Angst zu tun bekommen, betonte außerdem, wie unverantwortlich so eine Hypnoseshow sei. Also hat Herr Molch, der längst nicht so viel Cojones hat, wie man aufgrund seiner Körperbehaarung erwarten könnte, davon abgesehen, den Vorfall bei der Reederei zu melden.
Auf jeden Fall trugen Jane und ich gestern Abend sämtliche Fakten zusammen, und ich will euch, liebe Logbuch-Leser, die ihr mir durch alle Wirrungen bis hierher gefolgt seid, den jetzigen Stand der Ermittlungen nicht vorenthalten:
Johansen-Luigi ist vermutlich Italiener mit gefälschtem oder gestohlenem norwegischen Ausweis. (Wir erinnern uns: Herr Molch hat seine Personalien überprüfen lassen.)
Es ist anzunehmen, dass er auch Deutsch versteht, dies schloss

ich aus seinem Aufhorchen nach Claras Bemerkung, und meine Assistentin stimmte mir zu. Vielleicht lebt er auch in Deutschland oder hält sich dort auf. In seinem Bad stehen deutsche, eher preiswerte Kosmetikprodukte, die es auf dem Schiff nicht zu kaufen gibt. Sollten wir einmal Zeit für ein Gespräch unter Männern haben, werde ich ihm von der Aldi-Rasiercreme abraten.

Diese Rosa hat – wenn ich die Mitteilung, die ich kurz überflog, richtig deute – ihn gewarnt, jemand sei hinter ihm her. Eine zugegebenerweise gewagte Schlussfolgerung angesichts meiner Italienischkenntnisse. Meine reizende Assistentin schien das auch zu finden, an diesem Punkt beendete sie unsere gemeinsame Bestandsaufnahme und zog sich in ihren Blumentopf zurück. Aber im Gegensatz zu ihr erinnere ich mich noch an Rørvik, die durchwühlten Kabinen und Johansens Flucht vom Schiff und komme zu dem Ergebnis, dass vielleicht tatsächlich jemand hinter ihm her war. Und es bleibt immer noch die große Frage, wie unsere Salsa-Memme Peachy in all diese Vorfälle verwickelt ist.

Doch jetzt zu angenehmeren Dingen, liebe Logbuch-Leser. Abgesehen von unserem etwas grenzwertigen Security-Experiment hatten wir nämlich einen beinahe schönen Tag an Bord. Die gesamte Crew bemühte sich nach Kräften, den Gästen einen exorbitanten Seetag zu bereiten, mit Barbecue auf dem Pooldeck, einem beheizten Pool, einer Modenschau der Pelzbademoden, wo sich besonders Sunny hervortat, und gemeinsamem Whale-Watching. Allgemein war man noch schläfrig, aber immerhin spielte niemand mehr Troll, Bienchen oder Diescher. Dafür tauchten im Wasser wie auf Kommando tatsächlich Wale auf, was zwischen dem Nordkap und Island zwar öfter, aber durchaus nicht immer passiert. Ich habe ja schon lange den Verdacht, dass die Wale eigentlich uns beobachten, also Human-Watching betreiben. Vermutlich waren sie fassungslos über das Schauspiel der Modenschau, zum Beispiel die Vorführung der

Pelzbikinis »Flotter Otter«, »Funny Bunny« und »Horny Hörnchen«, ein Modell, das aufgrund langer Lagerung im Shop besser »räudiges Eichhörnchen« hätte heißen müssen.
Loddosblütsches Mann sah als Erster eine Walfluke aus dem Wasser auftauchen. »Ei, da isser ja«, kommentierte er das majestätische Naturschauspiel gelassen, und als die Fluke prompt wieder verschwand, hatte er auch eine Bemerkung parat: »Und tschüs!« Wäre ich Wal, hätte mir diese Begegnung gereicht, aber die Wale waren härter im Nehmen, sie begleiteten uns den halben Tag. Bei der Vorführung der Pelzbadeanzüge, Modell »Bärin im Winterschlaf«, und der Inkontinenzbademode zog gnädigerweise Nebel auf, der sich wieder lichtete, als Mr. Beach im Ledertanga den Laufsteg betrat (ungefähr zwanzig Ohnmachten, wieder hatten Dr. Mistzeh und Gesine alle Hände voll zu tun). Da auf dem Deck trotz aller Bemühungen nur ungefähr 10 Grad Celsius herrschten, ließ Gesine auch die neuen Bademäntel aus dem Shop vorführen, Marke Jedi-Ritter, viele entschlossen sich zum Spontankauf, und so bot sich den Humanwatchenden Walen schließlich folgendes Bild: Wesen in Kutten, mit Pelzbadekappen, die zwischen Nebelschwaden herumturnten, zu den Klängen von *Make them suffer* von Cannibal Corpse. Wenn man mich fragt, liebe zukünftige Leser dieses Logbuchs, sollte Gesine unsere Kulturmanagerin sein.

9.10 Uhr MEZ

Eben war ich frühstücken, im Salon auf Deck 10. Die Sachsen, Bayern und Hessen fiebern dem Volksfest-Event entgegen. Sie haben sich für ein gemeinsames Multikultifest entschieden, vermutlich im Zuge der letzten Ereignisse, die uns alle zusammengeschweißt haben. Das malaiische Küchenpersonal ist begeistert und hat sich bereit erklärt, Stollen zu backen (sie sprechen den Namen des von den Sachsen geradezu vergötterten Gebäcks vollkommen richtig aus, sind aber nicht von dem Glauben abzubringen, es hieße korrekt Storren). Ich habe den Auftrag, mich um den Transport zu kümmern, darum, dass Tische und Bierzeltgarnituren ins Skigebiet geschafft werden. Und dann treffe ich Kristin.

Nachtrag
15 Uhr MEZ

Bevor ich zu meiner Verabredung entschwinde, muss ich kurz, liebe künftige Leser des Logbuchs, die ihr vielleicht in gar nicht allzu ferner Zukunft zu suchen seid, von einer wahrhaft erschütternden Begegnung berichten. Gesine hat mich mitten in den Festvorbereitungen abgepasst. Reichlich verstört. Sie hatte ein Fax von Laxnors Assistentin erhalten. In dem sie in ziemlich rüdem Ton zu einem Treffen mit ihm zitiert wird. In Begleitung ihres Vorgesetzten. Unseren Kreuzfahrtmolch (manche belieben, den Kreuzfahrtdirektor so zu nennen) mit zu einem Schamanentreffen zu nehmen war natürlich undenkbar, also musste ich mich opfern.
Laxnor erwartete uns am Bushäuschen oberhalb von Akureyri. Trotz seiner weißen Schamanenkleidung wirkte er äußerst grobstofflich. Auf mein vielleicht nicht ganz schamanengerechtes »Hi, I'm Simon, nice to meet you« reagierte er nicht. Vermutlich verbrauchte die Nennung seines Namens zu viele Kalorien. Ich kann verstehen, dass einem ein »Sigurlaxnoreyjafjallajökull« nicht ohne Schweißausbruch über die Lippen kommt, aber ein diplomatisches »You can call me Laxi« wäre schon nett gewesen. So verharrten wir alle drei stumm, kein Vogel störte unser Schweigen, und die Mücken verrichteten meditativ ihre Stecharbeit. Gewiss habe ich keine Stimmungskanone erwartet. Aber, Hand aufs Herz, haben isländische Schamanen nicht allen Grund, verdammt gut gelaunt zu sein, wegen ihrer Kontakte zu

all den attraktiven Naturgeistern? Keine alten Kräuterweiblein oder notgeile Zwerge wie bei uns in Deutschland, nein, in Island wird ein Schamane von Feen und Elfen umschwirrt, die unter ihren Flügeln noch weniger tragen als unsere Bordelfe Sunny. Vielleicht befand sich Laxi gerade auf einer chilligen Elfenparty, während er an diesem Bushäuschen lehnte und uns aus kleinen schwarzen Mausaugen anstarrte? Aber er sah eher aus, als wäre ihm ein Troll über die Leber gelaufen. Und weil ich von der Elfenparty-Vorstellung nicht mehr loskam, fragte ich ihn, was ein Schamane so tagsüber macht. Er schwieg, so eisig wie die majestätischen Gletscher um uns. Es war Gesine, die mir – auf Englisch und recht peinlich berührt – erklärte, ein Schamane sei damit beschäftigt, Schwingungen zu verändern.

»Jetzt? Während wir uns unterhalten?«

Allerdings unterhielten sich immer noch nur Gesine und ich; Laxnor schaute an uns vorbei, mit einem konzentriert-gelangweilten Gesichtsausdruck, als würde er irgendwo in einer anderen Dimension in der Nase popeln, und strich dabei über seinen Bart. Ich muss gestehen, dass bartstreichelnde Männer mich misstrauisch machen. Bartstreichelnde Frauen würden mich vielleicht auch misstrauisch machen, wenn ich welche kennen würde. Es gibt verschiedene Arten, über einen Bart zu streichen, habe ich beobachtet, dies hat unmittelbar mit der Beschaffenheit des Bartes zu tun. Um dem Rechthaberspitzbart, der Guru-Matte (in Laxnors Fall) oder einem gepflegten Mösenbärtchen (künftige Leser, bitte verzeiht mir diesen Ausdruck!) gerecht zu werden, muss Mann die ganze Hand einsetzen, für ein Ziegenbärtchen oder einen freakigen Kinnzopf genügen Daumen und zwei zupfende Finger. Laxnor war ein Vollhandstreichler, und es sah aus, als streichelte er sein eigenes Schweigen. Gerade brach ein Sonnenstrahl zwischen den Wolken hervor, ein gigantischer, leuchtender Zeigefinger, der direkt auf unsere Bushaltestelle zu weisen schien, und ich überlegte, ob eine

Bemerkung über das Wetter angebracht war, das für Laxnor ja auch Sättigung bedeutete. Etwas wie: Heute sei ja ein recht appetitlicher Tag, und wenn er jetzt ein wenig Licht naschen wolle, solle er sich nicht zurückhalten.
Bevor ich dazu kam, fixierte Laxnor einen Punkt auf meiner Stirn und stieß eine Folge von Lauten aus. In den ersten Silben guttural, etwas zwischen Gurren und Schnauben; in der Mitte stockten die Laute, schienen einander verschlingen zu wollen, dann endete die Lautfolge mit einem schrillen, langgezogenen Raubvogelschrei. Ich hörte, wie Gesine neben mir nach Luft schnappte, vielleicht hatte sie etwas verstanden. Mir traute er dies offenbar nicht zu, er legte eine Hand auf meine Schulter, sah mich aus seinen mausbraunen Augen an und wiederholte die Lautfolge: Gurren, Schnauben (es erinnerte an Taubenbalz, gemischt mit ein wenig Robbenbrunft), dann Verschlucken, Raubvogelschrei: Agr'all'fjördur'a'shyl'aiiiij!
In schwindelerregender Geschwindigkeit schossen mir Möglichkeiten durch den Kopf, was er gefragt oder gesagt haben könnte: Wollen Sie meine geheime Schlumpfsammlung sehen? Haben Sie einen Tipp, wie man Schamanenklamotten fleckenlos weiß bekommt? Borussia vor, noch ein Tor! Wussten Sie, dass Aale ebenso spät im Leben ihren ersten Sex haben wie Johann Wolfgang von Goethe?
Vielleicht hatte er auch beschlossen, dass ich ab jetzt als Schamanenanwärter bei ihm in die Lehre gehen sollte, und Agr'all'fjördur'a'shyl'aiiiij war mein neuer Schamanenname, den er gerade aus dem Kosmos empfangen hatte? Sollte ich ihn fragen, warum mir ausgerechnet ein Schamanendoppelname zugedacht worden war, vergleichbar einem deutschen Gurfinkel-Otterbein oder Rammelmeier-Sackschewski, kombiniert mit einem Vornamen wie Tjorven-Beowulf-Jocelyn?
Selbstverständlich habe ich all diese Fragen für mich behalten. Und wie es sich herausstellte, ging es nicht um meinen

Schamanennamen, sondern um das Striezelmarkt-Oktoberfest-Äbbelwoi-Event, das Laxnor nicht passte. Überhaupt und gar nicht passte. Laxnor war außerordentlich ungehalten und redete auf Isländisch auf Gesine ein, die Bruchteile Isländisch versteht. Gesine übersetzte, was sie wohl eher spürte als verstand: Das geplante Event störe die Energie des schamanistischen Zentrums. Ich hielt dagegen, auf Englisch, dass wir die Erlaubnis der Stadt hätten, dies jedoch war Laxnor schietegol. Er forderte, unsere Bierbanktransporte auf der Stelle zu stoppen, sonst gebe es Ärger auf höchster Ebene. Damit verschränkte er die Arme trutzig vor der Brust und widerstand Gesines schmelzenden Blicken, Entschuldigungen und Bitten. Und meinen Drohungen, sein DVD-Material vom Schiff zu verbannen. Wir schieden nicht im besten Einvernehmen. Vermutlich, sagt Gesine, war diese Lautfolge, dieses Wort aus einer anderen Sphäre, das Laxnor auf mich losließ, ein Fluch. Gesine ist einigermaßen verzweifelt. Alle Passagiere freuen sich auf das Event, auch der Kreuzfahrtmolch und der Käpt'n halten es für eine tolle Idee. Wir können nicht zurück. Ich vermute ja, dass es gar nicht das Fest ist, das Laxnor so stört, ich glaube, dass er etwas anderes spürt, etwas Feinstoffliches: wie die Gedichte des Käpt'ns in Gesines Seele arbeiten. Vielleicht hat ihr kosmischer Sex nachgelassen, dies verstimmt einen Mann mehr als ein läppisches Oktoberfest auf einem isländischen Gletscher.
Jetzt muss ich mich beeilen und seinen Fluch von mir abwaschen. Vielleicht leihe ich mir Gesines Aura-Duschgel.

19.

Nü, gömmse ruhisch näher! This is the Dräsdner Striezelmarkt, newahr! Mit Stöllen!«

»Unn Äbbelwoi! Welcome to the hessisch Gemütlischkeit. Bratworscht unn Rippsche!«

»*Mia* san gemütlich! Welcome to the original Bavarian Oktoberfest! *This* is Germany!«

Clara saß am Tisch vor dem Glühweinstand und beobachtete die Einwohner Akureyris, die sich zögernd dem Festplatz näherten. Junge Männer standen stumm und scheu vor der geballten sächsisch-hessisch-bayerischen Gastfreundlichkeit; Paare, manche festlich gekleidet, sahen zu, wie Judda Lampions an den Stangen befestigte, die am Rand der Schotterstraße standen. Clara legte die Finger um ihr Glas mit heißem Tee. Sie musste nur so lange hier ausharren, bis ihr Auftritt – einige gemeinsame Lieder mit Peachy – vorbei war, dann durfte sie wieder in einen der Shuttlebusse steigen und zum Schiff zurückkehren. Wo sie sich in der Bibliothek verkriechen und gründlich darüber nachdenken würde, auf welche originelle, nie da gewesene Art sie die Szene der Blanche angehen könnte, Rollschuh fahrend? Im Kopfstand? Nackt?

»Nü, Judda, die Lampions broochen wir doch nisch, wir ham doch die Middernachtssönne!« Üwe, wie seine Frau volkstümlich gekleidet, in einem rotkarierten Hemd und Kniebundhosen, war neben ihrem Tisch aufgetaucht, mit einer Rolle Draht und einer Schere.

»Sie müssen nicht dauernd darauf anspielen!« Dieters Frau pflügte zwischen den Biertischen hindurch. »Man hat mich unter Drogen gesetzt!«

Tatsächlich schien die Sonne, schickte einen rosigen Strahl zwischen dichten Wolken hervor. Am Straßenrand parkten Autos, Kleinwagen, die mehr oder weniger ramponiert aussahen, und mit einem Anflug von Wehmut dachte Clara an ihr eigenes Auto, das in Frankfurt dem TÜV-Termin entgegenrostete. Wie würde sich ihr Leben ändern? Würde sie in Wien neben Adrian in Taxen sitzen? In Fiakern? An seiner Seite in der Oper? Wo blieb der wohlige Schauer, der sie bei dieser Vorstellung früher überrieselt hatte? Jetzt erschauerte sie nur unter dem eisigen Hauch, der von den Bergen herabwehte. Und vom Anblick der Frauen, die den ramponierten Kleinwagen entstiegen. Frauen in sommerlicher Kleidung, kurzen Hosen, Röcken und Tops, offensichtlich an die hiesigen Temperaturen gewohnt, auf unaufgeregte, selbstbewusste Art schön. Eine von ihnen war vielleicht diese Kristin, von der Sunny am Nachmittag erzählt hatte.

»Kristin ist anspruchsvoll, für sie macht Simon sich gern schick«, hatte Sunny gesagt.

»Seine … feste Freundin?«

»Wie man's nimmt. Die feste Freundin in Island. Die feste Freundin in Norwegen heißt Tuva. Oder Liv. Norwegen ist ja groß.«

Danach hatte Sunny ungefragt mehr von Simon berichtet: Was für eine gute Partie er sei, jammerschade, dass er und seine ehrwürdige Familie – Bankiers, wirklich reich – sich verkracht hätten. Warum, wusste Sunny nicht, er rede nicht darüber.

Jetzt schwirrte Sunny um die Bretterbühne am Festplatz herum, wo das bayerische Akkordeonorchester die Isländer mit einer Spezialversion von *Oans, zwoa, gsuffa* beglückte. Peachy, noch in Trainingsanzug und Schlappen, überquerte den Platz, gefolgt von diesem Johansen, der heute wieder seine Sonnenbrille trug. Mückenschwärme kreisten über bayerischen Biergläsern, verschmachteten im sächsischen Punsch und machten um den hessischen Apfelwein einen respektvollen Bogen. Von weitem sah Clara Herrn Molch und den Kapitän, bei ihnen Val in seiner weißen Kulturmanagerjacke. Gesine flatterte von einem Tisch zum anderen, trabte zwischendurch immer wieder ein Stück die Schotterpiste hinauf, in Richtung der Schneefelder. Und von dort, vom Ende der Straße her, kamen sie, direkt auf den Glühweinstand zu: die zierliche, blonde, einschüchternd schöne Frau und Simon, die Hände in den Taschen seiner Anzughose.

Clara stand auf, schulterte ihre Tasche mit den Auftrittsschuhen und dem Schminkzeug und marschierte Richtung Bühne. Auf der Sunny inzwischen tanzte. Sie sei »beinahe verliebt« in einen der Akkordeonisten, hatte sie Clara vorhin anvertraut, er sei immerhin Besitzer einer kleinen Brauerei in Niederbayern. Sie habe ihn mit einem norddeutschen Trinkspruchtattoo versehen: *Nich lang schnacken, Kopf in'n Nacken.* Wovon im Normalzustand nur eine *Nacken op* übrig bleibe, bei kälteren Temperaturen schmelze die ganze Pracht auf ein verschrecktes *Napf* zusammen. Clara hatte Sunny überredet, statt des Elfenkostüms ein seriöseres, dennoch hautenges Glitzerkleid zu tragen, und *Oans, zwoa, gsuffa* wurde, passend zu Sunnys schlangenartigen Bewegungen, beinahe orientalisch.

Auf einem Transparent über der Bühne waren die weiteren Attraktionen des Abends angekündigt, in Deutsch und Englisch: eine *special sächsy Surprise,* ein *hessisches Live-Cooking-Event, original Bavarian Fingerhakeln and Armdrücken* und die *Salsa-Show with the incredible Peachy the*

Peacock and Clara Abraham. War ihr Name tatsächlich um eine Schriftgröße kleiner gedruckt, oder war dies eine Sinnestäuschung? Die Buchstaben schienen vor ihren Augen zu tanzen, sie sah sie wie im Traum, als hätte sie nichts mit diesem Namen zu tun. Sie drängte sich zwischen den immer dichter stehenden Zuschauern durch, auf der Suche nach einer improvisierten Künstlergarderobe. Hinter der Bühne nur ein Dixi-Klo und ein schlammbespritzter Jeep. An dem Peachy lehnte. Umgeben von mehreren Männern, mit denen er sich unterhielt. Obwohl es eher so aussah, als unterhielten sie sich mit ihm. Sein Beitrag zum Gespräch bestand aus beharrlichem Kopfschütteln. Im Lärm des Akkordeonspektakels war kein Wort zu verstehen. Clara schaute sich nach Johansen um, aber er war nirgends zu entdecken. Sie hatte Simon gestern gefragt, was er von Johansen wolle, warum er italienisch gesprochen habe, aber nur Ausflüchte geerntet: Er könne kein Italienisch, habe bei Johansen wahrscheinlich versehentlich eine Pizza mit Zwiebeln bestellt, übrigens sei ihre Bemerkung mit dem Föhn auch sehr erheiternd gewesen, dazu sein amüsiert-ironisches Lächeln, hinter dem er sich verschanzte. Sie hatte ihn stehen lassen, war in die Bibliothek geflüchtet.
Jetzt ging sie an Peachy und den Männern vorbei, auf die offene Tür eines Verschlags zu, der aussah, als ob er mitunter auch als Schafstall diente. Peachys Satinhöschen baumelte von einem Bügel an einem Haken über der Tür. Sich an der Außenwand festhaltend, schlüpfte Clara in ihre hochhackigen Schuhe, dachte an die Theatergarderobe, in der sie sich bald umziehen würde, eine Garderobe mit beleuchtetem Spiegel, eigenem Bad, Kleiderständern, Bügelbrett und vielleicht einer Liege. Ein Stichwort, auf das sich ihr Unbewusstes stürzte wie die bierbeschwingten Mücken auf die Stollenvorräte, die auf der Rückseite des Glühwein-

stands lagerten. So beschäftigt war sie damit, die sich aufdrängende Vorstellung einer Wellness-Liege im Sturm abzuwehren, dass sie Peachys »Jetzt iss aber gud, loslasse! Isch weiß net, wo de Luidschi is, isch muss auf die Bühn! Baila, Baila, loslasse, honn isch gesagt!« erst wahrnahm, als er an ihr vorbeihastete, die wackligen Stufen zur Bretterbühne erklomm.

»Do you feel alright, Striezelmarkt?«, donnerte es gleich darauf aus den Boxen, und Isländer, Sachsen und Neutrale im Publikum antworteten mit einem markerschütternden »Yeah!«, Hessen und Bayern mit ebenso lautstarken Protesten. Schon spielte der Techniker Peachys Playback ein, Clara erkannte die ersten Takte von Peachys aufpeitschendem Salsa-Hit.

»Move your ass, shake your tonga«, skandierte er, und bevor sie nachdenken konnte, zerrte sie Peachys Satinhöschen vom Bügel, stürmte vorbei an seinen verdutzten Gesprächspartnern und eilte die Bühnentreppe hinauf. Erst als sie sich an den noch unschlüssig auf der Bühne herumstehenden Akkordeonisten vorbeidrängte, kam ihr der Gedanke, dass ein »Du, Peachy, du hast vergessen, dein Satinhöschen anzuziehen« angesichts der aufgeheizten Stimmung im Publikum vielleicht nicht ganz angebracht wäre, und sie ergriff mit einem »Hossa! Caramba!« das Mikrofon. Die nächsten zehn Minuten schüttelte sie ihren Tonga und improvisierte zweite Stimmen zu Peachys immer raddischer werdenden Gesängen. Sie sang, wie sie seit den spektakulärsten Auftritten von Claire & the Countryboys nicht mehr gesungen hatte, unter ihr tanzte und wogte die Menge, neben ihr kämpfte Peachy um die Aufmerksamkeit des Publikums. Immer mehr Blicke hingen an ihr, sie meinte fast, sie körperlich zu spüren, und auf dem Höhepunkt der allgemeinen Begeisterung schleuderte sie Peachys Satinhöschen ins Publikum. Ekstatisches

Gekreisch aus deutschen, malaiischen und isländischen Kehlen. Simons Freundin kreischte am lautesten und klammerte sich dabei an seine Schulter. Mit einem Ruck drehte Clara sich um, sang Peachy an, dann die Akkordeonisten, die steif im Hintergrund der Bühne standen. Nur Sunny tanzte, in ihrem Glitzerkleid, und Clara tanzte mit, hüpfte, wiegte sich im Salsa-Rhythmus bis zum Schlussakkord des Lieds. Donnernder Applaus.
Und dann donnerte es tatsächlich, Steine kollerten den Hang herunter. Aus der Menge überraschte Aufschreie, Köpfe wandten sich bergwärts. Wo er stand, Gesines Laxnor, in einem blendend weißen Kaftan, breitbeinig, die Arme verschränkt, im Lichtstreifen der Mitternachtssonne.

Logbuch von Simon

29.7.13
2.10 Uhr MEZ

Hiermit möchte ich für die Nachwelt festhalten:

1. Island ist nicht hochgegangen, immer noch liegt die Insel mitten im nordeuropäischen Meer und hat die Umrisse eines schwimmenden Wasservogels.
2. Das Beeindruckendste an dem Abend war (neben Claras Gesangsdarbietung) Üwes Überraschungskonzert auf der selbstgeschnitzten Panflöte.
3. Eher weniger überraschend war die Erkenntnis, dass isländische Schamanen zwar kurzzeitig die Erde beben lassen können – wobei ich hierfür eher die Eigenheiten der isländischen Natur verantwortlich machen würde –, aber weder besonders gut im Fingerhakeln noch im Armdrücken sind.

Als Geröll vom Berg kollerte und alles zitternd auf die Erscheinung am Hang blickte, dachte ich zweierlei: Erstens, dass ich wirklich wissen möchte, wie man Schamanenklamotten so blendend weiß bekommt. Zweitens an etwas, das mir Gesine erzählt hat: Laxnor soll für den Vulkanausbruch von 2010 verantwortlich gewesen sein. Daher rührt auch der hintere Teil seines Namens, das Eyjafjallajökull, den er sich danach vermutlich selbst verliehen hat. Den Ausbruch des Eyjafjallajökull soll er bei dem Versuch ausgelöst haben, eine feinstoffliche Urschwingung zu ändern. Sozusagen ein kleiner Kollateralschaden im Grobstofflichen. Ich habe keine Ahnung, was eine Urschwingung ist, aber es war nicht der richtige Zeitpunkt, Gesine zu fragen. Kristin schmiegte sich ängstlich an mich (den ganzen Abend gab sie sich, ganz gegen unser Abkommen, regelrecht verliebt), und obwohl sie an meiner Schulter klebte, bemühte ich mich, etwas näher an die Bühne heranzukommen. Wo Peachy schützend den Arm um Clara legte. Immer noch kollerte und grummelte es, aus unzähligen Erdspalten am Hang blubberte es unheilvoll, Dampf stieg auf. Und durch diesen Dampf schritt Laxnor herab. Undeutlich meine ich auch, rennende Gestalten gesehen zu haben, die zwischen den Felsen und den spärlichen Bäumen am Hang verschwanden, aber das war vielleicht eine Sinnestäuschung oder Laxnors geheime Trolltruppe. In der Menge erste paniknahe Schreie. Und dann trat der Käpt'n hervor, in seiner gestärkten Uniform, die ebenso weiß leuchtete wie Laxnors Schamanenkluft. Er hielt einen Zettel in den Händen und schritt Laxnor entgegen, nicht auf polternde Steine achtend, nicht auf Beben, Grollen und zischenden Dampf, Verse schmetternd, die er von dem Blatt ablas. Wir alle verstummten. Und lauschten.

»Ich schrei dir ein Gedicht!«, deklamierte der Käpt'n.

»Ich schrei's dir ins Gesicht!«

Laxnor stand stumm, offensichtlich verblüfft, und streichelte seinen Bart mit einer Geste leiser Schamanenratlosigkeit. Die

Natur schien sein Zögern sofort zu spüren, das Zittern des Bodens hörte auf.

»Ich schrei's dir auf den Lei!
Nur so zum Zeitvertrei!«

Der Käpt'n ließ nicht locker. Erst später erfuhren wir, dass die B-Taste seines Laptops defekt war. Auf dem Blatt mit seinen Notizen fanden sich auch die hochpoetischen Zeilen: *Auf deinen auch schrei ich ein ganzes uch! Ich schrei und schrei, doch es ist nie genuch.*

Wir alle sahen, wie Laxnor sich konzentrierte, wie er versuchte, die Naturkräfte wieder anzustacheln. Vielleicht pfiff er auch nur auf einer feinstofflichen Ebene nach seinem Krafttier. Doch die Erdgeister verweigerten den Gehorsam, eine tiefe Stille legte sich über die Landschaft.

Und dies war der Moment, in dem Üwe überraschend auf der Panflöte einsetzte. Mit einer lieblichen Zweitonweise, die Natur und Menge in eine chilligere Stimmung versetzte. Judda saß fassungslos neben ihm, immer wieder ein verzücktes »Üwe, des hob isch ja gar nisch von dir gewüsst!« stammelnd. Der Käpt'n und sein Widersacher Laxnor musterten einander stumm, bis endlich der Käpt'n das Wort ergriff und Laxnor in aller Höflichkeit fragte, ob er zu einem kleinen Fingerhakelkampf bereit sei. Begeisterte Rufe aus dem Publikum, auch von Isländern, ließen Laxnor wenig Entscheidungsspielraum. Das Akkordeonorchester begann wieder zu spielen, und unter den Klängen vom Holzhackermarsch und Anfeuerungsrufen aus der Menge zerrte der Käpt'n Laxnor über den Tisch. Kristin outete sich als großer Fan des Käpt'ns und schrie so wie sonst nur bei bestimmten Gelegenheiten. Gesine, mit Hirschkuhblick von einem zum anderen schauend, stimmte ein, nur Üwe spielte unverdrossen Panflöte. Als sich Laxnor nach dem fünften Durchgang weigerte, gingen sie direkt zum Armdrücken über. Beide Kontrahenten verwirrten den Gegner nun zusätzlich durch Verbaleinsatz, Laxnor mit seinen gutturalen Fluchlauten, der Käpt'n mit Versen, aber es war ein ungleicher Kampf, dessen Ausgang ich nicht so genau mitbekam, da Kristin, von der archaischen Gewalt des Ereignisses erregt, sich in eindeutiger Weise an mich presste.

Liebe künftige Leser des Logbuchs, ich hätte nicht gedacht, dass eine Sex-Verweigerung bei Frauen solche Folgen haben kann. Vielleicht ist es nur bei isländischen Frauen so. Meine nachmittägliche Beischlafverweigerung in Kristins Schlafzimmer hatte ich mit meiner Sorge um Jane begründet, die in der Badewanne schwamm – es war das erste Mal, dass ich sie zu einer meiner Bekannten in den Häfen mitbrachte. Was blieb mir anderes übrig. Zwar waren fast alle von Bord gegangen, aber jederzeit hätte jemand, zum Beispiel Johansen-Luigi, wieder aufs Schiff schleichen können. Beim Fest, während des Armdrückens, musste ich Kristin wieder zurückweisen, ich schob sie so höflich wie möglich von mir, was sie verletzte, wir gerieten in Streit, und schließlich drehte sie sich um und stürmte höchst empört den Berg hinauf. Ein kleiner Vulkanausbruch hätte mich auch hier nicht gewundert. Als ich mich danach umsah, hatte der Käpt'n Laxnor endgültig besiegt und legte ihm großmütig die Hand auf die Schulter. Gesine schmachtete. Peachy sang. Üwe flötete. Und Clara war verschwunden.

Ich verbrachte einen guten Teil des weiteren Abends damit, nach ihr zu suchen. Später stellte sich heraus, dass DJ Blauwal sie mit zum Schiff genommen hatte. Die Shuttlebusse fuhren noch nicht, aber sie hatte ihm bedeutet, dass sie friere und müde sei, und er hatte kurzerhand eine der flotten Rostlauben kurzgeschlossen. Es gibt noch echte Kavaliere.

Für Laxnor ist die Sache übrigens nicht schlecht ausgegangen. Das allgemeine Interesse an ihm und seinen DVDs war groß, so groß, dass er über irgendwelche kosmischen Verbindungen seine Assistentin herbeirief, die auch geschäftstüchtig ihre selbst hergestellte Mückensalbe mitbrachte. Ich war der Einzige aller Anwesenden, der keine gekauft hat. Das Resultat zeigt sich gerade.

Gesine ist mit dem Käpt'n im Shuttlebus zum Schiff zurückgekehrt. Was zwischen ihnen weiter geschah, weiß ich nicht, liebe zukünftige Leser, die ihr vielleicht in fünfzig Jahren in einer Seekiste dieses Logbuch findet, nachdem der Autor dieses zweifelhaften Epos in ein Seniorenheim für Seeleute übersiedelte, das auch Schildkröten im mittleren Alter nimmt.

Wer weiß, vielleicht findet ihr es auch früher. Jane und ich sind uns noch nicht ganz einig darüber, was wir mit Nikos Idee anfangen werden. Jane fremdelt mit der bis jetzt noch vagen Möglichkeit eines Neuanfangs an Land und möchte lieber an Bord bleiben, auch wenn dies hin und wieder Taschi-Taschi bedeutet. Ihr schlagendes Argument: Vermutlich wird Val Lübers aufgrund der letzten Vorfälle nicht mehr lange Kulturmanager sein, und wir könnten unser beschauliches Leben weiterführen.

Wir vertagen diese Entscheidung, liebe Logbuch-Leser, die ihr uns oder zumindest mich in allen Schändlichkeiten und einigen (längst nicht allen) geheimen Sehnsüchten kennt, und gehen jetzt ins Bett.

20.

Die Bibliothek hatte keine Fenster, und nichts konnte Clara ablenken. Kein Anblick schneebezuckerter Gletscher, die aussahen wie eine Theaterkulisse. Kein Anblick eines zurückkehrenden Simon, der die Nacht vermutlich bei seiner isländischen Freundin verbracht hatte. Seit dem Vormittag probte sie, übte den Monolog von *Endstation Sehnsucht* im Stehen, im Sitzen und sogar im Liegen, keine Haltung schien zu passen. Als ihr Adrian einfiel – sollte sie ihn nicht noch einmal anrufen und fragen, wie viele Szenen sie vorbereiten musste? –, hatten sie bereits abgelegt, und das Handy fand keinen erreichbaren Funkmast mehr. Beinahe erleichtert kehrte sie zurück an ihren Zufluchtsort und setzte sich mit ihrem Text auf das Sofa vor den Bücherregalen. Nur einmal wurde ihre Konzentration gestört. Von den nach Lesestoff suchenden Hessen.

»Loddosblütsche, haste des gesehen? Mit Bauchtanz dosch die Wechseljahrn, wär des net was für disch?«

Loddosblütsche war weniger begeistert, und Clara hielt sich unauffällig die Ohren zu, als ihr Mann den Anfang des Buches laut flüsternd vorlas. »Im Hebbst des Lebens, wenn die Früschte gereift sinn *und sisch die Blädder unseres Seelenbaums in den strahlendsten Fabbe fäbbe* – jetzt saach doch, dess des poetisch is! –, *sollten wir lerne zu lausche,* nämlisch, Loddosblütsche, jetz kimmts: *Uff des, was unsern Bauch uns saache dud.*«

»Bratworscht.«
»Was?«
»Des saacht mein Bauch. Mehr net.«
Als die Hessen die Bibliothek wieder verließen, blieb das Bauchtanz-Buch verwaist auf einem Tischchen liegen. Vielleicht ein Hinweis? Direkt aus dem Kosmos?
Bauchtanz schien gar nicht so schwer zu sein. Zumindest nicht für jemanden, der an der Schauspielschule Ballett- und Fechtunterricht hatte. Ihre Erfahrungen im Gardetanz der Funkenmariechen Rheinhessen nicht mitgerechnet.
Nach intensivem Studium von Lektion eins beherrschte sie die Grundstellung, die klassische Armhaltung und den einfachen Schultertwist. An der »Hüftschleife«, den »Göttinnenarmen« und dem »Mondkreis« würde sie noch arbeiten. Intensiv. Um den Monolog der Blanche auf eine Weise zu sprechen, wie es weder Wien noch der Rest der Welt jemals erlebt hatte. Sie begab sich in die Grundstellung, den linken Fuß leicht gedreht, den rechten auf den Ballen gestellt, und artikulierte sorgfältig den ersten Satz. Nach einer Ewigkeit verbissenen Übens schaffte sie mehrere Sätze hintereinander, kombiniert mit Schulterkreisen und einem verlockenden Zittern der Hüfte. Sie versuchte, auch noch den »indischen Handfächer« in ihr Spiel zu integrieren, als ein einigermaßen entgeistert klingendes »Clara!« sie unterbrach.
Simon stand in der Tür, in einem Kranz aus Licht. Anscheinend schien draußen die Sonne.
»Übst du *das* ein … für Wien?«
Wie lange sah er ihr schon zu? Wie viel Zeit war überhaupt vergangen? Jetzt erst spürte sie, wie ihr Magen knurrte.
»Wie … wie spät ist es?«
»Kurz vor vier. Unser Kulturmanager sucht dich.«
»Val? Wieso?« Bisher hatte sie sich davor gedrückt, Val zu sagen, dass sie für die nächste Saison für *Entflammt im*

ewigen Eis nicht mehr zur Verfügung stehen würde. Falls es eine nächste Saison für Val gab. Gestern, beim Festakt, war er trotz seines frisch gereinigten Kulturmanagerjacketts und seiner Bemühungen um Seriosität mit kollektiver Nichtbeachtung gestraft worden. Als läge ein geheimer Zauber auf ihm, der ihn unsichtbar machte.

»Der Käpt'n hat beschlossen, heute Abend die Bordtrauung vorzunehmen«, sagte Simon. »Das Wetter soll gut werden. Und er ist gerade in romantischer Stimmung.«

»Äh ... Bordtrauung?«

»Jessica und Alexander, ein reizendes Paar, man könnte fast an die wahre Liebe glauben. Wir mussten sie immer wieder vertrösten wegen des Wetters, und jetzt soll's dafür ein umso größeres Event werden. Peachy und du, ihr mögt bitte singen. Lässt unser Kulturmanager ausrichten.«

Simon trug seinen Kaschmirpullover mit V-Ausschnitt. An seinem Hals und den Ausläufern seiner Schlüsselbeine zeigten sich rötliche Flecken. Hatte sie nicht gelesen, dass auf jeden Isländer ungefähr fünfhundert Mücken kamen? Die vermutlich auch noch ihre grönländischen Verwandten eingeladen hatten.

»Auf dem Pooldeck«, fügte Simon hinzu. »Euer Soundcheck ist um neunzehn Uhr.«

Sie nickte, konzentrierte sich auf den indischen Handfächer. Sollte er ruhig sehen, dass sie beschäftigt war.

»Bist du gestern noch ... gut zurückgekommen?«, fragte er, und sie bejahte, die Hände gespreizt vor dem Gesicht, mit den Hüften wippend, und dachte an die schweigend verbrachte Fahrt bei ohrenbetäubender Musik, an Gehoppel und Geruckel und das Wogen des Tattoo-Waldes auf der Brust des Sumoringers. DJ Blauwal, wie sie inzwischen wusste.

»Sei froh, dass du dieses hessische Kochevent nicht mehr

mitbekommen hast. Eine Apfelwein-Fischsuppe. Nur der Schiffskoch hat sich getraut, davon zu probieren. Ich hoffe sehr, dass er künftig keinen Apfelwein in seine Thai-Morchel-Spülwasser-Suppe integriert. Sag mal, willst du das Vorsprechen eigentlich bestehen oder nicht?«

Sie hörte, wie Simon die Tür hinter sich zuzog, dann seine Schritte. Vor dem Sofa blieb er stehen.

»Wie kommst du darauf, dass ich …« Sie stockte. Weil sie sah, was er sah: Seine Jacke, auf dem Sofa, zerknüllt. Seit Tagen lag sie dort, Simons Sportjacke, so, wie er sie von sich geworfen hatte, bei seiner Striptease-Parodie während der Polartaufe. Es war ihr schon zur Gewohnheit geworden, sich beim Lesen darin einzukuscheln.

»Es tut mir leid, ich muss mich vorhin … äh … aus Versehen darauf gesetzt …«

»Pass auf, ich hol uns jetzt einen Kaffee. Und dann schau ich mir deine Szene mal an. Ohne Bauchtanz, Yoga-Kopfstand oder Salto. Zuerst brauchst du eine Haltung, dann kümmern wir uns um den Rest.«

Sie unterdrückte die Bemerkung, dass sie wisse, wie man eine Rolle anlege, immerhin studiere sie ja seit fünf Semestern an einer renommierten …

»Ja, ja, ich weiß, du hast das schon öfter gehört.« Er lächelte. Und verschwand.

Als er zehn Minuten später wiederkam, saß sie auf dem Sofa. In respektvollem Abstand zu seiner Jacke. Simon stellte ein Tablett vor ihr ab, darauf ein Teller mit einem Berg Pfannkuchen, eine Schüssel Obstsalat, ein Glas Wasser und eine Tasse Cappuccino.

»Woher … woher hast du gewusst, dass ich …«

»Dass du Hunger hast? Du siehst so aus. Kann ich Madame einen Moment bei dir parken?« Er stellte die neue, größere Umhängetasche neben ihr ab. Wie es sich anhörte, war Jane innen damit beschäftigt, Wände durchzubrechen. Eher: durchzubeißen. Vielleicht plante sie Extravagantes, ein Taschenloft mit freistehender Küche, geschlämmten Wänden und Atelierfenstern. Simon griff nach seiner Jacke und legte sie sich um die Schultern. Während sie aß, nahm er Bücher aus den Regalen, blätterte darin. Als sie den Pfannkuchenberg halb abgetragen hatte, drehte er sich um.

»Bist du bereit? Dann los.«

Sie spielte schlecht. Fahrig, zu schnell und unkonzentriert. Vor dem Bücherregal, schutzlos, seinen aufmerksamen Blicken ausgeliefert, wusste sie nicht, wohin mit ihren Händen, mit ihren Gedanken. Den immer absurderen Gedanken: Ob er es spürte, dass seine Jacke vorher um ihren Körper gelegen hatte, um Brust, Bauch, Beine? Dass sie es allerdings trotz Fecht- und Tanzunterricht niemals fertigbringen würde, die Beine um seine Schultern zu schlingen – dieser Gedanke brachte sie zum Glühen. Simon beugte sich tiefer über den Text. Als wäre ihm ihr Erröten auch peinlich.

In zwei Tagen würde Schluss sein mit all diesen Peinlichkeiten. Sie ginge vom Schiff und müsste Simon niemals wiedersehen. Bei diesem Gedanken wurde ihr Hals eng, und ihre letzten Sätze klangen, als ob Kermit der Frosch die Blanche spielte. Danach schwieg Simon, den Kopf in die Hände gestützt.

Sie räusperte die Frosch-Heiserkeit weg. »Ja, ja, ich weiß: Rufen Sie uns nicht an, wir rufen Sie an.«

Simon blickte auf. »So schlimm war's nicht.«

»Doch. Es war furchtbar. Vielleicht sollte ich doch etwas dabei tun? Schnitzen? Spinnen? Riverdance? Töpfern?«

Er lachte und zog die Jacke enger um die Schultern, und sie gingen die Rolle durch, Satz für Satz, Wort für Wort, Text, Gefühl, Subtext. Hatte sie nichts anzubieten, gab er Anweisungen, und sie probierte. Woher er seine Regieerfahrung

habe, fragte sie nach dem ersten Durchgang, und er stand auf, ging hinüber zum Kamin.
»Learning by doing. Ich hatte mal ein Theater. Mit einem Freund zusammen. Allerdings war Niko der Regisseur, nicht ich. Eigentlich haben bei uns alle alles gemacht, Regie, Kartenverkauf, Bühne, Klos putzen. Das kann ich auch gut.«
»Das klingt … toll.«
»Findest du?« Er lachte, und zu spät ging ihr auf, dass er ihr Lob vielleicht auf die letztgenannte Tätigkeit bezog.
»Und … dann?«, fragte sie schnell.
»Pleitegegangen. Aber das ist lange her.«
Er machte sich am Kamin zu schaffen, drückte auf einen Schalter, und ein Feuer flackerte auf.
»Künstlich. Aber besser als nichts. Man kann sogar Knistern zuschalten, und ich schwör dir, es klingt echter als wirkliches Feuer.«
Er lächelte, auf diese Art, als amüsiere ihn alles, was ihn umgab, künstliche Kaminfeuer, sich verhaspelnde Schauspielerinnen, Theater, die pleitegingen. Und bevor sie weiterfragen konnte, wechselte er das Thema.
»So, und jetzt stell dir den leeren Saal in Wien vor. Nicht den großen Saal, nimm einen Probenraum, vielleicht ein bisschen schäbig. Drei, vier Leute auf den Stühlen, kein Publikum. Stell dir den Staub vor, stell dir Scheinwerferlicht am Vormittag vor. Ist dein Freund dabei? Okay, dann stell dir das auch vor. Eine erwartungsgeladene und gleichzeitig unglaublich nüchterne Situation. Du hast nur eine Chance: Du musst wahrhaftig sein. Du musst mit allem spielen, was du hast, was du bist. Und ich hab das Gefühl, du gibst nicht alles. Was verschweigst du?«
Das Tümmlerische. Würste und Weinfeste. Maisfeldlabyrinthe. Hinterteile von Eseln. Die Witze aus der *Allge-*

meinen Fleischerzeitung, die ihr Vater ihr vorgelesen hatte, wenn sie krank war, ihren Weck-Worscht-Tümmler-Schwimmring, die Art, wie ihre Mutter zwischen Nackensteak und zweihundert Gramm Aufschnitt zurück ins Haus gerannt war, um schnell nach ihr zu sehen, ihre Einsamkeit in der Wohnung über der Metzgerei, der Aufkleber an der Schaufensterscheibe ihrer Eltern: *Offizieller Wurstlieferant der Weinkönigin Vanessa I.*, die Ballettschuhe, die Vanessa vor ihrer Weinköniginnenkarriere mit zur Schule gebracht hatte, wunderschöne, rosafarbene Spitzenschuhe, etwas für Winzerstöchter, nichts für die grobschlächtige Clara Tümmler, die sich nach Kunst sehnte und Gardetanz bekam. Wie sollte sie dies alles spielen? Sie wollte noch nicht einmal davon reden. Nicht vor Simon, der seinerseits nur sein Frag-nicht-weiter-Lächeln aufsetzte und ablenkte, sobald man etwas von ihm wissen wollte. Sie blinzelte ins Feuer. Das vor ihren Augen verschwamm.

»Du musst es mir nicht sagen.«

Wieso, verdammt, schien er ihre Gedanken lesen zu können? Während er seine Gedanken unter Verschluss hielt.

»Du musst dir nur selbst im Klaren darüber sein. Und dazu stehen. Nichts zurückhalten. Du willst doch diesen Job. Um jeden Preis.«

»Wie … wie meinst du das?« Immer noch sah sie nicht ihn an, sondern das Feuer, das elektrisch-gleichmäßig vor sich hin loderte. Sie hörte seine Schritte, hörte, wie er sich wieder aufs Sofa setzte. Und hörte das Zögern in seiner Stimme.

»Na ja, er … dein Adrian … hat dir den Termin besorgt, oder nicht?«

Was wollte er damit sagen? Dass sie sich nach oben schlief? Und was sollte sie auf diese mitschwingende Vermutung antworten? Etwa: »Es ist nicht, wie du denkst, ich vokalisiere mich nur nach oben?« Und was hatte Simon zu vermuten, ausgerechnet er? Sie löste ihren Blick von den künstlichen Flammen. Simon saß auf dem Sofa und versuchte, seine wandernde Tasche aufzuhalten. Anscheinend hatte Jane ihre Behausung zum Wohnmobil umfunktioniert.

»Und? Was ist, wenn mir Adrian den Termin besorgt hat?« Sie hörte das künstliche Knistern des Kamins und ihre Herzschläge.

»Liebe Güte, nichts, vergiss es, machen wir lieber weiter. Wir haben gerade noch Zeit für einen Durchgang.«

»Nein. Ich will jetzt wissen, was du mit ›um jeden Preis‹ meinst.« In der Abteilung *Wut* ihres Hirns wurde fieberhaft gearbeitet, sie versuchte, dagegen anzuatmen.

»Na gut«, sagte Simon. »Ich hab dich manchmal am Telefon reden gehört und hatte … Na ja, ich hatte nicht den Eindruck, dass du mit ihm … dass ihr …«

»Du hast gelacht! Du hast mich belauscht und gelacht! Nein, ihr habt gelacht. Du und diese blonde Frau. Über die Lötlitze. Bestimmt habt ihr nachher im Bett …«

»Woher willst du wissen, dass wir ausgerechnet darüber gelacht haben?« Simon nahm die Wohnmobil-Tasche auf den Schoß. »Und dass wir im Bett waren?«

»Du gehst doch mit jeder Frau ins Bett. Auf dem Schiff und in allen Häfen.«

»Das ist nicht …«, er verstummte, schien seinerseits gegen etwas anzuatmen. »Okay, entschuldige, das war blöd von mir. Was zwischen dir und deinem Adrian ist, geht mich nichts an.«

»Was geht dich überhaupt etwas an?«

Sie schmetterte ihm die Frage entgegen, mit ihrer besten Bühnenstimme, eine unlogische Frage, der sie ein noch unlogischeres »Ach, lass mich doch in Ruhe!« folgen ließ. Worauf sie an ihm und seiner Schildkröte vorbeirauschte,

ohne auf das zu hören, was er ihr nachrief, sie rannte durch den Gang und polterte die Treppen hinunter. Sollte er sie verfolgen, hatte sie einen Vorsprung. Sicher musste er erst seine umzugsfreudige Schildkröte bändigen, trotzdem nahm sie drei Stufen auf einmal, weg, nur weg wollte sie, weg von Simon und seinen Vermutungen, auf der Stelle das Schiff verlassen. Als sie außer Atem an der Rezeption stand, wurde ihr zweierlei klar:
Das Schiff befand sich irgendwo auf dem Nordmeer, bei geschätzten 2 Grad Celsius Wassertemperatur.
Simon folgte ihr nicht.

Logbuch von Simon

29.7.13
23.15 Uhr MEZ
Nordeuropäisches Meer, geschätzte 64° N

Verehrte Liebesgötter, die ihr die Menschheit von Anbeginn der Zeiten regiert habt und sicher auch noch regiert, wenn nur noch dieses in Plastik eingeschweißte Logbuch von der Existenz der Menschen zeugt! Geschätzter Amor, geehrte Aphrodite und hochgeachteter Eros, ich hoffe, es freut euch zu hören, dass die Bordhochzeit alle Erwartungen übertraf. Wir hatten einen roséfarbenen Sonnenuntergang – wir nähern uns Schottland, und der Himmel verliert das gnadenlose Blau der Nordnächte –, die Stimmung war durchweg romantisch, und sogar die Musik blieb einigermaßen erträglich. Gesine und ich haben gemeinsam dafür gesorgt, dass DJ Blauwal fest schlief – unter Verwendung einer seinem Körpergewicht entsprechenden Ration von Schlaftabletten in Bier. Weniger Chemie wäre uns beiden angenehmer

gewesen, aber nach den letzten Hypnoseabenteuern mit Alamo schien dies nicht ratsam. Wir hatten Alamo alias Val Lübers stattdessen als Discjockey eingesetzt. Und nicht damit gerechnet, dass er seine Zauber-CDs auflegen würde: *El Condor Pasa* in einer Endlosschleife (Üwe war nicht davon abzuhalten, auf seiner Zwei-Ton-Panflöte einzustimmen), gefolgt von einer China-Version des Ententanzes, die, so ließ er uns wissen, *Tanz der Peking-Enten* hieß. Was immer die dazugehörige Zaubernummer gewesen sein soll. Dafür sangen Peachy und Clara zur Trauung umso schöner. Genau jene Ballade, bei der Peachy Clara im Eisberg beschlabbert hatte. Diesmal unterließ er jeden Versuch in diese Richtung – und das, obwohl Clara so aussah, als müsste man sie auf der Stelle küssen, flammend, erhaben, eine Kämpferin, und darunter, wenn man genau hinschaut, verbirgt sich noch dieses Verlorene, dieser aus dem Nest gefallene Jungvogel. Wenn sie so in Wien auftritt, hat sie den Job. Sie hat mir keine Chance gelassen, mit ihr zu reden; ich muss sie sehr verletzt haben mit meiner Bemerkung über ihren Adrian.
Peachy jedenfalls balzte professionell die erste Reihe an, in Schach gehalten von Johansen-Luigis Blicken. In Akureyri, dies erzählte mir Herr Molch, soll Johansen-Luigi übrigens erst am nächsten Morgen zurück an Bord gekommen sein, gerade noch rechtzeitig vor dem Ablegen. Hieraus schließt Simon der Ermittler nach Rücksprache mit seiner reizenden Assistentin Folgendes: Es waren gestern Abend keine Trolle, sondern tatsächlich Männer, die zwischen den Felsen verschwanden, als Laxnor sich, umwabert von Schwefeldämpfen, näherte. Die Männer, die laut Rosa hinter Johansen her sind? Wenn ja, wo hat er sich versteckt? Und wo sind diese Männer jetzt? Welche Rolle spielt Peachy bei alldem? Weder meine Assistentin noch ich haben eine Lösung gefunden, tatsächlich ist Jane immer noch ausgeknockt, nach ihrer Rotweinration, die anlässlich der Hochzeitsfeierlichkeiten etwas üppiger ausgefallen ist als gewohnt.

Von Anfang an war das Fest ein großer Erfolg, das Brautpaar jung, gut aussehend, positiv, dauergerührt, begeistert. Der Käpt'n sah stattlich aus in seiner Uniform und baute in seine Rede zur Trauung nur ein einziges kleines Gedicht ein: *Oh die Liebe/ wenn sie nicht manchmal riebe/ an Seele und Herz/ so wär es beileibe/ keine Liebe, die bliebe/ und Blüten triebe/ sie wäre nur ein Scherz.* Bis auf die Tatsache, dass er keinen Reim auf beileibe gefunden hat (ich hätte Scheibe oder Käsereibe im Angebot), habe ich wenig an seiner Predigt auszusetzen. Die meisten Trauungspredigten an Land sind nicht nur erheblich unpoetischer, sie strotzen auch geradezu vor Negativität. Als gelte es, eine dräuende Katastrophe abzuwenden. *In guten und in schlechten Zeiten. Vor allem in schlechten. Nehmt eure Hochzeitskerze zur Erinnerung an diesen bedeutungsvollen Tag, und zündet sie immer dann an, wenn es schwer wird.* Bei der Hochzeit meines Bruders war es besonders schlimm. Der Priester erging sich in düsteren Gleichnissen, redete vom Schuften in einem Weinberg, vom Kentern, von Klippen und Stürmen, man hätte meinen können, bei der Ehe handele es sich um eine hochgefährliche Extremsportart oder die Verbannung in ein Straflager. Mein Bruder ertrug die Predigt mit dem üblichen hochmütigen Gesichtsausdruck. Seine Braut – die ich an jenem Tag noch kaum kannte – schien unter all dem Schweren zu wanken. Vielleicht auch unter ihrer Frisur, dem kunstvoll aufgesteckten Haar. Und, verehrte Liebesgötter, ich gebe zu: Wenn ich damals nicht hinter ihr gesessen hätte, wäre vielleicht alles ganz anders gekommen. Die ganze Zeit hatte ich ihren zerbrechlichen Hals vor mir, die sich abzeichnenden Wirbel, darüber heller Haarflaum, wie bei einem Kind, winzige Härchen, die sich aufstellten, wenn man sie dort küsste. Aber das wusste ich erst viel später, als mein Bruder und sie längst im Weinberg ihrer Ehe schufteten und sie immer öfter in unser Theater kam und wir aufgehört hatten, uns gegen die Liebe zu wehren. All das habt

ihr sicher beobachtet, geschätzte Liebesgötter, die ihr die Menschen mit der Sehnsucht infiziert, um euch darüber zu amüsieren. Die Naivität eines Simon Weyden, der glaubte, die Geliebte würde dem Ruf ihres Herzens folgen statt dem Ruf der finanziellen Sicherheit, war sicher recht unterhaltsam für euch.
Das Ende all dessen ist über fünf Jahre her. Und es ist dem zuckergussfarbenen Sonnenuntergang und dem zu süßen Hochzeitssekt (Sie bestanden auf Erdbeersekt!) geschuldet, dass ich in derart kitschiger Weise darüber berichte.

Nachtrag
23.38 Uhr MEZ

Verehrte archaische Liebesgötter und geschätzte Naturgeister, vielleicht habt ihr eine Idee, was ich Clara sagen könnte, falls ich es heute Nacht über mich bringe, in Kabine dreizehn dreizehn einzubrechen. Ich habe noch die Blankokarte vom Security-Walk-Act. Vielleicht etwas Schamanisches, etwas wie A'grrradllj örghullfjdrrall'hngshriii? Kein Fluch, ein Liebeszauber, gemischt mit einer Portion Voodoo, der diesen Adrian mit seinen Wien-Kontakten im Nebel der Nichtigkeit verschwinden lässt.

Nachtrag
23.45 Uhr MEZ

Steht mir bei, ihr Götter, ich gehe jetzt.

21.

Um jeden Preis, was hieß das? Hatte nicht jede Karriere ihren Preis? Noch im Auftrittskleid irrte Clara auf dem Schiff umher, von Deck zu Deck, getrieben von ihrer Wut auf Simon. Gerade er! Sie stieg die Stahltreppe von Deck 11 hinunter, blieb einen Moment stehen, um in den graublauen Nachthimmel zu schauen. Sterne. Seit Tagen das erste Mal. Und ein blasser Mond. Musste sie diesen Preis überhaupt zahlen? Konnte sie nicht beim Vorsprechen brillieren, das Engagement annehmen und danach mit Adrian Schluss machen? Sie öffnete die Glastür, betrat die Grillbar auf Deck 10, wo Simon und sie noch vor wenigen Tagen das streitende Ehepaar gespielt hatten. Eine Weile stand sie vor dem Glasfenster der Pizza-Ecke, wo es bis Mitternacht zu essen gab. Falls man nach vier Mahlzeiten von plötzlichem Hunger überwältigt wurde. Clara schaute dem Pizzabäcker zu, wie er erst Pilze, Peperoni und Papayastückchen, dann geriebenen Käse auf die Teigfladen streute, und langsam, ebenso langsam, wie der Käse im Ofen schmolz, sickerte die Erkenntnis zu ihr durch: Clara Abraham würde es sehr wohl fertigbringen, Adrian samt seinen Vokalbedürfnissen auszunutzen und dann abzuservieren. Aber nicht Clara Tümmler. Und, falls Simon recht hatte, konnte Clara Abraham nicht brillieren ohne Clara Tümmler, Wurstküsserin, Hinterteil eines Esels, leidenschaftliche Balthasar-Darstellerin. Es war absolut tümmlerisch, darüber in Tränen auszubrechen, und noch tümmlerischer war es, die Grillbar zu verlassen, umherzuirren, bis sie den richtigen Aufzug fand, damit hinauf aufs Pooldeck zu fahren und nach Simon zu suchen.

Er stand nicht mehr hinter seiner Staffelei, wo er vorher gestanden hatte, umgeben von einer Traube Menschen – Frauen –, die unbedingt von ihm gezeichnet werden wollten. Alle Menschentrauben hatten sich aufgelöst, das Pooldeck gehörte nun den Paaren, eng umschlungen tanzend und turtelnd, unter dem unentschlossenen Tagnachthimmel. Sie umrundete das Deck, schlich vorbei an weiteren Paaren auf Liegen und ließ sich zusammen mit einer Gruppe Passagiere zurück in den Aufzug spülen. Der auch in Deck 6 hielt. Vor Simons Kabine verharrte sie mit angstvoll hüpfendem Herzen, dann presste sie das Ohr an die Tür. Nichts. Sie klopfte. Einmal, zweimal. Ohne Ergebnis. Sollte sie rufen? Wenn ja, was? »Bitte, lass mich doch nicht in Ruhe, auf gar keinen Fall«?

Sollte sie ihm sagen, dass sie sich nicht nur danach sehnte, mit ihm auf Wellness-Liegen zu knutschen, zu reden, zu proben, zu lachen, zu schlafen, sondern auch hinter die Barriere seines Lächelns vordringen wollte? Dass sie alles wollte, all inclusive? Vielleicht, dachte sie verwirrt, war es ja gar nicht ihre eigene Sehnsucht, vielleicht hatte sich ihre Aura selbstständig gemacht und umwaberte Simons Aura, sollte sie Gesine fragen, wie man die eigene Aura wieder zur Vernunft brachte? Aber auch bei Gesine rührte sich nichts, und sie ging weiter, an der heimeligen Nische mit den Bücherregalen vorbei, dann an Vals Kabine, bog in einen Seitengang ein, an dessen Ende sie Licht sah, und stand schließlich vor dem Hinterausgang des Theaters. Morgen sollte noch eine Aufführung von *Entflammt im ewigen Eis* stattfinden, so hatte es Val vorhin angekündigt, die letzte

Aufführung für diese Fahrt. Und, was Val immer noch nicht wusste, die letzte Aufführung für Clara Abraham.
Sie drückte die Klinke und stand im dunklen Gang zur Hinterbühne. Es roch nach staubigem Vorhangstoff, durchgebrannten Lichtfolien und ein bisschen nach Schweiß, der typische Geruch aller Theater. »Die Möwe war's und nicht die Trottellumme«, flüsterte sie ins Dunkel, »die grad durchdrang dein banges Ohr.« Und einen Moment glaubte sie, die Antwort zu hören, die Peachy immer verweigert hatte: »Nach Island ziehn wir und auch dort / gibt es Amorr! Amorr! Amorr!«
Sie setzte sich in den Fundus, auf ein herumstehendes räudiges Schaukelpferd, überlegte, hin- und herschaukelnd, ob sie noch einmal im Wellness-Bereich nach Simon suchen sollte, aber was dann? Im günstigsten Fall wäre sie eine Eroberung mehr für ihn, sie würden ein oder zwei Tage Liebespaar spielen, und dann würde sie Adrian das Ö und das I machen. Falls sie es noch könnte, wenn sie erst Simons Ahs und Ohs genossen hatte. Und so, schaukelnd, grübelnd, den Kopf an die staubige Mähne des Pferdes geschmiegt, schlief sie ein.

Logbuch von Simon

30.7.13
8.15 Uhr MEZ
Schottland

Ich hinterlasse das Logbuch hier auf meinem Schreibtisch, aufgeschlagen auf der Seite dieses Eintrags, für den Fall, dass mir etwas passiert. Vorhin erreichte mich ein Anruf unseres Kochs.

»Sofolt!«, sagte er. »Dlingelnd! Sie sind bewaffneld!« Er neigt dazu, an geeigneten Stellen Zusatz-L anzubringen, und zuerst glaubte ich, es handle sich um Waffeln. Aber es ging um schottische Spezereien wie Haggis oder Black Pudding. Damit beglückt er die schottische Dudelsackband, die kurz vor dem Einlaufen in Invergordon an Bord kommt, um unsere Passagiere mit Musik zu begrüßen. Sie kommen per Boot, gewöhnlich gegen sieben, so dass sie dann gegen neun, von den aufgetischten Leckereien gestärkt, ordentlich losblasen können.

Liebe Leser, ihr wollt nicht wirklich wissen, woraus diese Spezialitäten bestehen, aber glaubt mir, die Schotten sind verrückt danach. Deshalb das Misstrauen des Kochs, als sie bei der Ankunft einfach an der Küche vorbeigingen. Es seien keine Schotten, obwohl sie Dudelsäcke hätten und Kilts trügen, sagte der Koch, sondern bewaffnelte Flemde, el sei sichel. Was er tun solle? Ich habe ihm gesagt, er solle sie hinhalten, wenn es sein müsse mit anderen Speisen, aber möglichst nicht mit der Morchelsuppe. Ich will den Vorfall nicht melden. Aus einem einfachen Grund: Außer Wasserpistolen befinden sich keine Waffen an Bord. Unsere Security ist nur darauf eingerichtet, das Eindringen unerlaubter Blumensträuße oder in Folie verpackter Walflossen zu verhindern. Und nach allem, was ich mir zusammenreime, Luigi, mögliche Mafiakontakte und die Gefährlichkeit der Lage betreffend, glaube ich, es ist besser, erst einmal unauffällig auszuspionieren, was diese Männer vorhaben.

Ich gehe jetzt zum Theaterfundus. Ich glaube, wir haben noch Schottenklamotten (verzeiht mir den Ausdruck) von einer unsäglichen Revue. Vielleicht sogar noch einen Dudelsack. So ausstaffiert werde ich mich an Deck unter das Schottengeschehen mischen, etwas Besseres fällt mir auf die Schnelle nicht ein. Und ich glaube, ich sollte Alamo Bescheid sagen. Für alle Fälle. Irgendwie habe ich das Gefühl, dass wir jede Art von Zauber brauchen können. Zuerst bringe ich noch Jane zu Gesine. Und,

Achtung, dies gilt als Testament: Bei ihr soll Jane auch bleiben, falls mir bei dieser Aktion etwas zustößt. Sollte Gesine sich nicht zuständig fühlen oder Jane mit ihr nicht klarkommen, wäre Niko derjenige, dem ich Jane anvertrauen möchte. Falls ihr meine Zeichnungen verkaufen wollt, der Erlös geht auf das Konto, das in diesem Logbuch vermerkt ist, verschlüsselt als Telefonnummer eines gewissen Nomis Nedyew. (Hinten, unter Adressen. Nicht schwer zu finden, ist die einzige.) Und das Geld auf dem Konto gehört Niko.

PS: Vielleicht sollte Clara wissen, dass ich mich in sie verliebt habe.

22.

Die Sonne strahlte, griff mit Leuchtfingern nach dem Wasser. Weit oben im Himmelsblau trieb ein verlorener Tagmond. Clara war zehn Runden gejoggt, jetzt verschnaufte sie am Pool. Hinter ihr lauerten die Liegenreservierer, ihre Zeitungen, Handtücher und Bücher im Anschlag, ausschließlich Hardcover, die sich zur Not auch als Wurfgeschosse verwenden ließen. Wer keine Liege mehr abbekam, rammte seinen Liegestuhl in eine freie Lücke vor der Reling. Clara massierte sich den Nacken. Ein Schaukelpferd war weit entfernt von einer Sieben-Zonen-Kaltschaummatratze mit bandscheibenfreundlichem Stützprofil, trotzdem hatte sie mehrere Stunden auf seinem Rücken geschlafen, in die räudige Mähne gekuschelt. Im Traum hatte sie Lümmelchen gesehen, der durch eine Wüste irrte, zwischen Kakteen in Konsonantenform, ein riesiges L, ein spitzes K, ein abweisendes T. Sie war vor Sonnenaufgang wach geworden, hatte das Theater verlassen und versucht, sich mit einem straffen Sportprogramm abzulenken.

Jetzt näherte sich das Schiff dem schottischen Hafen, grün schäumte das Wasser unter ihnen, und überall auf dem Fjord, der auf Schottisch Firth hieß, wie Dieters Frau gerade erklärte, tummelten sich Boote. Immer mehr Passagiere versammelten sich vor der Poolbar, wo es anscheinend etwas zu sehen gab. »Nü gügge, Schödden, gomm, Judda!«, hörte sie Üwe aus der Menge rufen, dann schepperte die Stimme des Kreuzfahrtdirektors aus den Boxen.

»Verehrte Passagiere, heute Morgen haben wir eine besondere *flotte Überraschung* für Sie. Auf dem Pooldeck begrüßt Sie die schottische Dudelsackband Straththwyne-Ththwrr mit traditionellen Weisen!«

Die Band stand schon auf einer Plattform vor der Bar. Drei Dudelsackspieler in vorderster Front, in dunkelblauen Jacken und hellblau und grün karierten Kilts, dahinter ein Trommler, der den fünften Mann beinahe verdeckte, einen Dudelsackspieler in einer weißen Jacke und einem roten, ziemlich knapp sitzenden Kilt. Wie die anderen Dudelsackspieler trug er eine Sonnenbrille und auf dem Kopf eine Kappe. Unter der eine schwarze Locke hervorschaute und ihm ins Gesicht fiel. Simon. Kein Zweifel. Es war Simon. Clara rieb sich die Augen. Aber das Bild blieb: Drei Männer mit Dudelsäcken, die an ihren Kilts herumzupften und die behaarten Beine zusammenpressten wie Skifahrer bei einer Schussfahrt. Der Trommler, der sich nach allen Seiten umsah. Und Simon, der als Einziger seinen Kilt mit einer gewissen Lässigkeit trug. Jetzt sah sie auch den Stillsteher – Val? Sie drängte sich durch die Umstehenden, versuchte, näher an die Band heranzukommen. Warum wedelte Simon mit der Hand, als wollte er sie verscheuchen?

»Ei könnter aach en Kannkann in dene Röcksche?«, rief der Hesse in die Runde, allgemeines Gelächter, vier Schotten griffen gleichzeitig an ihre Hüfte, unter ihre Jacken – vielleicht gehörte das schon zur Show –, und das Loddosblütsche verbesserte ihren Mann in nasalem Hessisch-Französisch: »Schatzi, des heißt doch Konkon!«

»One! Two! Three!« Simons Stimme, laut und, wie es ihr schien, reichlich gepresst. Er kam bis sieben, bis die Bandmitglieder in die Pfeifen bliesen.

»Ei, wenn isch so ebbes vor meiner Haustür höre würd, isch tät nen Schuh danach werfe!«, kommentierte der Hesse das einsetzende Gewinsel und Gewieher, eine Kakophonie aus Blählauten, Gepruste, Gequietsche und unrhythmischen Trommelschlägen. Als wollten sie vor ihrer eigenen Musik davonlaufen, verließen die Spieler die Plattform und trippelten mit zusammengekniffenen Beinen über das Deck, misstrauisch nach allen Seiten spähend. Val, in einem rot-weißen, um ihn herumschlabbernden Clownskostüm latschte hinter ihnen her. Unwillkürlich folgte auch Clara der Marching Band. Warum drehte sich Simon wieder nach ihr um und wedelte mit der Hand?

»Jetzt geht das aber zu weit mit dieser Überraschung!« Die Stimme von Dieters Frau, wildes Gebrüll hinter ihr, jemand stieß sie unsanft beiseite. Die nächsten Eindrücke lieferte ihr Hirn stückweise und ohne Zusammenhang: Männerrücken, mehrere, behaart oder weiß, kleine, feste Pobacken, dazwischen ein schwabbliger Hintern, fliegende Dudelsäcke, nackte Männerbrüste und Bäuche, wippende Geschlechtsteile. Männer in Kilts, die vor den Nackten flüchteten, die Stahltreppe zum nächsten Deck hinunterpolterten, Simon, der ihnen folgte, ein weiterer nackter Mann, der auf ihn lossprang.

»Simon!« Schon rannte sie, schlüpfte unter dem Arm eines auftauchenden Securitymanns hindurch und schlitterte ebenfalls treppab.

»Don't move!« Vor ihrem Gesicht ein kleiner, grauer Kreis. Ein winziger Tunnel, in den sie hineinschauen konnte, und den Bruchteil einer Sekunde dachte sie an die Kinderfaschingsfeste im Gemeindesaal, an den Sohn des Bürgermeisters, der unbedingt hatte Prinzessin werden wollen und doch Cowboy werden musste und alle Kinder mit seinem nagelneuen Colt bedrohte. Im nächsten Sekundenbruchteil begriff sie, dass dieser Colt keine Spielzeugpistole war, und ihre Knie wurden weich. »Clara!« Sie hörte Simons Stimme wie aus weiter Ferne, dachte absurderweise weiter über den Prinzessin-Cowboy nach, der später, während eines besonders ausschweifenden Weinfestes, in einem Ledermini auf dem Tisch getanzt und damit seinen Vater einige Stimmen gekostet hatte. Von hinten Arme, die sie umfingen. Nicht Simon, sondern ein Mann, der nach Schweiß roch und sie viel zu fest hielt. Einer der Schotten. Dessen Akzent äußerst unschottisch klang. »Don't move! Nobody move!« Sie spürte den kalten Pistolenlauf an ihrer Stirn. »We want a boat!«

Danach verschwamm alles zu alptraumhaften Eindrücken: Sie wurde über weitere Treppen nach unten geschleift, hörte Schreie, entsetzt-erregtes Gemurmel der Passagiere, Aufforderungen über Lautsprecher, sich unverzüglich in die Kabinen zu begeben, dazwischen Simons Stimme, er redete mit dem Pistolenschotten, auch Val hörte sie: »Abraka…«

»Nicht! Val, du Idiot! Nicht jetzt – warte!« Simon, in schneidendem Ton, der Schweißige, der sie hochhob und unsanft fallen ließ. Der Geruch nach Gummi. Eine Plastikbank. Sie lag in einem Boot, auf einer Schwimmweste. Nach ihr kletterten vier Schotten ins Boot, dudelsacklos, mit gezückten Pistolen. Vals Gesicht, jetzt ohne Clownsmaske, über ihr. Dann Simon. Dessen Lippen sich bewegten. »Keine Angst, alles okay.«

Okay? Sie befand sich in einer überaus tümmlerischen Situation: in einem Rettungsboot, das gerade über die Reling hochgezogen wurde, mit vier Männern in Schottenröcken, die nicht Dudelsack spielen konnten und Pistolen besaßen. Wobei es die Situation eher verschlimmert hätte, wenn sie das Dudelsackspiel beherrscht hätten, dieser Gedanke durchzog ihr Hirn, dann hörte sie Simons Stimme, er zischte: »Augen zu! Schau Val nicht an!« Und in diesem Moment beschloss sie, falls sie jemals aus dieser Situation wieder herauskäme, Adrian anzurufen und ihm zu sagen, dass sie ihm nicht mehr das E machen würde, auch nicht das Ö, und schon gar nicht das I. Um sie herum debattierten die Schotten, in einer Sprache mit volltönenden Vokalen – Italienisch? –, unterbrochen von Simons englischer Ansage: Er werde das Boot jetzt herunterlassen. Sein Englisch klang gut, mit leicht amerikanischem Akzent, für diesen Gedanken blieb ihr noch Zeit, dann flatterte die Erkenntnis herein, dass sie vermutlich nicht aus dieser Situation herauskäme, dass es jetzt Zeit war für den Ablauf ihres Lebensfilms: Von Wurst zu Ruhm, in der Hauptrolle Clara Tümmler. Aber aus irgendeinem Grund kam sie nicht über die Reklamevorschau hinaus; sie sah einen Teller Pasta Tartufo aus Adrians Lieblingstrattoria, eine kultivierte Portion, von der sie nie richtig satt geworden war, dazu die Tonspur, überraschenderweise gesprochen von Val.

»Vorrei due palline di vaniglia, con panna, ma non troppo di panna, per favore.« Waren sie schon beim Dessert? Und warum bestellte Val Vanilleeis mit Sahne, wo sie doch lieber Schokolade … »Dormi!« Stählern, ein Befehl wie ein Schuss, und jemand packte sie unsanft am Arm, zog und zerrte, sie hörte Vals triumphierendes »Abrakadabra! Sie schlafen!«, dann Simons geknurrtes: »Verdammt, Clara, hilf uns!« Ein zweites Paar Hände griff nach ihr, anscheinend Val, sie stieß sich von der Bootsbank ab, spürte die kalten Stahlstangen der Reling an ihren bloßen Oberschenkeln, dann hielt Simon sie fest, trug sie wie ein Kind.

»Bist du okay, Clara?«

»Ich mag lieber Schokoladeneis, ohne Sahne.«

»Bekommst du. Kannst du einen Moment alleine stehen?«

Boden unter ihren Füßen, eine Wand in ihrem Rücken. Sie

wagte es, die Augen zu öffnen. Simon, im Kilt und zerfetzter Jacke, riss an einem Hebel, und das Boot, eben noch vor der Reling hängend, schoss nach unten. Es rauschte, klatschte, Passagiere schrien auf, übertönt von Maschinengebrumm, es klang, als näherte sich eine Rockerbande auf Motorrädern, und immer noch wusste sie nicht, ob sie träumte, ob all das, was sich abspielte, vielleicht Teil ihres inneren Films war. Der gerade zu einer leicht verkitschten Romanze zu werden schien. Simon war wieder bei ihr, seine Hände betasteten ihren Nacken, ihren Rücken, als ob er feststellen wollte, ob sie echt war, er presste sie an sich, flüsterte Traumhaftes: »Clara, ich liebe dich.«
Und jetzt? Hatte sie Text? So perplex war sie, dass ihr nichts anderes einfiel als: »Warum?«
»Erklär ich dir später.« Sein leises Lachen, von irgendwoher Gepolter, Gebrüll. »He's one of them!« Ein Stoß, und sie taumelte rückwärts, sah den haarigen Arm eines Mannes um Simons Hals, sah etwas, das durch die Luft sauste und niederkrachte, dann sackte Simon zusammen und fiel auf den meergrün gestrichenen Betonboden des Decks.

Logbuch von Simon

30.7.13

Keine weiteren Daten verfügbar

Dies nur als Ergänzung zu meinem etwas voreilig gemachten Testament: Ich lebe noch, und Gesine war so freundlich, mir das Logbuch zu bringen, bevor jemand in meiner Kabine die vorigen, vielleicht etwas weicheiigen Aufzeichnungen findet. Clara ist nach draußen gegangen, sie wollte telefonieren. Gesine hat für sie eine zweite Liege in meine nicht gerade geräumige Kabine auf der Krankenstation gestellt. Jane ist auch in Sicherheit, auf der Isolierstation, wo die Polizei, versichert Gesine, auf keinen Fall hinkommt. Ich habe, sagen Clara und Gesine übereinstimmend, einen Dudelsack über den Kopf bekommen. Vermutlich geschieht es mir recht, besonders gut habe ich nicht gespielt. Hier herrscht immer noch große Verwirrung, ebenso große Verwirrung wie in meinem Schädel – leichte Gehirnerschütterung, sagt Dr. Mistzeh –, aber allmählich kristallisiert sich Folgendes heraus: Der Mann, der auf mich losging, war einer von fünf Nackten, die das Schiff enterten und auf recht rauhe Weise ihre Dudelsäcke und Kilts zurückforderten. Wie sich herausstellte, handelte es sich um die wahren Mitglieder der Dudelsackband Straththwyne-Ththwrr, übrigens der Name einer Seitenlinie einer Seitenlinie eines verkannten Clans im Hochmoor. Sie sind auf ihrem Boot überwältigt und gefesselt worden, konnten sich jedoch befreien. Nachdem sie auf die falschen Schotten losgegangen waren, konnten die Securitymänner, die verständlicherweise nicht wussten, wer Freund oder Feind war, sie eine Weile in Schach halten. Einer (der Trommler) entkam der Security und ging auf mich los. Dass er mich nicht erkannte, lag wohl weniger an meiner Verkleidung als an seiner Rage. Welcher in seiner Clanehre verletzte Schotte schaut während einer Schlägerei schon so genau hin? Wer die falschen Schotten sind, weiß man noch nicht genau. Auf jeden Fall wurden sie wohl von der Wehrhaftigkeit der echten Schotten überrumpelt, gerieten in Panik und versuchten, mittels Einsatz ihrer Waffeln (ich bin beinahe verrückt geworden vor Angst um Clara!) vom Schiff, das mittlerweile angelegt hatte, hinunterzukommen und aufs offene Meer zu flüchten. Ihre Festnahme ist laut Gesine nicht nur Vals Hypnose zu verdanken, sondern vor allem der Geistesgegenwart des Käpt'ns, der die Seitenschraube des Schiffs einschaltete. Sie funktioniert ungefähr wie ein Mokkaquirl. Ein Verfahren, das die

Verhafteten – natürlich Italiener! – von der Zubereitung von Zabaglione kennen dürften. Die Polizei hat sie mühelos aufgefischt. Das Wichtigste: Clara ist in Sicherheit. Als ich vorhin zu mir kam, saß sie an meinem Bett. Ich meine, mich zu erinnern, dass sie mich auf die Wange geküsst hat. Vielleicht war es aber auch nur ein Traum.

23.

Hier kannst du in Ruhe telefonieren«, hatte Gesine gesagt und die Tür zu Dr. Mistzehs Sprechzimmer geöffnet. Und so kam es, dass Clara Tümmler ihre Beziehung zu Dr. Adrian Steinhöfer über ein graues Diensttelefon beendete, an einem nüchternen Schreibtisch sitzend, nervös mit einem Kugelschreiber mit der Aufschrift *flotte Krankenstation* spielend. Sie könne das alles nicht mehr, sprudelte sie heraus, sobald Adrian sich gemeldet hatte, Vokale und Vorsprechen und diese Art Liebe, es gehe um nichts Geringeres als ihre Wahrhaftigkeit als Schauspielerin und als Mensch. Die neutralen A in Wahrhaftigkeit und das scheue E in Mensch beruhigten Dr. Adrian Steinhöfer nicht, er antwortete mit verzweifelten I: »Aber ich liebe dich! Irrsinnig!« Worauf sie es, alle I vermeidend, mit dumpf unkenden U versuchte, mit näselnden Ä: »Aber das äst Unfug! Unsere Ära äst Vergangenhät!«

Die Bitte, ihren Vorsprechtermin in Wien dennoch aufrechtzuerhalten, sozusagen als Lohn für bisherige treue Vokal-Dienste, scheiterte an der Unmöglichkeit, die I in Wien, Termin und Dienste zu umgehen und dabei wenigstens etwas Würde zu behalten. Als sie schließlich erschöpft auflegte, schwitzte sie wie nach einer fünfstündigen Shakespeare-Aufführung. Sie duschte im angrenzenden Krankenschwesternzimmer, föhnte ihre Haare und schlüpfte in einen weißen Kittel, den Gesine ihr mit der Bemerkung, dies sei ihr sicher lieber als ein hinten offenes Patientennachthemd, zurechtgelegt hatte. Im Krankenschwesternkittel und ihren Joggingschuhen huschte sie über den Flur und betrat Simons Krankenzimmer.

»Wow!« Simon klappte ein Heft zu, in dem er herumgekritzelt oder gezeichnet hatte, und schob es unter das Kopfkissen.

»Es lohnt sich, einen Dudelsack übergezogen zu bekommen. Meine sämtlichen Krankenschwesternphantasien werden wahr.«

Sein üblicher, amüsiert-reservierter Tonfall, keine Spur seiner Bedürftigkeit von vorhin, als er, halbwach, nach ihrer Hand gegriffen und sie gebeten hatte, nicht wegzugehen. Sie hatte seine kratzige Wange geküsst, ihm ins Ohr geflüstert, dass alles in Ordnung sei, sie bleibe bei ihm. Hatte sie alles, auch sein Liebesgeständnis auf Deck 3, nur geträumt? Und wäre es nicht unglaublich peinlich, wenn sie nachfragte? Aber gehörte das Aussprechen tümmlerischer Peinlichkeiten nicht zu ihrer eben noch gepriesenen neuen Wahrhaftigkeit?

»Simon, vorhin ... wir ...«

»Clara, ich wollte dir ...«

Sie stockten ebenso gleichzeitig, wie sie zu sprechen begonnen hatten, setzten neu an. Diesmal gewann Simon:

»Ich wollte dir noch etwas sagen, auch wenn es deinem Adrian bestimmt nicht recht ist. Und dir vielleicht auch nicht ...«

»Ich habe gerade mit Adrian Schluss gemacht.«

»Du hast ... *was?*«

»Du darfst dich nicht aufsetzen, sagt Dr. Mistzeh.«

Den Rest des Tages verbrachten sie liegend. Simon auf dem Bett, Clara auf der Pritsche. Über den Spalt dazwischen hielten sie einander an den Händen und redeten. Über die

Spitzfindigkeit der Liebe zwischen Clara und Adrian. Über Wahrhaftigkeit und Würste. Und über Frauen. Die Blonde und die Löwenmähnige. Mit denen Simon auf der Reise nicht zusammen gewesen war. Auch mit sonst niemandem. Nein, auch nicht mit der Isländerin. Als Gesine gegen Nachmittag hereinkam, lösten sie ihre ineinander verschränkten Finger. Gesine stellte ein Tablett mit Kuchen und Kaffeetassen auf den Tisch, kehrte noch einmal um und legte einen Stapel Wäsche auf das Fußende von Claras Liege. »Das schickt dir Sunny aus Kabine dreizehn dreizehn. Und sorry, ich hab euer Mittagessen ganz vergessen. Es ist zu viel los hier.«

Die Polizei befrage gerade Val, erzählte sie, während sie die Kaffeetassen aus einer Thermoskanne füllte. Die Verhafteten seien übrigens Italiener mit Wohnsitz in Deutschland, Pirmasens in der Pfalz. Deshalb befrage man auch Peachy. Johansen habe man ebenfalls aufgegriffen, zu seinem eigenen Glück, er sei auf einer Gummiinsel mit aufblasbarer Palme aus der Ladengalerie auf offener See getrieben. Als Nächstes wolle die Polizei Simon befragen. »Der Käpt'n« – bei seiner Erwähnung machte Gesine eine kleine Pause, schien in ihre innere Flöte zu atmen, vielleicht auch in einen inneren Dudelsack –, »der Käpt'n will auch wissen, was du im Schottenrock vorhattest, mein Lieber. Deine Aura sieht übrigens schon viel erholter aus.«

Damit verließ sie die Kabine, und Simon griff wieder nach Claras Hand. Was mit Johansen los sei, was Simon wisse, warum sie überhaupt ins Beiboot gezerrt worden sei, wollte sie fragen, aber heraus kam ein anderer, dringlicherer Satz: »Was ist eigentlich zwischen dir und Gesine?«

»Nichts. Doch. Freundschaft, glaube ich.«

Simons Daumen, der über ihren Handrücken strich. Sanft, trocken, warm.

»Okay, früher … ich hab sie über einen Kerl hinweggetröstet, der etwas mit Engeln angefangen hatte. Aber das ist lange her. Und jetzt scheint Gesine vor allem daran interessiert zu sein, dass ich … dass wir …« Er lachte. Und fluchte im nächsten Moment, weil ihm das Lachen wehzutun schien. »Langsam verstehe ich, was vor sich geht. Im Theater, nach der Sache im Eisberg, fing sie an von irgendwelchen unglaublichen Schwingungen, die sie gespürt haben will, dann hat sie mich zu dem Walk-Act gebracht, mit dir, und die Tür im Wellness-Bereich … Ich nehme an, das geht auch auf ihre Kappe. Sie ist verdammt raffiniert.«
Von irgendwo über ihnen erklang jetzt Dudelsackmusik, anscheinend spielten die echten Schotten nun doch noch ihr Ständchen.
»Aber … wieso hat Gesine … wieso will sie, dass wir … dass wir beide …?«
»Gesine ist eben durch und durch Heilerin.«
»Wie … wie meinst du das?«
Er küsste ihre Hand, dann schlug er die Decke zurück und schwang die Beine über die Bettkante.
»Verdammt, ich hatte ganz vergessen, dass ich noch diesen Kilt trage.«
Er erhob sich, mit schmerzverzerrtem Gesicht, und versuchte eine Parodie einer gezierten Ballettpose.
»Warum lenkst du immer ab?«
Er öffnete die Tür zum Bad, das von ähnlicher Größe zu sein schien wie die Nasszelle in Kabine dreizehn dreizehn. Im Türrahmen drehte er sich um.
»Entschuldige, ich hab wohl keine große Übung im Reden über persönliche Dinge. Jane ist nicht das beste Objekt zum Proben, ihr ist es egal, ob das große Ding, das ihr Futter hineinwirft, über Atomphysik, Dünger für Balkonblumen oder Herzensangelegenheiten spricht.«

Sie hörte das Wasser rauschen, hörte ihn fluchen, anscheinend hatte er Schmerzen, und gerade, als sie fragen wollte, ob sie ihm helfen solle, tauchte er wieder in der Tür auf, ein Handtuch um die Hüften geschlungen, mit tropfenden Haaren. Von draußen die Dudelsackmusik, lauter jetzt, und er setzte sich aufs Bett, legte sich vorsichtig zurück in die Kissen.

»Ich versprech dir, sobald es wieder geht, knie ich vor dir mit einer Rose zwischen den Zähnen. Wenn du bis dahin ausnahmsweise zu mir …?« Sie lag neben ihm, bevor er seinen Satz beendet hatte. Sein Körper war kühl, an den Schultern bildeten sich erste blaue Flecke, zwischen Mückenstichen, die sie gern geküsst hätte. Während sie noch darüber nachdachte – konnte man sogar Mückenstiche sexy finden? –, spürte sie schon seine Lippen auf ihrem Hals, der Wange, ihrem Mund. Sie atmete tief in die Eierstöcke, als seine Hand den Schwesternkittel nach oben streifte, als …

»Glöpf, glöpf, glöpf! Wir sind's! Ab zwölf Uhr wird zurückgedüdelt!«

Schon stand er mitten im Zimmer, Üwe, der sein mündliches Anklopfen wohl rein rhetorisch gemeint und die Tür einfach aufgerissen hatte, in der Hand hielt er seine Panflöte, und hinter ihm bauten sich die Dudelsackmänner auf, sonnenbrillenlos, breitbeinig, schottisch, stolz. Es sei eine gemeinsame Überraschung, erklärte Üwe, etwas verlegen, und Clara, eilig die Bettdecke bis ans Kinn ziehend, sah hinter den Schotten Judda und andere Passagiere winken. Dann trat einer der Schotten vor und hielt eine Rede, von der Clara wenig verstand, anscheinend entschuldigte er sich dafür, Simon verprügelt zu haben. Als Überraschung, setzte nun Üwe wieder ein, habe man gemeinsam etwas einstudiert.

»Hoffentlich nicht *Also sprach Zarathustra*«, flüsterte

Simon und küsste ihr Ohr, während der Trommler schon anzählte. Vier gemessene Trommelschläge und einen Wirbel später erklang aus drei Dudelsäcken und einer Panflöte strahlend das Thema des Titanic-Films.

Logbuch von Simon

2.8.13
5.20 Uhr MEZ
Deutsche Bucht, 54° 27′ N, 7° 12′ O
15 Grad Celsius

Wir nähern uns der Elbmündung. Alles ist vom gleichen Graublau, Süßwasser, Salzwasser, Himmel. Nichts, was aufhört, nichts, was anfängt. Vom Land her blinken Windräder. Es ist das erste Mal, dass ich mich auf Hamburg freue. Zwei Tage lagen wir in Invergordon fest. Die Spaßcrew übertraf sich selbst, um die Passagiere bei Laune zu halten. Alamo soll beim Seiltanz auf dem Pooldeck Standing Ovations geerntet haben. Ich bekam von alldem wenig mit. Aus verschiedenen Gründen. Einer davon war, dass die Polizisten nicht lockerließen und ich immer wieder erzählen musste, wie sich alles abgespielt hat. Inzwischen haben sie den Fall den deutschen Behörden übergeben. Für diejenigen, die dieses Logbuch vielleicht einmal finden, wenn ich es in der Hamburger U-Bahn oder in einem Zoogeschäft liegen lasse, für euch also, liebe Landratten, fasse ich gern zusammen, was bei den Untersuchungen herausgekommen ist. Zunächst einmal: Mit ihren Vermutungen lagen Simon der Ermittler und seine Assistentin Jane nicht allzu falsch. Die Herren, die als Schotten auf unser Schiff kamen, gehörten tatsächlich zur Mafia, Zweigstelle Pirmasens West. Ehrlich gesagt, ich habe den

Eindruck, dass Pirmasens nicht den höchsten Durchschnitts-IQ der Republik aufweist. Schon allein, weil Peachy dort wohnt und eben besagte Herren. Ich hätte nie gedacht, dass Mitglieder der Mafia derart dämlich sein können. An jenem Morgen, als ich mich zu ihnen gesellte, war ihr Verstand anscheinend vollständig damit ausgelastet, das Tragen eines Rockes mit ihrer sizilianisch-pfälzischen Männlichkeit zu vereinbaren. Als sie mich bemerkten, musterten sie mich, dann schauten sie einander an, schienen im Geiste durchzuzählen, und ich begriff, dass ich schleunigst reagieren musste. Ich erinnerte mich an frühkindliche Blockflötenversuche und versuchte, den Kommandoton meiner Musiklehrerin nachzuahmen, in dem sie den *Marsch der lustigen Flötenspatzen* anzählte. Zu diesem Zeitpunkt musste Johansen-Luigi die Anwesenheit der Herren schon mitbekommen und am Heck von Deck 3 die Rettungsinsel ins Wasser geworfen haben.

So schlecht ist mein Italienisch doch nicht, ich habe die Warnung dieser Rosa richtig übersetzt: Sie waren tatsächlich hinter Johansen-Luigi her, und wie sich jetzt herausstellte, ist er ihnen schon zweimal durch die Lappen gegangen. Einmal in Rørvik, als sie einen Securitymann bestachen und die Kabinen aufbrachen, um ihn zu suchen. Das Verrückte: Ich habe sie gesehen, als ich mit Clara von Bord ging, es müssen die vier Männer gewesen sein, die uns entgegenkamen. Johansen-Luigi ist wohl noch rechtzeitig aus seiner Kabine geflüchtet und hat sich Vals herumliegende Stillsteherklamotten angeeignet. Vermutlich war es auch Johansen-Luigi, der den Notruf an die norwegische Polizei absetzte. Ob er den Polizisten vom Schiffscannabis erzählt hat oder eher ein Crewmitglied, das DJ Blauwal schaden wollte, ist nicht klar, auf jeden Fall kam ihm das Durcheinander zugute, und es gelang ihm, seine Verfolger abzuhängen. Wer meinen Safe geöffnet hat (die Mafiosi? Oder doch Jane selbst?), weiß ich immer noch nicht. Seinen Verfolgern entkam Johansen-Luigi per Fluganhalter. Das heißt, er zwang den Ablieferer des Flugzeugbanners, ihn mitzunehmen. Das zweite Mal, als sie ihn abpassten, in Island, rettete ihn das von Laxnor ausgelöste leichte Erdbeben. Und die Tatsache, dass seine pfälzisch-sizilianischen Mafiakollegen noch nie blubbernde und dampfende Erdspalten gesehen hatten. Liebe Landratten, beim Anblick dieser schwefelsprühenden, zischenden Löcher meint man tatsächlich, die gesamte Wut der Mutter Erde zu spüren, was vermutlich für empfindsame Sizilianer mit ödipalen Problemen eine große Herausforderung darstellt. Einem der Herren erschien prompt die Madonna (es handelte sich wohl um Laxnors Assistentin, die mit der Mückensalbe zum Fest unterwegs war), und erschrocken zogen sie sich zurück, um ihren schottischen Coup zu planen.

Was Luigi den Mafiosi aus der Pfalz getan hat, ist noch nicht ganz heraus. Wie es scheint, hat er die Tochter des Chefs etwas zu lange angesehen. Vielleicht auch gefragt, ob sie mit ihm einen Salat essen geht. Oder sie geschwängert. Die Identität dieser Rosa ist mittlerweile auch geklärt: Sie ist das Bindeglied zwischen Johansen-Luigi und Peachy, aber dazu später. Zuerst, liebe Landratten, möchte ich euch noch von einem wichtigen Männergespräch erzählen. Es fand zwischen unserem geschätzten Ex-Kuturmanager Val und mir statt, am Nachmittag des 31.7., gegen siebzehn Uhr, als ich etwas geschwächt den Salon betrat, um an der Pizza-Ecke Verpflegung für Clara und mich zu holen. Val lungerte an der Kuchentheke herum, und ich nutzte die Gelegenheit, ihm zu danken und ihn für seinen Hypnoseeinsatz zu loben, versprach sogar, beim Reeder für sein Fortkommen als Kulturmanager zu kämpfen. Er sah mich aus glühenden Augen an und schüttelte den Kopf.

»Ich bin kein Kulturmanager. Ich bin Zauberer.«

Im Anschluss vertraute er mir einiges über sein Eheleben an. Es spielte sich nach dem abendlichen Zersägen tatsächlich ungefähr so ab, wie ich es mir vorgestellt hatte (Missionarsstellung,

Rubbeln und Co), wobei er immer wieder ein Erlebnis auf dem Ceranfeld ihres neuen Küchenherds hervorhob, mit einer Herdplatte, die auf »lauwarm« geschaltet war. Lauwarm war auch ihre Ehe seit dem Zauberverbot geworden, und ich brauchte keine Viertelstunde, um ihn davon zu überzeugen, seine Frau beim Wiedersehen in Hamburg mit folgendem Satz zu konfrontieren: »Mich gibt es nur mit Zauberstab, Baby!« Ich schärfte ihm ein, diesem Satz auf keinen Fall ein »Es gibt ein Wurmfortsätzchen eines Problemchens im Nanobereich« voranzustellen, dann verließ ich ihn und fand Clara hungrig und sehnsüchtig wartend vor. Auf die Pizza. Vielleicht auch auf mich.
Geschätzte Landratten, ich weiß nicht, ob ihr schon einmal gleichzeitig geliebt und eine Pizza Mozzarella-Funghi-Papaya-Peperoni verzehrt habt, noch dazu ohne Besteck. Zu eurer Information: Es ist möglich, aber vielleicht versucht ihr es erst einmal ohne Peperoni. Der geschmolzene Käse ist schon Herausforderung genug. Nachher fuhr Clara fort, mich auszufragen. Über höchst Privates und Geheimes. Am meisten interessiert sie das Drama um die Liebesgeschichte mit der Frau meines Bruders. Zu Recht vermutet sie wohl darin eine Quickstart-Bedienungsanleitung zur Seele von Simon Weyden. Ich habe ihr also die komplette Story geliefert, einschließlich der Prügelei mit meinem Bruder, als alles herauskam. Es war das erste Mal, dass wir uns schlugen, seit er meinen Schmuseschwan mit Schokolade bekleckert hatte, was immer aussah wie ein Kackfleck. Im Gegensatz zu damals habe ich diese handgreifliche Auseinandersetzung nicht angefangen, er ging auf mich los. Und hatte die gesamte Familie Weyden auf seiner Seite. Ich bin für meine Familie schon immer das schwarze Künstlerschaf gewesen, jetzt war ich auch noch der Verräter, und die Enterbung folgte prompt. Gepaart mit der Erwartung, ich würde zu Kreuze kriechen. Meine Familie, ich erwähnte es schon, ist recht einflussreich, und keine Bank gab mir nachher noch Kredit für das Theater. Ich

musste Clara auch den Rest erzählen: Dass ich, halb wahnsinnig vor Liebeskummer, die Flucht ergriff und Niko auf den Trümmern zurückließ. Er selbst sieht es ein bisschen anders. (Es gab keine Insolvenz, uns ging einfach nur das Geld aus, investiert hatte ohnehin nur ich.) Trotzdem kann ich noch immer nicht begreifen, dass er mir verzeiht.

Liebe Landratten, wir nähern uns dem Lotsenpunkt Elbe eins, und ich lasse euch nun ein wenig Zeit, um diese höchst melodramatische Geschichte zu verarbeiten und, falls nötig, eure Taschentücher zu zücken.

Nachtrag 5.59 Uhr MEZ

Eben wurden wir – etwa zehn verblüffte Silbermöwen, ein Rentner mit Teleobjektiv-Penisersatz und ich – Zeugen eines denkwürdigen Ereignisses. Wir hielten bei Elbe eins, wie üblich, um den Lotsen zusteigen zu lassen. Aber der Lotse kam nicht allein. Er hatte ein weibliches Wesen bei sich, ungefähr hundertsechzig Zentimeter groß, fünfundvierzig Kilo schwer, dunkelhaarig und, wie sich gleich darauf herausstellen sollte, äußerst resolut. Sozusagen eine Granate auf Pantoletten. Ich erkannte sie sofort: jene Rosa, deren Bild Luigi-Johansens Kabine zierte. Und wie ich seit gestern weiß, nicht nur seine. Peachy bewahrt Rosas Bild allerdings in der Nachttischschublade auf, ebenso wie seinen Ehering. Liebe Landratten und Landrättinnen, ihr habt es euch vielleicht schon gedacht: Rosa ist Peachys Ehefrau. Was zu einer recht interessanten Namenskonstellation führt. Peachy heißt nämlich mit bürgerlichem Namen Hansjörg Höslein. (Rosa Schlüpfer wäre vielleicht noch ein wenig brisanter gewesen, aber Rosa Höslein ist auch nicht schlecht.) Luigi-Johansen ist Rosas Bruder und arbeitet nebenberuflich als Kellner. In der Pizzeria Casa Nostra, einer Geldwaschanlage eben jener Herren, die ihm auf der Spur waren. Rosa wiederum hat eventuell ein winziges Partikelchen eines Problemchens mit Eifersucht. Sie hat Luigi wohl zunächst gebeten, Peachys erste Partnerin unauffällig zu entsorgen (er bot ihr Geld, nur zu eurer Beruhigung, liebe Landratten). Dann, als Val Ersatz fand und Peachy sich heimlich aufs Schiff schlich, blieben ihr drei Tage Zeit, um Luigi zu zwingen, ihrem Mann nachzureisen. Rosa hat verständlicherweise die Nase voll von Peachys Leithirsch-Ambitionen, sie ist niemand, die eine Horde ohrzwirbelnder Mit-Hirschkühe duldet. Vorhin begab sie sich auch nicht einfach in Peachys Kabine, nein, sie ließ ihn wecken und wartete in aller Grandezza auf dem Pooldeck. Ihre Gardinenpredigt hielt sie zu meinem Bedauern auf Italienisch, ich verstand nichts. Und verstand doch alles. Ebenso wie Peachy, dem nichts anderes übrigblieb, als vor ihr auf die Knie zu fallen und ihren Ehering zu küssen. Dazu ging hinter den Bäumen am Elbufer die Sonne auf, und einige harmlos daherkommende Wölkchen am Himmel hatten nichts Besseres zu tun, als sich in zartestem Pink zu färben und damit euch, liebe Landratten, die Tatsache zu versüßen, dass wir noch nicht wissen, was mit dem echten Norwegenexperten Johansen geschehen ist, dessen Identität Luigi annahm. Jetzt küsst die Sonne die ersten Liegestühle an der Reling. Peachy, noch auf den Knien, küsst den Saum von Rosas Petticoat. Und ich gehe jetzt zu meinen Süßen, zu Clara und Jane, um zumindest eine von beiden wachzuküssen.

24.

Gimpel, die in Tümpeln dümpeln.«

»O mein Gott! Gib mir mehr!«

»Nein, jetzt du.«

»Lass mich einen Moment … nicht, Clara, ich muss nachdenken. Wie ist das: Schnaubende Tauben auf Trauben? Okay, das klingt unsexy. Oder … Würzige Kürzel mit Bürzeln? Oh Hilfe, hoffentlich wagt sich unser Koch nie an ein solches Gericht.«

Simon küsste ihre Halsbeuge, setzte die Kuss-Exkursion körperabwärts fort, um gleich darauf triumphierend wieder aufzutauchen.

»Ich hab's: Schnäbelnde Schniepel auf Giebeln. Sag, dass es dich anmacht! Los, sag es.«

Am frühen Morgen war sie von seinen Küssen aufgewacht, sie hatten miteinander geschlafen und danach herumgealbert. Wie sie auf ihre Lümmelchen-Telefonate gekommen waren, wusste sie nicht mehr. Sie strich über Simons Wange, ertastete sein Grübchen, wie es vermutlich unzählige Frauen vor ihr getan hatten.

»Du fängst doch nicht wirklich an, auf Vokale oder … seltsame Wörter zu stehen?«

»Gott bewahre. Ich habe nur harmlose Perversionen. Vielleicht musst du noch mal die Krankenschwesternklamotten anziehen oder diese selbst aufblasbare Gummikluft, so was in der Art.«

Simon küsste ihre Fingerspitzen. »Ehrlich gesagt, wenn ich könnte, würde ich deinen Adrian aus seinem Anzug schütteln. Ich bin schrecklich eifersüchtig.«
Was sollte sie darauf antworten? »Musst du nicht sein«? Oder: »Ich auch«? Immer wieder fielen ihr Simons Frauen ein: Wenn er routiniert ein Kondom überstreifte, wenn er sie rücksichtsvoll fragte, ob seine unrasierte Wange sie kratze. Auch wegen Adrian machte sie sich Sorgen. Ob er sich so leicht geschlagen gab? Vielleicht würde er im Cruise-Center auf sie warten?
Das Schiff legte gerade an, und Simons gesamtes Mobiliar vibrierte. Wobei ihr sofort Röbbchen47 aus dem Cruise-Forum einfiel. Die wenigstens nicht mit Simon geschlafen hatte.
»Darf ich fragen, woran Madame denkt? An eine düstere Zukunft an der Seite eines nicht allzu edlen Helden mit bewegter Vergangenheit? Oder an das U-Boot, das uns bei der nächsten Reise folgen wird, weil du deinen Adrian nicht erhörst?«
»Woher … weißt du das?«
»Du siehst so aus. Worauf soll ich schwören, dass ab jetzt alles anders wird und ich das respektabelste Mitglied der Gesellschaft werde?«
»Vielleicht auf deine voyeuristische Schildkröte?«
Jane saß schon wieder auf ihrem Korkstück und schaute aus blanken Äuglein auf sie herunter.
»Okay, ich schwöre. Auf Janes Seelenheil.«
Worauf Jane eine Kehrtwendung machte, sich ins Wasser fallen ließ und in ihrem Blumentopf verschwand. Clara setzte sich auf, fischte nach ihrem T-Shirt, das irgendwo in den Tiefen des Bettes verschwunden war.
»Die Arme, wahrscheinlich spürt sie schon, dass du sie weggibst.«

»Es ist ja nur für die nächste Reise. Oder für die nächsten zwei. Und für sie ist es … ja, ich vermute, vielleicht mehr in Ordnung als für mich. Es gibt kein Taschi-Taschi, und das andere große Ding namens Niko wird ihr Futter bringen, hoffentlich nicht zu oft. Er hat unsere Pflanzen im Theater immer bis zum Eingehen gegossen.«
Niko habe fest vor, wieder ein Theater aufzumachen, dies hatte Simon gestern erzählt. Beinahe beiläufig, zwischen Pizza und Küssen und Papayastückchen, die sich an den unmöglichsten Stellen fanden. Und er plane, vielleicht einzusteigen. Warum sie ihr Studium eigentlich unbedingt in Frankfurt abschließen müsse? Die Prüfungen an staatlichen Schauspielschulen seien doch genormt? Simon hatte ein Papayastückchen aus ihrem Nabel gepflückt.
»Du könntest zum Beispiel genauso gut in Hamburg studieren. Und dabei in unserem Theater Erfahrungen sammeln, allerdings müsstest du alles spielen: Boulevardkomödie, Klassiker, Modernes und Impro-Abend. Das Wiener Burgtheater können wir dir nicht bieten. Aber vielleicht eine Sprungschanze für die kometenhafte Karriere der Clara Abraham.«
»Tümmler.«
»Worscht-Weck-Tümmler, stimmt. Deine Eltern laden wir zur Eröffnung ein.«
»Simon, das ist …«
»Alles noch ein Traum bis jetzt. Zukunftsmusik. Aber hoffentlich ohne Dudelsack.«
Die nächste Zukunft war die Reise, die in Hamburg von vorne beginnen würde: Bergen, Geirangerfjord, Rørvik, Lofoten, Nordkap, Island, Schottland. Gesine würde Kulturmanagerin werden, zusätzlich zu ihren Aufgaben als Leiterin des Wellness-Bereichs, ihrer freiwilligen Krankenschwesterntätigkeit und ihren Kursen im Verdauungsyoga

und Auralesen bei Windstärke zwölf. Der Kursname stammte von Simon, bei Gesine klang es seriöser und gleichzeitig esoterischer. Dafür fiel die Werbung für Laxnors DVDs weg, samt der Führung zu seinem Center. Mit etwas Glück würde es auf der nächsten Reise ruhiger zugehen, ohne Stürme, Krafttiermeditationen, Hypnose-Experimente und ohne *Entflammt im ewigen Eis.* Es würde bunte Abende geben, mit Liedern von Peachy the Peacock und Clara Tümmler, mit Improvisationstheater und vor allem mit Zauberkunst und Artistik, dargeboten von dem unvergleichlichen, charismatischen Magier Alamo. Zusätzlich zu den Zeichenkursen bei Simon würden Zauberkurse bei Alamo angeboten, Clara Tümmler würde auf Wunsch Schauspielunterricht geben und vielleicht im Zeichenraum Monologe spielen. Mehr hatten sie bei der gestrigen, schnell einberufenen Konferenz nach dem nordischen Abschiedsbuffet nicht festlegen können.

Vom Flur her jetzt Gerumpel, Stimmen.

»Nü, Üwe, bass doch üff mit dem Röllgöffer.«

»Als Erste auf der Liege, als Erste von Bord, typisch. Dieter, sag auch mal was!«

Simon lachte und schwang sich aus dem Bett. Um gleich darauf mit einem Schmerzenslaut zu verharren, bevor er seine Kleider aufsammelte und im Bad verschwand. Schmerzen und Schwindel, hatte Gesine prophezeit, würden noch eine Weile anhalten, so eine Prügelei stecke man nicht so leicht weg. Aber Simon, so viel hatte Clara schon gelernt, hasste besorgtes Nachfragen, und so biss sie sich auf die Lippe und verkniff sich eine Bemerkung über seine plötzliche Blässe, als sie eine Stunde später, stadtfein und mit Umhängetasche, die Kabine verließen. Vielleicht hatte er nur einen Anfall von Landkrankheit? Oder hatte es mit seiner Sorge um Jane zu tun?

»Weißt du was?«, sagte sie im Aufzug. »Vielleicht kaufen wir Jane vor dem Treffen mit Niko schnell ein Männchen? Damit sie nicht so einsam ist. Oder vielleicht gleich zwei? Zur Sicherheit, falls es einer … äh … nicht so bringt?«
Der Aufzug hielt auf Deck 3. Das Foyer war voller auscheckender Passagiere.
»Da ist noch ein Mikronanobruchteilchen eines Partikelchens eines Problemchens.« Simon fuhr sich durch die Locken, brachte dabei seine sorgfältig gestriegelte Frisur durcheinander.
»Ich weiß nicht genau, ob sie wirklich ein Weibchen ist. Mir hat nie jemand gesagt, woran man das bei Wasserschildkröten erkennt. Hoppla!«
Val, in seinem Hypnotiseursjackett, hatte sie angerempelt und stürmte an ihnen vorbei, einen unverständlichen Satz vor sich hin murmelnd, in dem das Wort Zauberstab vorkam. Sie gingen langsam hinter ihm her, auf das offene Schiffsmaul zu.
»Meinst du, wenn Jane doch ein Jan sein sollte, habe ich ihn in seiner geschlechtlichen Identitätsfindung beeinträchtigt? Vielleicht sollte ich ihm eine Federboa kaufen. Oder lieber ein Panzerfutteral aus Leder, mit Nieten?«, fragte Simon.
Von draußen wehten Düfte nach Sommer, Teer und gebackenem Fisch herein, und einen Moment kam Clara alles unwirklich vor, als befänden sie sich mitten in einer Filmszene. Sie wusste nicht, was der Regisseur plante, welche perfiden Wendepunkte die Autoren vorgesehen hatten, wusste nur, dass sie neugierig war, auf herzklopfende, knieweiche, schwindlig machende Weise begierig auf die nächsten Szenen.
»Ach, hör nicht auf mich, ich bin einfach nur schrecklich nervös«, sagte Simon.
»Ich auch.« Sie nahm seine Hand, und sie betraten den Steg,

der das Schiff mit dem glitzernden Eingang des Cruise-Centers verband. Wo vielleicht Lümmelchen lauerte. Hinter ihnen erklang jetzt zarte Flötenmusik, irgendetwas zwischen *La Balöma* und *My heart will go ön,* und unter sich steigernden Flötenklängen liefen sie los, zu auf Morgenhimmel und Fensterglitzern, auf Hafendüfte, Zoogeschäfte, mögliche Schlägereien und große Pläne, auf alles, was wartete, im Cruise-Center und in der Welt.

Epilog

Dies ist natürlich noch nicht das Ende vom Lied, das Leben geht weiter, und perfide Autoren haben noch die eine oder andere Wendung für die Beteiligten vorgesehen. Wenn wir den Scheinwerferstrahl ungefähr ein Jahr in die Zukunft richten, sehen wir Folgendes:

Sunny residiert in Mohnau, Oberbayern, wo ihr Mann, der Akkordeonist, eine Brauerei mit rustikalem Restaurant betreibt. Mohnau liegt am Brachsee und ist ein überraschend idyllischer Ort mit vielen kleinen Geschäften und Kneipen, einem Programmkino und sogar einer Kunstgalerie an der Uferpromenade. Das Einzige, was fehlte, war ein Tattoostudio. Recht schnell läuft es der bisher skandalträchtigsten Institution Mohnaus, der Schule für Yoga und Bauchtanz, den Rang ab. Auch unter den ausländischen Bayernbesuchern sprechen sich Sunnys Qualitäten rasch herum, und so steigt mancher Mann mit neuen Andenken und weisen Botschaften ins Flugzeug und trägt Sunnys Künste in die Welt. Weitere Studios in Tokio, Seoul, Peking, Dallas und Hobart (Australien) sind angedacht.

Peachy befindet sich am gefühlten Zenit seiner Karriere. Was nicht weiter verwunderlich ist, er kennt nur zwei Zustände, entweder am Boden oder am Zenit. Aber blenden wir zunächst ein wenig zurück: Er blieb noch für zwei Reisen an Bord der flotten Flotte, zusammen mit seiner

Frau Rosa. Sie saß jeden Abend in der ersten Reihe, in ihrem Rock mit Petticoat, drehte an ihrem Ehering und befühlte ihr Kommunionskreuz in dem sündigen Spalt zwischen ihren Palline de Gelato. Auch Peachy trug seinen Ehering und versprühte gebremste, aber umso dringlichere Erotik, die den weiblichen Teil des Publikums verrückt machte. Vor allem jenen weiblichen Teil, der Simons wegen gekommen war – vergebens, wie sich herausstellte. Uschi, die Rothaarige oder Löwenmähnige, hatte es im Forum ja schon gesagt. Auch an Peachy konnten die Damen ihre erotischen Sehnsüchte nicht austoben, also blieb nur Alamo, der Magier.
Bei der zweiten Reise saß ein Manager eines Plattenlabels im Publikum und engagierte Peachy vom Fleck weg. Der Rest ist ein Hollywood-Traum. Auch wenn, zugegeben, das Plattenlabel nicht allzu groß ist – es ist ein Ein-Mann-Betrieb und befindet sich im Keller eines Einfamilienhauses in Nordhessen. Rosa organisiert die anschließende Hessen-Pfalz-Tournee. Luigi, der aus gewissen Gründen dringend aus Pirmasens wegmuss, wird Roadie.

Val zaubert. Noch immer. Aber unter zunehmendem Protest der Familie. Die angewachsen ist. Gerade ist der zweite Sohn geboren und entpuppt sich als noch schreifreudiger als der erste. Er heißt Eberhard, nach seinem Großvater, während der erste, der kurz nach der Varietézeit geboren wurde, immerhin auf den Namen Merlin-Houdini hört. Eberhard ist ein unmittelbares Resultat der vorübergehenden Verbesserung des Lüber'schen Liebeslebens. Zuerst sah es damit nicht allzu gut aus: Vals einstudierter Satz mit dem Zauberstab, geäußert an jenem Morgen im Cruise-Center, trug ihm nur ein verwundertes Augenbrauenhochziehen seiner Sabrina ein. Val ging frustriert wieder an Bord. Und brach im Laufe der nächsten beiden Reisen sein Treueversprechen. Seine Zauberkurse wurden in den Foren ausgiebig besprochen, es war viel von seinem hypnotischen Blick und wahrhaft magischen Höhepunkten die Rede. Danach kam der erste Landurlaub, und Val gab sich nicht mehr mit Einleitungssätzen ab. Als er wieder fuhr, musste Sabrina einen neuen Küchenherd kaufen. Und Eberhard war unterwegs.

Laxnor hat sich in eine Erdspalte zurückgezogen und übt Fingerhakeln. Hat ab und an zur Entspannung mit den Frauen eines Engelskreises aus dem Odenwald kosmischen Sex. Bereitet einen neuen Vulkanausbruch vor.

Gesine befindet sich in Mittschiffswallungen. Sie hat jede Menge zu tun. Neuerdings interessiert sie sich für Nautik und trägt sich mit dem Gedanken, selbst ein Kapitänspatent zu erwerben. Für die gesammelten Werke des Käpt'ns hat sie einen kleinen norddeutschen Lyrikverlag gefunden. »Seenöte« heißt der Gedichtband, der in norddeutschen Lyrikkreisen um Leer, Leck und Emden große Beachtung findet. Eins der kostbaren Exemplare ziert natürlich die Schiffsbibliothek und ließ die Lyrikabteilung auf das Doppelte ihres bisherigen Bestands anwachsen. Inzwischen dichtet der Käpt'n nicht mehr, er steuert das Schiff und mitunter auch Gesine.
Zumindest glaubt er dies.

Clara und Simon sind meist im Theater. Clara ist mit dem Studium fertig und wohnt im Hamburger Schanzenviertel. Zufällig liegt die Wohnung neben einer Metzgerei. Sie ist aber gar nicht oft zu Hause, meist schläft sie bei Simon, der über dem Theater zwei Zimmer gemietet hat. Simons und

Nikos Statistik nach einem halben, aufreibenden Jahr des Theaterbetriebs sieht so aus:

Kleinkunst
Durchschnittliche Besucherzahl pro Aufführung: 30
Lachende: 25
Oberstudienräte: 3
Betroffene Sozialpädagoginnen: 2

Boulevardkomödie mit All-you-can-eat-Buffet
Durchschnittliche Besucherzahl pro Aufführung: 50
Gefühlte Besucherzahl (Lebensmittelverbrauch): 200

Klassiker von Hamlet bis Werther
Durchschnittliche Besucherzahl pro Aufführung, Schulklassen mitgezählt: 54
Halb Schlafende: 15
Essende: 12
Tief Schlafende: 20
Wache: 7

Zeitgenössische Stücke
Durchschnittliche Besucherzahl pro Aufführung: 8
Wenn Ensemble und Gastregisseur noch Freunde haben, die nicht zu jeder ihrer Premieren geschleift wurden: 20

Avantgarde
Durchschnittliche Besucherzahl pro Aufführung: 1/2

Simon führt weiterhin ein Tagebuch mit Zeichnungen, in dem viele Bilder von Clara in ihren Rollen am Theater auftauchen, außerdem Bilder, über die wir lieber das Mäntelchen des Schweigens hüllen (tatsächlich bräuchte Clara auf diesen Bildern ein Mäntelchen, sie hat nicht unbedingt viel an).

Die Tümmlers aus Rheinhessen waren auch schon in Hamburg, anlässlich einer Premiere der Sparte Boulevardkomödie mit All you can eat. Sie brachten Schinken und Wein mit und hatten bei der Aufführung Tränen in den Augen. Sie haben Simon als neuen »Schwieschersohn« akzeptiert, obwohl es mit ihm nie zu einem Worscht-Weck-Imperium kommen wird.

Clara und Simon sind sehr verliebt, sind aber froh, dass sie beide eine eigene Wohnung haben. Ihre Streits sind legendär. Ebenso die Versöhnungen. Niko rollt mit den Augen, wenn Simon mal wieder auf den Knien und mit einer Rose zwischen den Zähnen in Claras Garderobe rutschen und um Verzeihung bitten muss. Irgendwann, wenn sich die ersten Eruptionen ihrer heftigen Liebe beruhigt haben, werden sie vielleicht zusammenziehen.

Lümmelchen befindet sich in festen Händen. Nachdem er tatsächlich noch den einen oder anderen Versuch unternahm, Clara für sich zu gewinnen (per U-Boot, Fesselballon, Abseilen aus einem schwebenden Hubschrauber), hat er überraschend eine Gleichgesinnte auf einem Kongress für angewandte Linguistik kennengelernt. Die Dame seines Herzens teilt zwar seine Liebe zu Vokalen nicht, hat aber eine große Leidenschaft für harte Konsonanten. Beide haben herausgefunden, dass sich ihre Vorlieben kongenial ergänzen. So hört man aus Dr. Adrian Steinhöfers Wohnung bei offenem Fenster in lauen Sommernächten immer öfter ein lockendes Pschrrrr!, gefolgt von einem sanft zustimmenden Eieieiyööö!, gesteigert von einem Krrrsst … Zwzwtzwrrrr. Bei Z laufen sämtliche Motörchen der Dame auf Hochtouren, und Lümmelchen weiß das genau. Nach dem Aufwärmen mit Lauten kann der geneigte Zuhörer unter dem Fenster der recht stillen Straße des Frankfurter Westends dann ganze Wortschöpfungen vernehmen. Lümmelchens Freundin klönt in Erinnerung an Lümmelchens Seeabenteuer recht rauh über *Möwenklöten,* Lümmelchen hat es erst mit deutschen konsonantenreichen Wörtern wie Katzentatzenkratzbaum versucht, dann aber doch Polnisch gelernt.

Jane schwimmt quicklebendig und schöner denn je in einem riesigen Teich herum.
Nachdem ihr Aquarium eine Zeitlang im Theater stand, schickte ein gnädiger Schildkrötenschutzengel ihr und Simon zwei Theaterbesucher über den Weg, die nicht nur Kleinkunst-, sondern auch Reptilienfans sind und nicht weit vom Theater einen großen Garten mit einer Eidechsen- und Schildkrötenzucht besitzen. Mittlerweile sind Simon und die Reptilienfans gut befreundet, und so sitzen Simon und Clara oft an Sommerabenden nach der Vorstellung im Garten und beobachten Jane, die nie an ihrer Weiblichkeit zweifelte und inzwischen stolze Mutter geworden ist. Die Paarung mit einem der vielen Männchen der Zucht fand in einer kühlen Frühlingsnacht kurz nach dem Erwachen aus dem Winterschlaf statt, Janes Teint war noch frisch vom Schlaf, und ihr Partner strotzte vor Vitalität. Mr. Right war eines der reiferen Männchen, ein erfahrener, charmanter Kerl, der sich den Panzer bereits ein wenig abgestoßen und das Wort »Vorspiel« schon einmal gehört hatte. Nur der Vollmond war Zeuge, als er Jane mit Krallenzittern und sanften Bissen in den Schildkrötenhals fast um den Verstand brachte. Jetzt lässt Jane ihrem Nachwuchs allen erforderlichen Freiraum, sitzt nicht im Elternbeirat und bringt ihre acht Kleinen auch nicht zum Synchronschwimmen

und Wasserballett. So haben Simon und Jane an den Sommerabenden am Teich Zeit für den einen oder anderen Plausch. Meist redet Jane.

Glossar

It's a small world! Wo würde einem dies mehr bewusst als auf einem Schiff, das unverdrossen die Weltmeere durchpflügt und jeden Tag an neuen, fremden Häfen anlegt. Auch im Schiffsinneren prallen Welten aufeinander, zum Beispiel am Buffet, wo die von den vielen fremdländischen Herausforderungen verwirrten Passagiere nach Vertrautem suchen. Nach Grumbeerenschtambes (pfälz.: Kartoffelbrei), nach Grie Soß (hessische Spezialität, deren Rezept nachweislich nicht von Goethes Mutter stammt) oder nach Quarggäulschen (sächs.: schnüggelische süße Verführung).
Ganz im Geiste des multikulturellen Festes in Island folgt an dieser Stelle also ein Versuch, Brücken über vermeintlich unüberbrückbare kulturelle Abgründe zu schlagen.
Ein pfälzisch-hessisch-sächsisch-hochdeutsches Wörterbuch, das auch nebenbei die eine oder andere Verhaltensweise oder Philosophie erläutert.

Äppelwoi, auch *Ebbelwoi, Äppler* oder *Stöffsche* (hess.): Apfelwein. Säuerlich-herbe Spezialität, die hartgesottene Einheimische unverdünnt trinken, wobei sie unter dem Fischtekränzi (ein nach Jahrzehnten im Alkoholdunst meist recht schlapper Kranz aus Nadelbaumzweigen) ihre Art wortkarg-philosophischer Geselligkeit pflegen.
Ein Gespräch beim Apfelwein spielt sich ungefähr so ab:
»Unn wie?«
»Muss halt.«

Pause.

»Ei ja, es geht de Mensche wie de Leut.«

In dieser vielschichtigen Aussage schwingen Aromen von Gleichheitsidealen, Solidarität und neidloser Brüderlichkeit mit. Im Apfelwein schwingt gar nichts mit. Trotzdem bestellt man zwei weitere »Ungespritzte«. (Was sich nur auf die Zugabe von Mineralwasser, nicht etwa auf den Zustand der verwendeten Äpfel bezieht.) Dann wird der Gesprächsfaden wieder aufgenommen.

»Es kommt halt, wie's kommt.«

»Kommt's so net, kommt's annerst.«

Anders meint der Hesse hier im Sinne einer Alternative, die nicht unbedingt »besser« bedeutet, die er aber annimmt, ohne zu werten. Hier ist der Hesse ganz Buddhist.

Simon, der anlässlich eines Frankfurt-Besuchs einmal Teil einer Apfelweinzeremonie wurde, bleibt das Getränk ebenso unzugänglich und unerklärlich wie die Bewohner Hessens. Clara natürlich ausgenommen. Wobei er im Taumel seiner Verliebtheit nicht versteht, dass ihr rheinhessisches Heimatdorf gar nicht in Hessen, sondern in Rheinland-Pfalz liegt.

Alla guud (pfälz.): Das große pfälzische Okay. Damit signalisiert der Pfälzer sein Einverständnis mit der Welt und allem was *ist,* sein Annehmen schließt hier sowohl das Materielle als auch das Transzendente im Sinne Allahs ein. Wobei *Alla* eigentlich vom französischen *Allez* kommen soll, im Sinne von: »Gehen wir, packen wir's an.« Den Pfälzer erschöpft die große Alla-guud-Zustimmung aber meist so sehr, dass er danach gar nichts mehr unternimmt.

Alla hopp (pfälz.): Ebenfalls eine große Bestätigung, mit etwas aktiverer Konnotation. Im Sinne von: Na dann! Wobei, wie Pfälzer auf Nachfragen versichern, *Alla hopp* viele Bedeutungsfacetten haben kann, die der unsensible Nichtpfälzer noch nicht einmal annähernd ahnt. Es kann sowohl Begeisterung (pfälz.: Begeischterung) als auch Gleichgültigkeit oder sogar einen gewissen Lebensüberdruss nach Genuss von zu viel Saumagen ausdrücken, es wird zur Begrüßung und zum Abschied verwendet, manche Pfalzforscher beteuern, es werde ebenpfalz als Ausdruck für »Wohl bekomm's!«, »Wollen Sie tanzen, Mademoiselle?« und als Heiratsantrag gebraucht. Peachy benutzt *Alla hopp* hier in durchaus begeischterter, kussbezogener, affirmativer Absicht.

bleed (pfälz.): blöd. Im Pfälzischen wird weder Ö noch Ü gesprochen. Also ein für Lümmelchen (»Limmelsche«) unakzeptabler Landstrich, trotz vieler spitzfindiger I und scheuer E.

Brigge (sächs.): Brücke. Bezieht sich auf alle Arten von Brücken, auch Gebisse, zum Beispiel in der Redewendung: Nü, dü hast deene Brigge in der Sübbe vergessen. Hier aber meint Judda die Brücke des Schiffs und macht sich Sorgen, dass der Gäbbdn nisch alleene zureschtgömmt, womit sie, was sein Seelenleben betrifft, zweifellos recht hat.

döben (sächs.): toben. Betrifft sowohl die Wogen (siehe Wögen) als auch alles andere, was außer Rand und Band geraten kann. So wie Üwe, der in einem erinnerungswürdigen Urlaub am Plauener See eines Nachts ums Loocherfeuer tanzte, angetan nur mit einem Paar Schwimmflossen (die guten, Völlgümmi, beschafft über Westkontakte). Über alles, was in dieser Nacht noch geschah, was Judda beim Honeymoon-Event mit ihrer Bemerkung über Günder andeutete, hüllen wir das Mäntelchen des Schweigens. Günter und seine Frau waren übrigens die Zeltnachbarn von Judda und Üwe.

döppen (sächs.): toppen. Dieses Wort stammt aus dem Neusächsischen, nach der flodden Zwangsanpassung der Sachsen an gabbidalisdische Gonsumgewohnheiten.

doo (pfälz.): sowohl hier als auch da, dort. Dem Pfälzer gelingt es damit, sich gleichzeitig im Jetzt und der Zukunft zu verorten, also im Hegel'schen Sinne mit einem Bein im Nichts zu stehen. All diese Facetten dieses Sich-Verortens im Doo-Sein schwingen auch immer mit, wenn der Pfälzer »doo« sagt. Meist ist er aber trotzdem ganz doo.

Drüshba (sächs.): Freundschaft. Eigentlich Russisch. Stammt aus fast vergessenem Vorwende-Sächsisch.

Düdi-frie (ebenfalls neusächsisch): Duty-free. Judda und Üwe geraten bei Düdi-frie-Einkäufen immer in eine beschwingte Schübidü-Stimmung, die Judda ooch mal zum Kauf gewagter Lackstiefel verführt.

eengoofen (sächs.): einkaufen, auch kurz: gööfen (neusächs.: shöpping). Wobei shöpping in der DDR nicht allzu relaxed ablief, sondern eine Sache ausgefuchster Logistik war, gepaart mit Stehvermögen und einer gewissen körperlichen Durchsetzungskraft (*schübsen*). In diesem Sinne meint es Üwe, im Gedränge vor dem Schiff in Rørvik.

Ei hoschema (hess.): Nun, höre doch einmal, was ich zu sagen habe, es dreht sich um Folgendes. Wie wir gesehen haben, neigt der Hesse zur Verdichtung. Mit einem »Ei gude wie«, dem hessischen Pendant zum angloamerikanischen »How do you do«, fragt er rasch Gesundheitszustand, seelische Befindlichkeit, Kontostand, Liebesprobleme und Lebensphilosophie ab. Die einzig richtige und allen Gesetzen der Höflichkeit entsprechende Antwort lautet übrigens, will man sich nicht als unkundiger Tourist entlarven: »Alls so weider.« Vollends assimiliert gibt man sich mit einem schlichten: »Muss halt.«

emol (pfälz.): einmal. Der Pfälzer sagt Dinge gewöhnlich nur emol, zweemol wäre zu anstrengend. Emol ist nicht zu verwechseln mit e-moll, einem leicht zu erlernenden Akkord auf der Gitarre. Der erste Akkord, den Peachy an der Jugendmusikschule Pirmasens lernte. Der zweite war a-Moll. Danach kündigte er seinem Lehrer und gründete seine erste Band. Zwee-Moll gibt es als Akkord übrigens nicht.

feddisch (pfälz./hess.): Nicht etwa fettig, sondern fertig. Im Sinne von vollkommen, erledigt, abgeschlossen, auch abgehalftert, am Ende, zum Beispiel nach zu viel Woi oder gar Äppelwoi. Als Peachy zu Simon sagt, es raddische Nixche solle einfach die zwote Stimm singe unn feddisch, meint er es im Sinne von »Basta«. Er kann ja ein wenig Italienisch.

ferr (pfälz.): für. Alle pfälzischen Ferrführungen mit Leberwurstaroma eingeschlossen.

Gebabbel (pfälz./hess.): Lautmalerisch für fließendes Reden. Schließt alle Arten von Gebabbel ein, von Shakespeare-Dialogen bis zu Stammtisch-Talk.

Gerippte, auch das *Geribbde* (hess.): Nicht etwa ein Unterhemd, sondern ein geriffeltes Glas. Aus dem der Apfelwein in kleinen, durchaus kultivierten Schlucken (große Schlucke sind schon wegen des Geschmacks nicht möglich) getrunken wird.

gesaat (pfälz.): Perfekt von sagen: Isch hann gesaat … Hat nichts mit Saat zu tun, obwohl das Gesagte durchaus etwas säen kann, Zweifel beim Zuhörenden zum Beispiel, der sich, konfrontiert mit einem geballten pfälzischen Lautangriff, zum Beispiel fragen könnte, ob der sprachverarbeitende Teil des eigenen Hirns gerade in Streik getreten ist oder das Gegenüber vielleicht versucht zu singen, womöglich noch mit vollem Mund.

Glö (sächs.): Toilette, Bad. Auch *sanidäre Onloochen* genannt.

Glöpf, glöpf, glöpf (sächs.): So klopft der Sachse neckisch an.

Gloobsde (sächs.): Glaubst du? Damit tat man sich in der DDR von Staats wegen eher schwer.

Goje (sächs.): Koje, enges Bett des Seemanns, für Judda immer ein romantischer Begriff, in ihrem Hirn verknüpft mit Fernweh, Hering auf Brötchen und mit einem Matrosen, den sie bei einem *Dribb* (neusächs: Kurzreise) nach Rostock kennenlernte, von dem Üwe aber nichts weiß.

güscheln (sächs.): Das, was man nach Juddas Meinung (oder Erfahrung mit dem Matrosen) in Gojen tut. Auch wenn Seeleute ihre Kuschelbedürfnisse gewöhnlich weniger in ihren Kojen ausleben als in gewissen Etablissements an Land.

haam (hess.): heim. Klingt auf Hessisch nicht so süß und verheißungsvoll wie zum Beispiel das bayerische *hoam,* in dem noch eine metaphysische Bedeutung mitschwingt, die Hoffnung, nicht gottverlassen und unbehaust zu sein, nicht allein auf einem Feuerball durch den Weltraum zu rasen. Aber immerhin klingt es besser als das sächsische *daheeme* oder das pfälzische *hem,* was eine Nähe zur Häme andeutet, eventuell der Häme zu dicht wohnender Nachbarn. Vor dieser heimischen Häme fürchten sich auch die Hessen, wenn sie ohne Walflosse zum nächsten Grillabend erscheinen. Trotzdem plädiere ich hier mit dem Golferehepaar dafür, die Flosse dort zu lassen, wo sie hingehört: am lebenden Wal.

hann (pfälz.): Infinitiv und Präsensform des Hilfsverbs haben. *Isch hann* heeßt also: Ich habe. Nicht etwa: *Ich Hahn* (… im Korbe), was Peachy natürlich unterschwellig auch ausdrücken will. Hier verwechselt er allerdings Haben und Sein, auch im Sinne Erich Fromms.

heeß (pfälz.): heiß, im Sinne von *hot.* Isch glaab, dei Bett brennt, Chica, Chica! Im Grunde handeln auch die meisten kubanischen Salsa-Texte von eben jenem Phänomen. In dem bekannten Lied *El Quarto de Tula* vom Buena Vista Social Club machen sich die Männer zum Beispiel Sorgen, dass es im Wohnviertel, wo besagte Tula lebt, entschieden zu heiß ist, und beschließen, als Feuerwehrmänner in ihrem Schlafzimmer löschen zu gehen, was sehr hilfsbereit von ihnen ist.

Heggeschisser (pfälz.): Schimpfwort, das andeutet, dass der Pfälzer viel Zeit im Freien verbringt und es dort mitunter an *Glös* (sächs.) mangelt.

Labbeduddel: Lautmalerisches Schimpfwort, das vielleicht auf eine uralte, unerforschte Verbindung zu Lappland verweist. Nach dem jetzigen Forschungsstand soll es einen energielosen Menschen bezeichnen, der sich an einem schnapsgetränkten Lappen (nicht einem Einwohner Lapplands) berauscht (*beduddelt*).

Leit (pfälz.): Nicht etwa Leid, sondern Leute, die aber auch oft Leid und Höllenqualen bedeuten, im Sinne von Sartre. Den Peachy allerdings weniger auf dem Schirm hat, als er Val fragt, ob er die Leit ned abhalde kann, doo neizuglotze.

meenscht, eigentlich *meenschd* (pfälz.): Meinst du. Peachy fragt Val in diesem Moment nicht wirklich nach seiner Meinung, er versucht lediglich, sein Entsetzen über Vals Kultur-Darm-Theorie in Worte zu übertragen und damit das Unfassbare fassbar zu machen.

needisch: nötig. Hier finden sich Ähnlichkeiten mit dem englischen *need.* Was Val im Clownskostüm vollkommen egal ist, während Clara sich vor ihm räkelt und ihm ihre Küstenlinie zeigt.

noi (pfälz.): hinein, auch herein. Zum Beispiel: In de Schorsch gät heit Obend ä Meng Woi noi. (In Georg geht heute Abend ein beträchtliches Quantum Wein hinein.)

Obend, auch *Owend* (pfälz.): Abend. Die Zeit, wenn der Woi noi muss.

Puteworscht (hess./pfälz.): beinahe vegetarische Worscht.

raddisch, raddescharf (pfälz.): Was dem Bayern die Gams ist (*gamsig*), dem Neusachsen der Affe (*öberaffengeil*), dem Hessen Horden von Kaninchen (*scharf wie tausend Karniggel*), dies scheint dem Pfälzer die Ratte zu sein. Mit seiner etymologischen Herleitung von Rettich liegt Simon eher daneben, verständlich, er ist mit der Situation, als Peachy Clara begrabbelt, leicht überfordert. Auch wenn er dies auf keinen Fall zugeben würde.

rabbelisch (pfälz.): rappelig. Fügt der Raddischkeit noch eine nervöse, schwer therapierbare Unruhe hinzu, eine postmoderne Rastlosigkeit.

Samschdag: Für Pfälzer eigentlich ein eher deprimierender Tag, wenn der 1. FC Kaiserslautern zum Bundesligaspiel antritt.

schnüggelisch (sächs.): schnuckelig. Süß wie Quarkstriezel, gleichzeitig aufregend und cösy (neusächs: *cosy*, also behaglich, lieblich, wohlig), etwas *zum Vernasche* (pfälz.). Der Hesse kennt das Wort auch, würde es aber beim wenig schnuckeligen Apfelwein nicht äußern.

selbscht (pfälz.): selbst. In der eigenen Mitte ruhend, die Akzeptanz des Schattens einschließend, Animus und Anima im Gleichgewicht haltend, sich abgrenzend sowohl von Inhalten des Unbewussten als auch vom transpersonal Göttlichen. Das hat Peachy nicht unbedingt auf dem Schirm, als er Val dazu auffordert, Simon doch selbscht zu dezimieren. Dies rührt auch daher, dass er damit beschäftigt ist, über das Wort *dezimieren* nachzudenken.

Üff (sächs.): Mehrdeutiges Wort, das einerseits *auf* bedeuten kann, wie von Üwe hier gebraucht, »üff dem Müggelsee«, aber auch früher von Üwe und seinen Kolläschen im Sinne von *Uff* gebraucht wurde, nach erfülltem sozialistischen Plansoll (pfälz.: *Feierobend*).

vergenusswurzele (pfälz., auch hess.): Über eine Frau (eventuell auch einen Mann) in unziemlicher Begehr herfallen, ohne nach ihrer (seiner) Meinung zu fragen und dabei selbstverständlich davon auszugehen, sie (er) habe Freude (hess.: *Späßche*, neusächs.: *Fün*) daran.

vernasche (pfälz., auch hess.): Im gleichen Sinn wie *vergenusswurzele* gebraucht, wobei hier die Betonung eher auf dem Naschenden liegt. Dem zu vernaschenden Objekt wird, ähnlich wie beispielsweise einer Apfeltasche, keine Reaktion untergeschoben.

Weeschd (pfälz.): Nicht *wäschst du*, sondern *weißt du*. Schließt auch Weisheit im sokratischen Sinne ein, das Wissen um das Eine, Gute. Wobei Sokrates und Peachy, würden sie einander kennenlernen, sich über die Definition des Einen, Guten vielleicht erst einigen müssten, eventuell (von Peachys Seite, der bei Klugschissern eine kurze Lunte hat) handgreiflich.

Wögen (sächs.): Wogen. Sowohl wirkliche Wasserwogen als auch sächsische Metapher für eine gewisse Willenlosigkeit in der Leidenschaft. Der Wunsch Juddas (eventuell nach der Legdüre gewisser Romane der Erotik-Ecke), von einer wilden Brandung (Üwe) überwältigt und an den Strand geschleudert zu werden, also nach einer durchaus lustvollen Passivität.

Worscht (hess.): Wurst. Auch: egal. Im Sinne hessischen Gleichmuts, da man die Worscht von zwei Seiten her anschneiden kann. Es kommt eh, wie's kommt, unn es geht de Mensche wie de Leut.

Yoik (weder pfälzisch noch hessisch noch sächsisch, sondern samisch): Bezeichnet nicht, wie Simon annimmt, einen schamanischen Jodler, sondern den traditionellen Gesang der Samen, eines Volksstammes in Nordeuropa. Der Yoik soll jedoch mit dem Jodler verwandt sein (it's a small world). Das Übersetzungsprogramm hat hier eigenmächtig gehandelt und einen gutturalen Laut Laxnors übersetzt.

Zaig: Zeug, nicht die Befehlsform von zeigen. Auch nicht von zeugen. Leicht abwertend gemeint von Peachy, also eher minderwertiges Zeug. Hessisch hieße es: *Gelersch* (Gelerch, Betonung auf der zweiten Silbe, also eher Geläsch), *Kerschel* oder *Krembel.* Der Hesse ist hier facettenreicher und lautmalerisch innovativer als der Pfälzer oder gar der Sachse, dem dazu bestenfalls Gram einfällt, in der Bedeutung von Kram samt mitschwingender Zweitbedeutung, dass zu viel Kram Gram schafft. Simon bezeichnet dergleichen norddeutsch-niedlich als Tüddelkram. Worauf ihn Hessen und Pfälzer mit großen Augen ansehen und ihn mindestens des heimlichen Topflappenhäkelns verdächtigen.

Ich danke

Natalja Schmidt und Julia Abrahams für Rat und Tat und professionelle Unterstützung. Dr. Andrea Müller und Regine Weisbrod für die wie immer großartige und inspirierende Arbeit an diesem Buch.

Patricia Kessler für tolle Pressearbeit.

Christoph Lode für so behutsame wie sprachsensible Pfälzisch-Beratung und die Bereicherung meines Wortschatzes durch mir bisher unbekannte pfälzische Adjektive.

All denjenigen, die Teile, Kapitel, frühe oder spätere Fassungen der Möwen gelesen, überlebt und hilfreich kommentiert haben: Ulrike Twittenhoff, Lisa Marie Dickreiter, Eva Baronsky, Dagmar Geisler, Doris Konradi.

Katharina Martin dafür, dass ich sie über Proben und Musicalaufführungen an Bord von Kreuzfahrtschiffen ausfragen durfte. Natürlich geht es, wie ich auch selbst erleben durfte, bei Einstudierung und Aufführungen der Programme äußerst professionell zu. Und gerade deshalb sah ich mich gezwungen, die Idee einer realistischen Musicalproduktion, die Wochen des Probens erfordert hätte, über Bord zu werfen zugunsten der Wirklichkeit des Romans.

Lisa Walter dafür, dass sie mir eine Geschichte erzählt und mich dazu alles Mögliche und Unmögliche hat fragen lassen.

Dem Zauberer Gaston für seine »Zwangszauber-Nummer«, von der mir jemand erzählt hat.

Meinen »Kleeblatt«-Kolleginnen Eva Baronsky, Dagmar Geisler und Doris Konradi für ihre Aufmerksamkeit, Ideen, Kritik, Inspiration, Ermunterung, auch im Namen von Lümmelchen. Er schätzt den Ziegenbrie und die liederlichen Fliederlieder ganz außerordentlich. Ebenfalls danke ich im Namen des Käpt'ns für die Mittschiffswallungen.

Ulrike Twittenhoff für die Idee mit den Konsonanten und für viele Gespräche.

Allen weiblichen und männlichen »Tippsen« für Hilfe, Anregungen, Diskussionen, Spaß im virtuellen Büro und im echten Leben.

Dr. Angelika Jodl und Mascha Vassena für schnelle Italienisch-Hilfe.

Julie Leuze für Bücher über ein Thema, von dem ich wenig verstehe.

Oliver Kraus für Idee und Produktion meiner Buchtrailer, Lesungsplakate und Flyer, außerdem für so vieles, dass die Aufzählung eine eigene Seite bräuchte. Deshalb begnüge ich mich mit einem so pathetischen wie hessisch-kryptischen: Für alles. (Die adäquate hessische Antwort darauf wäre: Unn? Weider?)

Da ich beim Schreiben dieses Buches viel unterwegs war, danke ich allen bekannten und unbekannten Reisegefährten in Zügen, Bussen, Flugzeugen, auf Fähren und in Hotellobbys, besonders danke ich Charlotte und Rudolf Bläsing für ihre Toleranz (gemeint im Sinne von Dulden) in Norwegen. Ebenso danke ich den brünftigen Elchen in den Rockies für Inspiration, Peachy betreffend.

Quellen

Die Zitate auf den Seiten 6 und 9 stammen aus:
Der kleine Hey, Die Kunst des Sprechens
Nach dem Urtext von Julius Hey, neu bearbeitet und ergänzt v. Fritz Reusch
Mainz 2006

Das Sprechübungsbeispiel auf der Seite 160 stammt aus:
Vaccai Nicola
Metodo pratico di Canto Italiano
Für Gesang und Klavier
Frankfurt 2010

Claudia Brendler

Eiertanz

Roman

Kein Cappuccino in Sicht, dafür Milch, noch warm von der Kuh? Haxn-Hotline statt Pizzadienst? Gina, 29, karrierebewusste Großstädterin aus Köln, ist alles andere als begeistert von ihrem Auftrag, in einem oberbayerischen Nest ein Testament zu suchen. Die Eingeborenen sind auch nicht gerade hilfreich, sondern beobachten misstrauisch, wie sie auf Highheels über die Wiese eiert. Und der urbayerisch fluchende Papagei der Verstorbenen bringt sie fast um den Verstand. Dabei ahnt Gina nicht einmal, dass sie bald im Dirndl auf dem Laufsteg posieren, einer Kuh ihre schlimmsten Sexkatastrophen beichten und den attraktiven Surflehrer aus dem See retten wird …

KNAUR

Ein Hirsch kommt selten allein

Claudia Brendler

Paarungszeit

Roman

Von wegen glückliche Kühe und friedliche Sonnenuntergänge am See – im oberbayerischen Neuenthal herrscht Krieg! Cafébesitzerin Therese sieht sich schon als Bürgermeisterin, doch Dorfpolizist Fredl hält dagegen. Zu lange schon wirbt er vergeblich um ihre Gunst, ihre freche Gegenkandidatur macht ihn nur noch heißer. Als französische Touristen, darunter der attraktive Musiker Lucien, in das Dorf einfallen und Thereses Partei ergreifen, kommt es zu einer Revolution der Gefühle. Französisches Savoir vivre trifft bayerisches Mia san mia!

KNAUR